GRöLS Verlage

„Bücher sind wie Fallschirme. Sie nützen uns nichts, wenn wir sie nicht öffnen."

Gröls Verlag

Redaktionelle Hinweise und Impressum

Das vorliegende Werk wurde zugunsten der Authentizität sehr zurückhaltend bearbeitet. So wurden etwa ursprüngliche Rechtschreibfehler *nicht* systematisch behoben, denn kleine Unvollkommenheiten machen das Buch – wie im Übrigen den Menschen – erst authentisch. Mitunter wurden jedoch zum Beispiel Absätze behutsam neu getrennt, um den Lesefluss zu erleichtern.

Um die Texte zu rekonstruieren, werden antiquarische Bücher von Lesegeräten gescannt und dann durch eine Software lesbar gemacht. Der so entstandene Text wird von Menschen gegengelesen und korrigiert – hierbei treten auch Fehler auf. Wenn Sie ebenfalls antiquarische Texte einreichen möchten, finden Sie weitere Informationen auf www.groels.de

Viel Freude bei der Lektüre wünscht Ihnen das Team des Gröls-Verlags.

Adressen

Verleger: Sophia Gröls, Im Borngrund 26, 61440 Oberursel

Externer Dienstleister für Distribution & Herstellung: BoD, In de Tarpen 42, 22848 Norderstedt

Unsere „Edition | Werke der Weltliteratur“ hat den Anspruch, eine der größten und vollständigsten Sammlungen klassischer Literatur in deutscher Sprache zu sein. Nach und nach versammeln wir hier nicht nur die „üblichen Verdächtigen“ von Goethe bis Schiller, sondern auch Kleinode der vergangenen Jahrhunderte, die – zu Unrecht – drohen, in Vergessenheit zu geraten. Wir kultivieren und kuratieren damit einen der wertvollsten Bereiche der abendländischen Kultur. Kleine Auswahl:

Francis Bacon • Neues Organon • **Balzac** • Glanz und Elend der Kurtisanen • **Joachim H. Campe** • Robinson der Jüngere • **Dante Alighieri** • Die Göttliche Komödie • **Daniel Defoe** • Robinson Crusoe • **Charles Dickens** • Oliver Twist • **Denis Diderot** • Jacques der Fatalist • **Fjodor Dostojewski** • Schuld und Sühne • **Arthur Conan Doyle** • Der Hund von Baskerville • **Marie von Ebner-Eschenbach** • Das Gemeindekind • **Elisabeth von Österreich** • Das Poetische Tagebuch • **Friedrich Engels** • Die Lage der arbeitenden Klasse • **Ludwig Feuerbach** • Das Wesen des Christentums • **Johann G. Fichte** • Reden an die deutsche Nation • **Fitzgerald** • Zärtlich ist die Nacht • **Flaubert** • Madame Bovary • **Gorch Fock** • Seefahrt ist not! • **Theodor Fontane** • Effi Briest • **Robert Musil** • Über die Dummheit • **Edgar Wallace** • Der Frosch mit der Maske • **Jakob Wassermann** • Der Fall Maurizius • **Oscar Wilde** • Das Bildnis des Dorian Grey • **Émile Zola** • Germinal • **Stefan Zweig** • Schachnovelle • **Hugo von Hofmannsthal** • Der Tor und der Tod • **Anton Tschechow** • Ein Heiratsantrag • **Arthur Schnitzler** • Reigen • **Friedrich Schiller** • Kabale und Liebe • **Nicolo Machiavelli** • Der Fürst • **Gotthold E. Lessing** • Nathan der Weise • **Augustinus** • Die Bekenntnisse des heiligen Augustinus • **Marcus Aurelius** • Selbstbetrachtungen • **Charles Baudelaire** • Die Blumen des Bösen • **Harriett Stowe** • Onkel Toms Hütte • **Walter Benjamin** • Deutsche Menschen • **Hugo Bettauer** • Die Stadt ohne Juden • **Lewis Caroll** • *und viele mehr….*

Jack London
Der Seewolf

Inhalt

Erster Teil

Ich weiß kaum, wo beginnen, wenn ich zuweilen auch im Scherz Charley Furuseth alle Schuld gebe. Er besaß ein Sommerhaus auf dem Lande, in Mill Valley, im Schatten des Tamalpais, bezog es aber nur, wenn er sich die Wintermonate vertreiben und, um auszuspannen, Nietzsche und Schopenhauer lesen wollte. Kam der Sommer, so gab er einem heißen, staubigen Dasein in der Stadt mit unablässiger Arbeit den Vorzug. Wäre es nicht meine Gewohnheit gewesen, ihn allwöchentlich von Sonnabend nachmittag bis Montag morgen zu besuchen, so hätte mich eben dieser Januar-Montagmorgen nicht auf der Bucht von San Francisco gesehen.

Das Schiff, auf dem ich mich befand, bot alle Sicherheit. Die „Martinez" war eine neue Dampffähre, die ihre vierte oder fünfte Fahrt auf der Route Sausalito-San Francisco zurücklegte. Aber der dichte Nebel, der die Bucht wie mit einer Decke überzog, und von dem ich als Landratte keine rechte Vorstellung hatte, war gefahrdrohend. In der Tat erinnere ich mich noch der sanften Erregung, mit der ich meinen Platz vorn auf dem Oberdeck gerade unterhalb des Lotsenhauses eingenommen hatte, während die Geheimnisse des Nebels meine Phantasie umspannen. Es wehte eine frische Brise, und eine Zeitlang befand ich mich allein, in feuchte Finsternis gehüllt – allein und doch nicht allein, denn ich hatte das unbestimmte Gefühl, daß sich der Lotse und noch ein Wesen, das ich für den Kapitän hielt, oben im Glashause über meinem Kopfe befanden.

Ich dachte daran, wie bequem die Arbeitsteilung war, die mich der Mühe enthob, Nebel, Winde, Gezeiten und Schiffahrtskunde zu studieren, und mir doch erlaubte, meinen Freund jenseits der Bucht zu besuchen. Ich stellte Betrachtungen über den Vorteil der Spezialisierung des Menschen an. Das Sonderwissen eines Lotsen und eines Kapitäns genügte für viele Tausende, die ebensowenig von See und Schiffahrt verstanden wie ich. Und ich wiederum hatte es nicht nötig, meine Kräfte auf das Studium unzähliger Dinge zu verschwenden, sondern konnte mich auf einige wenige konzentrieren, wie augenblicklich auf eine Untersuchung der Stellung Poes zu der übrigen amerikanischen Literatur – worüber ich, nebenbei bemerkt, gerade einen Aufsatz in der Zeitschrift „Atlantic" geschrieben hatte. Als ich an Bord gekommen war, hatte ich beim Durchschreiten der Kajüte einen starken Herrn mit den Augen verschlungen, der in die, „Atlantic" und offenbar gerade in meinen Aufsatz vertieft war. Und auch hier wieder das System der Arbeitsteilung: Das Sonderwissen von Lotsen und Kapitän brachten den starken Herrn sicher von Sausalito nach San Francisco und erlaubten ihm dabei, sich an den Früchten meines Sonderwissens über Poe zu laben.

Ein Mann mit rotem Gesicht unterbrach meine Betrachtungen. Er warf geräuschvoll die Kajütentür hinter sich zu und stapfte schwerfällig aufs Deck hinaus. Er warf einen raschen Blick auf das Lotsenhaus, betrachtete den Nebel, stapfte hin und zurück über das Deck (es sah aus, als hätte er künstliche Beine) und blieb endlich spreizbeinig und mit einem Ausdruck herber Freude im Gesicht neben mir stehen. Ich ging wohl nicht fehl in meiner Vermutung, daß er seine Tage auf dem Meere verbracht hatte.

„Scheußliches Wetter! Ein Wetter, das einem vorzeitig graue Haare verschafft!“ rief er und nickte in der Richtung des Lotsenhauses.

„Ich hätte nicht geglaubt, daß hier besondere Kunst nötig sei!“ antwortete ich. „Es sieht so einfach aus wie das Abc. Der Kompaß gibt die Richtung an. Entfernung und Fahrgeschwindigkeit sind bekannt. Ich sollte meinen, daß alles mit mathematischer Genauigkeit zu berechnen wäre!“

„Kunst!“ schnaubte er. „Einfach wie das Abc! Mathematische Genauigkeit!“

Er schien sich zu recken, stemmte sich nach hinten gegen den Wind und starrte mich an: „Wie steht es zum Beispiel mit Ebbe und Flut hier im „Goldenen Tor“?“ fragte oder brüllte er vielmehr. „Welche Fahrt macht die Ebbe? Wie läuft die Strömung, he? Bitte, horchen Sie mal! Die Glocke einer Ankerboje. Wir sind gerade darüber! Merken Sie, wie wir den Kurs ändern?“

Aus dem Nebel erklang das klagende Stöhnen einer Schiffsglocke, und ich sah, wie der Lotse das Steuerrad mit großer Schnelligkeit drehte. Das Läuten, das eben noch vor uns zu tönen schien, kam jetzt von der Seite. Unsere eigene Schiffspfeife fauchte heiser, und von Zeit zu Zeit quollen die Töne anderer Pfeifen aus dem Nebel hervor.

„Das ist eine Fähre!“ sagte der Fremde, als jetzt rechts Pfeifen ertönte. „Und da! Hören Sie? Da bläst einer mit dem Munde! Höchstwahrscheinlich ein kleiner Schoner. Aufpassen, Mr. Schoner! Ach, hab' ich's nicht gedacht! Jetzt ist bei denen die Hölle los!“

Die unsichtbare Fähre stieß ein Nebelhornsignal nach dem andern aus, und das kleine Horn tutete schreckenerregend.

„Und jetzt beweisen sie sich gegenseitig ihre Hochachtung und versuchen klarzukommen“, fuhr der Mann mit dem roten Gesicht fort, als das rasende Pfeifen aufhörte.

Sein Gesicht glänzte, seine Augen blitzten vor Aufregung, während er mir die Laute der Nebelhörner und Sirenen in die menschliche Sprache übersetzte. „Das da links ist eine Dampfsirene. Und hören Sie bloß diesen Burschen, der schreit, als säße ihm ein Frosch in der Kehle: meiner Meinung nach ein Motorschoner, der gegen die Ebbe ankämpft!“

Eine schrille kleine Pfeife, die wie verrückt pfiff, war gerade vor uns und anscheinend sehr nahe. Auf der „Martinez“ wurden Gongs angeschlagen.

Unsere Schaufelräder hielten an, ihr Pulsschlag starb, setzte dann wieder ein. Die schrille kleine Pfeife voraus klang wie das Zirpen einer Grille in dem Geschrei großer Tiere, schoß seitwärts durch den Nebel und wurde schnell schwach und immer schwächer. Durch einen Blick versuchte ich meinen Gefährten um Aufklärung.

„Den sticht der Haber“, sagte er. „Ich wünschte fast, wir hätten den kleinen Hammel in den Grund gebohrt! Diese Bengels machen die Verwirrung nur noch ärger. Und wozu sind sie nütze? Da ist Gott weiß was für ein Esel an Bord, fährt von Pontius zu Pilatus, macht mit seiner Pfeife einen Höllenlärm und erzählt der ganzen Welt: Paßt auf, hier komme ich! Und dabei kann er selber nicht aufpassen. Die Kerle haben auch nicht das geringste Anstandsgefühl!“

Sein unberechtigter Wutausbruch belustigte mich sehr, und während er in seiner Empörung auf und ab stapfte, überließ ich mich wieder der Romantik des Nebels. Und wahrlich: Romantisch war dieser Nebel, wie der graue Schatten unendlicher Mysterien, die über diesem dahingleitenden Fleckchen Erde brüteten, während die Menschen, winzige Sonnenstäubchen und -fünkchen, zu krankhaftem Wohlgefallen an der Arbeit verdammt, ihre Holz- und Stahlmechanismen durch das Herz dieses Mysteriums zu jagen suchten, sich blindlings ihren Weg durchs Unsichtbare bahnten und sich Worte der Zuversicht zuschrien, obgleich ihnen das Herz vor Ungewißheit und Furcht zitterte. Das Lachen meines Gefährten brachte mich wieder zu mir. Auch ich hatte getastet und gezappelt, während ich mir einbildete, scharfsichtig das Mysterium zu durchschauen.

„Holla! Da kommt uns jemand ins Gehege!“ sagte er. „Hören Sie? Er kommt schnell. Gerade voraus! Ich wette, er hört uns noch nicht. Es weht in der falschen Richtung.“

Die frische Brise kam uns gerade entgegen, und ich hörte deutlich die Schiffspfeife ein wenig seitwärts und dabei dicht vor uns.

„Dampffähre?“ fragte ich.

Er nickte und fügte dann hinzu: „Würde sonst nicht so wie nach der Richtschnur laufen!“ Er lachte unterdrückt. „Da oben werden sie unruhig.“

Ich blickte hinauf. Der Kapitän hatte Kopf und Schultern zum Lotsenhaus herausgesteckt und starrte gespannt in den Nebel, als könnte er ihn durch bloße Willensanstrengung durchdringen. Sein Gesicht war unruhig, wie jetzt auch das meines Gefährten, der an die Reling gestapft war und ebenso gespannt in die Richtung starrte, aus der er die unmittelbare Gefahr vermutete.

Dann kam es. Es geschah mit unfaßbarer Schnelligkeit. Der Nebel wich, wie von einem Keil gespalten. Der Bug eines Dampfschiffes tauchte auf, zu beiden Seiten Nebelfetzen mitziehend wie Seegras auf der Schnauze des Leviathans. Ich konnte das Lotsenhaus sehen und bemerkte einen weißbärtigen Mann, der sich, auf die Ellbogen gestützt, weit herauslehnte. Er trug eine blaue Uniform, und ich entsinne mich noch, wie sauber und freundlich er aussah. Seine Ruhe wirkte unter diesen Umständen furchtbar. Er beugte sich dem Geschick, marschierte Schulter an Schulter mit ihm und berechnete kühl den Schlag. Wie er so dalehnte, warf er uns einen ruhigen und nachdenklichen Blick zu, als berechne er genau den Punkt des Zusammenstoßes, und nahm nicht die geringste Notiz von unserm Lotsen, der, blaß vor Wut, schrie: „Nun habt ihr's fertiggebracht!“

Als ich mich umsah, nahm ich wahr, daß die Bemerkung zu einleuchtend war, um noch einer Erläuterung zu bedürfen.

„Halten Sie sich an irgend etwas fest“, sagte der Mann mit dem roten Gesicht zu mir. Er polterte nicht mehr, es schien, als wäre er von der übernatürlichen Ruhe des andern angesteckt. „Hören Sie das Kreischen der Frauen“, sagte er grimmig – fast bitter. Mir kam es vor, als hätte er das alles schon einmal durchgemacht. Ehe ich noch seinen Rat befolgen konnte, war der Zusammenstoß schon erfolgt. Wir mußten wohl gerade mittschiffs getroffen worden sein, denn ich sah nichts, und der fremde Dampfer war schon aus meinem Gesichtskreis geglitten. Die „Martinez“ krengte stark, das Holzwerk krachte und splitterte. Ich wurde auf das feuchte Deck geschleudert, und bevor ich mich aufrichten konnte, hörte ich auch schon das Kreischen der Frauen. Es waren die unbeschreiblichsten, haarsträubendsten Töne, die ich je gehört, und mich packte panischer Schrecken. Mir fiel ein, daß in der Kajüte ein Haufen Rettungsgürtel lag, ich wurde aber von der wildstürmenden Menge Männer und Frauen an der Tür aufgehalten und zurückgedrängt. Ich weiß nicht mehr, was in den nächsten Minuten geschah, wenn ich auch die deutliche Vorstellung habe, daß ich von den Gestellen an Deck Rettungsgürtel herunterriß, die der Mann mit dem roten Gesicht den hysterischen Frauen umlegte. Dieses Bild ist meinem Gedächtnis so scharf und deutlich eingeprägt wie ein wirkliches Bild. Es ist ein Gemälde, das ich immer noch vor mir sehe: die zackigen Ränder des Loches in der Kajütenwand, durch das der graue Nebel hereinwirbelte und kreiste; die leeren Sitze, auf denen alles herumlag, was den Eindruck plötzlicher wilder Flucht erweckte: Pakete, Handtäschchen, Schirme, Überzieher; der starke Herr, der meinen Aufsatz studiert hatte und jetzt, in Kork und Segelleinen eingeschlossen, die Zeitschrift noch in der Hand hielt und mich mit eintöniger Dringlichkeit fragte, ob ich an eine Gefahr glaube; der Mann mit dem roten Gesicht, der schwerfällig auf seinen künstlichen Beinen stapfte und tapfer einer Frau nach der andern den Rettungsgürtel umschnallte, und schließlich das Tollhaus kreischender Weiber.

Dies Schreien der Weiber fiel mir am meisten auf die Nerven. Und dem Manne mit dem roten Gesicht muß es ebenso ergangen sein; denn noch ein anderes Bild haftet mir in der Erinnerung und wird nie daraus verschwinden: Der starke Herr stopft meine Zeitschrift in die Tasche seines Überziehers und blickt sich neugierig um. Eine wirre Masse von Frauen mit weißen, verzerrten Gesichtern und offenen Mündern kreischt wie ein Chor verlorener Seelen. Da wirft der Mann mit dem roten Gesicht – es ist jetzt purpurfarbig vor Zorn – die Arme hoch, als wäre er Donar, der Blitzschleuderer, und ruft: „Ruhe, ich bitte mir Ruhe aus!“ Ich weiß noch, daß dieser Anblick mich plötzlich zum Lachen reizte. Ich fühlte im selben Augenblick, wie ich selbst hysterisch wurde, denn es waren Frauen von meinem Stamme, wie meine Mutter und meine Schwester, und die Todesfurcht lag über ihnen, und sie wollten nicht sterben. Die Töne, die sie ausstießen, gemahnten mich an das Quieken von Schweinen unter dem Schlächtermesser, und ich war entsetzt über diese Ähnlichkeit. Frauen, die der erhabensten Empfindungen, der zärtlichsten Gefühle fähig waren, standen mit offenen Mündern da und schrien wie die Schweine. Sie wollten leben, waren hilflos wie die Ratten in der Falle und schrien.

Das Entsetzen trieb mich an Deck hinaus. Ich fühlte mich krank, elend und voller Ekel. Ich setzte mich auf eine Bank. Schemenhaft sah und hörte ich, wie Männer umherliefen und versuchten, die Boote hinabzulassen. Die Szene war genau so, wie ich sie aus Beschreibungen in Büchern kannte. Das Tauwerk klemmte sich fest. Nichts klappte. Ein Boot mit Frauen und Kindern wurde an den Davits hinuntergefiert. Es füllte sich mit Wasser und kenterte. Ein anderes hing noch mit einem Ende oben, während das andere schon unten war, und so blieb es hängen. Der fremde Dampfer, der unser Unglück verschuldet hatte, ließ nichts von sich hören, obwohl man meinte, daß er uns zweifellos Boote zu Hilfe schicken würde.

Ich stieg zum unteren Deck hinunter. Anscheinend sank die „Martinez" sehr schnell, denn ich sah das Wasser jetzt dicht unter mir. Viele Passagiere sprangen über Bord. Die im Wasser waren, schrien, man solle sie wieder an Bord holen. Aber kein Mensch kümmerte sich um sie. Ein Schrei ertönte: „Wir sinken!" Ich wurde von der jetzt eintretenden Panik angesteckt und stürzte mich in einer Flut von Körpern über Bord. Wie ich ins Wasser kam, weiß ich nicht mehr, was ich aber sofort begriff, war, warum alle, die drinnen schwammen, sich so sehnsüchtig auf den Dampfer zurückwünschten. Das Wasser war kalt – so kalt, daß es schmerzte. Als ich hineinsprang, hatte ich ein Gefühl, als wäre ich in Feuer geraten. Die Kälte drang bis ins Mark, sie war wie der Griff des Todes. Vor Angst und Schrecken schnappte ich nach Luft, versuchte zu atmen, bevor mich noch der Rettungsgürtel an die Oberfläche getrieben hatte. Der Salzgeschmack brannte mir im Munde, und ich erstickte fast an der beißenden Lauge, die mir Kehle und Lungen füllte. Aber das Furchtbarste war die Kälte. Ich fühlte, daß ich nur wenige Minuten aushalten konnte. Rings um mich im Wasser rangen und zappelten Menschen. Ich hörte, wie sie sich gegenseitig anriefen. Daneben hörte ich das Plätschern von Riemen; offenbar hatte der fremde Dampfer seine Rettungsboote herabgelassen. Die Sekunden flogen, und ich wunderte mich, daß ich immer noch lebte. Meine unteren Gliedmaßen waren ganz empfindungslos, eine eisige Starre krallte sich mir ums Herz und durchdrang es. Kleine Wellen brachen unausgesetzt mit boshaft schäumenden Kronen über meinen Kopf hinweg und in meinen Mund und drohten mich immer wieder zu ersticken.

Der Lärm wurde undeutlich. Das letzte, was ich hörte, war ein Chor von verzweifelten Schreien in der Ferne, der mir sagte, daß die „Martinez" untergegangen war. Dann – wieviel Zeit verstrichen war, weiß ich nicht – kam ich in einem plötzlichen Anfall überwältigender Angst zu mir. Ich war allein. Ich hörte weder rufen noch schreien – nur das Plätschern der Wellen, gespensterhaft widerhallend von der Nebelwand. Eine allgemeine Massenpanik ist nicht so furchtbar wie die, die einen einzelnen Menschen packen kann, und die Beute einer solchen Panik war ich. Wo trieb ich hin? Der Mann mit dem roten Gesicht hatte gesagt, daß die Ebbe durch das „Goldene Tor“ hinausströmte. Dann wurde ich also auf die hohe See hinausgetrieben! Und der Rettungsgürtel, der mich trug? Konnte er nicht jeden Augenblick in Stücke gehen? Ich hatte gehört, daß diese Dinger oft aus Papier und Binsen gemacht waren, die sich schnell vollsogen und alle Tragfähigkeit verloren. Und dabei hatte ich nicht die geringste Ahnung vom Schwimmen! Ganz allein trieb ich, offenbar mit der Strömung, in die graue chaotische Unendlichkeit hinaus. Ich gestehe, daß ich mich wie ein Wahnsinniger benahm. Ich kreischte, wie die Frauen es getan, und schlug mit meinen starren Händen wild das Wasser.

Wie lange das dauerte, weiß ich nicht. Eine Ohnmacht überkam mich, aus der ich keine andere Erinnerung behielt, als daß sie einem langen, schmerzhaften Schlafe glich. Nach Jahrhunderten erwachte ich, und da erblickte ich, fast über meinem Kopfe, den Bug eines Fahrzeuges, das langsam aus dem Nebel auftauchte, und darüber dicht hintereinander drei dreieckige, prall vom Wind geblähte Segel. Wo der Bug das Wasser durchschnitt, schäumte und gurgelte es heftig, und es schien geradeswegs auf mich loszukommen. Plötzlich tauchte der Bug nieder und überschüttete mich klatschend mit einem mächtigen Wasserschwall. Dann glitt die lange schwarze Schiffswand so nahe vorbei, daß ich sie mit den Händen hätte greifen können. Ich versuchte es, mit einem wahnsinnigen Entschluß, meine Nägel ins Holz zu krallen, aber meine Arme waren schwer und leblos. Wieder wollte ich rufen, brachte aber keinen Ton heraus.

Das Heck des Schiffes schoß vorbei, sank in ein Wellental. Ich sah flüchtig den Mann am Ruder und einen andern, der nichts zu tun schien, als eine Zigarre zu rauchen. Ich sah den Rauch, der sich von seinen Lippen löste, als er langsam den Kopf wandte und in meiner Richtung über das Wasser blickte. Es war ein gleichgültiges, unüberlegtes Schauen, etwas ganz Zufälliges, Zielloses.

Für mich aber bedeutete dieser Blick Leben oder Tod. Ich sah, wie das Schiff vom Nebel verschlungen wurde, ich sah den Rücken des Rudergastes und sah, wie der Kopf des andern Mannes sich wandte, sich ganz langsam wandte, wie sein Blick das Wasser traf und zu mir hinschweifte. Er schien in tiefe Gedanken versunken, und mich packte die Furcht, daß seine Augen mich, selbst wenn sie mich träfen, nicht sehen würden. Aber sie sahen mich, blickten gerade in die meinen! Er sprang ans Ruder, schob den andern beiseite und drehte fieberhaft das Rad, während er gleichzeitig irgendwelche Befehle schrie. Aber das Schiff schien seinen Kurs fortzusetzen und war fast im selben Augenblick im Nebel verschwunden.

Ich fühlte, wie ich in eine Ohnmacht glitt, und versuchte mit aller Willenskraft gegen die erstickende Leere und Dunkelheit, die mich zu überwältigen drohte, anzukämpfen. Kurz darauf hörte ich Ruderschläge, die immer näher kamen, und die Stimme eines Mannes. Als er ganz nahe war, hörte ich ihn ärgerlich sagen: „Zum Donnerwetter, warum rufst du nicht." „Er meinte mich." Mit diesem Gedanken versank ich in Leere und Finsternis.

Ich schien in einem mächtigen Rhythmus durch ungeheure Räume zu schwingen. Flimmernde Funken sprühten und schössen an meinen Augen vorbei. Ich wußte, es waren Sterne und schimmernde Kometen, die mich auf meinem Fluge von Sonne zu Sonne umgaben. Als ich die äußerste Grenze meines Schwunges erreicht hatte und gerade zurückschwingen wollte, ertönte donnernd ein Riesengong. In einer unermeßlichen Zeitspanne hatte ich, eingelullt von dem Säuseln sanfter Jahrhunderte, ein Gefühl großer Freude und überdachte meinen ungeheuren Flug.

Aber mein Traum wandelte sich, denn daß es ein Traum war, sagte ich mir selber. Der Rhythmus meines Fluges wurde immer kürzer. Schwung und Rückschwung wechselten mit verwirrender Hast. Kaum konnte ich Atem schöpfen, so ungestüm wurde ich durch den Himmelsraum geschleudert. Immer häufiger und schrecklicher donnerte der Gong, auf dessen Klang ich jedesmal mit namenlosem Entsetzen wartete. Dann war mir, als würde ich über rauhe Sandflächen geschleift, die weiß in der Sonne glühten. Ein unerträgliches Angstgefühl packte mich. Meine Haut wurde ausgedörrt in der Pein des Feuers. Der Gong dröhnte und toste. Die flimmernden Lichtpunkte schössen in unendlichem Strom an meinen Augen vorbei, als ergösse sich das ganze Sternensystem in den leeren Raum. Ich rang nach Luft, atmete schmerzhaft und öffnete die Augen. Zwei Männer knieten neben mir und beschäftigten sich mit mir. Der mächtige Rhythmus, den ich empfunden hatte, war das Rollen des Schiffes im Seegang. Der entsetzliche Gong war eine Bratpfanne, die bei jeder Bewegung des Schiffes klirrte und rasselte. Der scheuernde, sengende Sand waren harte Männerhände, die meine bloße Brust rieben. Ich krümmte mich vor Schmerz und hob den Kopf ein wenig. Meine Brust war rot und wund, und ich konnte winzige Blutstropfen aus der zerrissenen, entzündeten Haut hervorquellen sehen.

„Jetzt ist's genug, Yonson", sagte der eine der Männer. „Kannst du nicht sehen, wir schrubben ihm ja die ganze Haut ab!"

Der Yonson Angeredete, ein Mann von schwerem skandinavischen Typ, hörte auf, mich zu reiben, und erhob sich verlegen. Der Mann, der gesprochen hatte, war offenbar ein „Cockney"(geborener Londoner), zartgliedrig und mit hübschen, fast weiblichen Zügen, der sicher das Glockengeläut Londons mit der Muttermilch eingesogen hatte. Eine schmutzige Leinenmütze und ein ebenso schmutziger Leinenschurz um die Hüften verrieten, daß er der Koch in der entschieden sehr schmutzigen Kombüse des Schiffes war, auf dem ich mich befand.

„Na, wie fühlen Sie sich jetzt, Herr?" fragte er mit der gezierten Untertänigkeit, die auf Generationen trinkgeldbeflissener Ahnen schließen ließ.

Als Antwort versuchte ich mich zu erheben, Yonson half mir auf die Füße. Das Rasseln und Klirren der Bratpfanne zerrte entsetzlich an meinen Nerven. Ich konnte meine Gedanken nicht sammeln. Ich griff zur Stütze nach der Holzbekleidung–sie war so schmierig, daß sich mir die Eingeweide im Leibe umdrehten –, langte über den heißen Küchenherd hinweg nach dem scheußlichen Gegenstand, holte ihn vom Nagel herunter und verkeilte ihn sicher im Kohlenkasten.

Der Koch lächelte über meine Nervosität und drückte mir mit den Worten: „Das wird Ihnen gut tun" einen dampfenden Becher in die Hand. Es war ein widerliches Gesöff – Schiffskaffee –, aber die Wärme belebte mich doch. Während ich langsam das Getränk schlürfte, warf ich hin und wieder einen Blick auf meine wundgeriebene, blutende Brust. Dann wandte ich mich an den Skandinavier.

„Vielen Dank, Herr Yonson", sagte ich, „aber meinen Sie nicht, daß Ihre Behandlung etwas gewaltsam war?"

Eher aus meiner Bewegung als aus meinen Worten fühlte er wohl den Vorwurf heraus. Er hielt mir die Hand hin. Sie war schrecklich rauh. Mit leichtem Schauer ließ ich die meine über die hornartigen Schwielen gleiten.

„Ich heiße Johnson, nicht Yonson“, sagte er in ausgezeichnetem, wenn auch etwas langsamem und eine Spur fremdländischen Englisch.

In seinen blaßblauen Augen erschien ein milder Protest, aber dazu eine schüchterne Offenheit und Männlichkeit, die mich ganz für ihn einnahmen.

„Vielen Dank, Herr Johnson“, verbesserte ich mich und streckte ihm meine Hand hin.

Scheu und schüchtern zögerte er, trat von einem Bein auf das andere, faßte schließlich linkisch meine Hand und schüttelte sie herzlich.

„Haben Sie etwas trockenes Zeug für mich?“ fragte ich den Koch.

„Ja, Herr“, erwiderte er diensteifrig. „Ich werde in meinem Vorrat nachsehen, wenn Sie nichts dagegen haben, Herr, meine Sachen anzuziehen.“

Er schlüpfte oder glitt vielmehr zur Küchentür hinaus mit einer Schnelligkeit und Geschmeidigkeit, die mir weniger katzenartig als ölig erschienen. In der Tat, diese Schlüpfrigkeit war, wie ich später erfahren sollte, wahrscheinlich seine hervorstechendste Eigenschaft.

„Und wo bin ich?“ fragte ich Johnson, den ich mit Recht für einen von den Matrosen hielt. „Was für ein Fahrzeug ist dies, und wo geht es hin?“

„Von den Farallonen nach Südwest“, erwiderte er langsam und planmäßig, als bemühte er sich, sein bestes Englisch zu sprechen, und strengte sich an, meine Fragen richtig der Reihenfolge nach zu beantworten. „Schoner „Ghost“ auf Robbenfang nach Japan.“ „Und wo ist der Kapitän? Ich muß ihn sprechen, sobald ich mich umgekleidet habe.“

Johnson blickte verlegen und verwirrt drein. Zögernd suchte er in seinem Wortschatz nach einer treffenden Antwort. „Käptn Wolf Larsen, wie er genannt wird. Seinen andern Namen habe ich nie gehört. Aber es ist am besten, wenn Sie vorsichtig mit ihm reden. Er ist verrückt heut morgen. Der Steuermann – –“

Aber er vollendete den Satz nicht. Der Koch war wieder hereingeglitten.

„Es ist besser, du machst, daß du wegkommst, Yonson“, sagte er. „Der Alte sucht dich an Deck, und heut ist es am besten, ihm nicht in die Quere zu kommen.“

Johnson wandte sich gehorsam zur Tür, wobei er mir über die Schulter des Kochs hinweg in einer merkwürdig feierlichen, unheilverkündenden Weise zuwinkte, als wollte er die unterbrochene Bemerkung bekräftigen und mir ans Herz legen, ja recht vorsichtig mit dem Kapitän zu reden.

Über dem Arm des Kochs hingen einige zerknüllte, häßliche Kleidungsstücke, die einen säuerlichen Geruch ausströmten.

„Sie sind feucht gewesen, Herr," erklärte er, „aber Sie werden sie schon tragen müssen, bis ich Ihre am Feuer getrocknet habe."

Während ich mich am Holzwerk festhielt, gelang es mir mit Hilfe des Kochs, in ein rauhes, wollenes Hemd zu schlüpfen. Bei der Berührung überlief mich eine Gänsehaut. Er bemerkte mein unwillkürliches Zusammenzucken und Gesichterschneiden und grinste: „Ich will nur hoffen, daß Sie sich nie im Leben an so was gewöhnen müssen. Eine feine Haut, die Sie haben, fast wie von einer Dame! Ich hab' gleich, als ich Ihre Haut sah, gemerkt, daß Sie ein feiner Herr sind."

War er mir schon auf den ersten Blick unsympathisch gewesen, so wuchs mein Unbehagen noch, als er mir jetzt beim Ankleiden half. Seine Berührung allein war mir widerlich. Ich wich vor seiner Hand zurück, mein Fleisch widersetzte sich. Dazu kam der nicht gerade angenehme Duft aus den verschiedenen Kochtöpfen auf dem Herde, so daß ich mich beeilte, an die frische Luft zu kommen. Überdies war es notwendig, daß ich mit dem Kapitän sprach, um zu hören, wie ich an Land kommen konnte.

Ein billiges Baumwollhemd mit ausgefranstem Kragen und verblichener Hemdbrust mit Flecken, die ich für Blutspritzer hielt, wurde mir unter einem Strom von Entschuldigungen übergezogen. Ein Paar schwerer Seestiefel umschloß meine Füße, und dazu wurde ich mit hellblauen, ausgewaschenen Überzughosen ausstaffiert, deren eines Bein ungefähr zehn Zoll kürzer als das andere war.

„Und wem habe ich für all diese Herrlichkeit zu danken?" fragte ich, als ich voll ausstaffiert dastand, eine winzige Knabenmütze auf dem Kopf und als Rock eine schmutzige gestreifte Baumwolljacke, die mir gerade bis ans Kreuz ging, und deren Ärmel mir bis zu den Ellbogen reichten.

Der Koch richtete sich in seiner kriecherischen Art auf, und sein geziertes Lächeln schien um Entschuldigung zu bitten. Nach den Erfahrungen, die ich auf Ozeanschiffen gegen Ende der Reise mit Stewards gemacht hatte, hätte ich darauf schwören mögen, daß er auf Trinkgeld wartete. Aber ich erkannte später, daß seine Haltung ganz unbewußt war: zweifellos ererbte Unterwürfigkeit.

„Mugridge, Herr“, sagte er kriecherisch, und über sein weibisches Gesicht legte sich ein fettiges Lächeln. „Thomas Mugridge, Herr, zu Diensten.“

„Schön, Thomas“, sagte ich. „Ich werde dich nicht vergessen, wenn meine Kleider wieder trocken sind.“

Ein sanfter Schimmer überzog sein Gesicht, und seine Augen leuchteten, als wären in der Tiefe seines Wesens seine Vorfahren lebendig geworden mit der dunklen Erinnerung an die Trinkgelder im vergangenen Leben.

„Danke, Herr“, sagte er wirklich sehr dankbar und demütig.

Genau wie eine Schiebetür glitt er beiseite, und ich trat aufs Deck. Ich war noch schwach von dem langen Aufenthalt im Wasser. Ein Windstoß packte mich, und ich wankte über das schlingernde Deck, einer Ecke der Kajüte zu, an der ich mich festhielt. Der Schoner krengte stark, hob und senkte sich in der langen Dünung des Ozeans. Wenn der Schoner, wie Johnson gesagt hatte, nach Südwest segelte, mußte der Wind meiner Berechnung nach fast genau von Süden her kommen. Der Nebel hatte sich verzogen, und jetzt spielten die Sonnenstrahlen auf dem Meeresspiegel. Ich wandte mich nach Osten, wo, wie ich wußte, Kalifornien liegen mußte, konnte aber nichts sehen als niedrige Nebelbänke – zweifellos derselbe Nebel, der das Unglück der „Martinez“ und meine jetzige Lage verschuldet hatte. Nach Norden, nicht weit fort, war eine Gruppe nackter Felsen über die See gestreut, und auf einem davon sah ich einen Leuchtturm. Nach Südwesten, fast genau in unserm Kurs, erblickte ich den pyramidenförmigen, noch dunklen Umriß eines Segels. Als ich meine Umschau am Horizont beendet hatte, wandte ich mich meiner näheren Umgebung zu. Mein erster Gedanke war, daß ein Mensch, der einen Schiffbruch überlebt und Auge in Auge mit dem Tode gestanden hatte, eigentlich mehr Aufmerksamkeit verdient hätte, als mir zuteil wurde. Außer einem Matrosen am Rad, der neugierig nach der Kajütenecke guckte, schenkte mir niemand irgendwelche Beachtung. Jedermann schien sich nur für das zu interessieren, was mittschiffs vorging. Dort lag ein großer Mann auf einem Lukendeckel. Er war ganz angekleidet, sein Hemd jedoch aufgerissen. Von seiner Brust war nichts zu sehen, denn sie war so von schwarzen Haaren bedeckt, daß es wie der Pelz eines Hundes aussah. Gesicht und Hals waren unter dem schwarzen, graumelierten Bart verborgen, der sonst struppig sein mochte, jetzt aber von Wasser troff; seine Augen waren geschlossen. Er schien bewußtlos zu sein, aber der Mund stand weit offen, und die Brust keuchte, als ob er am Ersticken war und heftig nach Atem rang. Ein Matrose, der daneben stand, hatte eine Segeltuchpütze an einer Leine festgemacht, ließ sie von Zeit zu Zeit ganz gewohnheitsmäßig ins Meer hinab, holte sie wieder herauf und goß den Inhalt über den Liegenden. Auf und nieder an Deck schritt ein anderer Mann und kaute wütend auf seinem Zigarrenstummel. Es war der, dessen zufälliger Blick mich vor dem Ertrinken bewahrt hatte. Er mochte wohl fünf Fuß und zehn oder zehneinhalb Zoll messen, aber mein erster Eindruck von ihm, oder vielmehr mein Gefühl, war nicht das der Größe, sondern der Stärke. Dabei konnte ich ihn jedoch, obgleich er gedrungen und breitschultrig war und eine mächtige Brust hatte, nicht ungewöhnlich schwer nennen. Er hatte etwas von der sehnigen, knorrigen Kraft magerer starker Menschen, sein Körperbau aber ließ an einen Gorilla denken. Nicht daß er in seinem Aussehen etwas Gorillaartiges gehabt hätte. Was ich auszudrücken suche, ist die Stärke selbst als etwas für sich, ganz abgesehen von ihrer körperlichen Erscheinung. Es war eine Stärke, wie wir sie gewohnt sind, in Gedanken mit primitiven Dingen, mit wilden Tieren, mit Geschöpfen zu verbinden, die wir uns in der Phantasie als unsere baumbewohnenden Vorfahren denken – die wilde, reißende, lebendige Stärke an sich, die letzte Essenz des Lebens, die Potenz der Bewegung, der Grundstoff selbst, aus dem die wilden Lebensformen gestaltet wurden.

Das war mein Eindruck von der Stärke dieses Mannes, der an Deck auf und nieder schritt. Fest stand er auf den Beinen, jede Muskelbewegung, ob er die Schultern hob oder die Lippen um die Zigarre preßte, zeugte von Entschlossenheit und schien ihren Ursprung in einer riesenhaften und überwältigenden Kraft zu haben. In der Tat: Obwohl diese Stärke jede seiner Bewegungen durchdrang, schien es mir, als wäre sie nur der Ausdruck einer noch größeren Stärke, die in seinem Innern schlummerte, die aber jeden Augenblick erwachen konnte, schrecklich und unwiderstehlich wie das Wüten des Löwen oder der Zorn des Sturmes.

Der Koch steckte den Kopf zur Kombüsentür heraus und grinste mir ermutigend zu, gleichzeitig wies er mit dem Daumen nach dem Manne, der an der Luke auf und nieder schritt. So gab er mir zu verstehen, daß dies der Kapitän war, der „Alte“, wie der Koch sagte, die Persönlichkeit, die ich bemühen mußte, daß sie mich an Land setzte. Ich war gerade im Begriff, zu ihm zu gehen, um gleich die sicher unangenehme Geschichte überstanden zu haben, als der Unglückliche, der auf dem Lukendeckel lag, einen noch stärkeren

Erstickungsanfall bekam. Krampfartig verrenkte er sich. Das Kinn mit dem nassen schwarzen Bart streckte sich in die Luft, während die Rückenmuskeln steif wurden und die Brust mit einer instinktiven, unbewußten Anstrengung nach Luft rang.

Der Kapitän oder Wolf Larsen. wie die Leute ihn nannten, hielt auf seinem Wege inne und blickte auf den Sterbenden hinab. So furchtbar war dieser letzte Kampf, daß der Matrose die Segeltuchpütze sinken ließ und den Inhalt auf das Deck verschüttete. Der Sterbende trommelte mit den Fersen auf dem Lukendeckel, streckte die Beine aus, erstarrte in einer einzigen mächtigen Anstrengung und rollte den Kopf von einer Seite zur andern. Dann wurden die Muskeln schlaff, der Kopf still, und ein Seufzer, ein Seufzer tiefster Erleichterung entfloh seinen Lippen. Das Kinn fiel herab, die Oberlippe hob sich, und zwei Reihen tabakgebräunter Zähne wurde sichtbar. Seine Züge schienen in einem teuflischen Grinsen über die Welt, die er verlassen und überlistet hatte, erstarrt zu sein. Aber da geschah etwas ganz Überraschendes: Wie ein Donnerschlag fuhr der Kapitän über den Toten her. Flüche prasselten in unaufhaltsamem Strom von seinen Lippen, und es waren nicht etwa gewöhnliche Flüche oder unziemliche Redensarten. Jedes seiner Worte war eine Gotteslästerung, und der Worte waren viele. Sie knisterten und krachten wie elektrische Funken. Nie im Leben habe ich Ähnliches gehört oder auch nur für, möglich gehalten. Bei meinen literarischen Neigungen und meinem Ohr für kräftige Bilder genoß ich, das muß ich gestehen, wie kein anderer Zuhörer die prachtvolle Lebendigkeit und Kraft seiner gotteslästerlichen Ergüsse. Ihre Ursache war, wenn ich recht verstand, daß der Mann, der der Steuermann war, vor der Abreise aus San Francisco an einem Gelage teilgenommen und dann die Rücksichtslosigkeit besessen hatte, gleich zu Beginn der Reise zu sterben und Wolf Larsen kurzerhand zu verlassen.

Ich brauche, meinen Freunden wenigstens, nicht zu sagen, daß ich empört war. Fluchen und Schimpfen hatten mich stets abgestoßen. Ich fühlte Mattigkeit, Schwäche oder eher Schwindel. Für mich war immer etwas Feierliches, Würdevolles mit dem Tode verbunden gewesen, etwas Friedvolles, Heiliges. In dieser schrecklichen Gestalt war ich ihm noch nie begegnet. Wie gesagt: während ich die Kraft der erschreckenden Entladung aus Wolf Larsens Munde genoß, war ich gleichzeitig unsagbar abgestoßen. Der versengende Strom genügte, das Antlitz der Leiche welken zu lassen. Ich wäre nicht überrascht gewesen, wenn der schwarze Bart sich gekräuselt hätte und in hellen

Flammen aufgegangen wäre. Aber der Tote blieb unangefochten. Er grinste weiter sein höhnisches Lächeln, zynisch und verächtlich. Er war Herr der Situation.

Ebenso plötzlich, wie er begonnen, hörte Wolf Larsen auf zu fluchen. Er zündete sich wieder seine Zigarre an und sah sich um. Seine Augen fielen auf den Koch. „Na, Köchlein?“ fragte er mit einer merkwürdigen, kalten und stählernen Leutseligkeit

„Jawohl, Käptn“, schaltete der Koch beflissen und entschuldigend ein.

„Meinst du nicht, daß du jetzt lange genug den Kopf herausgesteckt hast? Das ist nicht gesund. Der Steuermann ist tot, und dich kann ich nicht auch noch entbehren. Sei vorsichtig mit deiner Gesundheit, Köchlein. Verstanden?“

Das letzte Wort traf im Gegensatz zu der früheren Freundlichkeit wie ein Peitschenhieb, und der Koch erzitterte.

„Jawohl, Käptn“, antwortete er schüchtern, und der beanstandete Kopf verschwand.

Nach dieser Abfuhr schien die Mannschaft das Interesse an den Vorgängen an Deck verloren zu haben und machte sich wieder an die Arbeit. Mehrere Leute jedoch, die zwischen der Kajüte und der Kombüse herumlungerten – sie schienen keine Seeleute zu sein –, sprachen leise weiter miteinander. Wie ich später erfuhr, waren es die Robbenjäger, die sich hoch erhaben über die gewöhnlichen Matrosen fühlten.

„Johansen!“ rief Wolf Larsen. Ein Matrose gehorchte. „Hol' dir Platen und Nadel und näh' den Schuft ein. Altes Leinen findest du in der Schiffstruhe. Los!“

„Was sollen wir ihm an die Füße hängen, Käptn?“ fragte der Mann gleichmütig.

„Wird sich schon finden“, sagte Wolf Larsen. Dann hob er die Stimme und rief: „Köchlein!“

Thomas Mugridge sprang wie ein Schachtelmännchen aus seiner Kombüse.

„Geh nach unten und füll' einen Sack mit Kohlen.“

„Hat einer von euch eine Bibel oder ein Gebetbuch, Jungens?“ lautete die nächste Frage, die der Kapitän diesmal an die bei der Luke herumlungernden Jäger richtete.

Sie schüttelten die Köpfe, und einer von ihnen machte einen Witz, den ich nicht verstand, der aber allgemeines Gelächter hervorrief.

Wolf Larsen stellte die gleiche Frage an die Matrosen. Bibeln und Gebetbücher schienen ein seltener Artikel an Bord zu sein, aber einer der Leute erbot sich, die Frage an die Wache, die sich unten befand, weitergehen zu lassen. Nach einer Minute kam er jedoch mit der Nachricht zurück, daß keins von beiden vorhanden sei.

Der Kapitän zuckte die Achseln. „Dann lassen wir ihn ohne Geschwätz verschwinden, wenn unser schiffbrüchiger Pastor nicht das Seemannsritual auswendig weiß."

Bei diesen Worten drehte er sich um und sah mich an. „Sie sind Pastor, nicht wahr?" fragte er.

Die Jäger drehten sich wie ein Mann um und betrachteten mich. Ich hatte das peinliche Gefühl, einer Vogelscheuche zu gleichen. Mein Aussehen verursachte ein schallendes Gelächter, das der Anblick des Toten, der grinsend an Deck ausgestreckt lag, in keiner Weise dämpfte, ein Gelächter, so rauh und barsch wie das Meer selber, aus der Kehle von Männern, die weder Schliff noch Zartgefühl kannten.

Wolf Larsen lachte nicht, wenn seine grauen Augen auch leicht aufleuchteten. Ich war dicht an ihn herangetreten, und jetzt erhielt ich, abgesehen von seiner äußeren Erscheinung und seinem Strom von Flüchen, den ersten Eindruck von dem Manne. Die bedeutenden, festen Züge verliehen seinem Gesicht trotz der Vierschrötigkeit gute Proportionen. Wirkte das Gesicht auf den ersten Blick ebenso massiv wie sein Körper, so gewann man doch bei näherer Betrachtung die Überzeugung, daß in der Tiefe seines Wesens eine ungeheure, entsetzliche Kraft schlummerte. Mund, Kinn, die hohe Stirn, die sich schwer über den Augen wölbte, alles dies, jedes für sich schon ungewöhnliche Stärke verratend, zeugte zusammen von einer unsagbaren Männlichkeit. Eine solche Seele ließ sich nicht ausloten, nicht ermessen; sie duldete keinen Vergleich.

Die Augen – sie betrachtete ich besonders eingehend– waren groß und schön, weit offen wie die eines wirklichen Künstlers und von dichten schwarzen Brauen überwölbt. Sie waren von jenem veränderlichen Grau, das nie gleichbleibt, wie changierende Seide in der Sonne spielt und zahllose Schattierungen annimmt, die dunkel- und hellgrau und graugrün und manchmal azurblau wie die Tiefsee sein können. Es waren Augen, die die Seele hinter tausend Verkleidungen bargen, und die sich nur selten öffneten, um sie unverschleiert auf wunderbare Abenteuer in die Welt fahren zu lassen – Augen, die mit der hoffnungslosen Düsterkeit eines bleiernen Himmels brüten und wieder Feuerfunken wie von einem geschwungenen Schwert sprühen, die frostig wie eine arktische Landschaft werden und wieder sanft wärmen konnten, und die, intensiv und männlich – lockend und bittend – in feuriger Liebe blitzend, Frauen bezaubern und zugleich beherrschen mochten, daß sie sich in einem Schauer von Freude und Erleichterung ergaben.

Doch zurück zu meinem Bericht: Ich erklärte, daß ich kein Geistlicher sei, also den Gottesdienst bei dem Begräbnis leider nicht übernehmen könne.

„Was für einen Beruf haben Sie denn?"

Ich gestehe, daß man noch nie eine solche Frage an mich gerichtet, und daß auch ich selbst noch nie darüber nachgedacht hatte. Ich war wie vor den Kopf geschlagen, und ehe ich mich besonnen hatte, stotterte ich: „Ich – ich bin Gentleman."

Seine Lippen kräuselten sich zu einem verächtlichen Lächeln.

„Ich habe gearbeitet, ich arbeite wirklich", rief ich eifrig, als wäre er mein Richter, der Rechenschaft von mir forderte, während ich mir gleichzeitig ganz klar darüber wurde, wie dumm ich war, überhaupt auf die Frage einzugehen.

„Leben Sie davon?"

So herrisch und gebieterisch wirkte er, daß ich „klappernd" wie ein zitterndes Kind vor dem gestrengen Lehrer dastand.

„Wer unterhält Sie?" lautete seine nächste Frage.

„Ich bin vermögend", antwortete ich keck und hätte mir im nächsten Augenblick die Zunge abbeißen mögen. „Aber das hat doch alles nichts mit der Angelegenheit zu tun, über die ich mit Ihnen zu sprechen habe."

Er beachtete meinen Protest nicht.

„Wer hat das Vermögen verdient? Nun? Dacht' ich's doch. Ihr Vater. Sie stehen auf den Füßen eines toten Mannes. Sie selbst haben nie was gehabt. Sie wären nicht imstande, ihrem hungrigen Magen von einem Sonnenaufgang zum andern drei Mahlzeiten zu verschaffen. Zeigen Sie mal Ihre Hände!"

Seine entsetzliche schlummernde Kraft muß sich in diesem Augenblick geregt, oder ich muß geschlafen haben, denn ehe ich es wußte, war er zwei Schritt vorgetreten, hatte meine rechte Hand gepackt und untersuchte sie. Ich wollte sie zurückziehen, aber seine Finger umschlossen sie ohne sichtbare Anstrengung so fest, daß ich glaubte, er zermalme sie. Unter solchen Umständen ist es schwer, Würde zu bewahren. Ich konnte doch nicht wie ein Schuljunge mich winden und zappeln. Und ich konnte auch ein Geschöpf nicht angreifen, das meinen Arm mit einem einzigen Druck zu zerbrechen imstande war. So blieb mir nichts übrig, als stillzuhalten und die Schmach hinzunehmen. Ich hatte Zeit zu beobachten, daß die Taschen des Toten entleert und sein Körper und sein Grinsen dem Blick durch ein Stück Segeltuch entzogen worden waren, dessen Falten Johansen, der Matrose, mit grobem Bindfaden zusammennähte, indem er die Nadel mit einem in seiner Handfläche befestigten Lederwerkzeug durchtrieb.

Wolf Larsen schleuderte meine Hand verächtlich von sich: „Die Hände eines Toten haben die Ihren weich erhalten. Zu nichts nütze als zum Aufwaschen und Küchenjungendienst."

„Ich wünsche an Land gesetzt zu werden", sagte ich fest, denn ich hatte mich wieder in der Gewalt. „Ich werde Ihnen zahlen, was Sie für Ihre Verspätung und Ihre Mühe verlangen."

Er sah mich mit einem seltsamen Blick an. Seine Augen leuchteten spöttisch.

„Ich habe Ihnen einen Gegenvorschlag zu machen. Mein Steuermann ist tot, und es ist daher eine ganze Reihe von Beförderungen vorzunehmen. Ein Matrose wird den Platz des Steuermanns einnehmen, der Kajütsjunge wird Matrose, und Sie rücken an seine Stelle, unterschreiben einen Kontrakt für die Fahrt und bekommen zwanzig Dollar monatlich und freie Verpflegung. Was meinen Sie dazu? Denken Sie daran, daß es zu Ihrem eigenen Besten ist. Es wird etwas aus Ihnen. Sie lernen vielleicht, auf eigenen Füßen zu stehen und sogar ein bißchen auf ihnen zu laufen."

Aber ich achtete nicht auf seine Worte. Die Segel des Fahrzeuges, das ich in Südwest gesehen hatte, waren immer größer und deutlicher geworden. Es war dieselbe Schonertakelung, wie die „Ghost" sie hatte, aber der Rumpf war kleiner. Es war ein schöner Anblick, wie es jetzt mit ausgebreiteten Flügeln auf uns zuflog und augenscheinlich seinen Kurs ganz dicht an uns vorbei nahm. Der Wind hatte plötzlich zugenommen, und die Sonne war nach ein paar ärgerlichen Blicken hinter den Wolken verschwunden. Die See hatte sich in ein düsteres Bleigrau verwandelt und ging schwerer, und die Wogenkämme wurden von weißem Schaum gekrönt. Wir fuhren schneller und krengten stärker über. Eine Bö tauchte die Reling ganz unter Wasser, so daß es das Deck überspülte und ein paar von den Jägern veranlaßte, schnell die Beine hochzuziehen.

„Das Schiff fährt bald an uns vorbei“, sagte ich nach einer kleinen Pause. „Da es uns entgegenkommt, ist anzunehmen, daß es nach San Francisco will.“

„Sehr wahrscheinlich“, lautete Wolf Larsens Antwort. Dann wandte er sich halb um und rief: „Köchlein, he, Köchlein!“ Der Koch fuhr aus der Kombüse.

„Wo ist der Junge? Sag' ihm, daß ich ihn brauche.“

„Jawohl, Käptn“, und Thomas Mugridge eilte nach achtern und verschwand über eine Treppe in der Nähe des Rades. Gleich darauf tauchte er wieder auf, gefolgt von einem kräftigen, finsterblickenden Burschen von achtzehn bis neunzehn Jahren.

„Da ist er“, sagte der Koch.

Aber Wolf Larsen ignorierte den Ehrenmann und wandte sich sofort an den Kajütsjungen.

„Wie heißt du, Junge?“

„George Leach, Käptn“, lautete die verdrossene Antwort, und die Haltung des Jungen verriet deutlich, daß er wußte, warum er herbefohlen war.

„Das ist kein irischer Name“, schnappte der Kapitän scharf. „O'Toole oder McCarthy würden besser zu deiner Fratze passen. Sonst hat jedenfalls ein Ire bei deiner Mutter im Bett gelegen.“

Ich sah, wie sich die Hände des Burschen bei dieser Beleidigung ballten und das Blut ihm zu Kopfe stieg. „Aber lassen wir das!“ fuhr Wolf Larsen fort. „Du wirst wohl deine Gründe haben, deinen Namen zu vergessen, und deshalb können wir doch Freunde bleiben, solange du deine Pflicht tust. Du stammst natürlich aus Telegraph Hill. Das verrät deine Fratze auf zehn Meilen. Richtige Raufbolde! Ich kenne die Sorte. Na, das wollen wir dir schon austreiben. Verstanden? Wer hat dich geheuert?“

„McCready & Swanson.“

„Käptn!“ donnerte Wolf Larsen.

„McCready & Swanson, Käptn“, verbesserte sich der Junge, und seine Augen schossen Blitze.

„Wer hat den Vorschuß gekriegt?“

„Die Leute, Käptn.“

„Hab' ich mir gedacht. Und du hast dich verflucht gefreut darüber. Konntest gar nicht schnell genug machen, denn es waren wohl verschiedene Herren hinter dir her.“

Jetzt verlor der Junge die Besinnung. Sein Körper krümmte sich wie zum Sprunge, und sein Gesicht glich dem eines knurrenden wilden Tieres. „Das ist ...“

„Was?“ fragte Wolf Larsen mit merkwürdig sanfter Stimme, als wäre er ungeheuer neugierig auf das nicht ausgesprochene Wort.

Der Junge schwieg und beherrschte sich. „Nichts, Käptn, ich nehme es zurück.“

„Ich wußte ja, daß ich recht hatte!“ Dies mit belustigtem Lächeln. „Wie alt bist du?“

„Sechzehn, Käptn.“

„Du lügst. Du bist wenigstens achtzehn und noch dazu groß für dein Alter. Muskeln wie ein Pferd. Pack' dein Zeug zusammen und geh nach vorn in die Back. Du bist zum Jungmann befördert. Verstanden?“

Ohne eine Antwort des Jungen abzuwarten, wandte sich der Kapitän zu dem Matrosen, der gerade die schauerliche Aufgabe, die Leiche einzunähen, beendet hatte. „Johansen, verstehst du was vom Navigieren?“

„Nein, Käptn.“

„Na, schadet nichts, du bist zum Steuermann befördert. Bring' deine Siebensachen nach achtern in die Steuermannskabine.“

„Jawohl, Käptn“, lautete die frohe Antwort, und Johansen ging. Der Junge hatte sich unterdessen nicht vom Fleck gerührt.

„Worauf wartest du noch?“ fragte Wolf Larsen.

„Ich hab' mich nicht als Jungmann eintragen lassen. Käptn“, lautete die Antwort. „Ich bin als Kajütsjunge geheuert und wünsche keine andere Beschäftigung.“

„Pack' deine Sachen zusammen und mach', daß du nach vorn kommst.“

Diesmal war Wolf Larsens Befehl herrisch und durchdringend. Der Junge blickte finster vor sich hin, gehorchte aber nicht.

Da erfolgte wieder ein Ausbruch von Wolf Larsens entsetzlicher Kraft. Ganz unerwartet und von nicht zwei Sekunden Dauer. Er sprang volle sechs Fuß weit über das Deck und jagte seine Faust dem andern in den Magen. Mir wurde übel, als wäre ich selbst in den Leib getroffen. Ich erwähne dies, um zu zeigen, in welchem Zustand sich meine Nerven damals befanden, und wie ungewohnt ich derartiger roher Auftritte war. Der Kajütsjunge – er wog mindestens hundertfünfzig Pfund – klappte zusammen. Sein Körper wurde hochgehoben, beschrieb eine kurze Kurve und fiel kopfüber neben der Leiche auf das Deck, wo er liegen blieb und sich in Schmerzen wand.

„Nun?“ fragte Wolf Larsen mich. „Haben Sie sich's überlegt?“

Ich warf einen Blick nach dem sich nähernden Schoner, der jetzt, nur wenige hundert Meter entfernt, dicht vor uns war. Es war ein schmuckes kleines Fahrzeug. Auf einem der Segel konnte ich eine große schwarze Zahl erkennen, wie ich sie auf Bildern von Lotsenschiffen gesehen hatte.

„Was ist das für ein Schiff?“ fragte ich.

„Lotsenschoner „Lady Mine““, erwiderte Wolf Larsen mit grausamem Lächeln. „Hat den Lotsen abgesetzt und geht jetzt nach San Francisco. Wird bei diesem Wind in fünf bis sechs Stunden dort sein.“

„Wollen Sie ihn bitte anrufen, daß er mich an Land bringt?“

„Tut mir leid, aber mein Signalbuch ist über Bord gefallen“, meinte er, und die Jäger grinsten.

Ich blickte ihn scharf an, und die Gedanken wirbelten mir durch den Kopf. Ich hatte die schreckliche Behandlung des Kajütsjungen mit angesehen und wußte, daß mir höchstwahrscheinlich das Gleiche, wenn nicht Schrecklicheres blühte. Wie gesagt: die Gedanken wirbelten mir durch den Kopf, und dann tat ich, was ich heute noch für die tapferste Tat meines Lebens halte. Ich lief an die Reling, schwenkte die Arme und schrie:

„„Lady Mine“, ahoi! Bringt mich an Land! Tausend Dollar, wenn ihr mich an Land bringt!“

Ich wartete und beobachtete am Rad zwei Männer, von denen der eine steuerte. Der andere hob ein Sprachrohr an die Lippen. Ich wandte nicht den

Kopf, obgleich ich jeden Augenblick den tödlichen Schlag von der menschlichen Bestie hinter mir erwartete. Schließlich konnte ich die Spannung nicht länger ertragen. Ich sah mich um. Er hatte sich nicht vom Fleck gerührt. Er stand noch in derselben Stellung da, schwankte leicht im Rollen des Schiffes und zündete sich eine neue Zigarre an.

„Was gibt es? Ist etwas geschehen?“ So rief der Mann auf der „Lady Mine“.

„Ja“, schrie ich mit der vollen Kraft meiner Lungen. „Leben oder Tod! Tausend Dollar, wenn ihr mich an Land bringt!“

„Die Gegend bekommt meiner Mannschaft nicht gut“, rief Wolf Larsen jetzt hinüber. „Der“ – er wies mit dem Daumen auf mich – „glaubt überall Seeschlangen und Affen zu sehen.“

Der Mann auf der „Lady Mine“ lachte durchs Megaphon. Das Lotsenschiff setzte seinen Kurs fort.

„Schickt ihn zum Teufel!“ ertönte der letzte Ruf, und die beiden Männer winkten zum Abschied.

Verzweifelt lehnte ich mich über die Reling und starrte dem kleinen Schoner nach; die wogende Wüste wuchs rasch zwischen ihm und uns. Er war in sechs Stunden vermutlich in San Francisco! Mir war, als sollte mir der Kopf springen. Der Hals schnürte sich mir zusammen. Eine Sturzsee schlug über die Reling und besprühte mir die Lippen mit Salzwasser. Der Wind war aufgefrischt, und die „Ghost“ krengte so stark, daß die Reling auf Lee ganz unter Wasser begraben war. Ich konnte hören, wie es über das Deck spülte.

Als ich mich kurz darauf umwandte, sah ich, wie der Junge schwankend wieder auf die Beine kam. Sein Gesicht war geisterhaft weiß und von unterdrücktem Schmerz verzerrt. Er sah sehr elend aus.

„Na, Leach, gehst du nun nach vorn?“ fragte Wolf Larsen.

„Jawohl, Käptn“, antwortete die geduckte Seele.

„Und Sie?“ fragte er mich.

„Ich gebe Ihnen tausend ...“

Aber er unterbrach mich: „Lassen wir das! Wollen Sie den Posten des Kajütsjungen übernehmen? Oder soll ich Sie erst in die Mache nehmen?“

Was sollte ich tun? Wenn ich mich brutal prügeln, vielleicht totschlagen ließ, nützte es mir auch nichts. Ich starrte in die grausamen Augen. Sie hätten aus Granit sein können, so wenig Lieht und Wärme einer menschlichen Seele leuchtete aus ihnen. In den Augen mancher Menschen kann man die Regungen ihrer Seele lesen, aber die seinen waren leer, kalt und grau wie das Meer selbst. „Nun?"

„Ja", sagte ich.

„Sagen Sie: „Jawohl, Käptn"!"

„Jawohl, Käptn!" verbesserte ich mich.

„Wie heißen Sie?"

„Van Weyden, Käptn."

„Vorname?"

„Humphrey, Käptn; Humphrey van Weyden."

„Alter?"

„Fünfunddreißig, Käptn."

„Das genügt. Gehen Sie zum Koch und lassen Sie sich in Ihren Pflichten unterweisen."

Und so geschah es, daß ich in ein unfreiwilliges Dienstverhältnis zu Wolf Larsen trat. Er war stärker als ich, das war alles. Aber ich habe es weder damals noch später je begriffen. Es wird mir immer als etwas Ungeheuerliches, Unverständliches, als ein furchtbarer Alp erscheinen.

„Halt, warten Sie noch!"

Folgsam blieb ich stehen.

„Johansen, rufen Sie die ganze Mannschaft zusammen. Jetzt ist alles im reinen, und da ist es am besten, wenn wir gleich das Begräbnis vornehmen und das Deck von unnützem Unrat säubern."

Während Johansen die Wache heraufrief, legten ein paar Matrosen die eingenähte Leiche nach Anweisung des Kapitäns auf einen Lukendeckel. Zu beiden Seiten des Decks hingen kleine Boote über die Reling. Einige Mann hoben den Lukendeckel mit seiner gräßlichen Last und trugen ihn nach Lee hinüber, wo sie die Leiche, die Beine außenbords, auf eines der Boote legten. Der Kohlensack, den der Koch geholt hatte, wurde ans Fußende gebunden.

Unter einem Begräbnis auf See hatte ich mir immer etwas sehr Feierliches vorgestellt, aber bei diesem Begräbnis schwanden meine Illusionen schnell und gründlich. Einer von den Jägern, ein kleiner schwarzäugiger Mann, den seine Kameraden Smoke nannten, erzählte stark mit Flüchen und Zoten gespickte Geschichten, und jeden Augenblick brach die ganze Jägergruppe in ein Gelächter aus, das in meinen Ohren wie ein Chor von Wölfen oder das Gekläff der Höllenhunde klang. Die Matrosen versammelten sich geräuschvoll achtern, einige von der Mannschaft rieben sich den Schlaf aus den Augen und unterhielten sich leise. Auf ihren Zügen lag ein unheilverkündender, mürrischer Ausdruck. Es war deutlich zu sehen, daß die Aussicht auf eine Fahrt unter diesem Kapitän, die dazu noch unter so üblen Vorbedeutungen begonnen hatte, sie nicht lockte. Hin und wieder warfen sie verstohlene Blicke auf Wolf Larson, und ich konnte merken, daß sie den Mann fürchteten.

Er schritt zum Lukendeckel, und alle Mützen wurden abgenommen. Ich ließ meinen Blick über sie schweifen – es waren zwanzig Mann, zweiundzwanzig mit dem Mann am Ruder und mir. Es ist wohl begreiflich, daß ich sie neugierig musterte, sollte es doch nun mein Schicksal sein, ihr Los, eingepfercht in diese schwimmende Miniaturwelt, wer weiß wie viele Wochen und Monate zu teilen. Die Matrosen bestanden hauptsächlich aus Engländern und Skandinaviern mit groben, ausdruckslosen Gesichtern. Die Jäger hingegen hatten scharfe, harte, von zügelloser Leidenschaft geprägte Züge. Merkwürdigerweise sah ich sofort, daß Wolf Larsens Gesicht nicht diesen Ausdruck von Verderbtheit hatte. Gewiß, es hatte auch scharfe Linien, aber nur Linien, die von Entschlossenheit und Festigkeit sprachen. Seine Miene war von einem Freimut und einer Offenheit, die durch seine Bartlosigkeit noch verstärkt wurden. Ich konnte – bis zum nächsten Zwischenfall – kaum glauben, daß dies derselbe Mann war, der den Kajütsjungen so behandelt hatte.

Er öffnete den Mund, um zu sprechen, aber in diesem Augenblick traf ein Windstoß nach dem andern den Schoner und preßte ihn auf die Seite. Der Wind heulte ein wildes Lied durch die Takelung. Einige von den Jägern warfen ängstliche Blicke nach oben. Die Reling auf Lee, wo der Tote lag, tauchte tief ins Wasser, und als der Schoner sich aufrichtete, wurden unsere Füße überspült. Ein Regenschauer ergoß sich über uns, und jeder Tropfen traf wie ein Hagelkorn. Als er vorüber war, begann Wolf Larsen zu sprechen, während die Leute im Takt des stampfenden Schiffes schwankten.

„Ich erinnere mich nur eines Teils des Rituals," sagte er, „nämlich: „Und der Leichnam soll ins Meer geworfen werden." – Also hinein damit."

Er schwieg. Die Leute, die den Lukendeckel hielten, waren verdutzt, verwirrt durch die Kürze der Zeremonie. Wütend fuhr er auf sie los:

„Hoch das Ende, zum Donnerwetter! Was ist in euch gefahren, zum Teufel?"

Sie hoben schleunigst den Lukendeckel am oberen Ende. Und wie ein über Bord geworfener Hund flog der Tote, die Füße voran, ins Meer. Der Kohlensack an seinen Füßen zog ihn hinunter. Er war fort.

„Johansen," sagte Wolf Larsen kurz zu dem neuen Steuermann, „lassen Sie alle Mann, da sie gerade hier sind, an Deck bleiben. Holen Sie die Topsegel und den Klüver ein, aber ein bißchen schnell. Wir bekommen einen tüchtigen Südwest. Reffen Sie lieber auch das Großsegel, wenn Sie schon mal dabei sind." In einem Augenblick war das ganze Deck in Bewegung. Johansen brüllte seine Befehle, und die Leute hahlten und fierten an allen möglichen Stricken und Tauen – für mich als Landratte natürlich ein wirres Chaos. Was mich aber besonders packte, war die Herzlosigkeit, die in seinem Tun lag. Der Tote war vergessen. Er war mit einem Kohlensack an den Füßen versenkt worden, das Schiff setzte seine Reise fort, und die Arbeit ging ihren Gang. Keiner war auch nur im geringsten ergriffen. Die Jäger lachten über eine neue Geschichte, die „Smoke" erzählte, die Leute hahlten und fierten, und zwei von ihnen kletterten nach oben. Wolf Larsen musterte den sich überziehenden Himmel in Luv. Und der Tote, der so elend gestorben und so jämmerlich begraben war, sank immer tiefer – – – Da überwältigte mich die Grausamkeit des Meeres, seine Unbarmherzigkeit und Gewalt. Das Leben war billig, etwas Sinnloses und Tierisches, eine seelenlose Bewegung von Schlamm und Schleim. Ich stellte mich an die Reling in Luv, neben den Wanten, und starrte über die trostlosen, schäumenden Wogen hinweg auf die niedrigen Nebelbänke. Hin und wieder trieb eine Regenbö dazwischen und entzog den Nebel meinen Blicken. Und dieses seltsame Schiff zog mit seiner schrecklichen Besatzung vor prallen Segeln nach Südwest, über die weite Fläche des Stillen Ozeans.

Meine ersten Erlebnisse auf dem Robbenschoner „Ghost" in der Zeit, während der ich mich meiner neuen Umgebung anzupassen suchte, waren eine Kette von Demütigungen und Leiden. Der Koch, von der Besatzung „Doktor", von den

Jägern „Tommy“ und von Wolf Larsen „Köchlein“ genannt, war wie ausgewechselt. Die Veränderung in meiner Stellung zog eine entsprechende Veränderung in seiner Art, mich zu behandeln, nach sich. So sklavisch und unterwürfig er vorher gewesen, so herrisch und streitsüchtig war er jetzt. War ich doch nicht mehr der feine Herr mit einer Haut wie der einer Dame, sondern ein ganz gewöhnlicher und sehr unbrauchbarer Kajütsjunge.

In seiner Dummheit bestand er darauf, daß ich ihn Herr Mugridge nennen sollte, und als er mich in meinen Pflichten unterwies, waren sein Benehmen und sein ganzes Getue unerträglich. Außer meiner Arbeit in der Kajüte mit den vier kleinen Kojen sollte ich ihm in der Kombüse helfen, und meine ungeheure Unwissenheit in bezug auf Kartoffelschälen und das Auswaschen fettiger Kochtöpfe bildete für ihn eine Quelle unaufhörlicher spöttischer Verwunderung. Er nahm nicht die geringste Rücksicht auf meine Lage oder vielmehr auf meine bisherigen Gewohnheiten. Ich gestehe, daß ich ihn, ehe der Tag zu Ende war, mehr haßte, als ich je im Leben einen Menschen gehaßt hatte.

Dieser erste Tag wurde mir noch dadurch erschwert, daß die „Ghost“ unter gerefften Segeln durch einen „brüllenden Südost“ stampfte, wie Herr Mugridge sich ausdrückte. Um halb fünf deckte ich unter seiner Anleitung den Tisch in der Kajüte. Ich befestigte das Schlingerbrett und holte dann Essen und Tee aus der Kombüse. Ich kann bei dieser Gelegenheit nicht umhin, mein erstes Abenteuer bei hohem Seegang zu berichten.

„Sieh dich vor, sonst kriegst du einen Guß ab“, schärfte Herr Mugridge mir ein, als ich die Kombüse verließ, in der Hand einen ungeheuren Teekessel und unter dem andern Arm mehrere frisch gebackene Brote. Einer der Jäger, ein großer gelenkiger Bursche namens Henderson, kam gerade in diesem Augenblick aus dem „Zwischendeck“ (mit diesem Namen bezeichneten die Jäger witzig ihre mittschiffs gelegenen Schlafquartiere). Wolf Larsen stand auf der Hütte und rauchte seine ewige Zigarre.

„Siehst du! Futsch ist er“, schrie der Koch.

Ich blieb stehen, denn ich wußte nicht, was geschah. Ich sah nur, wie die Kombüsentür mit einem Knall zuflog. Dann sah ich Henderson wie einen Verrückten zum Großmast springen und hoch über meinen Kopf in die Takelung klettern. Ich sah auch noch eine riesige Woge, die schäumend hoch über der Reling stand. Ich befand mich direkt unter ihr. Meine Gedanken arbeiteten nur langsam; alles war so neu und fremd für mich. Ich wußte nichts, als daß Gefahr drohte. Bestürzt stand ich still. Da schrie Wolf Larsen von der Hütte: „Festhalten, Sie – Hump!"

Aber es war zu spät. Ehe ich mich an die Takelung angeklammert hatte, wurde ich von dem stürzenden Wasserschwall getroffen. Was dann geschah, weiß ich nicht recht. Ich befand mich unter Wasser, erstickte, ertrank. Die Füße glitten unter mir fort, ich wurde herumgewirbelt und Gott weiß wohin gefegt. Ich schlug gegen verschiedene harte Gegenstände, und einmal stieß ich mir mein rechtes Knie schrecklich. Dann schien das Wasser plötzlich zu verschwinden, und ich atmete wieder frische Luft. Ich war gegen die Kombüse geschleudert und dann rings um die Ruff bis gegen die Speigatten in Lee geschwemmt worden. Der Schmerz in meinem Knie war furchtbar. Ich glaubte nicht auftreten zu können und war sicher, das Bein gebrochen zu haben. Aber der Koch hielt Umschau nach mir und schrie durch die Kombüsentür:

„Na du! Bleib nicht die ganze Nacht unterwegs! Wo ist der Teetopf? Über Bord? Dir wäre recht geschehen, wenn du dir den Hals gebrochen hättest!"

Ich versuchte auf die Füße zu kommen. Den großen Teetopf hielt ich noch in der Hand. Ich humpelte zur Kombüse und reichte ihn ihm. Aber er schäumte vor wirklicher und vorgeblicher Wut.

„Gott straf' mich, wenn du nicht ein elender Waschlappen bist. Wozu bist du überhaupt nütze? Wie? Wozu taugst du? Kannst nicht mal ein bißchen Tee tragen, ohne ihn zu verschütten. Nun kann ich noch mal aufgießen.

Und was greinst du?" fuhr er mich mit erneuter Wut an. „Hat seinem armen Beinchen wehgetan, Mamas armer Liebling."

Ich greinte gar nicht, wenn mein Gesicht auch vor Schmerz zucken mochte. Aber ich bot meine ganze Energie auf, biß die Zähne zusammen und hinkte ohne weiteren Zwischenfall von der Kombüse nach der Kajüte und wieder zurück. Zweierlei aber hatte mir mein Unfall eingetragen: eine verletzte Kniescheibe, an der ich monatelang zu leiden hatte, und den Namen „Hump", den Wolf Larsen mir von der Hütte aus zugerufen hatte. Von jetzt an wurde ich vorn und achtern nicht anders als Hump genannt, bis der Name so in mein Bewußtsein überging, daß ich selbst in meinen Gedanken Hump war, als ob ich nie anders geheißen hätte.

Es war keine leichte Aufgabe, am Kajütentisch zu bedienen, an dem Wolf Larsen, Johansen und die sechs Jäger aßen. Die Kajüte selbst war sehr eng, und es war nicht leicht, sich bei dem heftigen Rollen und Stampfen des Schoners darin zu bewegen. Was mich am meisten wurmte, war der vollkommene Mangel an Mitgefühl seitens der Männer, die ich bediente. Ich spürte durch die Kleidung hindurch, wie mein Knie immer mehr anschwoll, und ich war schwach und krank. Im Kajütenspiegel sah ich flüchtig mein Gesicht, das weiß, geisterhaft und vom Schmerz verzerrt war. Alle müssen meinen Zustand bemerkt haben, aber keiner verlor ein Wort darüber oder nahm auch nur die geringste Notiz von mir. Ich fühlte beinahe etwas wie Dankbarkeit, als Wolf Larsen später, als ich die Teller abwusch, zu mir sagte:

„Machen Sie sich nichts aus solcher Kleinigkeit. An so etwas werden sie sich schnell gewöhnen. Sie werden vielleicht ein bißchen weniger leichtfüßig sein, dafür aber auch gehen lernen. Das nennt man ja wohl ein Paradox, nicht wahr?“ fügte er hinzu.

Er schien sich zu freuen, als ich mit einem mir schon zur Gewohnheit gewordenen „Jawohl, Käptn“ nickte. „Ich nehme an, daß Sie ein bißchen Bescheid wissen über literarische Dinge. Was? Na, wir werden gelegentlich mal drüber reden.“

Und dann kehrte er mir, ohne weiter Notiz von mir zu nehmen, den Rücken und ging an Deck.

Als ich spät abends ein tüchtiges Stück Arbeit hinter mir hatte, wurde ich zum Schlafen ins Zwischendeck geschickt, wo ich eine einfache Koje erhielt. Ich war froh, von der verhaßten Gegenwart des Kochs befreit zu sein und mich endlich niederlegen zu können. Zu meiner Überraschung waren mir die Kleider am Körper getrocknet, ohne daß ich Anzeichen einer Erkältung von dem letzten Sturzbad oder dem langen Schwimmbad nach dem Sinken der „Martinez“ gespürt hätte. Unter gewöhnlichen Umständen wäre ich nach allem, was ich durchgemacht hatte, reif fürs Bett und eine Krankenschwester gewesen.

Aber mein Knie schmerzte furchtbar. Soweit ich feststellen konnte, hatte ich mir die Kniescheibe ausgesetzt. Als ich auf dem Rand meiner Koje saß und das Bein untersuchte (die Jäger befanden sich alle im Zwischendeck, rauchten und schwatzten), warf Henderson einen Blick auf mein Knie.

„Sieht bös aus“, bemerkte er. „Bind dir 'n Lappen rum, dann wird's besser.“

Das war alles. An Land würde ich schön auf dem Rücken gelegen haben unter der Pflege eines Arztes und mit der strengen Weisung, mich vollkommen ruhig zu verhalten. Aber ich muß diesen Männern Gerechtigkeit widerfahren lassen: ebenso gefühllos wie meinen Leiden waren sie auch ihren eigenen gegenüber; wenn ihnen einmal etwas zustieß. Erstens machte das die Gewohnheit, und zweitens waren sie von Natur aus weniger empfindlich. Ich glaube wirklich, daß ein feiner organisierter Mensch, wie ich, doppelt und dreifach soviel Schmerzen fühlte wie sie.

Bei aller Müdigkeit – ich war wirklich erschöpft – hinderte mich der Schmerz am Knie am Schlafen. Alles, was ich tun konnte, war, daß ich mich mit aller Gewalt beherrschte, um nicht laut zu stöhnen. Daheim würde ich zweifellos meinen Qualen Luft gemacht haben, aber diese mir neue, primitive Umgebung schien die Abhärtung eines Wilden von mir zu fordern. Diese Männer benahmen sich wie Naturvölker: stoisch in großen, kindlich reizbar in kleinen Dingen. Ich weiß noch, wie Kerfoot, einem der Jäger, später auf der Fahrt ein Finger zu Mus zerquetscht wurde, ohne daß er auch nur einen Laut von sich gab oder eine Miene verzog. Und derselbe Mann konnte bei der geringsten Kleinigkeit in zügellose Wut geraten.

Gerade jetzt war das der Fall. Er schrie und brüllte, schwenkte die Arme und fluchte wie der Teufel, und nur, weil er sich mit einem andern Jäger nicht über die Frage einigen konnte, ob ein Robbenjunges instinktiv schwimmen könne oder nicht. Seiner Ansicht nach schwamm es gleich nach der Geburt. Der andere Jäger, Latimer, ein magerer Bursche mit boshaften Schlitzaugen, der wie ein Yankee aussah, glaubte wiederum, die Robbenjungen würden lediglich auf dem Lande geboren, weil sie nicht schwimmen könnten, und ihre Mütter müßten es ihnen beibringen wie die Vögel ihren Nestlingen das Fliegen.

Unterdessen lagen die andern vier Jäger über dem Tisch oder saßen in ihren Kojen und überließen die beiden Widersacher ihrem Streit. Aber die Sache interessierte sie doch stark, hin und wieder ergriff einer von ihnen stürmisch Partei, und manchmal redeten sie alle durcheinander, bis die Worte wie Donnergrollen durch den Raum hallten. War der Gegenstand ihres Streits kindisch und lächerlich, so war es die Art ihrer Beweisführung noch mehr. Von Vernunftgründen war nicht die Rede, es gab nur Behauptungen und Schimpfen. Daß ein Robbenjunges bei der Geburt schwimmen konnte oder nicht, bewiesen sie durch kriegerische Behauptungen und Angriffe auf Urteilskraft, Verstand, Nationalität oder Vorleben des Gegners. Die Widerlegung war entsprechend. Ich erzähle dies nur, um die geistige Beschaffenheit der Männer zu zeigen, auf deren

Umgang ich jetzt angewiesen war. In geistiger Beziehung waren sie Kinder, in körperlicher ausgewachsene Männer.

Und sie rauchten, rauchten unaufhörlich, und noch dazu einen billigen, stinkenden Tabak. Die Luft war dick und trübe vor Rauch. Das und die heftigen Bewegungen des Schiffes im Sturm würden mich sicher seekrank gemacht haben, wenn ich dazu geneigt hätte. So hatte ich nur eine Art Schwindelgefühl, das aber vielleicht auch von dem Schmerz in meinem Knie und meiner Erschöpfung herrührte.

Wie ich so dalag, machte ich mir natürlich Gedanken über meine Lage. Es war sicher einzig in seiner Art, kaum im Traum auszudenken, daß ich, Humphrey van Weyden, ein Mann von akademischer Bildung, ein Dilettant, wenn ich so sagen darf, in künstlerischen und literarischen Dingen, mich hier auf der Fahrt mit einem Robbenfänger zur Beringsee befand. Mein ganzes Leben lang hatte ich keine schwere körperliche Arbeit getan. Ich hatte ein ruhiges, ereignisloses Leben, das Dasein eines Einsiedlers geführt, mich mit Büchern beschäftigt und mein sicheres, behagliches Auskommen gehabt. Sport und Athletik hatten mich nie gereizt. Ich war stets ein Bücherwurm gewesen, so hatten Vater und Geschwister mich schon in meiner Kindheit genannt. Nur ein einziges Mal in meinem Leben hatte ich unter freiem Himmel kampiert, und da hätte ich beinahe die Gesellschaft zu Beginn des Ausfluges verlassen, um zu der Gemütlichkeit und Behaglichkeit eines Daches zurückzukehren. Und nun hatte ich die trostlose Aussicht auf endloses Tischdecken, Kartoffelschälen und Geschirraufwaschen. Und dabei war ich nicht sehr kräftig. Zwar hatten die Ärzte gesagt, daß ich eine vorzügliche Konstitution besäße, aber ich hatte sie nie durch Übung entwickelt. Meine Muskeln waren schlaff wie die eines Weibes, das hatten mir wenigstens die Ärzte immer wieder versichert bei dem Versuch, mich zur Ausübung eines Sports zu überreden. Aber ich hatte es vorgezogen, lieber den Kopf als den Körper zu gebrauchen, und nun saß ich hier in einer keineswegs geeigneten Verfassung für das rauhe Leben, das jetzt meiner harrte. Das waren einige der Gedanken, die mir durch den Kopf schossen und die ich hier gleich erzähle, um die Rolle von Schwäche und Hilflosigkeit, die ich spielen sollte, zu rechtfertigen. Daneben gedachte ich aber auch meiner Mutter und meiner Geschwister und malte mir ihren Schmerz aus. Ich gehörte zu den vermißten Toten der „Martinez"-Katastrophe, zu den nicht gefundenen Leichen. Ich sah die Überschriften in den Zeitungen vor mir, sah das Kopfschütteln der Kameraden im Klub und hörte sie sagen: „Armer Kerl!" Und ich sah Charley Furuseth vor mir, wie ich ihn beim Abschied gesehen, im Schlafrock auf dem Divan liegend und seine orakelhaften tiefsinnigen Epigramme schmiedend.

Inzwischen erkämpfte sich der Schoner „Ghost“ seinen Weg, rollend und stampfend, hinauf auf die wogenden Berge und hinab in die schäumenden Täler, immer weiter hinein ins Herz des Pazifik – und ich war auf ihm. Ich konnte den Wind dort oben hören. Wie ein gedämpftes Brausen drang er mir ans Ohr. Ab und zu stampften Füße über meinem Kopf. Von allen Seiten erklang ein unaufhörliches Knarren, das Holzwerk ächzte, quiekte und stöhnte in tausend Tonarten. Die Jäger stritten immer noch und brüllten wie eine halbmenschliche Amphibienbrut. Die Luft schwirrte von Flüchen und Zoten. Ich konnte ihre zornigen, erhitzten Gesichter sehen, ins Riesenhafte verzerrt durch das krankhafte Gelb der Schiffslampen, die mit dem Schiffe hin und her schwankten. In dem trüben Tabakdunst wirkten die Kojen wie die Käfige in einer Menagerie. Ölzeug und Seestiefel hingen an den Wänden, und hier und dort waren Gestelle mit Flinten und Büchsen angebracht. Es gemahnte an die Ausrüstung von Freibeutern und Piraten in vergangenen Zeiten. Ich ließ meiner Phantasie freien Lauf und konnte nicht schlafen. Es war eine lange, lange Nacht, ermüdend, unheimlich und endlos.

Aber meine erste Nacht im Zwischendeck war auch die letzte. Am nächsten Tage wurde Johansen, der neue Steuermann, von Wolf Larsen zum Schlafen ins Zwischendeck geschickt, während ich die Koje in der winzigen Kajüte, die schon am ersten Tage meiner Seereise von zwei Personen besetzt gewesen war, erhielt. Den Grund des Wechsels erfuhren die Jäger bald, und er weckte ziemlich viel Unbehagen unter ihnen. Johansen schien im Schlaf die Ereignisse des Tages jede Nacht noch einmal zu durchleben. Sein unaufhörliches Reden, Schreien und Kommandieren war Wolf Larsen zuviel gewesen, und er hatte den lästigen Schlafgenossen deshalb zu seinen Jägern abgeschoben.

Nach einer schlaflosen Nacht erhob ich mich, müde und leidend, um meinen zweiten Tag auf der „Ghost“ zu beginnen. Um halb sechs purrte Thomas Mugridge mich heraus, ungefähr so, wie Bill Sykes seinen Hund hinausgejagt haben würde; aber seine Roheit gegen mich wurde Herrn Mugridge in gleicher Münze zurückgezahlt. Der unnötige Lärm, den er schlug, mußte einen von den Jägern geweckt haben, denn ein schwerer Schuh sauste durchs Halbdunkel, und ich hörte, wie Herr Mugridge vor Schmerz aufheulte und demütig um

Entschuldigung bat. Später bemerkte ich, daß sein eines Ohr gequetscht und angeschwollen war. Es bekam seine frühere Form nie ganz wieder und wurde von den Matrosen von jetzt an „Blumenkohlohr“ genannt.

Der Tag wurde eine Kette von Verdrießlichkeiten verschiedenster Art. Ich hatte am Abend meine getrockneten Kleider vom Kombüsendach heruntergeholt und wollte sie nun zunächst wieder mit dem Zeug des Kochs vertauschen. Ich sah nach meiner Börse. Außer einigem Kleingeld (ich habe ein gutes Gedächtnis für derlei) hatte sie 185 Dollar in Gold und Scheinen enthalten. Die Börse fand ich, aber bis auf das Kleingeld war sie leer. Ich fragte den Koch danach, und wenn ich auch eine schroffe Antwort erwartet hatte, so überstieg ihre Niedertracht doch alle Grenzen.

„Sag' mal, Hump,“ begann er knurrend, und seine Augen leuchteten vor Bosheit, „willst du, daß ich dir die Nase einschlage? Wenn du meinst, daß ich ein Dieb bin, dann hast du dich geirrt. Ich will blind sein, wenn das nicht der schwärzeste Undank ist, den ich je erlebt habe. Da kommt so ein elendes Gestell von Mensch, ich nehme es in meine Kombüse auf und behandle es gut, und das hab' ich nun davon! Das nächste Mal kannst du meinetwegen zum Teufel gehen, ich werde schon dafür sorgen!“

Damit hob er die Fäuste und ging auf mich los. Zu meiner Schande sei gesagt, daß ich dem Schlage feige auswich und zur Kombüse hinauslief. Was hätte ich tun sollen? Gewalt, nichts als rohe Gewalt herrschte auf diesem Schiffe. Moralische Begriffe galten hier nicht. Stellt euch vor: ein Mann von Mittelgröße mit schwachen, ungeübten Muskeln, der ein friedliches, ruhiges Leben geführt und nie eine Gewalttat gekannt hatte – was konnte der wohl machen? Es mit dieser menschlichen Bestie aufzunehmen, wäre für mich dasselbe gewesen, wie dem Angriff eines wütenden Bullen standzuhalten.

So dachte ich jedenfalls damals aus dem Bedürfnis heraus, mein Gewissen zu beschwichtigen. Aber befriedigend war diese Rechtfertigung nicht. Noch heute leidet mein Mannesstolz schwer darunter, wenn ich an diese Dinge zurückdenke, und ich kann mich nicht freisprechen.

Aber das gehört nicht hierher. Mein schnelles Laufen aus der Kombüse verursachte qualvolle Schmerzen in meinem Knie, und hilflos sank ich neben der Kajütentür zu Boden. Aber der gewalttätige Koch hatte mich nicht verfolgt.

„Sieh mal, wie er laufen kann! Wie er laufen kann!“ hörte ich ihn rufen. „Und mit dem Bein! Komm nur wieder her, Mamas Liebling. Ich schlage dich nicht, wirklich nicht.“

Ich kam zurück und nahm meine Arbeit wieder auf. Für diesmal war von der Sache nicht mehr die Rede, wenn sich auch später weitere Verwicklungen daraus ergeben sollten. Ich deckte den Frühstückstisch in der Kajüte, und um sieben Uhr wartete ich Jägern und Offizieren auf. Der Sturm hatte sich im Laufe der Nacht etwas gelegt, wenn die See auch noch hoch ging und immer noch ein steifer Wind wehte. Die Segel waren wieder gehißt worden, so daß die „Ghost“ jetzt unter voller Leinwand bis auf die beiden Toppsegel und den Außenklüver dahinschoß. Diese drei Segel sollten, wie ich der Unterhaltung entnahm, gleich nach dem Frühstück gesetzt werden. Ich erfuhr auch, daß Wolf Larsen bedacht war, soviel wie möglich aus dem Sturm herauszuholen, der ihn nach Südwest, der Gegend zutrieb, wo er erwarten konnte, in den Nordostpassat zukommen. Mit diesem stetigen Wind hoffte er den größten Teil der schnellen Fahrt nach Japan zurücklegen zu können, und deshalb schlug er jetzt einen Bogen nach Süden in die Tropen, um dann, wenn er sich der asiatischen Küste näherte, wieder nach Norden umzubiegen.

Nach dem Frühstück hatte ich wieder ein recht unangenehmes Erlebnis. Als ich das Geschirr abgewaschen und den Herd gereinigt hatte, trug ich die Asche an Deck, um sie über Bord zu schütten. Wolf Larsen und Henderson standen, in ein Gespräch vertieft, in der Nähe des Steuerrades. Johansen steuerte. Als ich nach Luv ging, sah ich, wie er eine Bewegung mit dem Kopfe machte, die ich aber mißverstand und für einen Gutenmorgengruß hielt. In Wirklichkeit war es ein Versuch, mich zu warnen, die Asche in Luv über Bord zu werfen. Ohne zu ahnen, was ich anrichtete, ging ich an Wolf Larsen und dem Jäger vorbei und warf die Asche gegen den Wind über Bord. Der Wind aber wehte sie zurück und überschüttete nicht nur mich, sondern auch Wolf Larsen und Henderson damit Im nächsten Augenblick hatte mir der Kapitän einen Stoß versetzt, als wäre ich ein Hund, einen Stoß, der so heftig war, daß ich gegen die Hütte taumelte, wo ich mich halb ohnmächtig gegen die Wand lehnte. Alles schwamm mir vor den Augen, und mir wurde übel. Mit Mühe gelang es mir, an die Reling zu kriechen. Wolf Larsen folgte mir nicht. Er klopfte sich die Asche von der Kleidung und nahm seine Unterhaltung mit Henderson wieder auf. Johansen, der den ganzen Auftritt mit angesehen hatte, schickte ein paar Matrosen nach achtern, um das Deck zu säubern.

Später am Morgen erlebte ich eine Überraschung ganz anderer Art. Nach Anweisung des Kochs war ich in Wolf Larsens Kajüte gegangen, um aufzuräumen. An der Wand, dicht neben dem Kopfende der Koje, befand sich ein volles Büchergestell. Ich warf einen Blick darauf und sah zu meinem Erstaunen Namen wie Shakespeare, Tennyson, Poe und De Quincey. Auch wissenschaftliche Werke gab es, darunter Bücher von Tyndall, Proctor und Darwin. Astronomie und Naturwissenschaften waren vertreten, und ich bemerkte Bulfinchs „Zeitalter der Fabel“, Shaws „Geschichte der englischen und amerikanischen Literatur“ und Johnsons Naturgeschichte in zwei dicken Bänden. Ferner eine Anzahl Grammatiken, wie die von Metcalf, Reed, Kellog und so weiter. Und ich mußte lächeln, als ich ein Exemplar von Deans „Die englische Sprache“ sah. Ich konnte diese Bücher nicht mit dem Manne, wie ich ihn bisher kennengelernt hatte, in Einklang bringen. Ob er sie wirklich las? Als ich aber das Bett machte, fand ich zwischen den Decken die vollkommene Cambridge-Ausgabe von Browning, die ihm offenbar beim Einschlafen aus der Hand geglitten war. In dem Buche war „Auf einem Balkon“ aufgeschlagen, und ich sah, daß er mehrere Stellen mit einem Bleistift angestrichen hatte. Als ich bei einer heftigen Bewegung des Schiffes den Band fallen ließ, fiel ein Blatt Papier heraus. Es war über und über mit geometrischen Figuren und Berechnungen bekritzelt.

Es war klar, daß dieser furchtbare Mensch nicht der unwissende Dummkopf sein konnte, für den man ihn nach seinen Ausbrüchen von Brutalität unweigerlich halten mußte. Er wurde mir plötzlich ein Rätsel. Ich hatte schon bemerkt, daß seine Sprache ausgezeichnet war, nur gelegentlich konnte sich ein kleiner Fehler einschleichen. In der Unterhaltung mit Seeleuten und Jägern strotzte sie natürlich von Slang-Ausdrücken, aber die wenigen Worte, die er bisher mit mir gewechselt hatte, waren klar und korrekt gewesen.

Der Schimmer, den ich von der andern Seite seines Wesens erblickt hatte, muß mich ermutigt haben, denn ich entschloß mich, über den Verlust meines Geldes mit ihm zu sprechen.

„Ich bin bestohlen worden“, sagte ich zu ihm, als ich ihn bald darauf traf, wie er allein auf dem Hinterdeck auf und ab schritt.

„Käptn“, verbesserte er mich, nicht rauh, aber ernst. „Ich bin bestohlen worden, Käptn“, machte ich meinen Fehler wieder gut.

„Wie ist das zugegangen?“ fragte er.

Da erzählte ich ihm die ganze Geschichte, wie ich mein Zeug zum Trocknen in der Kombüse gelassen hatte und später, als ich dem Koch gegenüber etwas davon erwähnte, beinahe von ihm geschlagen worden war. Er lächelte bei meinem Bericht. „Nebeneinnahmen", schloß er. „Köchleins Nebeneinnahmen. Finden Sie nicht, daß Ihr Leben den Preis wert war? – Nebenbei: Betrachten Sie es als eine Lehre. Lernen Sie, selbst auf Ihr Geld zu achten. Ich denke mir, daß das bis jetzt ein Rechtsanwalt oder Geschäftsmann für Sie besorgt hat."

Ich konnte einen heimlichen Spott aus seinen Worten heraushören, fragte jedoch: „Was kann ich tun, um es wiederzubekommen?"

„Das ist Ihre Sache. Jetzt haben Sie keinen Rechtsanwalt oder geschäftlichen Berater, und da müssen Sie schon selbst für sieh sorgen. Wenn Sie einen Dollar bekommen, so halten Sie ihn fest. Wer Geld herumliegen läßt, wie Sie es getan, der verdient es nicht besser, als daß er es verliert. Überdies haben Sie gesündigt. Sie haben kein Recht, Ihre Mitmenschen solchen Versuchungen auszusetzen. Sie haben Köchlein in Versuchung geführt, und er fiel. Sie haben seine unsterbliche Seele in Gefahr gebracht. Nebenbei: Glauben Sie an die Unsterblichkeit der Seele?"

Seine Lider hoben sich langsam, als er die Fragestellte, und in der Tiefe seiner Augen, in die ich blickte, schien sich mir die Seele zu öffnen. Aber es war eine Täuschung. Kein Mensch hat je wirklich die Tiefe von Wolf Larsens Seele ergründet – davon bin ich überzeugt. Es war eine sehr einsame Seele, wie ich erfahren sollte, die sich nie ganz entschleierte, wenn sie es auch in seltenen Augenblicken zu tun vorgab.

„Ich lese Unsterblichkeit in Ihren Augen", antwortete ich, indem ich das „Käptn" unterließ – ein Wagnis, das ich mit Hinblick auf die vertrauliche Unterhaltung versuchte.

Er achtete nicht darauf. „Sie sehen also etwas, das lebt, aber es ist nicht gegeben, daß es ewig leben wird."

„Ich sehe mehr als das", sagte ich kühn.

„Dann sehen Sie Bewußtsein. Bewußtsein des Lebens, das jetzt ist – aber immer noch kein künftiges Leben, keine Endlosigkeit des Seins."

Wie klar er dachte, und wie gut er seine Gedanken auszusprechen vermochte! Nach einem forschenden Blick auf mich wandte er den Kopf und schaute über das bleifarbene Meer in Luv. Kälte trat in seine Augen, und der Zug um seinen

Mund wurde streng und herb. Offenbar war seine Stimmung pessimistisch geworden.

„Und zu welchem Zweck?“ fragte er plötzlich und wandte sich mir wieder zu. „Wenn ich eine unsterbliche Seele hätte – wozu?“

Ich zögerte. Wie sollte ich diesem Manne meinen Idealismus verständlich machen? Wie sollte ich ein reines Gefühl ausdrücken, etwas wie im Schlafe gehörte Musik, etwas, das überzeugend und doch unaussprechlich war?

„Was glauben Sie denn?“ lautete meine Gegenfrage. „Ich glaube, daß das Leben ein wirres Durcheinander ist“, erwiderte er. „Es ist wie Hefe, wie ein Ferment, etwas, das sich bewegt und sich vielleicht eine Minute, eine Stunde, ein Jahr oder hundert Jahre bewegen mag, das aber schließlich doch aufhören wird, sich zu bewegen. Die Großen fressen die Kleinen, um sich die Kraft zur Bewegung zu bewahren. Wer Glück hat, frißt am meisten und bewegt sich am längsten, das ist alles. Was halten Sie davon?“

Er machte eine ungeduldige Armbewegung in der Richtung der Matrosen, die mittschiffs an irgendwelchem Tauwerk arbeiteten.

„Die bewegen sich, aber das tut die Qualle auch. Sie bewegen sich, um essen und sich weiter bewegen zu können. Da haben Sie's. Sie leben um ihres Bauches willen, und ihr Bauch um ihretwillen. Es ist ein Kreislauf. Es gibt kein Ziel, weder für sie noch für die andern. Am Ende steht alles still. Alle Bewegung hört auf. Sie sind tot.“

„Sie haben Träume“, unterbrach ich ihn, „strahlende, lichte Träume – – –“

„Vom Essen“, erklärte er kurz und bündig.

„Und von ...“

„Mehr Essen. Von gutem Appetit und dem Glück, ihn zu befriedigen.“ Seine Stimme klang rauh und schwer. „Denn, sehen Sie, die Leute träumen von glücklichen Reisen, die ihnen mehr Geld einbringen sollen, träumen davon, Steuermann zu werden und Reichtümer zu sammeln – kurz: besser imstande zu sein, ihre Mitgeschöpfe auszunutzen, gute Nachtruhe zu haben, gutes Essen zu bekommen und die andern die schmutzige Arbeit für sich tun zu lassen. Sie und ich, wir sind genau so. Der einzige Unterschied ist, daß wir mehr und besser gegessen haben. Jetzt bin ich es, der die andern verzehrt und Sie dazu. Aber bis jetzt haben Sie mehr gegessen als ich. Sie haben in weichen Betten geschlafen, feine Kleider getragen und gute Mahlzeiten gegessen. Wer hat diese Betten, diese Kleider und Mahlzeiten geschaffen? Sie nicht. Sie haben nie etwas im Schweiße Ihres Angesichts getan. Sie lebten von Einnahmen, die Ihr Vater Ihnen geschaffen hatte. Sie glichen dem Fregattvogel, der auf den Tölpel niederstößt und ihm den gefangenen Fisch entreißt. Sie gehören zu denen, die sich zu Herren über die andern aufgeworfen haben und die Nahrung verzehren, die andere erzeugen und selber essen möchten. Sie tragen warme Kleidung. Andere haben diese Kleidung gemacht, aber die zittern in Lumpen und bitten Sie, Ihren Rechtsanwalt oder Geschäftsführer, ihnen etwas zu verdienen zu geben."

„Aber das hat doch nichts mit der Sache zu tun", rief ich. „Aber sehr!" Er sprach jetzt sehr schnell, und seine Augen blitzten. „Das ist Gemeinheit, und das ist Leben. Welchen Nutzen hätte die Unsterblichkeit wohl von der Gemeinheit, und welchen Sinn hätte das? Wie endet es? Wozu ist das alles? Sie haben keine Nahrung erzeugt. Und doch hätte die Nahrung, die Sie verzehrt und vergeudet haben, zahlreiche Elende retten können, die sie erzeugen, aber nicht essen konnten. Welchem unsterblichen Ziel haben Sie gedient? Oder die andern? Sehen Sie uns beide. Was nützt Ihnen Ihre gepriesene Unsterblichkeit, wenn Ihr Leben mit dem meinen zusammenstößt? Sie möchten gern an Land zurück, um Ihren Gemeinheiten zu frönen. Ich habe den scherzhaften Einfall, Sie hier an Bord meines Schiffes zu behalten, wo meine Gemeinheit blüht. Und ich will Sie behalten. Ich will etwas aus Ihnen machen oder Sie zum Teufel gehen lassen. Sie könnten heute noch sterben, diese Woche, nächsten Monat. Ich könnte Sie auf der Stelle mit einem Faustschlag töten, denn Sie sind ein elender Schwächling. Sind wir aber unsterblich, wozu dann das alles? Gemein zu sein, wie Sie und ich unser ganzes Leben, scheint mir nicht recht zur Unsterblichkeit zu passen. Also sagen Sie: Wozu das alles? Warum habe ich Sie hierbehalten?" „Weil Sie stärker sind", vermochte ich einzuschieben. „Aber warum stärker?" fragte er weiter. „Weil ich ein größeres Stück Ferment bin als Sie. Sagen Sie? Verstehen Sie das nicht?"

„Aber das wäre hoffnungslos", protestierte ich.

„Da stimme ich Ihnen zu", erwiderte er. „Warum sich überhaupt bewegen, wenn Bewegung Leben ist? Bewegte man sich nicht, wäre man nicht ein Teil der Hefe, so gäbe es keine Hoffnungslosigkeit. Aber wir wollen eben leben und uns bewegen, weil Leben und Sichbewegen zufällig das Wesen des Lebens ausmacht. Wäre dem nicht so, würde Leben Tod sein. Und dieses Leben in Ihnen gibt Ihnen den Traum von der Unsterblichkeit ein. Das Leben in Ihnen ist lebendig und wünscht in alle Ewigkeit weiterzuleben. Pah! Die verewigte Gemeinheit!"

Er drehte sich kurz um und entfernte sich. Bei der Kajütstreppe blieb er stehen und rief mich zu sich.

„Wieviel hat Köchlein Ihnen gemopst?“ fragte er.

„Hundertfünfundachtzig Dollar, Käptn“, erwiderte ich. Er nickte. Als ich einen Augenblick später hinunterging, um zum Mittagessen zu decken, hörte ich ihn mittschiffs ein paar Leute laut ausschelten.

Am nächsten Morgen hatte sich der Sturm gelegt, und die „Ghost“ wiegte sich leicht ohne Wind auf einer ruhigen See. Nur hin und wieder war ein leichter Hauch zu spüren, und Wolf Larsen machte andauernd die Runde auf dem Achterdeck, während seine Augen unausgesetzt das Meer in Nordost absuchten, von wo der Passat wehen mußte.

Alle Mann sind auf Deck beschäftigt, die verschiedenen Boote für die Jagd instand zu setzen. Sieben Boote befinden sich an Bord, die kleine Jolle des Kapitäns und die sechs für die Jäger. Je drei Mann, ein Jäger, ein Ruderer und ein Steuermann bilden eine Bootsmannschaft. An Bord des Schoners gehören Ruderer und Steuermänner zur Besatzung. Auch die Jäger müssen sich an den Wachen beteiligen und unterstehen im übrigen immer den Befehlen Wolf Larsens. Alles dies und noch mehr habe ich gelernt. Die „Ghost“ gilt als der schnellste Schoner der Flotten von San Francisco und Victoria. Sie war ursprünglich eine Privatjacht und besonders als Schnellsegler gebaut. Ihre Linien und die ganze Einrichtung – wenn ich auch nichts davon verstehe–sprechen für sich selber. Johnson erzählte mir davon in einer kurzen Unterhaltung, die ich gestern während der zweiten Hundewache mit ihm hatte. Er sprach von dem schönen Fahrzeug mit derselben Liebe und Begeisterung, wie manche Menschen sie für Pferde haben. Er sieht sehr schwarz in die Zukunft und gibt mir zu verstehen, daß Wolf Larsen einen sehr schlechten Ruf unter den Robbenfängerkapitänen hat. Es war die „Ghost“, die Johnson verführte, sich für die Fahrt anheuern zu lassen, aber er fängt schon an, es zu bereuen.

Wie er mir erzählte, ist die „Ghost“ ein Achtzigtonnenschoner von einem besonders feinen Typ. Ihre größte Breite beträgt 23, ihre Länge etwas über 90 Fuß. Ein Bleikiel von unbekanntem, aber bedeutendem Gewicht macht sie sehr stabil, und sie trägt eine ungeheure Segelfläche. Von Deck bis zum Großmasttopp mißt sie reichlich 100 Fuß, während der Fockmast mit seiner Marsstange acht bis zehn Fuß kürzer ist. Ich berichte diese Einzelheiten, um einen Begriff von der Größe dieser kleinen schwimmenden Welt mit ihren 22 Seelen zu geben. Es ist eine Miniaturwelt, ein Splitterchen, ein Punkt, und immer wieder wundere ich mich, daß die Menschen es gewagt haben, die See mit einem so gebrechlichen kleinen Ding zu versuchen. Wolf Larsen gilt auch als ein verwegener Seemann. Ich hörte Henderson und Standish, einen kalifornischen Jäger, darüber reden. Vor zwei Jahren hatte er in einem Orkan in der Beringsee die Masten der „Ghost" kappen lassen, worauf die jetzigen eingesetzt wurden, die in jeder Beziehung stärker und schwerer sind. Damals soll er gesagt haben, er wolle lieber kentern, als die neuen Hölzer verlieren.

Jedermann an Bord, mit Ausnahme Johansens, dem seine Beförderung zu Kopfe gestiegen ist, scheint eine Entschuldigung dafür zu haben, daß er sich an Bord der „Ghost" befindet. Fast die Hälfte der Leute im Vorschiff sind Hochseematrosen, und sie entschuldigen sich damit, nichts von dem Schiff und seinem Kapitän gewußt zu haben. Von den Jägern wird gemunkelt, daß sie, so ausgezeichnete Schützen sie seien, wegen ihrer Streitsucht und verbrecherischen Neigungen keine Heuer auf einem anständigen Fahrzeug hätten finden können.

Ich habe die Bekanntschaft eines andern Mannes von der Besatzung gemacht – Louis', eines Iren aus Neuschottland, eines freundlichen, gutmütigen und sehr verträglichen Burschen, der stets zu einer Unterhaltung bereit ist, sobald er nur einen Zuhörer finden kann. Am Nachmittag, wenn der Koch unten sein Mittagsschläfchen hält und ich meine ewigen Kartoffeln schäle, kommt Louis zu einem langen Plausch in die Kombüse. Er entschuldigt seine Anwesenheit an Bord damit, daß er betrunken war, als er sich anheuern ließ. Immer wieder versichert er mir, daß er es nicht im Traum getan hätte, wenn er nüchtern gewesen wäre. Er scheint seit einem Dutzend Jahren regelmäßig mit auf die Robbenjagd zu gehen und gilt als bester oder zweitbester Bootssteuermann in beiden Flotten.

„Ach, mein Junge," er schüttelte unheilverkündend den Kopf, „du hast dir gerade den schlimmsten Schoner ausgesucht, und dabei warst du nicht einmal besoffen wie ich. Auf jedem Schiff ist die Robbenjagd ein Fest für die Matrosen. Der Steuermann war der erste, aber denk' an mich: es wird noch mehr Tote geben, ehe die Fahrt zu Ende ist. Es bleibt zwischen uns: dieser Wolf Larsen ist der Teufel selber, und seit er die „Ghost" bekommen hat, ist sie ein Höllenschiff. Das sollte ich nicht wissen? Ich? Ich weiß noch gut, wie er vor zwei Jahren in Hakodate einen Anfall kriegte und vier von seinen Leuten niederschoß. Ich war ja keine 300 Yards davon auf der „Emma“. Und im selben Jahre erschlug er einen Mann mit der bloßen Faust. Ja, schlug ihn tot, zerquetschte ihm den Kopf wie eine Eierschale. Und kamen nicht der Ingenieur der Insel Kura und der Polizeihauptmann, japanische Herren, Freundchen, als seine Gäste an Bord der „Ghost“ mit ihren Frauen – so zarten kleinen Dingerchen, wie sie auf Fächern gemalt sind –, und wurden nicht die beiden Ehemänner bei der Abfahrt, wie aus Versehen, in ihrem Sampan zurückgelassen? Und wurden die armen kleinen Damen nicht eine Woche später auf der andern Seite der Insel an Land gesetzt und mußten in ihren Strohsandalen, die keine Meile halten konnten, über die Berge wandern? Als ob ich das nicht wüßte! So ein Tier ist dieser Wolf Larsen– die große Bestie in der Offenbarung Johannis! Es wird ein Ende mit Schrecken nehmen! Aber ich habe nichts gesagt, denk' daran. Nicht einen Ton hab' ich geflüstert, denn der alte dicke Louis möchte gern die Reise überleben, und wenn der letzte von euch zu den Fischen geht. – Wolf Larsen“, sprudelte er einen Augenblick später heraus. „Beachte das Wort, hörst du: – Wolf – ein Wolf ist er. Er hat nicht ein schwarzes Herz wie manche Menschen. Er hat überhaupt kein Herz. Ein richtiger Wolf ist er. Er trägt seinen Namen mit Recht!“

„Aber wenn er so berüchtigt ist,“ fragte ich, „wie ist es dann möglich, daß er immer noch Leute bekommt!“ „Wie ist es möglich, daß man überhaupt Leute bekommt, um irgend etwas auf Gottes Welt zu tun?“ fragte Louis mit keltischem Feuer. „Würde ich an Bord sein, wenn ich nicht viehisch besoffen gewesen wäre, als ich unterschrieb. Manche, wie die Jäger, können keinen bessern Schiffer finden, und manche, wie die armen Teufel vorn, wußten es nicht besser. Aber sie werden schon darauf kommen und werden den Tag verfluchen, an dem sie geboren sind. Ich könnte weinen über die armen Menschen, hätte ich nicht genug an den armen alten Louis und die Unannehmlichkeiten zu denken, die seiner noch warten. Aber ich habe keinen Ton gesagt, denk' daran, keinen Ton! – Die Jäger sind schlechte Kerle“, brach er wieder los, denn wenn er einmal im Reden war, konnte er so bald nicht aufhören. „Aber wart's nur ab! Wenn sie betrunken sind und aus reinem Vergnügen zu streiten anfangen – er wird mit ihnen fertig. Er wird sie schon Gottesfurcht lehren! Sieh mal meinen Jäger, Horner. „Jock“ Horner nennen sie ihn, und er sieht so ruhig und umgänglich aus und spricht so sanft wie ein Mädchen, daß man glaubt, die Butter könne ihm nicht im Munde schmelzen. Und hat er nicht letztes Jahr seinen Bootssteuermann getötet? Unglücksfall, sagte man, aber ich traf den Bootspuller in Jokohama, und der hat mir die Wahrheit erzählt. Und „Smoke“, der schwarze kleine Kerl – steckten ihn die Russen nicht drei Jahre in die sibirischen Salzminen, weil er auf Copper Island Fische gestochen hatte – ein Privileg der Russen? Mit Händen und Füßen war er an seinen Kameraden gefesselt. Und kamen sie nicht doch ins Raufen? Und kam der andere nicht stückweise im Eimer oder zur Mine heraus: heute ein Bein, morgen ein Arm, am nächsten Tage der Kopf und so weiter?" „Aber das ist doch nicht möglich!" schrie ich, von Entsetzen überwältigt.

„Nicht möglich?" fuhr er blitzschnell fort. „Ich habe nichts gesagt. Ich bin taub und stumm, und wenn du deine Mutter lieb hast, bist du's auch. Nie hab' ich den Mund aufgemacht, um etwas anderes als Gutes und Schönes über ihn und die andern zu sagen. Gott verdamm' seine Seele! Möge er zehntausend Jahre im Fegefeuer schmoren und dann in die allertiefste Hölle kommen."

Johnson, der Mann, der mir die Haut abgerieben hatte, als ich an Bord kam, schien mir von allen Leuten, vorn und achtern, der am wenigsten zweifelhafte. Es war tatsächlich gar nichts Zweifelhaftes an ihm. Seine Offenheit und Männlichkeit war auf den ersten Blick überzeugend, und dazu kam eine Bescheidenheit, die man leicht für Schüchternheit halten konnte. Aber schüchtern war er nicht. Er hatte vielmehr den Mut der Überzeugung, die Sicherheit seiner Männlichkeit. Das war es, was ihn gleich zu Beginn unserer Bekanntschaft gegen die falsche Aussprache seines Namens hatte protestieren lassen. Louis sprach über ihn und prophezeite.

„Das ist ein Prachtkerl, dieser Johnson", sagte er. „Unser bester Seemann und mein Puller. Aber er und Wolf Larsen werden aneinandergeraten, so sicher wie zwei mal zwei vier ist. Das weiß ich. Ich kann den Sturm schon aufziehen sehen. Ich habe mit ihm geredet wie mit meinem eigenen Bruder, aber er will kein falsches Signal zeigen. Er murrt, wenn nicht alles nach seinem Kopfe geht, und es gibt immer ein Klatschmaul, das es Wolf Larsen hinterbringt. Der Wolf ist stark, und es ist die Art des Wolfes, Stärke bei andern zu hassen. Und Stärke findet er bei Johnson – kein Kriechen, kein „Jawohl, Käptn, ergebensten Dank, Käptn" für ein Schimpfwort oder einen Faustschlag. – Ja, es kommt, es kommt! Und Gott weiß, wo ich einen andern Puller hernehmen soll! Was tut der Narr, als der „Alte" ihn Yonson nennt? „Ich heiße Johnson, Käptn", und buchstabiert ihm den Namen vor. Du hättest das Gesicht des „Alten" sehen sollen! Ich dachte schon, er würde auf der Stelle über ihn herfallen. Er tat es nicht, aber er wird es tun, und er wird diesem Hartschädel das Licht ausblasen, oder ich kenne meine Leute nicht." –

Thomas Mugridge wird unerträglich. Bei jeder Anrede muß ich „Herr“ zu ihm sagen. Es dürfte mitsprechen, daß Wolf Larsen eine Vorliebe für ihn gefaßt hat. Es ist wohl unerhört, daß ein Kapitän auf vertrautem Fuße mit seinem Koch steht, aber Wolf Larsen tut es. Zwei- oder dreimal hat er schon den Kopf zur Kombüse hereingesteckt und Mugridge gutmütig geneckt, und heute nachmittag standen sie eine volle Viertelstunde auf dem Achterdeck und unterhielten sich. Als der Koch wieder in die Kombüse trat, glänzte sein Gesicht, als wäre es mit Fett eingeschmiert, und er sang zu seiner Arbeit so falsch, daß es herzzerreißend war.

„Ich verkehre immer mit den Offizieren“, bemerkte er vertraulich zu mir. „Ich weiß mich beliebt zu machen. Mein früherer Kapitän – ei, das ging nicht anders, ich mußte zu ihm in die Kajüte kommen und ein Gläschen mit ihm trinken. „Mugridge,“ sagte er, „Mugridge, du hast deinen Beruf verfehlt.“ „Und wieso?“ „Du hättest Gentleman werden müssen und nie für Geld arbeiten dürfen.“ Gott straf' mich, Hump, wenn er das nicht gesagt hat, und ich saß gemütlich mit ihm in seiner Kajüte, rauchte seine Zigarren und trank seinen Rum.“

Dies Gespräch trieb mich zur Verzweiflung. Ich habe nie eine Stimme gehört, die mir so verhaßt war. Seine ölige, gewundene Sprechweise, sein fettiges Lächeln und sein ungeheures Selbstbewußtsein zerrten an meinen Nerven, bis ich manchmal am ganzen Leibe zitterte. Er war tatsächlich der ekelhafteste, widerwärtigste Mensch, den ich je getroffen habe. Seine Kocherei war eine unbeschreibliche Schweinerei, und da er alles kochte, was an Bord gegessen wurde, mußte ich mir mit allergrößter Vorsicht das am wenigsten Schmutzige aus dem Fraß heraussuchen.

Ich war nicht gewohnt, zu arbeiten, und meine Hände schmerzten mich sehr. Die Nägel wurden schwarz und die Haut so schmutzig, daß selbst eine Scheuerbürste sie nicht mehr reinigen konnte. Immer neue Blasen schmerzten, und dazu hatte ich eine große Brandwunde am Unterarm, die ich mir zugezogen hatte, als ich einmal beim Rollen des Schiffes das Gleichgewicht verlor und gegen den Herd geschleudert wurde. Mein Knie hatte sich noch nicht gebessert. Es war immer noch geschwollen. Das Herumhumpeln von früh bis in die Nacht war nicht dazu angetan, es zu heilen. Wenn es überhaupt besser werden sollte, mußte ich Ruhe haben.

Ruhe! Nie zuvor hatte ich den Sinn dieses Wortes verstanden. Ohne es zu wissen, hatte ich mein ganzes Leben geruht. Aber jetzt! Hätte ich nur eine halbe

Stunde stillsitzen können, ohne etwas zu tun, ja, ohne zu denken – es wäre das Schönste von der Welt für mich gewesen. Aber es war doch eine Offenbarung für mich. Jetzt war ich besser imstande, das Leben eines Arbeiters zu würdigen. Nie hätte ich mir träumen lassen, daß Arbeit etwas so Furchtbares wäre. Von halb fünf morgens bis zehn Uhr nachts bin ich der Sklave aller und habe nicht eine Minute für mich, außer dem winzigen Augenblick, den ich mir gegen Ende der zweiten Hundewache stehlen kann. Halte ich eine Sekunde inne, um über die See zu blicken, die in der Sonne funkelt, oder zuzuschauen, wenn ein Matrose nach oben ins Gaffeltoppsegel geht oder aufs Bugspriet hinausläuft – gleich höre ich die verhaßte Stimme: „Hallo, Hump, nicht faulenzen! Ich passe auf.“ Es gibt Anzeichen von zunehmender Mißstimmung im „Zwischendeck“, und es heißt, daß schon eine Prügelei zwischen „Smoke“ und Henderson stattgefunden habe. Henderson scheint der beste von den Jägern zu sein, ein besonnener Bursche, der schwer aus seiner Ruhe kommt Diesmal muß er aber sehr erbost gewesen sein, denn als „Smoke“ zum Abendbrot in die Kajüte kam, hatte er ein blaues Auge und sah bös aus.

Gerade vor dem Abendbrot hatte sich auf Deck etwas ereignet, das für die Gefühllosigkeit und Roheit dieser Männer bezeichnend ist. Unter der Mannschaft befindet sich ein junger Mensch namens Harrison, ein plump aussehender Bauernbursche, der, vermutlich von Abenteuerlust getrieben, seine erste Seereise macht. In dem leichten, veränderlichen Wind laviert der Schoner ziemlich viel, und dann muß jedesmal ein Mann nach oben gehen, um das vordere Gaffeltoppsegel umzulegen. Irgendwie hatte sich nun, als Harrison oben war, die Schoot im Block am Ende der Gaffel festgeklemmt. Soviel ich verstand, gab es zwei Möglichkeiten, sie loszubekommen – erstens, das Segel herunterzufieren, was verhältnismäßig leicht und gefahrlos war, zweitens auf der Piek bis zum Ende der Gaffel hinauszuklettern, ein gewagtes Unternehmen. Johansen rief Harrison zu, er solle hinausklettern. Alle sahen, daß der Junge Angst hatte, und dazu hatte er alle Ursache: achtzig Fuß über dem Deck und nichts, um sich festzuhalten, als dies dünne, ruckweise hin und her geschleuderte Tau! Hätte ein stetiger Wind geweht, so würde es nicht so schlimm gewesen sein, aber die „Ghost“ rollte ohne Ladung in der Dünung, und bei jedem Überholen gerieten die Segel in schwingende Bewegung und schlugen, und die Falle wurden schlaff und dann mit einem Ruck wieder straff. Sie vermochten einen Mann hinunterzufegen wie ein Peitschenschmitz eine Fliege.

Harrison hörte den Befehl und verstand, was man von ihm verlangte, zögerte jedoch. Vermutlich war er das erstemal in seinem Leben in der Takelung. Johansen, von Wolf Larsens Herrschsucht angesteckt, brach in einen Strom von Flüchen aus.

„Genug, Johansen," sagte der Kapitän schroff, „das Fluchen auf dem Schiff besorge ich selbst, daß Sie und alle es wissen. Wenn ich Ihre Hilfe brauche, werde ich Sie rufen."

„Jawohl, Käptn", antwortete der Steuermann unterwürfig.

Unterdessen war Harrison auf das Fall hinausgeklettert. Ich blickte durch die Kombüsentür hinauf und konnte sehen, wie er zitterte, als wären ihm alle Glieder vom Schüttelfrost gepackt. Er kroch ganz langsam und vorsichtig, Zoll für Zoll. Von dem klaren Blau des Himmels hob er sich ab wie eine Riesenspinne, die an ihrem Netzwerk entlang kriecht.

Er mußte leicht aufwärts klettern, denn das Segel stand nach oben. Das Fall, das durch verschiedene Blöcke am Gaffel und Mast lief, gab ihm einige Stützpunkte für Hände und Füße. Aber das schlimmste war, daß der Wind nicht kräftig und stetig genug wehte, um das Segel zu blähen. Als er sich etwa in der Mitte befand, machte die „Ghost" eine Schlingerbewegung nach Luv und wieder zurück in ein Wellental. Harrison hielt inne und klammerte sich fest. Achtzig Fuß unter ihm konnte ich seine krampfhaften Muskelbewegungen sehen: er kämpfte um sein Leben. Das Segel wurde schlaff und schwang mittschiffs. Das Fall gab nach, und obgleich sich das alles mit großer Schnelligkeit abspielte, konnte ich doch sehen, wie es durch sein Körpergewicht sackte. Dann schwang die Gaffel mit einem Ruck zur Seite, das große Segel schwoll wie aus der Kanone geschossen, und die dreifache Reihe von Reffseisingen klatschte wie eine Gewehrsalve gegen die Leinwand. Harrison sauste, immer noch festgeklammert, durch die Luft, aber das Fall straffte sich wieder mit einem scharfen Ruck. Es war wie ein Peitschenhieb. Da verlor er den Halt. Die eine Hand wurde losgerissen, die andere krampfte sich einen Augenblick verzweifelt fest, dann folgte auch sie. Der Körper sauste hinunter, aber glücklicherweise blieb er mit den Füßen hängen. Durch eine schnelle Bewegung gelang es ihm, das Fall zu packen, aber es dauerte nicht lange, bis er sich wieder hochgeschwungen hatte. Da hing er – ein kläglicher Anblick.

„Wetten, daß ihm heute das Abendbrot nicht schmecken wird“, hörte ich Wolf Larsen sagen, dessen Stimme um die Ecke der Kombüse zu mir drang. „Johansen, abhalten! Passen Sie auf! Jetzt kommt die Bö!“

Harrison mußte sich sehr elend fühlen. Lange klammerte er sich an seinen schwankenden Halt, ohne auch nur einen Versuch zu machen, sich zu bewegen. Aber Johansen trieb ihn an, seine Aufgabe zu vollenden.

„Es ist eine Schande!“ hörte ich Johnson in langsamem, aber korrektem Englisch knurren. Er stand beim Großmast, ganz nahe bei mir. „Der Junge hat guten Willen. Mit der Zeit wird er es schon lernen. Aber das ist ...“ Er machte eine Atempause und beendete dann sein Urteil: „Mord!“

„Willst du still sein!“ flüsterte Louis ihm zu. „Wenn dir dein Leben lieb ist, so halt den Mund.“

Aber Johnson knurrte weiter.

Der Jäger Standish sagte zu Wolf Larsen: „Er ist mein Puller, und ich möchte ihn nicht verlieren.“

„Stimmt, Standish“, lautete die Antwort. „Wenn du ihn im Boot hast, ist er dein Puller, solange ich ihn aber hier an Bord habe, ist er mein Matrose, und da mache ich mit ihm, was mir gefällt.“

„Aber das ist doch kein Grund ...“ begann Standish erregt.

„Es ist gut“, unterbrach ihn Wolf Larsen. „Ich habe meine Meinung gesagt, und damit genug. Der Mann gehört mir, und wenn es mir paßt, kann ich Suppe aus ihm kochen und sie essen.“

Die Augen des Jägers funkelten zornig, aber er drehte sich um und ging die Treppe zum Zwischendeck hinab, wo er stehenblieb und hinaufsah. Alle Mann befanden sich an Deck, und alle Augen waren nach oben gerichtet, wo ein menschliches Wesen mit dem Tode rang. Die Gefühllosigkeit dieser Menschen war entsetzenerregend. Ich, der ich abseits vom Trubel der Welt gelebt hatte, hätte mir nie träumen lassen, daß es draußen so zuging. Das Leben war mir stets als etwas besonders Heiliges erschienen, und hier galt es nichts, war nur eine Ziffer in einer geschäftlichen Berechnung. Ich muß gestehen, daß manche der Matrosen doch Mitgefühl empfanden, wie Johnson zum Beispiel, aber die Vorgesetzten – die Jäger und der Kapitän – waren ganz herzlos. Selbst der Einspruch Standishs war nur dem Wunsche entsprungen, seinen Bootspuller nicht zu verlieren. Hätte es sich um den Ruderer eines andern Jägers gehandelt, so würde er sich wie sie darüber belustigt haben.

Doch zurück zu Harrison! Johansen schmähte und beleidigte den armen Kerl, aber es dauerte volle zehn Minuten, bis er ihn wieder in Bewegung gebracht hatte. Kurz darauf hatte er das Ende der Gaffel erreicht, wo er sich, auf der Spiere reitend, besser festhalten konnte. Er machte das Schoot klar und hätte nun am Fall entlang zum Mast zurückklettern können. Aber er hatte den Kopf verloren. So unsicher seine jetzige Lage war, wollte er sie doch nicht mit der noch unsicheren auf dem Fall vertauschen.

Er blickte auf den luftigen Weg, den er passieren sollte, und dann hinunter aufs Deck. Noch nie hatte ich soviel Furcht auf dem Gesicht eines Menschen ausgeprägt gesehen. Vergebens rief Johansen, daß er herunterkommen solle. Jeden Augenblick konnte er von der Gaffel geschleudert werden, aber er war hilflos vor Angst. Wolf Larsen, der, in eine Unterhaltung mit Smoke vertieft, auf und nieder schritt, nahm keine Notiz von ihm, nur rief er dem Mann am Rad einmal scharf zu: „Du bist aus dem Kurs, Mann! Paß auf, daß du dir keine Unannehmlichkeiten zuziehst!"

„Jawohl, Käptn", erwiderte der Rudergast und drehte das Rad.

Er hatte die „Ghost" ein paar Strich aus dem Kurs gebracht, damit das bißchen Wind das Vorsegel füllen und prall halten konnte. Er hatte dem unglückseligen Harrison helfen wollen, auf die Gefahr hin, Wolf Larsens Zorn heraufzubeschwören.

Die Zeit verging, und meine Spannung war furchtbar. Thomas Mugridge hingegen fand die Geschichte außerordentlich lustig, er steckte fortwährend den Kopf zur Kombüse heraus, um scherzhafte Bemerkungen zu machen. Wie ich ihn haßte! Und wie mein Haß in diesen bangen Minuten ins Riesenhafte wuchs! Zum erstenmal in meinem Leben verspürte ich die Lust, zu morden. Mochte Leben im allgemeinen etwas Heiliges sein – für Thomas Mugridge galt mir dies nicht mehr. Ich war entsetzt, als ich mir darüber klar wurde, und durch mein Hirn fuhr der Gedanke: War auch ich von der Roheit meiner Umgebung angesteckt? Ich, der ich selbst für die abscheulichsten Verbrechen die Berechtigung der Todesstrafe geleugnet hatte?

Wohl eine halbe Stunde verging. Da sah ich Johnson in einem Wortwechsel mit Louis. Er endete damit, daß Johnson den Arm des andern, der ihn halten wollte, beiseite schob und nach vorn ging. Er überquerte das Deck, sprang in die

Takelung und begann zu klettern. Aber das schnelle Auge Wolf Larsens hatte ihn erfaßt. „Hallo, Mann, wohin?“ rief er.

Johnson hielt im Klettern inne. Er blickte seinem Kapitän in die Augen und sagte langsam:

„Ich will den Jungen herunterholen.“

„Du wirst herunterkommen, und das ein bißchen plötzlich. Verstanden? Runter!“

Johnson zögerte, aber der langjährige unbedingte Gehorsam gegen den Herrn des Schiffes übermannte ihn, er glitt aufs Deck herab und ging nach vorn.

Um halb sechs ging ich hinunter, um den Kajütentisch zu decken, aber ich wußte kaum, was ich tat, denn immer sah ich den totenbleichen, zitternden Menschen vor mir, der sich wie ein Käfer an die Gaffel klammerte. Als ich um sechs Uhr an Deck kam, um das Abendbrot aufzutragen, sah ich Harrison immer noch in derselben Lage. Die Unterhaltung bei Tisch drehte sich um andere Dinge. Kein einziger schien sich für das so grundlos gefährdete Leben zu interessieren. Als ich aber noch einmal nach der Kombüse mußte, sah ich zu meiner Freude Harrison nach der Back wanken. Er hatte endlich den Mut zum Herunterklettern gefunden.

Ehe ich diesen Gegenstand verlasse, muß ich eine Unterhaltung berichten, die ich mit Wolf Larsen in der Kajüte hatte, als ich das Geschirr aufwusch.

„Sie sahen sehr schlecht aus heute nachmittag“, begann er. „Was fehlte Ihnen?“

Er wußte natürlich gut, was mich beinahe so elend wie Harrison gemacht hatte, er wollte mich nur reizen. Ich antwortete: „Es war die rohe Behandlung des Jungen.“

Er lachte kurz: „Wohl eher Seekrankheit. Mancher kriegt sie, mancher nicht.“

„Nein, das war es nicht“, antwortete ich.

„Doch gewiß“, fuhr er fort. „Die Erde ist so voller Roheit wie das Meer voller Bewegung. Manchen macht dies krank, manchen jenes. Das ist alles.“

„Aber Sie, der Sie Spott mit Menschenleben treiben, legen Sie dem Leben gar keinen Wert bei?“ fragte ich. „Wert? Was für Wert?“ Er sah mich an, und obwohl seine Augen ruhig und unbeweglich waren, erschien doch ein zynisches Lächeln in ihnen. „Was für einen Wert? Wie ermessen Sie es? Wer schätzt es?“

„Ich selbst", gab ich zur Antwort.

„Wieviel ist es Ihnen denn wert? Das Leben eines andern, meine ich. Nun, heraus damit! Was ist es wert?"

Der Wert des Lebens? Wie konnte ich dem Leben einen greifbaren Wert beilegen? Merkwürdig: Irgendwie fehlte mir, der ich sonst nie um Worte verlegen war, der Ausdruck, wenn ich mit Wolf Larsen verhandelte. Ich bin später zu der Erkenntnis gelangt, daß teilweise die Persönlichkeit des Mannes, zum größten Teil aber seine völlig andere Einstellung schuld daran war. Im Gegensatz zu andern Materialisten, die ich getroffen habe und mit denen ich doch denselben Ausgangspunkt teilen konnte, hatte ich mit ihm nichts gemein. Vielleicht war es auch die elementare Einfachheit seines Denkens, die mich verwirrte. So direkt ging er stets auf den Kern einer Sache los, entblößte eine Frage von allem überflüssigen Beiwerk, und das mit solcher Entschiedenheit, daß ich mir vorkam, als kämpfte ich in tiefem Wasser, ohne Grund unter den Füßen. Der Wert des Lebens? Wie sollte ich eine solche Frage stehenden Fußes beantworten? Die Heiligkeit des Lebens war für mich immer etwas Gegebenes gewesen. Daß es einen Wert besaß, war eine Wahrheit, die ich nie bezweifelt hatte. Und als er diese offenbare Wahrheit jetzt anfocht, war ich ratlos.

„Wir sprachen gestern davon", sagte er. „Ich behauptete, das Leben sei ein Gärstoff, ein Ferment, das Leben fräße, um selbst leben zu können, und das Leben sei nichts als erfolgreichste Gemeinheit. Nun, wenn es auf Angebot und Nachfrage ankommt, so ist das Leben das Billigste auf der Welt. Es gibt soundso viel Wasser, soundso viel Erde, soundso viel Luft, aber Leben, das geboren werden möchte, gibt es zur Unendlichkeit. Die Natur ist eine Verschwenderin. Denken Sie an die Fische und ihre Millionen von Eiern. Denken Sie an mich oder sich. In unsern Lenden ruhen Möglichkeiten für Millionen von Leben. Hätten wir nur Zeit und Gelegenheit, um jedes bißchen ungeborenen Lebens in uns auszunutzen, wir würden die Väter von Nationen werden und Kontinente bevölkern. Leben? Pah! Es hat keinen Wert. Von allem, was billig ist, ist Leben das Billigste. Überall geht es betteln. Die Natur streut es verschwenderisch aus. Wo Raum für ein Leben ist, sät sie tausend, und Leben frißt Leben, bis nur das stärkste und gemeinste übrigbleibt."

„Sie haben Darwin gelesen," sagte ich, „aber Sie haben ihn mißverstanden, wenn Sie den Schluß ziehen, daß der Kampf ums Dasein Ihr mutwilliges Vernichten von Leben rechtfertigt."

Er zuckte die Achseln. „Sie wissen wohl, daß Sie dabei nur an das menschliche Leben denken, denn auf Fleisch, auf Geflügel und Fische verzichten Sie so wenig wie ich oder sonst jemand. Und menschliches Leben unterscheidet sich in keiner Beziehung von tierischem. Warum sollte ich sparsam sein mit diesem Leben, das so billig und wertlos ist? Es gibt mehr Matrosen als Schiffe für sie auf dem Meere, mehr Arbeiter als Maschinen für sie. Sie leben ja auf dem Lande, und Sie wissen doch, daß man Ihre Armen in den ungesundesten Stadtvierteln unterbringt und Hunger und Pest auf sie losläßt, und daß die Zahl derer beständig wächst, die aus Mangel an einem Stückchen Brot und einem Bissen Fleisch zugrunde gehen. Ist das nicht Vernichtung von Leben? Haben Sie je die Londoner Dockarbeiter wie wilde Tiere um eine Arbeitsgelegenheit kämpfen sehen?"

Er schritt nach der Kajütstreppe, drehte aber nochmals den Kopf, um ein letztes Wort zu sagen. „Wissen Sie, welches der einzige Wert des Lebens ist? Den es sich selbst zulegt. Und das ist natürlich eine Überschätzung, eine Bewertung in eigener Sache. Nehmen Sie den Mann, den ich nach oben gehen ließ. Er klammerte sich an, als wäre er etwas überaus Wertvolles, ein Schatz, wertvoller als Diamanten und Rubinen. Für Sie? Nein. Für mich? Keineswegs. Für ihn selbst? Ja. Aber ich mache seine Schätzung nicht mit. Er überschätzt sich maßlos. Es gibt unendlich viel Leben, das geboren werden möchte. Wäre er heruntergestürzt, und wäre sein Hirn wie Honig aus seiner Wabe aufs Deck getropft, die Welt würde keinen Verlust erlitten haben. Der Welt galt er nichts. Das Angebot ist zu groß. Lediglich für sich selbst besaß er einen Wert. Er allein schätzt sich höher ein als Diamanten und Rubinen. Die Diamanten und Rubinen sind fort, auf Deck verschüttet, um von einem Eimer Seewasser weggespült zu werden – und er weiß nicht einmal, daß Diamanten und Rubinen fort sind. Er verliert nichts, denn mit dem Verlust seiner selbst verliert er das Bewußtsein seines Verlustes. Nicht wahr? Nun, was sagen Sie dazu?"

„Daß Sie jedenfalls folgerichtig handeln", war alles, was ich sagen konnte, und dann machte ich mich wieder ans Aufwaschen.

Nach drei Tagen wechselnden Windes waren wir endlich in den Nordostpassat gekommen. Trotz meinem Knie hatte ich gut geschlafen, und als ich jetzt das Deck betrat, fand ich die „Ghost" mit vollen Segeln außer den Klüvern vor einem frischen Winde vorwärtsjagend. O dieser wunderbare, mächtige Passat! Den ganzen Tag segelten wir, die ganze Nacht, den nächsten Tag und die nächste

Nacht und wieder Tag um Tag, immer vor demselben stetigen, starken Winde. Der Schoner segelte ganz von selbst. Es gab kein Heißen und Hahlen von Leinen und Schooten, kein Umlegen der Toppsegel, keine andere Arbeit für die Matrosen, als zu steuern. Nachts, wenn die Sonne untergegangen war, wurden die Segel gelockert, wenn morgens dann der Tau verdampfte, wurden sie wieder angezogen – das war alles.

Abwechselnd zehn, zwölf, elf Knoten ist die Geschwindigkeit, mit der wir fahren. Und immer aus Nordost bläst der brave Wind, der uns von Morgengrauen bis Morgengrauen an zweihundertundfünfzig Meilen weit auf unserm Kurs treibt. Sie stimmt mich trübe und wieder froh, diese Eile, mit der wir San Francisco hinter uns lassen und hinab in die Tropen schäumen. Mit jedem Tage wird es fühlbar wärmer. In der zweiten Hundewache kommen die Matrosen nackt an Deck und begießen sich eimerweise mit Wasser. Fliegende Fische zeigen sich schon, und nachts versucht die Wache die auf Deck gefallenen zu fangen. Thomas Mugridge hat seine obligate Bestechung bekommen, und so steigt aus der Kombüse der herrliche Duft von gebratenen fliegenden Fischen, während vorn und achtern Delphinfleisch aufgetischt wird. Johnson hat die schimmernden schönen Tiere von der Spitze des Bugspriets aus gespeert.

Johnson verbringt fast die ganze Zeit dort oder hoch oben auf den Dwarssalingen und beobachtet die „Ghost", wie sie das Wasser unter dem Druck ihrer Segel durchschneidet. Leidenschaft und Bewunderung leuchten aus seinen Augen, und in einer Art Verzückung starrt er auf die schwellenden Segel, das schäumende Kielwasser und das Heben und Senken über die nassen Berge, die majestätisch unserer Bahn folgen.

Tage und Nächte sind ein Wunder und wildes Entzücken, und obgleich meine traurige Arbeit mir nur wenig Zeit läßt, stehle ich mir doch hie und da einen Augenblick, um immer wieder auf die unendliche Pracht zu schauen, die in der Welt zu finden ich mir nicht hätte träumen lassen. Der Himmel droben ist fleckenlos blau – blau wie das Meer selbst, das unter dem Bug wie azurfarbener Atlas schimmert. Auf allen Seiten stehen am Horizont blasse Wolkenlämmer, unbeweglich, unveränderlich, wie eine Silberfassung um den makellosen Himmelstürkis.

Eine Nacht werde ich nie vergessen. Ich hätte schlafen sollen, lag jedoch auf der Back und blickte hinab auf das geisterhafte Schaumgekräusel, das der Bug der „Ghost" beiseiteschob. Es klang wie das Rieseln eines Bächleins über bemooste Steine in einem stillen Tal, und das leise Murmeln verzauberte mich und ließ mich vergessen, daß ich „Hump“, der Kajütsjunge, daß ich van Weyden war, der Mann, der fünfunddreißig Jahre zwischen Büchern verträumt hatte. Aber eine Stimme hinter mir rief mich in die Wirklichkeit zurück. Es war die wohlbekannte Stimme Wolf Larsens, stark wie die unüberwindliche Sicherheit des Mannes, und doch weich wie die Worte, die er sprach:

O die Tropennacht! Sie glüht,
Und das Meer von Funken sprüht
Und den Himmel kühlt.
Stetig zieht der Bug voran
Seine sternbesäte Bahn,
Wo der Wal, der wilde, spielt.
Dein Rumpf ist zernarbt von der Sonne, mein Schiff,
Deine Falle sind straff vor Tau,
Denn wir brausen hinab unsern alten Weg, abseits von den andern,
Den langen Weg nach Süden wir wandern.
Den Weg, der stets neu, ins leuchtende Blau!

„Na, Hump? Wie gefällt Ihnen das?“ fragte er nach einer angemessenen, durch Worte und Situation bedingten Pause.

Ich sah ihm ins Gesicht. Es glühte von Licht wie das Meer selbst, und seine Augen schimmerten im Sternenschein.

„Ich bin, offengestanden, ganz erstaunt über Ihre Begeisterung“, erwiderte ich kalt.

„Ja, Mann, das ist das Leben! Das Leben selbst!“ rief er.

„Das eine billige Ware ohne Wert ist“, gab ich ihm mit seinen eigenen Worten zurück.

Er lachte, und es war das erstemal, daß ich eine ehrliche Lustigkeit in seiner Stimme hörte.

„Sie wollen also nicht verstehen, was Leben heißt; ich kann es Ihnen nicht in den Schädel hämmern! Natürlich ist das Leben wertlos, nur nicht für einen selber. Und ich kann Ihnen sagen, daß mein Leben jetzt gerade recht wertvoll ist – für mich. Es ist um keinen Preis zu kaufen, was Sie sicher für maßlose

Überschätzung halten werden. Aber ich kann nichts dafür, denn es ist eben das Leben in mir, das den Wert bestimmt."

Er schien nach Worten zu suchen, um seine Gedanken auszudrücken, und fuhr dann fort:

„Wissen Sie, ich bin seltsam gehoben. Die ganze Zeit fühle ich einen Widerhall in mir, als wäre alle Macht der Welt mein. Ich erkenne die Wahrheit, ich kann göttlich Gutes von Bösem, Recht von Unrecht unterscheiden. Ich sehe weit und klar. Fast könnte ich an Gott glauben. Aber – und seine Stimme veränderte sich, und das Licht erlosch auf seinem Antlitz – was ist das für ein Zustand, in dem ich mich befinde? Diese Lebensfreude? Dieser Triumph des Lebens? Diese Inspiration, wie ich es wohl nennen darf? Das ist etwas, das kommt, wenn die Verdauung nicht gestört, wenn der Magen in Ordnung, der Appetit gut ist und der ganze Organismus richtig funktioniert. Es ist eine Bestechung des Lebens, Champagner des Blutes, das Aufwallen des Ferments – manchen gibt es heilige Gedanken ein, andere läßt es Gott sehen oder, wenn sie ihn nicht sehen, erschaffen. Das ist alles – der Rausch des Lebens, das Aufbrausen des Gärstoffes, das Murmeln des Lebens, das trunken ist von dem Bewußtsein, zu leben. Und – pah! Morgen muß ich dafür zahlen, wie der Säufer zahlen muß. Morgen weiß ich, daß ich sterben muß, höchstwahrscheinlich auf dem Meere, daß ich nicht mehr selbsttätig kriechen, daß ich mich nur noch in Fäulnis bewegen werde mit den Bewegungen der See, daß ich gefressen werde, um alle Kraft und Beweglichkeit meiner Muskeln zu verwandeln in die Kraft und Beweglichkeit von Flossen, Schuppen und Eingeweiden der Fische. Pah! Schon ist der Champagner schal geworden. Das Funkeln und Prickeln ist vorbei, und es ist ein fades Gesöff."

Er verließ mich ebenso plötzlich, wie er gekommen, lautlos mit der Wucht und Leichtigkeit eines Tigers. Die „Ghost" pflügte sich ihren Weg. Das Gurgeln am Bug tönte wie Schnarchen, und als ich darauf lauschte, da verließ mich allmählich der Eindruck, den Wolf Larsens rascher Wechsel von hoher Begeisterung zu tiefer Verzweiflung auf mich gemacht hatte. Dann erklang mittschiffs der kräftige Tenor eines Matrosen, der das „Lied des Passats" sang:

Ich bin der Wind, den der Seemann liebt –
Ich bin die Stärke und Treue,
Er folgt meiner Spur in den Wolken hoch.
Über die unergründliche Bläue.

Durch Licht und Dunkelheit folg' ich der Spur
Des Schiffes wie ein Hund,
Morgens und mittags und mitternachts
Blas ich die Segel ihm rund.

Manchmal glaube ich, daß Wolf Larsen verrückt oder doch wenigstens nicht ganz richtig ist wegen seiner seltsamen Launen und Grillen. Dann wieder halte ich ihn für einen großen Menschen, für ein Genie, das sein Ziel verfehlt hat. Und schließlich bin ich überzeugt, daß er der Urtyp des primitiven Menschen ist, Jahrtausende zu spät geboren, ein Anachronismus in diesem Kulminationszeitalter der Zivilisation. Sicherlich ist er ein ausgesprochener Individualist. Und dazu ist er sehr einsam. Seine gewaltige Männlichkeit und Geisteskraft verleihen ihm eine Sonderstellung. Es besteht keine geistige Gemeinschaft zwischen ihm und den anderen Männern an Bord. Sie erscheinen ihm wie Kinder, selbst die Jäger, und wie Kinder behandelt er sie, läßt sich zu ihnen herab und spielt mit ihnen wie mit jungen Hunden. Sonst aber behandelt er sie mit der Grausamkeit eines Vivisektors, er wühlt in ihren geistigen Prozessen und prüft ihre Seelen, als wolle er sehen, aus welchem Stoff sie gemacht seien.

Dutzende von Malen habe ich gesehen, wie er bei Tisch diesen oder jenen Jäger mit kühlen, wachen Augen und vor allem mit einer gewissen Neugier beleidigte und dann seine Entgegnungen und seine kleinlichen Wutausbrüche mit einem Interesse beobachtete, das mir, dem verstehenden Zuschauer, beinahe lächerlich erschien. Ich bin überzeugt, daß seine eigenen Wutausbrüche nicht echt sind. Zuweilen mögen es Experimente sein, hauptsächlich aber eine Pose, die er einmal den Menschen gegenüber eingenommen und sich dann angewöhnt hat. Ich weiß, daß ich ihn – vielleicht mit Ausnahme des Zwischenfalls mit dem toten Steuermann – nie wirklich zornig gesehen habe. Ich hege aber auch nicht den Wunsch, ihn in wahrer Wut zu sehen, wenn alle seine Kräfte zur Entfaltung gelangen müssen.

Um einen seiner Einfälle zu zeigen, will ich erzählen, was Thomas Mugridge in der Kajüte zustieß. Ich vervollständige damit gleichzeitig den Bericht über die Angelegenheit, die ich schon zweimal berührt habe. Eines Tages, gleich nach dem Essen, als ich eben mit dem Aufwaschen fertig war, kamen Wolf Larsen und Thomas Mugridge die Treppe herunter. Sonst wagte sich der Koch nicht in die

Kajüte. War er dazu gezwungen, um zu seiner Koje zu gelangen, so flitzte er wie ein furchtsames Gespenst hindurch.

„So, du kannst „Nap“ spielen!“ sagte Wolf Larsen vergnügt. „Ich hätte mir denken können, daß ein Engländer das Spiel kennt. Ich hab' es selbst auf englischen Schiffen gelernt.“

Thomas Mugridge war außer sich vor Freude, daß er sich an einen Tisch mit dem Kapitän setzen durfte. Sein Dünkel und seine peinlichen Anstrengungen, sich die ungezwungene Haltung eines Mannes zu geben, der von Geburt für einen würdigen Platz im Leben ausersehen ist, würden ekelerregend gewesen sein, hätten sie nicht so lächerlich gewirkt. Meine Gegenwart ignorierte er völlig, wobei ich ihm jedoch zugute halten will, daß er einfach nicht imstande war, mich zu sehen. Seine blassen, wässerigen Augen schwammen in Verzückung, wenn mir auch unerfindlich war, was für selige Visionen er haben mochte.

„Hol' die Karten, Hump“, befahl Wolf Larsen, als sie am Tische Platz nahmen. „Und bring' Zigarren und Whisky aus meiner Koje.“

Als ich wiederkam, hörte ich gerade, wie der Cockney sich in Andeutungen erging, daß irgendein Geheimnis über ihm läge: er sei sicher der Sohn eines vornehmen Herrn, und er bekäme Geld, wogegen er sich hätte verpflichten müssen, England nicht wieder zu betreten – – „schönes Geld, Käptn,“ drückte er sich aus, „schönes Geld, damit ich mich packe und wegbleibe.“ Ich hatte die gewohnten Schnapsgläser gebracht, aber Wolf Larsen runzelte die Stirn, schüttelte den Kopf und gab mir einen Wink, daß ich Wassergläser bringen sollte. Ich füllte sie zu zwei Drittel mit unvermischtem Whisky – „ein Gentlemangetränk“, sagte Thomas Mugridge –, sie stießen auf gutes Spiel an, steckten sich Zigarren an und begannen dann, die Karten zu mischen und auszuteilen.

Sie spielten um Geld. Sie erhöhten die Einsätze. Sie tranken Whisky, leerten die Gläser, und ich holte mehr. Ich weiß nicht, ob Wolf Larsen betrog oder nicht – er wäre sicher fähig dazu gewesen –, aber jedenfalls gewann er andauernd. Der Koch machte wiederholt einen Abstecher nach seiner Koje, um Geld zu holen. Jedesmal schwankte er mehr, brachte aber immer nur einige wenige Dollar auf einmal. Er wurde sentimental, vertraulich, konnte kaum noch die Karten sehen und aufrecht sitzen. Als er den nächsten Ausflug nach seiner Koje antrat, hakte er Wolf Larsen seinen fettigen Zeigefinger ins Knopfloch und wiederholte mehrmals ausdruckslos: „Ich kriege Geld, ich kriege Geld, sag' ich Ihnen. Ich bin der Sohn eines feinen Herrn.“

Schließlich setzte der Koch unter der Beteuerung, er könne verlieren wie ein Gentleman, sein letztes Geld und verlor. Worauf er den Kopf auf die Hände sinken ließ und weinte. Wolf Larsen betrachtete ihn neugierig, als dächte er daran, ihn zu vivisezieren, änderte jedoch seine Absicht, nachdem er zu der Erkenntnis gekommen, daß eine Untersuchung hier ergebnislos bleiben müsse.

„Hump,“ sagte er mit vollendeter Höflichkeit zu mir, „wollen Sie die Freundlichkeit haben, Herrn Mugridges Arm zu nehmen und ihm an Deck zu helfen. Er fühlt sich nicht ganz wohl. – Und sagen Sie Johansen, daß er ihn mit ein paar Pützen Seewaser duschen soll“, fügte er leise hinzu, so daß nur ich es hören konnte. Ich überließ Herrn Mugridge an Deck den Händen einiger grinsender Matrosen, die Johansen zu diesem Zwecke gerufen hatte. Herr Mugridge faselte immer noch davon, daß er der Sohn eines vornehmen Herrn sei. Als ich jedoch die Kajütstreppe hinabstieg, um den Tisch abzuräumen, hörte ich ihn kreischen; der erste Guß hatte ihn getroffen.

Wolf Larsen zählte seinen Gewinn.

„Genau hundertfünfundachtzig Dollar!“ sagte er laut. „Gerade wie ich mir dachte. Der Lump kam ohne einen Cent an Bord.“

„Und Ihr Gewinn gehört mir, Käptn“, sagte ich beherzt.

Er beehrte mich mit einem spöttischen Lächeln. „Ich habe mich seinerzeit ein wenig mit Grammatik beschäftigt, Hump, und ich glaube, Sie bringen die Zeiten durcheinander. „Hat mir gehört“, hätten Sie sagen sollen.“

„Hier ist nicht die Rede von Grammatik, sondern von Ethik“, erwiderte ich.

Er ließ eine Weile verstreichen, ehe er sprach.

„Wissen Sie, Hump,“ sagte er bedächtig und mit einem rätselhaften Klang von Traurigkeit in der Stimme, „wissen Sie, daß dies das erstemal ist, daß ich auf diesem Schiffe das Wort Ethik aus dem Munde eines Mannes höre. Und Sie und ich sind die einzigen an Bord, die die Bedeutung dieses Wortes kennen. – Es gab eine Zeit in meinem Leben,“ fuhr er nach einer Pause fort, „da ich davon träumte, mit Männern sprechen zu dürfen, die eine solche Sprache redeten, mich aus der Lebensstellung, in der ich geboren, emporzuheben und Umgang zu pflegen mit Menschen, die über Dinge wie Ethik sprachen. Es ist das erstemal, daß ich dies Wort aussprechen höre. – Aber das nur nebenbei! Sie haben unrecht. Dies hat weder etwas mit Grammatik, noch mit Ethik zu tun, es handelt sich einfach um eine Tatsache.“

„Ich verstehe“, sagte ich. „Um die Tatsache, daß Sie jetzt das Geld haben.“

Seine Züge erhellten sich. Meine schnelle Auffassung schien ihm zu gefallen.

„Aber wir umgehen die eigentliche Frage,“ fuhr ich fort, „die des Rechtes.“

„Ach!“ bemerkte er und zog den Mund schief. „Ich sehe, Sie glauben noch an so etwas wie Recht und Unrecht.“

„Glauben Sie denn nicht daran? – Gar nicht? –“ fragte ich.

„Nicht die Spur. Macht ist Recht, das ist alles, was darüber zu sagen ist. Schwäche ist Unrecht. Es ist gut für einen Menschen, wenn er stark, schlecht für ihn, wenn er schwach ist – – oder noch besser: es ist angenehm, stark zu sein, weil man Vorteil davon hat, es ist peinlich, schwach zu sein, weil es Verlust bedeutet Der Besitz dieses Geldes ist etwas Schönes. Sein Besitz ist angenehm. Und da ich die Möglichkeit habe, es zu besitzen, wäre es ein Unrecht gegen mich selbst, wenn ich es Ihnen gäbe und mich des Vergnügens, es zu besitzen, beraubte.“

„Aber Sie begehen ein Unrecht gegen mich, wenn Sie es behalten“, wandte ich ein.

„Keineswegs. Ein Mensch kann kein Unrecht gegen den andern begehen. Nur gegen sich selbst. Von meinem Standpunkt aus tue ich stets ein Unrecht, wenn ich die Interessen anderer beachte. Verstehen Sie? Wie kann ein Stückchen Ferment dem andern Unrecht tun, wenn er dasselbe zu verschlingen sucht? Der Drang, zu verschlingen und sich selbst gegen das Verschlungenwerden zu wehren, ist ihm angeboren. Unterdrücken Sie diesen Drang, so sündigen Sie.“

„Sie glauben also nicht an Altruismus?“ fragte ich.

Er sann einen Augenblick nach, als hätte das Wort für ihn einen fremden, aber doch nicht ganz fremden Klang.

„Warten Sie mal, heißt das nicht so etwas wie Zusammenarbeit?“

„Nun ja, so etwas Ähnliches“, erwiderte ich, diesmal nicht überrascht durch eine solche Lücke in seinem Wortschatz, da er ja reiner Autodidakt war, ein Mann, der viel gedacht und wenig, vielleicht gar nicht gesprochen hatte. „Eine altruistische Handlung ist eine solche, die man zum Wohle anderer vollbringt.

Sie ist uneigennützig, im Gegensatz zu der eigennützigen Handlung, die man zu seinem eigenen Vorteil begeht.“ Er nickte. „O ja, jetzt erinnere ich mich. Ich habe bei Spencer darüber gelesen.“

„Spencer!“ rief ich. „Sie haben Spencer gelesen?“

„Nicht sehr viel“, räumte er ein. „Ich verstand allerhand von seinen „Grundprinzipien“, aber seine „Biologie“ hat mir doch den Wind aus den Segeln genommen, und seine „Psychologie“ hat mich lange in der Flaute treiben lassen. Ich konnte mit dem besten Willen nicht verstehen, worauf er hinauswollte. Ich habe damals die Ursache in meiner geistigen Unvollkommenheit gesucht, bin aber später zu der Überzeugung gelangt, daß mir die Voraussetzungen fehlten. Ich hatte nicht die richtige Grundlage. Nur Spencer und ich wissen, wie ich gebüffelt habe. Aber von seinen „Ethischen Daten“ habe ich doch etwas gehabt. Und darin fand ich eine Abhandlung über Altruismus und weiß jetzt auch, in welcher Bedeutung er das Wort anwandte.“

Ich hätte gern gewußt, was der Mann von diesem Werke gehabt hatte. Ich erinnerte mich genügend an Spencer, um zu wissen, daß der Altruismus für ihn das höchste sittliche Ideal war. Wolf Larsen hatte offenbar unter der Lehre des großen Philosophen Auslese gehalten und seinen eigenen Bedürfnissen und Wünschen gemäß gewählt und verworfen.

„Was haben Sie sonst noch darin gefunden?“ fragte ich. Er runzelte leicht die Stirn vor Anstrengung, einen treffenden Ausdruck für Gedanken zu finden, denen er noch nie Worte verliehen hatte. Ich spürte in mir einen geistigen Hochmut. Jetzt tastete ich seine Seele ab, wie er die anderer abzutasten pflegte. Ich befand mich auf jungfräulichem Gebiet. Eine fremdartige, eine unheimlich fremdartige Gegend entrollte sich hier vor meinen Augen.

„Mit so wenigen Worten wie möglich“, begann er, „sagt Spencer etwa folgendes: Zunächst muß ein Mensch zu seinem eigenen Besten handeln – das ist moralisch und gut. Dann muß er zum Besten seiner Kinder handeln. Und drittens zum Besten seiner Familie.“

„Und die höchste, vornehmste und einzig richtige Handlungsweise“, warf ich ein, „ist die, die gleichzeitig ihm selbst, seinen Kindern und seiner ganzen Familie frommt.“

„Das unterschreibe ich nicht ganz“, erwiderte er. „Ich kann weder die Notwendigkeit noch die Vernunft davon einsehen. Ich nehme Familie und

Kinder aus. Für sie würde ich nichts opfern. Das ist nichts als Sentimentalität, wenigstens für einen Mann, der nicht an ein ewiges Leben glaubt. Gäbe es Unsterblichkeit, so wäre Altruismus ein Geschäft, das sich bezahlt machte. Dann könnte sich meine Seele vielleicht zu den höchsten Höhen aufschwingen. Aber ohne Aussicht auf etwas anderes Ewiges als den Tod und nur die kleine Spanne dieses Leben genannten Gärungsprozesses vor mir, würde mir eine Handlung, die mir ein Opfer auferlegt, unmoralisch erscheinen. Jedes Opfer, durch das ich auch nur das Geringste dieses Gärungspozesses verlöre, wäre Torheit – ja, nicht nur Torheit, sondern ein Unrecht gegen mich selbst, und daher etwas Schlechtes.

„Dann sind Sie Individualist, Materialist und, logisch gedacht, Hedonist."

„Große Worte", lächelte er. „Aber was ist ein Hedonist?"

Als ich es ihm erklärte, nickte er zustimmend.

„Und", fuhr ich fort, „dazu sind Sie ein Mann, dem man alles zutrauen kann, sobald man seinem Eigennutz in die Quere kommt."

„Jetzt fangen Sie an, zu begreifen", sagte er lebhaft. „Sie sind ein Mensch, völlig bar dessen, was man Moral nennt."

„Stimmt."

„Ein Mensch, den man immer fürchten muß – –"

„Richtig."

„Wie man eine Schlange, einen Tiger, einen Hai fürchtet."

„Jetzt kennen Sie mich. Und Sie kennen mich so, wie ich allgemein bekannt bin. Andere nennen mich Wolf."

„Sie sind eine Art Ungeheuer," fügte ich kühn hinzu, „ein Kaliban, der gegrübelt hat und in müßigen Augenblicken nach Einfall und Laune handelt."

Seine Stirn umwölkte sich bei dieser Anspielung. Er verstand sie nicht, und ich sah sofort, daß er die Dichtung nicht kannte.

„Ich lese jetzt gerade Browning," gestand er, „und er ist recht trocken. Ich bin noch nicht weit gekommen und habe so ungefähr die Richtung verloren."

Um den Leser nicht zu ermüden, will ich nur berichten, daß ich das Buch aus seiner Kabine holte und ihm vorlas. Er war entzückt. Immer wieder unterbrach er mich mit Erklärungen und kritischen Bemerkungen. Als ich fertig war, ließ er es mich noch einmal und dann zum drittenmal vorlesen. Wir gerieten in eine Unterhaltung über Philosophie, Wissenschaft, Evolution, Religion. Er war zuweilen ungenau, wie jeder Autodidakt, besaß aber zugleich die Sicherheit und Planmäßigkeit des primitiven Geistes. Sein einfacher Gedankengang war seine Stärke, und sein Materialismus war viel zwingender als der spitzfindige Charley Furuseths. Nicht, daß ich – ein erklärter Idealist oder, wie Furuseth sich ausdrückte, ein Idealist von Temperament – hätte überzeugt werden können, aber Wolf Larsen stürmte die letzten Bollwerke meines Glaubens mit einer Gewalt, die, wenn sie auch nicht überzeugte, doch Achtung verdiente.

Die Zeit verstrich. Das Abendbrot näherte sich, und noch war der Tisch nicht gedeckt. Ich wurde unruhig und ängstlich, und als Thomas Mugridge, krank und grämlich, die Treppe herunterkam, schickte ich mich an, meinen Pflichten nachzukommen. Aber Wolf Larsen rief ihm zu:

„Köchlein, du mußt heute allein das Essen besorgen. Hump hat für mich zu tun, und du mußt sehen, allein fertig zu werden."

Und wieder wurde das Unerwartete Ereignis. Diesen Abend saß ich mit dem Kapitän und den Jägern bei Tische, während Thomas Mugridge uns bediente und hinterher das Geschirr aufwusch – eine Grille, eine Kalibanslaune Wolf Larsens, für die ich, wie ich voraussah, büßen sollte. Jetzt aber sprachen und sprachen wir, zum großen Ärger der Jäger, die nicht ein Wort davon verstanden.

Drei Ruhetage, drei gesegnete Ruhetage hatte ich bei Wolf Larsen. Ich saß in der Kajüte und tat nichts, als über Leben, Literatur und Universum mit ihm zu disputieren, während Thomas Mugridge schäumend und wütend meine Arbeit neben der seinen verrichtete.

„Sei auf deiner Hut – weiter sage ich nichts", warnte Louis mich, als ich zufällig mal auf eine halbe Stunde auf Deck war und Wolf Larsen einen Streit zwischen den Jägern schlichtete.

„Was geschehen wird, weiß ich nicht", erwiderte Louis auf meine Bitte, sich deutlicher auszudrücken. „Der Mann ist so unberechenbar wie die Strömungen in See und Luft. Du weißt nie, was er will. Wenn du meinst, du kennst ihn und segelst vor günstigem Wind mit ihm, so schlägt er um und liegt still, um dann plötzlich wie ein Wirbelsturm über dich herzufahren, daß all deine Schönwettersegel in Fetzen reißen."

Es war daher keine völlige Überraschung für mich, als das von Louis prophezeite Wetter kam. Wir hatten einen heißen Disput – über das Leben natürlich – und, übermütig geworden, zeichnete ich einen zu scharfen Riß von Wolf Larsen und seinem Leben. Tatsächlich zergliederte ich ihn bei lebendigem Leibe und wühlte in seiner Seele genau so scharf und unerbittlich, wie er es bei den andern zu tun pflegte. Ich mag vielleicht die Schwäche einer zu großen Konsequenz in der Beweisführung haben, jedenfalls ließ ich alle Zurückhaltung fahren und schnitt und schlitzte an dem Mann herum, bis er knurrte. Sein sonnengebräuntes Gesicht wurde schwarz vor Wut, seine Augen funkelten. Sie drückten nicht Klarheit oder gesunden Verstand mehr aus, sondern nichts als die entsetzliche Raserei eines Wahnsinnigen. Jetzt sah ich den Wolf in ihm und noch dazu einen tollen.

Mit Gebrüll sprang er auf mich los und packte meinen Arm. Ich hatte mich ermannt und wollte standhalten, obgleich ich innerlich zitterte, aber die riesige Kraft dieses Mannes war zuviel für meine Standhaftigkeit. Seine Hand hatte mich am Oberarm gefaßt, und als er zupackte, sank ich zusammen und schrie laut. Meine Füße verweigerten mir den Dienst. Ich konnte einfach nicht mehr aufrecht stehen und den Schmerz ertragen. Ich hatte das Gefühl, als wäre der Oberarm zu Brei gequetscht.

Er schien wieder zu sich zu kommen, denn ein heller Schimmer trat in seine Augen, und er ließ mich los mit einem kurzen Lachen, das eher wie Knurren klang. Ich stürzte zu Boden, mir war sehr schlecht zumute, während er sich hinsetzte, sich eine Zigarre ansteckte und mich beobachtete wie die Katze die Maus. Ich konnte in seinen Augen die Neugier lesen, die ich so oft bei ihm bemerkt hatte, diese Verwunderung und Unruhe, das Suchen, das stete Forschen: Wozu das alles? Ich raffte mich auf und kroch die Treppe hinauf. Das schöne Wetter war vorbei, und mir blieb nichts übrig, als wieder in die Kombüse zugehen. Mein linker Arm war völlig gefühllos, und es vergingen Tage, ehe ich ihn wieder gebrauchen konnte, Wochen, bis er ganz gesund war. Und dabei hatte Wolf Larsen nichts getan, als meinen Arm mit seiner Hand umschlossen und gedrückt. Er hatte ihn weder verdreht noch gestoßen, nur seine Hand mit gleichmäßigem Druck geschlossen. Was er möglicherweise hätte tun können, ging mir erst am nächsten Tage auf, als er den Kopf zur Kombüse hereinsteckte und mit erneuter Freundlichkeit fragte, wie es meinem Arm ginge.

„Es hätte schlimmer werden können“, lächelte er.

Ich schälte Kartoffeln. Er nahm eine aus dem Eimer. Sie war ungewöhnlich groß, fest und ungeschält. Er umschloß sie mit der Hand, preßte sie zusammen, und die Kartoffel spritzte zwischen seinen Fingern hervor. Die breiigen Überreste warf er wieder in den Eimer und ging, aber ich bekam eine deutliche Vorstellung davon, wie es mir ergangen wäre, wenn das Ungeheuer wirklich mit aller Kraft zugepackt hätte.

Trotz alledem hatte die dreitägige Ruhe mir gutgetan, denn mein Knie war wieder gebrauchsfähig geworden. Es hatte sich bedeutend gebessert, die Schwellung war sichtlich zurückgegangen, und die Kniescheibe befand sich wieder an ihrem Platze. Aber die Ruhezeit brachte mir noch eine Unannehmlichkeit, die ich vorausgesehen hatte. Offenbar hatte Thomas Mugridge im Sinne, mich für diese drei Tage büßen zu lassen. Er behandelte mich niederträchtig, verfluchte mich unausgesetzt und wälzte seine eigene Arbeit auf mich ab. Er wagte es sogar, die Faust gegen mich zu erheben, aber ich war selbst wie ein wildes Tier geworden und fauchte ihm so grimmig ins Gesicht, daß er ängstlich zurückfuhr. Es ist kein angenehmes Bild, das ich von mir heraufbeschwören muß: Ich, Humphrey van Weyden, in einer Ecke dieser lärmenden Schiffskombüse über die Arbeit gebückt, Angesicht zu Angesicht mit diesem Geschöpf, das im Begriff war, mich zu schlagen, mit entblößten Zähnen und knurrend wie ein Hund, die Augen glühend vor Furcht und Hilflosigkeit und dem Mut der Verzweiflung! Das Bild behagt mir nicht. Es erinnert mich zu lebhaft an eine Ratte in der Falle. Ich denke nicht gern daran. Aber es wirkte: der drohende Schlag fiel nicht.

Thomas Mugridge wich zurück und starrte mich nur ebenso bösartig und haßerfüllt an wie ich ihn. Ein paar wilde Tiere waren wir, zusammen eingesperrt und zähnefletschend. Er war ein Feigling, fürchtete sich, mich zu schlagen, weil meine Furcht nicht groß genug war, und so suchte er einen neuen Weg, mich einzuschüchtern. Es gab nur ein Küchenmesser, das zur Waffe taugte. Viele Jahre Gebrauch und Abnutzung hatten die Klinge dünn und biegsam geschliffen. Es sah gräßlich aus, mich hatte es jedesmal geschaudert, wenn ich es benutzen mußte. Der Koch lieh sich einen Wetzstein von Johansen und begann das Messer zu schärfen. Er tat es mit großer Umständlichkeit, indem er mich während der ganzen Prozedur bedeutsam anblickte. Einen ganzen Tag lang wetzte er es. Sobald er einen freien Augenblick hatte, saß er mit Stein und Messer da und wetzte. Die Schneide wurde so scharf wie ein Rasiermesser. Er prüfte sie am Daumenballen oder am Nagel. Er rasierte sich die Haare auf dem Handrücken, peilte mit mikroskopischer Genauigkeit über die Schneide und fand immer noch irgendwo eine leichte Unebenheit. Und dann wetzte er weiter, wetzte und wetzte, bis ich hätte lachen mögen, so unsagbar lächerlich war es.

Und doch war es ernst genug, denn ich sollte erfahren, daß er wohl imstande war, das Messer zu gebrauchen, daß unter seiner Feigheit ein Mut der Feigheit steckte, der, wie der meine mich, ihn zwingen konnte, seiner ganzen Natur zuwider zu handeln und aller Furcht zu trotzen. „Der Doktor schärft sein Messer für Hump", begann man unter den Matrosen zu flüstern, und manche neckten ihn damit. Er aber legte das günstig aus, freute sich und nickte mit furchteinflößender Geheimnistuerei, bis George Leach, der frühere Kajütsjunge einen rohen Scherz über den Gegenstand machte. Nun hatte sich Leach zufällig unter den Matrosen befunden, die Mugridge nach seinem Kartenspiel mit dem Kapitän hatten duschen müssen. Leach war seiner Aufgabe offenbar mit einer Gründlichkeit nachgekommen, die Mugridge nicht verziehen hatte, denn jetzt gab ein Wort das andere, und die Beleidigungen auf die gegenseitigen Vorfahren schwirrten durch die Luft. Schließlich drohte Mugridge ihm mit dem Messer, das er für mich schärfte. Leach lachte und überschüttete ihn noch mehr mit Gemeinheiten. Aber ehe ich wußte, was geschah, war sein rechter Arm durch einen raschen Schnitt mit dem Messer aufgeschlitzt. Der Koch fuhr zurück, ein teuflisches Grinsen auf seinem Gesicht und das Messer in Verteidigungsstellung vorgehalten. Aber Leach blieb ganz ruhig, obgleich das Blut wie ein Springbrunnen auf das Deck spritzte.

„Ich krieg' dich schon noch, Köchlein," sagte er, „und dann wird's dir nicht glimpflich gehen. Ich hab' keine Eile. Du wirst kein Messer zur Hand haben, wenn ich mit dir abrechne."

Mit diesen Worten drehte er sich um und entfernte sich gelassen. Mugridges Gesicht war fahl vor Angst. Er sah, was er getan, und ahnte, was er von dem Verwundeten früher oder später zu erwarten hatte. Aber mir gegenüber benahm er sich schlimmer als je. Bei aller Furcht vor Vergeltung konnte er doch die Wirkung seiner Tat auf mich sehen und wurde immer herrschsüchtiger und übermütiger. Dazu war bei dem Anblick des vergossenen Blutes ein an Wahnsinn grenzendes Gelüst in ihm erwacht. Überall sah er Blut. Es war ein traurig verworrener Geisteszustand, aber ich konnte seine Gedanken so klar lesen wie ein gedrucktes Buch.

Mehrere Tage vergingen, immer noch schäumte die „Ghost“ vor dem Passat dahin, und ich hätte schwören können, daß ich den Wahnsinn in Thomas Mugridges Augen wachsen sah. Ich gestehe, daß ich mich sehr, sehr fürchtete. Er wetzte, wetzte, wetzte – so ging es den ganzen Tag. Wenn er die Schärfe der Schneide prüfte und mich wild anstarrte, glich sein Blick dem eines Menschenfressers. Ich fürchtete, ihm den Rücken zu kehren, und wenn ich die Kombüse verließ, ging ich rücklings, zum Ergötzen der Matrosen und Jäger, die sich in Gruppen versammelten, um Zeugen meiner Flucht zu sein. Die Spannung war zu groß. Ich fürchtete zuweilen, den Verstand darüber zu verlieren, übrigens ein passender Zustand auf diesem Schiff voll von Verrückten und Bestien. Jede Stunde, jede Minute stand mein Leben auf dem Spiel. Ich war eine Menschenseele in Not, und doch war vorn und achtern keine Seele, die Mitgefühl genug besaß, um mir zu Hilfe zu kommen. Zuweilen dachte ich daran, die Barmherzigkeit Wolf Larsens anzurufen, aber der spöttische Teufel in seinen Augen, der das Leben höhnte, erschien vor mir und hielt mich zurück. Dann wieder erwog ich ernsthaft den Gedanken an Selbstmord und mußte die ganze Kraft meiner hoffnungsfrohen Philosophie aufbieten, um nicht in der Dunkelheit der Nacht über Bord zu springen.

Mehrmals suchte Wolf Larsen mich in eine Unterhaltung zu ziehen, aber ich gab nur kurze Antworten und wich ihm geschickt aus. Zuletzt befahl er mir, meinen Platz am Kajütentisch wieder einzunehmen und den Koch meine Arbeit verrichten zu lassen. Da sprach ich offen mit ihm, erzählte ihm, was ich von Thomas Mugridge wegen seiner dreitägigen Gunst zu leiden hatte. Wolf Larsen betrachtete mich lächelnd.

„So, und jetzt haben Sie Angst, was?“ höhnte er.

„Ja,“ sagte ich trotzig und ehrlich, „ich fürchte mich.“

„So seid ihr Kerle,“ rief er halb ärgerlich, „schwelgt in Gefühlen über eure unsterbliche Seele und fürchtet euch vor dem Tode. Beim Anblick eines scharfen Messers und eines feigen Cockneys denkt ihr an nichts anderes, als euch ans Leben zu klammern. Nun ja, mein Lieber, Sie sollen ja ewig leben. Sie sind ein Gott, und ein Gott kann nicht getötet werden. Köchlein kann Ihnen nicht die Haut ritzen. Sie sind ja Ihrer Auferstehung sicher. Warum sich fürchten? Sie haben ja ein ewiges Leben vor sich. Sie sind Millionär an Unsterblichkeit, und dazu ein Millionär, der sein Vermögen nicht verlieren kann, dessen Glück dem Untergang weniger geweiht ist, als die Sterne und dauert wie Zeit und Ewigkeit.

Es ist Ihnen unmöglich, Ihr Kapital zu verringern. Unsterblichkeit ist ein Ding ohne Anfang und ohne Ende. Ewigkeit bleibt Ewigkeit, und selbst, wenn Sie hier und in diesem Augenblick sterben, so werden Sie irgendwoanders in alle Ewigkeit weiterleben. Und dabei ist das alles herrlich: Das Loslösen vom Fleische und die Befreiung des gefesselten Geistes. Köchlein kann Ihnen gar nichts anhaben. Er kann Sie nur auf den Weg befördern, den Sie für die Ewigkeit wandern sollen.

Wenn Sie aber nicht den Wunsch hegen, gerade jetzt befördert zu werden, warum befördern Sie dann nicht Köchlein? Wenn Ihre Anschauung richtig ist, muß ja auch er ein unsterblicher Millionär sein. Sie können ihn nicht zum Konkurs bringen. Seine Papiere werden immer pari stehen. Sie können sein Leben nicht verkürzen, wenn Sie ihn töten, denn er ist ohne Anfang und ohne Ende. Er muß irgendwo und irgendwie weiterleben. Also befördern Sie ihn doch! Stechen Sie ihm ein Messer in den Leib und erlösen Sie seinen Geist. Der lebt jetzt doch in einem elenden Gefängnis, und Sie erweisen ihm nur einen Freundschaftsdienst, wenn Sie die Tür aufreißen. Und wer weiß? Vielleicht wird ein schöner Geist aus dem ekelhaften Leichnam zum himmlischen Blau emporschweben. Befördern Sie ihn, und ich befördere Sie an seinen Platz mit 45 Dollar den Monat."

Es war klar, daß ich von Wolf Larsen weder Hilfe noch Mitgefühl zu erwarten hatte. Ich mußte allein handeln, und mit dem Mute des Feiglings beschloß ich, Thomas Mugridge mit seinen eigenen Waffen zu bekämpfen. Ich lieh mir von Johansen einen Schleifstein. Louis, der Bootssteurer, hatte mich um kondensierte Milch und Zucker angebettelt. Der Vorratsraum lag unter dem Fußboden der Kajüte. Ich nahm eine Gelegenheit wahr und stahl fünf Dosen Milch, und als Louis' Wache am Abend begann, erstand ich dafür einen Dolch, der ebenso dünn und gefährlich war wie Thomas Mugridges Küchenmesser. Er war rostig und stumpf, aber ich drehte den Schleifstein, und Louis schliff die Klinge. Diese Nacht schlief ich viel besser als sonst.

Am nächsten Morgen, nach dem Frühstück, begann Thomas Mugridge wieder sein unaufhörliches Wetzen. Ich sah mich ängstlich nach ihm um, denn ich kniete vor dem Herd, um die Asche herauszuholen. Als ich sie über Bord geschüttet hatte und wiederkam, unterhielt er sich mit Harrison, dessen braves, dummes Bauerngesicht die größte Bewunderung verriet.

„Ja“, sagte Mugridge, „was kann mir schon Schlimmeres geschehen als zwei Jahre Kittchen! Aber was ich mir daraus schon mache. Der andere Kerl hat sein Fett gekriegt. Du hättest ihn sehen sollen! Messer gerad wie das hier. Steckte es rein in ihn wie in Butter, und er pfiff besser als 'ne Zweipennyflöte.“ Er warf einen Blick auf mich, um zu sehen, ob ich es gehört hätte, und fuhr fort: „ „Ich hab' es nicht so gemeint, Tommy,“ winselte er, „weiß Gott, ich hab' es nicht so gemeint.“ „Ich will dich schon zur Vernunft bringen“, sagte ich und setzte ihm nach. Ich schnitt ihn in Fetzen, und er tat nichts als quietschen. Dann kriegte er das Messer zu fassen und wollte es halten. Mit den Fingern darum. Aber ich zog es durch bis auf die Knochen. Das war ein Anblick, sag' ich dir!“

Ein Ruf des Steuermanns unterbrach den blutrünstigen Bericht, und Harrison ging nach achtern. Mugridge setzte sich auf die Türschwelle der Kombüse und wetzte weiter. Ich legte die Kohlenschaufel beiseite, setzte mich ruhig auf den Kohlenkasten und sah ihm zu. Er beehrte mich mit einem bösartigen Blick. Äußerlich ruhig, wenn auch mit Herzklopfen, zog ich Louis' Dolch heraus und begann ihn auf dem Stein zu wetzen. Ich war auf irgend etwas von seiten des Cockneys gefaßt gewesen, aber zu meiner Überraschung schien er gar nicht zu bemerken, was ich tat. Er wetzte weiter sein Messer. Und ich tat dasselbe. Und zwei Stunden lang saßen wir da, Angesicht zu Angesicht, und wetzten, wetzten, wetzten, bis die Neuigkeit sich an Bord verbreitete und die halbe Schiffsbesatzung sich vor der Kombüsentür scharte, um den Anblick zu genießen. Anfeuerungen und Ratschläge wurden freigiebig erteilt. Jock Horner, der stille Jäger, der aussah, als könne er keiner Maus etwas zuleide tun, riet mir, ihm die Klinge von unten in den Bauch zu jagen und ihr dann die „spanische Drehung“ zu geben. Leach, der den Arm in der Binde auffällig vorstreckte, bat mich, ein paar Reste vom Koch für ihn übrigzulassen, und Wolf Larsen blieb ein paarmal neben der Hütte stehen und betrachtete neugierig, was ihm als ein Gärungsprozeß erscheinen mußte, wie er das Leben nannte.

Und ich muß gestehen, daß ich das Leben jetzt ebenso niedrig einschätzte. Es hatte nichts Schönes, nichts Göttliches mehr – hier gab es nur zwei feige Geschöpfe, die Stahl auf Stein wetzten, und eine Gruppe weiterer Geschöpfe, die zusahen. Die Hälfte von ihnen, davon bin ich überzeugt, wartete begierig, daß wir gegenseitig unser Blut vergossen. Es wäre ihnen eine Unterhaltung gewesen. Und ich glaube nicht, daß ein einziger sich dazwischengelegt hätte, wenn es zu einem Kampf auf Leben und Tod zwischen uns beiden gekommen wäre.

Andererseits war das alles wiederum lächerlich und kindisch. Wetzen, wetzen, wetzen – Humphrey van Weyden in einer Schiffkombüse, im Begriff, ein Messer zu schärfen und es mit dem Daumen zu prüfen! Von allen Situationen die undenkbarste! Meine Angehörigen würden es nicht für möglich gehalten haben. Daß ich, Humphrey van Weyden, solcher Dinge fähig war, bedeutete eine Offenbarung für mich, und ich wußte nicht, ob ich stolz sein oder mich schämen sollte. Aber nichts geschah. Nach zwei Stunden legte Thomas Mugridge Messer und Stein fort und streckte mir die Hand entgegen.

„Was hat es für einen Sinn, sich den Viechern zur Schau zu stellen?“ fragte er. „Sie lieben uns nicht und würden sich verdammt freuen, wenn wir beide uns gegenseitig die Kehle abschnitten. Du bist nicht der Schlimmste, Hump! Du hast Mut, und ich hab' dich im Grunde gerne. Komm, gib mir die Flosse.“

So feige ich auch sein mochte, war ich es doch weniger als er. Es war ein unbedingter Sieg, den ich errungen hatte, und ich wollte nichts davon verscherzen, indem ich die verhaßte Hand schüttelte.

„Schön,“ sagte er, „nimm sie oder laß es bleiben, deshalb gefällst du mir nicht weniger.“ Und hierauf wandte er sich heftig gegen die Zuschauer: „Macht, daß ihr von der Kombüsentür wegkommt, ihr elenden Lümmel!“

Diesem Befehl verlieh er Nachdruck durch einen Kessel kochenden Wassers, bei dessen Anblick die Matrosen Hals über Kopf fortstürzten. Das war eine Art Sieg für Thomas Mugridge, der ihn die Niederlage, die ich ihm zugefügt hatte, mit mehr Anstand tragen ließ. Die Jäger versuchte er allerdings nicht zu vertreiben.

„Köchlein ist fertig“, hörte ich Smoke zu Horner sagen. „Ja, darauf kannst du wetten“, lautete die Antwort. „Von jetzt an ist Hump Herr in der Kombüse, und Tommy muß die Hörner einziehen.“

Mugridge hörte es und warf mir einen schnellen Blick zu, aber ich tat, als hätte ich nichts gemerkt. Ich hätte nicht geglaubt, daß mein Sieg so vollständig und weittragend sei, war aber entschlossen, nicht ein Tüftelchen davon preiszugeben. Die Tage vergingen, und die Prophezeiung Smokes bewahrheitete sich. Der Cockney wurde demütiger und sklavischer vor mir als selbst vor Wolf Larsen. Ich redete ihn nicht mehr „Herr Mugridge“ an, wusch nicht mehr die fettigen Töpfe aus und schälte nicht mehr Kartoffeln. Ich verrichtete meine Arbeit, aber nur meine eigene, wann und wie ich es für richtig hielt Ich trug auch nach Matrosenart meinen Dolch in einer Scheide an der Hüfte und nahm von jetzt an Thomas Mugridge gegenüber eine Haltung ein, die aus Despotismus, Hohn und Verachtung gemischt war.

Die Vertraulichkeit zwischen Wolf Larsen und mir nimmt zu – wenn man mit Vertraulichkeit Beziehungen zwischen Herrn und Diener oder besser noch zwischen König und Hofnarr bezeichnen kann. Ich bin ihm nichts als ein Spielzeug, und er schätzt mich nicht mehr als ein Kind das seine. Meine Aufgabe ist, ihn zu unterhalten, und solange ich das tue, ist alles gut; langweile ich ihn aber oder überkommt ihn eine seiner düsteren Launen, so werde ich sofort wieder vom Kajütentisch in die Kombüse gejagt und muß mich noch glücklich preisen, wenn ich mit dem Leben und mit heilen Gliedern davonkomme.

Allmählich erkenne ich immer mehr die Einsamkeit des Mannes. Nicht einer an Bord, der ihn nicht haßt und fürchtet, nicht einer, den er nicht verachtet. Die ungeheure Kraft, die in ihm ruht und nie eine würdige Verwendung gefunden hat, scheint ihn zu verzehren. So würde Luzifer sein, wäre der stolze Geist zur Gesellschaft seelenloser, langweiliger Geister verbannt. Die Einsamkeit ist schon schlimm an sich, noch schlimmer aber ist, daß ihn die ursprüngliche Schwermut seiner Rasse bedrückt. Seit ich ihn kenne, verstehe ich die alten skandinavischen Mythen besser. Die weißhäutigen, blonden Wilden waren aus demselben Stoff gemacht wie er. Die Leichtfertigkeit lachlustiger Lateiner hat keinen Teil an ihm. Lacht er, so ist es nur eine Laune, nichts als reißende Wildheit. Aber er lacht selten; zu oft ist er schwermütig. Und es ist eine Schwermut, die ebenso tief wurzelt wie seine Rasse selbst. Sie ist ihr Erbteil, diese Schwermut, die sein Geschlecht nüchtern, rein und fanatisch sittsam gemacht, und die in ihrer letzten Ausstrahlung ihren Höhepunkt in der reformierten Kirche der Engländer gefunden hat.

In der Tat: die Religion in ihren düstersten Formen war die letzte Folgerung dieser Schwermut. Aber der Ersatz, den eine solche Religion schenkt, ist Wolf Larsen versagt. Sein brutaler Materialismus läßt keinen Raum dafür. So bleibt ihm, wenn ihn seine düstere Stimmung überkommt, nichts übrig, als teuflisch zu sein. Wäre er nicht ein so entsetzlicher Mensch, ich könnte zuweilen Mitleid mit ihm haben, wie zum Beispiel vor drei Tagen, als ich morgens überraschend in seine Kajüte trat, um die Wasserflasche zu füllen. Er sah mich nicht. Sein Kopf war in den Händen vergraben, seine Schultern zuckten krampfhaft, und als ich mich leise zurückzog, hörte ich ihn stöhnen: „Gott! Ach Gott!“ Nicht etwa, daß er Gott angerufen hätte, es war ein Wort, das an niemand gerichtet war, ihm aber aus tiefster Seele kam.

Bei Tisch fragte er die Jäger nach einem Mittel gegen Kopfschmerzen, und abends taumelte er halbblind in der Kajüte herum.

„Ich bin nie in meinem Leben krank gewesen, Hump“, sagte er, als ich ihm in seine Koje half. „Und ich habe auch noch nie Kopfschmerzen gehabt, außer in der Zeit, als mein Kopf heilte, nachdem ich mir aus Unvorsichtigkeit ein sechs Zoll großes Loch mit dem Ankerspill hineingeschlagen hatte.“

Drei Tage dauerten die entsetzlichen Kopfschmerzen, und er litt, wie ein wildes Tier leidet, und wie man auf diesem Schiffe zu leiden scheint: klaglos, mitleidlos, ganz allein.

Als ich aber heute morgen seine Kajüte betrat, um sein Bett zu machen und aufzuräumen, fand ich ihn wohlauf und mitten in der Arbeit. Tisch und Koje waren mit Plänen und Berechnungen übersät. Mit Zirkel und Winkel zeichnete er eine große Skala auf einen großen Bogen Pauspapier.

„Hallo, Hump!“ begrüßte er mich heiter. „Ich mache gerade die letzten Striche. Wollen Sie sehen?“

„Was ist das?“ fragte ich.

„Eine Anleitung für Seeleute, die Zeit erspart und Navigieren zu einem Kinderspiel macht“, antwortete er heiter. „Von heute an ist jedes Kind imstande, ein Schiff zu steuern. Keine verwickelten Berechnungen mehr! Alles, was man braucht, ist ein Stern am Himmel in dunkler Nacht, um sofort zu wissen, wo man ist. Sehen Sie, ich lege die Pauspapierskala auf diese Sternenkarte und lasse sie sich um den Nordpol drehen. Auf der Skala habe ich die absoluten Höhenkreise und die Peilungslinien verzeichnet. Ich habe nichts weiter zu tun, als sie auf einen bestimmten Stern einzustellen, die Skala zu drehen, bis sie sich den Zahlen unten auf der Karte gerade gegenüber befindet, und: Eins, zwei, drei! Da haben wir die genaue Lage des Schiffes!“

In seiner Stimme war ein triumphierender Klang, und seine Augen, die an diesem Morgen klar und blau wie die See waren, funkelten.

„Sie müssen viel von Mathematik verstehen“, sagte ich. „Wo sind Sie zur Schule gegangen?“

„Ich hab' nie eine Schule von innen gesehen – leider. Hab' alles selbst ausgraben müssen.

Und warum, glauben Sie, hab' ich die Sache hier gemacht?“ fragte er unvermittelt. „In der Hoffnung, meine Spur im Sande der Zeit zu hinterlassen?“ Er lachte sein schreckliches, höhnisches Lachen. „Keineswegs. Ich will es mir patentieren lassen und Geld damit verdienen, um die Nächte zu durchprassen, während andere arbeiten. Das ist meine Absicht. Aber die Geschichte hat mir auch Freude gemacht.“

„Schaffensfreude“, bemerkte ich.

„So müßte es wohl heißen. Wieder eine Ausdrucksweise für die Freude des Lebens, weil es lebt und wirkt, für den Triumph der Bewegung über die Materie, des Lebendigen über das Tote, für den Stolz der Hefe, weil sie Hefe ist und kriecht.“

Ich hob die Hände in hilflosem Protest gegen seinen eingewurzelten Materialismus und machte mich daran, die Koje in Ordnung zu bringen. Er fuhr fort, Linien und Ziffern auf die transparente Skala zu zeichnen. Es war eine Aufgabe, die äußerste Genauigkeit erforderte, und ich mußte bewundern, wie er seine Kraft zügelte und der nötigen Feinheit und Aufmerksamkeit anpaßte.

Als ich das Bett gemacht hatte, überraschte ich mich dabei, wie ich ihn fasziniert ansah. Er war sicher schön – schön als Mann. Und immer wieder wunderte ich mich, daß sein Antlitz nicht die Spur von Verderbnis oder Lasterhaftigkeit zeigte. Es war das Gesicht eines Mannes, der kein Unrecht tat. Ich möchte nicht mißverstanden werden: Ich meine, es war das Gesicht eines Mannes, der nichts tat, was er nicht vor seinem Gewissen verantworten konnte, oder – der überhaupt kein Gewissen hatte. Ich neige dazu, letzteres zu glauben. Er war ein prachtvoller Atavismus, ein Mensch, so primitiv, wie die Welt ihn vor Entwicklung der Moral gesehen. Er war nicht unmoralisch, sondern ganz morallos.

Wie gesagt, er war schön als Mann. Sein glattrasiertes Gesicht ließ jeden Zug hervortreten, und es war rein und scharf geschnitten wie eine Kamee. Sonne und Meer hatten die ursprünglich helle Haut zu einem dunklen Bronzeton gebräunt, der von Kampf und Streit zeugte und sowohl Wildheit wie Schönheit noch erhöhte. Seine Lippen waren voll, aber doch von der Herbheit, die sonst dünnen Lippen eigen ist. Mund, Kinn und Kinnbacken zeugten ebenfalls von Festigkeit und Härte, gepaart mit männlicher Wildheit und Unbezähmbarkeit – ebenso die Nase. Es war die Nase eines Menschen, der geboren war, zu erobern und zu herrschen. Sie erinnerte an einen Adlerschnabel. Sie wäre fast griechisch oder römisch gewesen, war aber einen Schatten zu massig für das eine und eine Spur zu zart für das andere. Und während das alles die verkörperte Wildheit und Stärke war, schienen die Linien von Augen und Brauen gleichsam veredelt durch die Schwermut in der Tiefe seiner Seele, und die Züge erhielten dadurch eine Größe und Vollkommenheit, die ihnen sonst gefehlt hätten.

Ich überraschte mich also dabei, wie ich untätig dastand und ihn studierte. Wie sehr der Mann mich doch interessierte! Wer war er? Was war er? Wie war er zu dem geworden, der er war? Alle Fähigkeiten schien er zu besitzen, alle Möglichkeiten – warum war er denn nichts geworden als der einfache Kapitän eines Robbenfängers mit einem Ruf furchteinflößender Brutalität unter den Seeleuten und Jägern?

Meine Neugier mußte sich Luft machen.

„Warum haben Sie nichts Großes auf dieser Welt vollbracht? Mit Ihrer immensen Kraft hätten Sie jede Höhe erklimmen können. Ohne Gewissen oder moralische Instinkte, wie Sie sind, hätten Sie die Welt unterjochen und beherrschen können. Und statt dessen sind Sie, auf der Höhe des Lebens, in einem Alter, da der Abstieg schon beginnt, der Führer eines Schoners und jagen Robben, um die Eitelkeit und Putzsucht der Weiber zu befriedigen, schwelgen, um Ihre eigenen Worte zu gebrauchen, in einer Gemeinheit, die alles andere eher als herrlich ist. Mit all Ihrer wunderbaren Kraft haben Sie nichts vollbracht? Gab es nichts, das Sie hielt, das Sie halten konnte? Warum? Besaßen Sie keinen Ehrgeiz? Sind Sie Versuchungen erlegen? Warum?“

Bei Beginn meines Ausbruchs hatte er die Augen erhoben und folgte mir willig, bis ich fertig war und nun, atemlos und erschrocken, vor ihm stand. Er wartete einen Augenblick, als suchte er nach Worten, und sagte dann:

„Hump, kennen Sie das Gleichnis vom Sämann, der ausging, um zu säen? Sie werden sich erinnern, daß einige Samenkörner auf steinigen Boden fielen, wo es nur wenig Erde gab, und sogleich keimten, weil sie so dicht unter der Oberfläche lagen. Als aber die Sonne kam, verdorrten sie und welkten dahin, weil sie keine Wurzeln hatten. Und einige Körner fielen zwischen Dornensträucher, und die erstickten sie.“

„Nun?“ fragte ich.

„Nun?“ fragte er, ein wenig gekränkt. „Ich war ein solches Samenkorn.“

Er senkte den Kopf auf die Zeichnung und setzte seine Arbeit fort. Ich beendete die meine und hatte schon die Tür geöffnet, um zu gehen, als er mich wieder ansprach: „Hump, wenn Sie eine Karte von Norwegen nehmen, werden Sie an der Westküste einen Einschnitt finden, der Romsdals Fjord genannt wird. Im Bannkreise dieser Bucht wurde ich geboren. Aber nicht als Norweger. Ich bin Däne. Mein Vater und meine Mutter waren Dänen, und wie sie in dies rauhe Fleckchen Erde gekommen waren, weiß ich nicht. Ich habe nie etwas darüber gehört. Hiervon abgesehen, ist nichts Geheimnisvolles an der Geschichte. Sie waren arme, unwissende Leute. Alle ihre Vorfahren waren so gewesen – Küstenbauern, die ihre Söhne seit undenklichen Zeiten auf die Wogen zu säen pflegten. Mehr ist nicht zu berichten."

„Doch", wandte ich ein. „Es ist mir immer noch rätselhaft."

„Was soll ich Ihnen noch erzählen?" fragte er mit einem neuen Klang von Wildheit in der Stimme. „Von dem kümmerlichen Leben eines Kindes? Von dem kargen Dasein der Fischer? Daß ich aufs Meer hinausfuhr, als ich kaum kriechen konnte? Von meinen Brüdern, die, einer nach dem andern, zur See gingen und nie wiederkehrten? Von mir selber, der ich im reifen Alter von zehn Jahren Kajütsjunge auf Küstenfahrern war und weder lesen noch schreiben konnte? Von schlechter Kost und noch schlechterer Behandlung – Püffe und Schläge waren mir Bett und Frühstück, ersetzten Worte, und Furcht, Haß und Schmerz waren meine einzigen Seelenregungen. Ich erinnere mich nicht gern daran. Selbst jetzt noch werde ich toll, wenn ich daran denke. Aber es gab Schiffer, die ich hätte töten können, als ich meine Manneskraft erlangt hatte, wenn das Schicksal mich nicht in andere Meere geführt hätte. Als ich wiederkehrte, waren diese Schiffer leider tot, nur einen traf ich – er war seinerzeit Steuermann gewesen; als ich ihn jetzt wiedertraf, war er Schiffer; als ich ihn verließ, ein Krüppel, der nie wieder gehen wird."

„Aber Sie lesen Spencer und Darwin und haben dabei nie eine Schule von innen gesehen – wo haben Sie lesen und schreiben gelernt?" fragte ich.

„In der englischen Handelsmarine. Kajütsjunge mit zwölf, Schiffsjunge mit vierzehn, Leichtmatrose mit sechzehn, Vollmatrose und Koch mit siebzehn, unendlicher Ehrgeiz und unendliche Einsamkeit, ohne Hilfe, ohne Verständnis. Ich tat alles aus eigener Kraft, lernte selbst Navigation, Mathematik, Naturwissenschaft, Literatur und ich weiß nicht, was alles. Und wozu? Herr und Besitzer eines Robbenschoners auf der Höhe meines Lebens, wo, wie Sie sagen, der Abstieg beginnt. Jammervoll, nicht wahr? Als die Sonne kam, war ich verdorrt, und weil ich keine Wurzeln geschlagen hatte, welkte ich hin."

„Aber die Geschichte berichtet von Sklaven, die sich zum Purpur emporschwangen", schaltete ich ein.

„Und die Geschichte berichtet von günstigen Gelegenheiten, durch welche diese Sklaven sich emporschwangen", entgegnete er bitter. „Kein Mensch kann eine günstige Gelegenheit schaffen. Alles, was die großen Männer taten, war, daß sie die Gelegenheit erkannten, wenn sie kam. Der Korse erkannte sie. Ich habe ebenso große Träume geträumt wie der Korse. Ich würde die Gelegenheit erkannt haben, aber sie kam nie. Die Dornen schossen hoch und erstickten mich. Und ich kann Ihnen sagen, Hump, daß Sie mehr von mir wissen, als sonst irgendein Lebender außer meinem Bruder."

„Und was ist der? Wo ist er?"

„Kapitän des Dampfers „Macedonia", Robbenfänger", lautete die Antwort. „Wir werden ihn aller Wahrscheinlichkeit nach an der japanischen Küste treffen. Die Leute nennen ihn Tod Larsen."

„Tod Larsen!" rief ich unwillkürlich. „Gleicht er Ihnen?"

„Kaum. Er ist ein Stück Vieh ohne Kopf. Er hat all meine – – meine – –"

„Tierheit!" schob ich ein.

„Ja – Dank für das Wort – all meine Tierheit, aber er kann weder lesen noch schreiben."

„Und hat nie über das Leben philosophiert", fügte ich hinzu.

„Nein", antwortete Wolf Larsen mit einem Ausdruck unbeschreiblicher Traurigkeit. „Und er ist glücklich, da er sich nicht um das Leben kümmert. Er hat zuviel damit zu tun, es zu leben, als daß er darüber grübeln könnte. Mein Fehler war, daß ich je ein Buch aufgeschlagen habe."

Die „Ghost" hat den südlichsten Punkt des Bogens erreicht, den sie durch den Stillen Ozean beschreibt, und beginnt jetzt, den Kurs nach Norden, dem Gerücht nach, auf eine einsame Insel zu setzen, um die Wasserfässer zu füllen. Dann geht es die japanische Küste entlang, und die Jagd beginnt. Die Jäger haben ihre Büchsen und Schrotflinten nachgesehen und schießen sich jetzt ein, bis sie mit ihren Leistungen zufrieden sind; Puller und Bootssteurer haben Sprietsegel verfertigt, Riemen und Dollen mit Leder und Strohgeflecht umwunden, damit sie geräuschlos an die Robben herankommen können; die Boote sind gebrauchsfertig.

Nebenbei: Leachs Arm ist gut verheilt, wenn er auch die Narbe sein ganzes Leben behalten wird. Thomas Mugridge lebt in Todesangst vor ihm und wagt kaum, nach Eintritt der Dunkelheit das Deck zu betreten. In der Back geht es recht ungemütlich her. Louis erzählt mir, unter den Matrosen ginge das Gerücht, daß zwei von ihnen, die geschwatzt haben sollen, von ihren Kameraden tüchtig verprügelt worden seien. Er schüttelt bedenklich den Kopf über Johnson, der Puller in seinem Boot ist. Johnson soll sich des Verbrechens schuldig gemacht haben, daß er seine Meinung zu frei geäußert hat und ein paarmal mit Wolf Larsen wegen der Aussprache seines Namens aneinandergeraten ist. Johansen hat er neulich eines Nachts mittschiffs verprügelt, und seitdem nennt der Steuermann ihn bei seinem rechten Namen. Aber es kann natürlich nicht die Rede davon sein, daß Johnson es auch Wolf Larsen auf diese Weise einbläut.

Louis hat mir auch mehr von Tod Larsen berichtet, und was er erzählt, stimmt mit der kurzen Beschreibung des Kapitäns überein. Wir werden Tod Larsen vermutlich an der japanischen Küste treffen. „Und da kannst du dich auf ein Unwetter gefaßt machen," prophezeit Louis, „denn sie hassen sich wie die Wolfsbrut, die sie ja auch sind." Tod Larsen befehligt den einzigen Robbendampfer der ganzen Flotte, die „Macedonia", die vierzehn Boote trägt, während die übrigen Fahrzeuge nur je sechs haben. Es heißt, sie habe Kanonen an Bord, und es laufen wilde Gerüchte um über seltsame Beutezüge und Expeditionen des Schiffes, von Opiumschmuggel nach den Staaten und Waffenschmuggel nach China bis zu Sklavenhandel und offener Seeräuberei. Und ich muß Louis glauben, denn ich habe ihn noch nie auf einer Lüge ertappt, und er ist ein lebendiges Lexikon in bezug auf alles, was mit Robbenjagd und Robbenjägern zusammenhängt.

Wie auf dem Vorschiff und in der Kombüse, so geht es auch im „Zwischendeck" und auf dem Achterdeck dieses wahren Höllenschiffes zu. Die Leute kämpfen wie wilde Tiere. Die Jäger erwarten jeden Augenblick eine Schießerei zwischen Smoke und Henderson, deren alter Streit noch nicht beigelegt ist, während Wolf Larsen sagt, daß er, wenn er dazu käme, den Überlebenden töten würde. Er sagt ohne Umschweife, daß seine Stellungnahme in dieser Sache nichts mit Moral zu tun habe, und daß die Jäger sich seinetwegen gern alle gegenseitig totschlagen und auffressen könnten, wenn er sie nicht so nötig zur Jagd brauchte. Wenn sie sich nur ruhig verhalten wollen, bis die Jagd vorbei ist, verspricht er ihnen einen königlichen Karneval. Dann kann sich ihr Groll austoben, die Überlebenden können die Toten ins Meer werfen und sich eine Geschichte ausdenken, wie sie verunglückt sind. Ich glaube, selbst die Jäger entsetzen sich über seine Kaltblütigkeit. So gefährliche Burschen sie auch sind: ihn fürchten sie. Thomas Mugridge bezeigt mir eine hündische Unterwürfigkeit, aber meine geheime Furcht vor ihm schläft nie. Mit meinem Knie geht es viel besser, wenn es auch zuweilen noch längere Zeit schmerzt, und mein Arm, den Wolf Larsen gepackt hatte, wird nach und nach wieder gebrauchsfähig. Im übrigen befinde ich mich in glänzender körperlicher Verfassung und fühle das. Meine Muskeln werden fester und nehmen an Umfang zu. Meine Hände jedoch bieten einen jämmerlichen Anblick. Sie sind mit Brandblasen übersät, Niednägel haben sich gebildet, und die Nägel sind abgebrochen, schmutzig und von wildem Fleisch überwuchert. Dazu leide ich an Furunkeln, wohl eine Folge der Kost, denn ich habe noch nie etwas mit dieser Plage zu tun gehabt. Vor einigen Abenden hatte ich das Vergnügen, Wolf Larsen in der Bibel lesen zu sehen, von der ein Exemplar in der Seemannskiste des toten Steuermanns gefunden worden war. Ich war gespannt, welche Ausbeute der Kapitän von dieser Lektüre haben konnte, und er las mir aus dem Prediger Salomo vor. Ich hätte mir einbilden können, daß er, als er vorlas, seine eigenen Gedanken aussprach, und seine Stimme, die tief und traurig durch die kleine Kajüte hallte, nahm mich gefangen und hielt mich fest. Ungebildet mag er sein, aber sicher weiß er der Bedeutung des geschriebenen Wortes Ausdruck zu verleihen. Ich höre ihn noch, höre die tiefe Schwermut in seiner Stimme vibrieren, als er las:

„Ich sammelte mir auch Silber und Gold und teure Schätze von Königen und den Ländern, ich schaffte mir Sänger und Sängerinnen und, die Lüste der Menschensöhne, viele Frauen.

Und ich ward groß und schaffte mehr als jedweder, der vor mir in Jerusalem gewesen, auch meine Weisheit verblieb bei mir.

Als ich mich aber wandte auf alle meine Werke, die meine Hände geschaffen, und auf die Mühe, die ich aufgewendet, um zu schaffen, siehe: alles nichtig und Haschen nach Wind und kein Erfolg unter der Sonne. Alles wie allen. Ein Begebnis ist dem Gerechten und dem Frevler, dem Guten und Reinen und dem Unreinen, dem, der opfert, und dem. der nicht opfert, wie der Gute, so der Sünder, der leicht schwört wie wer einen Schwur scheut.

Dies ist ein Übel in allem, was unter der Sonne geschieht, daß Ein Begebnis allen ist, und des füllet sich der Menschensöhne Herz mit Bösem, und Wahn ist in ihrem Herzen während ihres Lebens, und nach diesem geht es zu den Toten!

Denn wer ist ausgenommen? Allen Lebenden ist Hoffnung, denn es ist besser um einen lebendigen Hund als um den toten Löwen.

Denn die Lebenden wissen, daß sie sterben werden, aber die Toten wissen nicht das geringste, und ihnen ist kein Lohn mehr, denn ihr Andenken wird vergessen. Sowohl ihre Liebe als ihr Haß als ihr Eifer ist längst verloren, und keinen Anteil haben sie mehr auf immer an allem, was unter der Sonne geschieht.

Da haben Sie's, Hump", sagte er, schloß das Buch über seinen Fingern und blickte mich an. „Der Prediger, der König über Israel in Jerusalem, dachte wie ich. Sie nennen mich einen Pessimisten. Ist dies nicht der schwärzeste Pessimismus? „Alles ist nichtig und Haschen nach Wind", „kein Erfolg unter der Sonne", „Ein Begebnis für alle", für den Toren wie für den Weisen, für den Reinen wie den Unreinen, den Sünder und den Heiligen, und dies Begebnis ist der Tod, etwas Böses, wie er sagt. Denn der Prediger liebte das Leben und wollte nicht sterben, und so sagte er, daß ein lebendiger Hund besser sei als ein toter Löwe. Er zog Eitelkeit und Qual dem Schweigen und der Unbeweglichkeit des Grabes vor. Und das tue ich auch. Krabbeln ist gemein, aber nicht zu krabbeln, wie Erde und Stein zu sein, ist ein abscheuerregender Gedanke. Abscheuerregend für das Leben in mir, das Leben, dessen Essenz Bewegung, die Fähigkeit, sich zu bewegen, und das Bewußtsein dieser Fähigkeit ist. Das Leben selbst befriedigt nicht, aber vorauszuschauen auf den Tod ist noch unbefriedigender."

Meine Einwände, mein Widerspruch waren vergebens. Er überschüttete mich förmlich mit Argumenten.

„So ist das Leben nun einmal. Das Leben wird sich stets empören, wenn es spürt, daß es aufhören soll. Der Prediger nannte das Leben und das Lebenswerk eitel und qualvoll, ein Übel; aber den Tod, das Aufhören von Eitelkeit und Qual, nannte er ein noch größeres Übel. Kapitel auf Kapitel klagt er über dies „Begebnis", das allen ohne Ausnahme widerfährt. Und so geht es mir, und so geht es Ihnen, ja, selbst Ihnen, denn Sie empörten sich gegen den Tod, als Köchlein das Messer für Sie wetzte. Sie fürchteten den Tod, und das Leben in Ihnen, aus dem Sie bestehen und das stärker ist als Sie, wollte nicht sterben. Sie haben von dem Instinkt der Unsterblichkeit gesprochen. Ich spreche vom

Instinkt des Lebens, der um so stärker wird, je näher der Tod kommt, und der, wenn der Tod vor der Tür steht, den Instinkt der Unsterblichkeit überwältigt. So ist es Ihnen ergangen – das können Sie nicht leugnen –, weil ein verrückter Cockneykoch das Messer wetzte.

Jetzt fürchten Sie ihn. Und Sie fürchten mich. Das können Sie nicht leugnen. Wenn ich Sie bei der Kehle packte, so" – und seine Hand umkrallte meinen Hals, und der Atem stockte mir –, „und begänne, das Leben aus Ihnen herauszupressen, so und so, dann würde Ihr Unsterblichkeitsinstinkt verglimmen, Ihr Lebensinstinkt würde aufflackern, und Sie würden für Ihre Rettung kämpfen. Ich sehe die Todesangst in Ihren Augen. Sie fuchteln mit den Armen in der Luft herum. Sie bieten Ihre ganze winzige Kraft für den Kampf ums Leben auf. Ihre Hand packt meinen Arm – sie fühlt sich so leicht an wie ein ruhender Schmetterling. Ihre Brust keucht, Ihre Zunge streckt sich zum Halse heraus, Ihre Haut wird schwarz, Ihre Augen verschwimmen: „Leben! Leben! Leben!" schreien Sie. Und Sie schreien, weil Sie leben wollen – hier und jetzt, nicht hinterher. Sie zweifeln an Ihrer Unsterblichkeit, nicht wahr? Haha! Sie sind ihrer nicht sicher. Sie wollen es nicht darauf ankommen lassen. Nur dieses Leben ist Ihnen etwas Sicheres. Ach, es wird immer dunkler. Die Finsternis des Todes, das Ende des Seins. des Fühlens, der Bewegung, die sich in Ihnen sammelt, sinkt auf Sie hernieder, erhebt sich um Sie. Ihre Augen werden starr, brechen. Meine Stimme klingt schwach und fern. Sie sehen mein Gesicht nicht. Aber noch kämpfen Sie unter meinem Griff. Sie stoßen mit den Füßen um sich. Ihr Körper krümmt und windet sich wie eine Schlange. Ihre Brust arbeitet und keucht. Leben, leben – –"

Ich hörte nichts mehr. Das Bewußtsein war ausgelöscht durch die Finsternis, die er so anschaulich beschrieben hatte. Als ich wieder zu mir kam, lag ich auf dem Boden, während er, eine Zigarre rauchend, mich nachdenklich mit dem bekannten forschenden Ausdruck in seinen Augen betrachtete.

„Nun, habe ich Sie überzeugt?" fragte er. „Hier trinken Sie. Ich möchte Sie einiges fragen."

Ich schüttelte verneinend den Kopf. „Ihre Argumente sind zu zwingend", brachte ich mit großer Anstrengung aus meiner schmerzenden Kehle heraus.

„In einer halben Stunde wird Ihnen wieder gut sein", versicherte er mir. „Und ich verspreche Ihnen, daß ich keine handgreiflichen Beweisgründe mehr gebrauchen werde. Stehen Sie auf. Sie können sich auf einen Stuhl setzen."

Und mit dem Spielzeug, das ich diesem Ungeheuer war, wurde die Unterhaltung über den Prediger und andere Dinge wieder aufgenommen. Die halbe Nacht saßen wir wach.

Die letzten vierundzwanzig Stunden sind Zeugen eines reinen Karnevals von Roheit gewesen. Von der Kajüte bis zur Back verbreitete es sich wie eine ansteckende Krankheit. Ich weiß kaum, wo beginnen. Wolf Larsen war der eigentliche Urheber. Das Verhältnis zwischen der Besatzung war gespannt und feindselig infolge von Groll und Streitigkeiten. Bis jetzt war das Gleichgewicht gewahrt worden, aber nun flammten die bösen Leidenschaften auf und loderten wie ein Präriebrand.

Thomas Mugridge ist ein Duckmäuser, ein Spion und Hinterträger. Er hat versucht, sich beim Kapitän wieder lieb Kind zu machen, indem er die Mannschaft verklatschte. Ich weiß, daß er Wolf Larsen einige voreilige Worte Johnsons hinterbrachte. Johnson soll sich Ölzeug aus der Schiffskleiderkiste gekauft haben, das von sehr zweifelhafter Güte war. Er hielt mit dieser Tatsache nicht hinter dem Berge. Die Schiffskleiderkiste ist eine Art Miniaturwarenlager, das ein Robbenschoner an Bord hat, und das den Ansprüchen der Matrosen gemäß zusammengestellt ist. Was ein Matrose kauft, wird später von seinem Verdienst am Robbenfang abgezogen, denn Puller und Bootssteurer erhalten, ebenso wie die Jäger, statt der Heuer einen Anteil am Gewinn, nämlich einen gewissen Betrag für jedes von ihrem Boot erbeutete Fell.

Von Johnsons Unzufriedenheit mit dem Ölzeug wußte ich jedoch nichts, und was ich erlebte, kam daher wie ein Blitz aus heiterem Himmel für mich. Ich war gerade mit dem Aufräumen der Kajüte fertig, als Johansen, von Johnson gefolgt, die Kajütstreppe herunterkam. Johnson nahm nach Seemannsart die Mütze ab, stand ehrerbietig, schwer im Rollen des Schoners schwankend, mitten in der Kajüte und blickte dem Kapitän offen in die Augen.

„Schließen Sie die Tür und riegeln Sie ab“, sagte Wolf Larsen zu mir.

Als ich gehorchte, bemerkte ich einen ängstlichen Ausdruck in Johnsons Augen, aber die Ursache ließ ich mir nicht träumen. Ich ahnte nicht, was kommen sollte, bis es geschah, er aber wußte vom ersten Augenblick an, was seiner wartete, und sah seinem Schicksal tapfer in die Augen. Und seine Handlungsweise war für mich die völlige Widerlegung von Wolf Larsens ganzem Materialismus. Der Matrose Johnson war im Recht, und er wußte das und war furchtlos. Er würde im Notfall für dieses Recht gestorben sein. Er blieb sich und seiner Seele treu. Und das kennzeichnete den Sieg des Geistes über das Fleisch, die Unbestechlichkeit und Größe einer Seele, die sich nicht unterjochen ließ, sondern sich über Zeit, Raum und Materie erhob mit einer Sicherheit und Unüberwindlichkeit, die nichts anderm entspringt als Ewigkeit und Unsterblichkeit.

Ich bemerkte zwar den ängstlichen Ausdruck in Johnsons Augen, hielt ihn jedoch irrtümlich für die angeborene Schüchternheit und Verlegenheit des Mannes. Johansen, der Steuermann, stand einige Fuß entfernt neben ihm, und gut drei Yards ihm gegenüber saß Wolf Larsen auf einem Kajütendrehstuhl. Als ich die Tür geschlossen und abgeriegelt hatte, trat eine merkbare Pause ein, eine Pause, die eine ganze Minute dauern mochte. Sie wurde von Wolf Larsen beendet. „Yonson“, begann er.

„Ich heiße Johnson, Käptn“, verbesserte ihn der Matrose kühn.

„Schön, also Johnson, in Teufels Namen! Kannst du erraten, warum ich dich rufen ließ?“

„Ja und nein, Käptn“, antwortete er langsam. „Meine Arbeit tue ich gut. Daß weiß der Steuermann, und das wissen Sie, Käptn. Es kann also keinen Grund zur Klage über mich geben.“

„Und das ist alles?“ fragte Wolf Larsen; seine Stimme war sanft und leise, er schnurrte fast wie eine Katze. „Ich weiß, daß Sie es auf mich abgesehen haben“, fuhr Johnson mit unerschütterlicher, schwerfälliger Langsamkeit fort. „Sie können mich nicht leiden. Sie – Sie –“

„Weiter“, trieb ihn Wolf Larsen an. „Hab' nur keine Angst vor meinen Gefühlen.“

„Ich habe keine Angst“, entgegnete der Matrose rasch, und eine leichte Zornesröte wurde unter seiner sonnenverbrannten Haut sichtbar. „Wenn ich langsam spreche, so kommt es daher, daß ich meine Heimat noch nicht so lange verlassen habe wie Sie. Sie können mich nicht leiden, weil ich zu sehr Mann bin, das ist der Grund, Käptn.“

„Du bist zu sehr Mann, um dich der Schiffsdisziplin zu fügen, wenn du das meinst, und wenn du verstehst, was ich meine“, erwiderte Wolf Larsen.

„Ich verstehe englisch, und ich weiß, was Sie meinen, Käptn“, antwortete Johnson und errötete noch mehr bei der Anspielung auf seine Sprachkenntnisse.

„Johnson“, sagte Wolf Larsen mit einem Ausdruck, der erkennen ließ, daß er alles Bisherige nur als Einleitung angesehen hatte und jetzt auf die Hauptsache kommen wollte, „ich höre, daß du nicht zufrieden mit dem Ölzeug bist?“

„Nein, ich bin nicht zufrieden. Es taugt nichts, Käptn.“ „Und du hast große Töne darüber geredet.“

„Ich sage, was ich denke, Käptn“, antwortete der Matrose mutig, ohne die an Bord eines Schiffes herrschende Etikette zu vergessen.

In diesem Augenblick fielen meine Augen zufällig auf Johansen. Seine großen Fäuste ballten und öffneten sich wieder, und sein Gesicht hatte einen geradezu teuflischen Ausdruck, so furchtbar blickte er Johnson an. Ich sah, daß Johansen noch ein blaues Auge hatte, ein Denkzettel von den ihm von Johnson vor einigen Nächten erteilten Prügeln. Jetzt erst begann ich zu ahnen, daß sich etwas Schreckliches abspielen sollte, wenn ich mir auch nicht denken konnte, was.

„Weißt du, was dem geschieht, der sagt, was du über mich und meine Waren gesagt hast?“ fragte Wolf Larsen.

„Ich weiß es, Käptn.“

„Was denn?“ fragte Wolf Larsen scharf und gebieterisch.

„Was Sie und der Steuermann im Begriff sind, mit mir zu tun, Käptn.“

„Sehen Sie ihn sich an, Hump“, sagte Wolf Larsen zu mir. „Sehen Sie sich das bißchen beseelten Staub an, dies Häufchen Materie, das sich bewegt und atmet und mir Trotz zu bieten wagt, und das fest davon überzeugt ist, aus etwas Gutem zu bestehen, das von gewissen menschlichen Phantastereien von Gerechtigkeit und Ehrlichkeit durchdrungen ist und an ihnen festhält trotz aller persönlichen Unannehmlichkeiten und Drohungen. Was halten Sie von ihm, Hump? Nun, was halten Sie von ihm?“

„Ich finde, er ist ein besserer Mensch als Sie“, antwortete ich, wohl von dem Wunsche getrieben, einen Teil des Zornes abzulenken, der sich, wie ich fühlte, über das Haupt des Matrosen entladen mußte. „Seine menschlichen Phantastereien, wie Sie es zu nennen belieben, schaffen Edelmut und Männlichkeit. Sie kennen keine Phantastereien, keine Träume, keine Ideale. Sie sind ein Bettler.“

Er nickte mit wilder Lust. „Ganz recht, Hump, ganz recht. Ich kenne keine Phantastereien, die Edelmut und Männlichkeit schaffen. Mit dem Prediger sage ich, daß ein lebender Hund besser ist als ein toter Löwe. Ich kenne nur eine Lehre: die der Selbstsucht und des Lebenswillens. Dies bißchen Hefe, das sich Johnson nennt, wird, sobald es nicht länger Hefe, sondern nur noch ein Häufchen Staub und Asche ist, nicht mehr Edelmut besitzen als Staub und Asche im allgemeinen – während ich weiter lebe und brülle. – Wissen Sie, was ich tun werde?“ fragte er.

Ich schüttelte den Kopf.

„Nun, ich werde Ihnen das Recht des Stärkeren demonstrieren und Ihnen zeigen, wohin Edelmut führt. Passen Sie auf.“

Drei Yards saß er von Johnson entfernt. Neun Fuß! Und doch machte er geradeswegs aus seiner sitzenden Stellung einen Satz wie ein Tiger, und wie ein Tiger durchschoß er den Raum zwischen sich und dem Matrosen. Es war eine Lawine von Wut, die Johnson vergebens abzuwehren versuchte. Mit dem einen Arm suchte er seinen Bauch, mit dem andern das Gesicht zu beschützen. Aber Wolf Larsens Faust traf zwischen beide mit einem zermalmenden, widerhallenden Stoß. Johnson stockte der Atem, dann entwich die Luft pfeifend seiner Lunge. Er fiel beinahe hintenüber und schwankte von einer Seite nach der andern, um das Gleichgewicht wiederzuerlangen.

Ich bin nicht imstande, alle Einzelheiten der grauenvollen Szene, die jetzt folgte, wiederzugeben. Es war empörend. Selbst jetzt noch werde ich krank, wenn ich daran denke. Johnson leistete tapferen Widerstand, aber einem Wolf Larsen war er nicht gewachsen, und noch weniger Wolf Larsen und dem Steuermann zusammen. Es war furchtbar. Ich hatte nie gedacht, daß ein menschliches Wesen soviel ertragen und dabei noch leben und kämpfen könnte. Und Johnson kämpfte. Natürlich hatte er keine Hoffnung, nicht die leiseste Hoffnung, und das wußte er ebensogut wie ich. aber seine Mannhaftigkeit erlaubte ihm nicht, den Kampf aufzugeben.

Es wurde zuviel für mich, ich konnte es nicht mehr mit ansehen. Ich fühlte, daß ich im Begriff war, den Verstand zu verlieren, und stürzte die Kajütstreppe hinauf, um die Tür zu öffnen und an Deck zu fliehen. Aber Wolf Larsen ließ einen Augenblick von seinem Opfer ab, erwischte mich mit einem seiner ungeheuren Sprünge und schleuderte mich zurück in die fernste Ecke der Kajüte.

„Die Lebensphänomene, Hump“, höhnte er. „Bleiben Sie stehen und beobachten Sie sie. Sie können Material über die Unsterblichkeit der Seele sammeln. Im übrigen können wir Johnsons Seele ja gar nicht verletzen. Wir können höchstens ihre vergängliche Form zerstören."

Jahrhunderte schienen vergangen – wahrscheinlich waren es nicht mehr als zehn Minuten, daß die Mißhandlung dauerte. Wolf Larsen und Johansen waren ganz von ihrem Tun in Anspruch genommen. Sie trafen ihn mit ihren Fäusten, stießen ihn mit ihren schweren Schuhen, schlugen ihn zu Boden und rissen ihn wieder hoch, um ihn von neuem hinzuschleudern. Seine Augen waren geblendet, er konnte nichts sehen. Das Blut rann ihm aus Ohren, Nase und Mund und verwandelte die Kajüte in ein Schlachthaus. Und als er sich nicht mehr erheben konnte, schlugen sie weiter auf den am Boden Liegenden ein.

„Sachte, Johansen, sachte, es ist genug!" sagte Wolf Larsen endlich.

Aber die Bestie war los in dem Steuermann, und Wolf Larsen mußte ihn mit einer Handbewegung beiseitefegen – anscheinend ganz sanft, aber Johansen flog wie ein Kork zurück, und sein Kopf schlug mit einem Knall gegen die Wand. Halb betäubt fiel er zu Boden und blieb einen Augenblick keuchend und blöde blinzelnd liegen.

„Tür auf, Hump!" wurde mir befohlen.

Ich gehorchte, und die beiden Bestien hoben den Ohnmächtigen wie einen Sack Lumpen auf und zwängten ihn die Treppe hinauf und durch die enge Türöffnung an Deck. Das Blut schoß aus seiner Nase in einem scharlachroten Strahl über die Füße des Rudergastes, der kein andrer als Louis, sein Bootssteurer, war. Aber Louis bediente sein Rad und blickte unerschütterlich ins Kompaßhaus.

Anders George Leach, der frühere Kajütsjunge. Auf dem ganzen Schiffe hätte mich nichts so überraschen können wie sein Benehmen. Ohne Befehl kam er nach der Ruff und schleppte Johnson nach vorn, wo er sich mit ihm zu schaffen machte und ihm die Wunden, so gut er konnte, verband. Johnson war nicht mehr als Johnson kenntlich. Und nicht nur das, seine Züge hatten überhaupt jedes menschliche Gepräge verloren, so verzerrt und verschwollen waren sie in der kurzen Zeit, seit er die Kajüte betreten hatte.

Während ich die Kajüte säuberte, hatte Leach sich Johnsons angenommen. Ich kam an Deck, um frische Luft zu schöpfen und zu versuchen, meine erregten Nerven ein wenig zur Ruhe zu bringen. Wolf Larsen rauchte seine Zigarre und untersuchte das Patentlog, das gewöhnlich achtern nachschleppte, aber aus irgendeinem Grunde eingeholt war.

Plötzlich drang Leachs Stimme an mein Ohr. Sie war angestrengt und heiser vor verhaltener Wut. Ich drehte mich um und sah ihn gerade an der Backbordseite der Kombüse neben der Hütte stehen. Sein Gesicht war weiß und verzerrt, seine Augen blitzten, und er hob die geballten Fäuste gegen Wolf Larsen.

„Gott verdamme deine Seele in die Hölle, Wolf Larsen! Die Hölle ist noch zu gut für dich, Feigling, Mörder, Schweinehund!" Mit diesem Gruß begann er. Ich war wie vom Donner gerührt. Ich erwartete seine augenblickliche Vernichtung. Aber Wolf Larsen war nicht in der Laune, ihn zu vernichten. Er schlenderte langsam die Ruff hinab, stützte die Ellbogen auf das Kajütendach und blickte nachdenklich und neugierig den aufgeregten Jungen an.

Und der Junge überschüttete Wolf Larsen mit Anklagen, wie sie ihm noch nie gesagt worden waren. Die Matrosen sammelten sich furchtsam vor der Achterluke, sahen zu und lauschten. Die Jäger drängten sich aus dem „Zwischendeck" heraus, und als Leach auch jetzt noch nicht schwieg, blickten sie besorgt herüber. Selbst sie waren erschrocken, nicht über die furchtbaren Worte des Jungen, sondern über seinen entsetzlichen Wagemut. Es erschien ihnen ganz undenkbar, daß ein lebendes Wesen Wolf Larsen derart Trotz bieten sollte. Ich selbst war erschüttert, so bewunderte ich den Jungen, in dem ich jetzt die herrliche seelische Unüberwindlichkeit sah, die sich über das Fleisch und die Furchtsamkeit des Fleisches erhob, um, wie die alten Propheten, die Ungerechtigkeit zu verfluchen.

Leach wütete wie ein Wahnsinniger. Auf seine Lippen trat seifiger Schaum, und zuweilen ging ihm der Atem aus, daß er nur unartikulierte Laute hervorbringen konnte.

Während dieser ganzen Zeit stand Wolf Larsen ruhig und untätig, auf die Ellbogen gestützt, da und bildete, wie in tiefe Neugier versunken, hinunter.

Jeden Augenblick erwartete ich – und alle mit mir –, daß er sich auf den Jungen stürzen und ihn vernichten würde. Aber in der Laune war er nicht. Seine Zigarre ging aus, und er blickte weiter, stumm und prüfend. Leach hatte sich in eine wahre Ekstase ohnmächtiger Wut verrannt.

„Schwein, Schweinehund! Schweinehund!“ wiederholte er immer wieder mit der vollen Kraft seiner Lunge. „Warum kommst du nicht herunter und tötest mich, Mörder? Tu es doch! Ich fürchte mich nicht! Niemand hindert dich! Verdammt, lieber tot als lebendig und in deinen Klauen! Komm doch, Feigling! Töte mich! Töte mich! Töte mich!“

In diesem Augenblick betrat Thomas Mugridge, von seiner ruhelosen Seele getrieben, den Schauplatz. Er hatte an der Kombüsentür gelauscht, kam aber jetzt heraus, vorgeblich, um Abfall über Bord zu werfen, in Wirklichkeit aber, um zu sehen, wie Leach getötet würde, was er bestimmt erwartete. Er schmunzelte in seiner fettigen Art Wolf Larsen zu, der ihn jedoch nicht zu sehen schien. Aber das störte den Cockney nicht. Er wandte sich an Leach:

„Welche Sprache! Pfui Teufel!“

Leachs Wut war nicht mehr ohnmächtig. Hier war ein Gegenstand, an dem er sie auslassen konnte. Und dazu war es das erstemal, daß der Koch ohne sein Messer an Deck erschien, seit er Leach angefallen hatte. Kaum hatte er ausgesprochen, als Leach ihn auch schon zu Boden schlug. Dreimal sprang Mugridge auf und versuchte, die Kombüse zu erreichen, und jedesmal wurde er wieder niedergeschmettert.

„O Gott!“ schrie er. „Hilfe! Hilfe! Haltet ihn, hört ihr, haltet ihn!“

Die Jäger lachten aus reiner Erleichterung. Die Tragödie war vorbei, jetzt begann der Schwank. Die Matrosen rotteten sich achtern kühn zusammen, grinsten und schoben sich immer näher, um zu sehen, wie mit dem verhaßten Cockney abgerechnet wurde. Und selbst ich fühlte eine große Freude in mir aufsteigen. Ich gestehe, daß ich mich über die Prügel, die Thomas Mugridge von Leach bekam, freute, obgleich sie schrecklich, fast ebenso schrecklich waren wie die, die Mugridge Johnson verschafft hatte. Aber in Wolf Larsens Gesicht änderte sich nicht eine Miene. Er änderte nicht einmal seine Stellung, sondern blickte weiter mit großer Neugier herab. Trotz all seiner unfehlbaren Gewißheit schien er Spiel und Bewegung des Lebens in der Hoffnung zu beobachten, etwas Neues zu erfahren, in seinen tollsten Zuckungen etwas zu finden, das ihm bisher entgangen war – vielleicht den Schlüssel zu dem Geheimnis, der alles offenbarte. Aber die Prügelei! Sie war ähnlich der, der ich in der Kajüte beigewohnt hatte. Vergebens suchte der Koch sich gegen den rasenden Jungen zu wehren. Und vergebens suchte er die schützende Kombüse zu erreichen. Er rollte, kroch, fiel zu ihr hin, wenn er zu Boden geschlagen wurde. Aber ein Schlag folgte dem andern mit verwirrender Schnelligkeit. Wie ein Federball wurde er hin und her gepufft, bis er endlich, hilflos auf dem Deck liegend, wie Johnson geschlagen und gestoßen wurde. Und keiner legte sich dazwischen. Leach hätte ihn töten können, da aber das Maß seiner Rache offenbar voll war, zog er sich von seinem niedergestreckten Feinde zurück, der winselte und jammerte wie ein Hund, und schritt nach der Back.

Aber diese beiden Scharmützel waren nur die einleitenden Ereignisse des Tagesprogramms. Am Nachmittag fielen Smoke und Henderson über einander her. Schuß auf Schuß knallte im Zwischendeck, gefolgt von einer wilden Flucht der übrigen vier Jäger an Deck. Eine Säule dichten, scharfen Schwarzpulverrauches erhob sich über der Treppe, und hinunter durch sie sprang Wolf Larsen. Beide Männer waren verwundet, und jetzt wurden sie noch dazu von Wolf Larsen verprügelt, weil sie sein Verbot übertreten und sich noch vor Beginn der Jagd kampfunfähig gemacht hatten. Sie waren in der Tat recht erheblich verwundet, und als Wolf Larsen sie verprügelt hatte, ging er als rauher Wundarzt daran, sie zu behandeln und zu verbinden. Ich diente ihm als Assistent, während er die Kugelkanäle sondierte und reinigte, und ich sah, wie die beiden Männer seine rohe Behandlung ohne Betäubungsmittel ertrugen und sich nur durch ein Glas reinen Whiskys aufrecht hielten.

In der ersten Hundewache kam es zu einer Schlägerei im Vorder-Kastel. Ursache war die Angeberei, die die Veranlassung zu Johnsons Schlägen geworden war, und aus dem Lärm, den wir hörten, und den verprügelten Leuten, die wir am nächsten Tage sahen, erkannten wir, daß offenbar die eine Hälfte der Besatzung die andere gründlich vermöbelt hatte.

In der zweiten Hundewache wurde der Tag mit einer Schlacht zwischen Johansen und dem mageren, wie ein Yankee aussehenden Jäger Latimer beendet. Sie wurde herbeigeführt durch einige Bemerkungen Latimers über das Schnarchen des Steuermanns im Schlafe, und obwohl Johansen Prügel bekam, hielt er doch wieder die Back für den Rest der Nacht wach, während er selbst, selig schlummernd, im Traum den Kampf immer wieder ausfocht.

Ich selbst wurde von einem Alp geplagt. Der ganze Tag hatte einem schrecklichen Traum geglichen. Eine Roheit war der andern gefolgt, flammende Leidenschaft und kaltblütige Grausamkeit hatten die Leute getrieben, sie zu Beleidigung, Mord und Totschlag angefacht. Meine Nerven waren zerrüttet, ja, meine Seele war erschüttert. Meine Tage waren vergangen, ohne daß ich etwas von der Bestialität der Menschen geahnt hatte. In der Tat: Ich hatte nur die intellektuellen Seiten des Lebens gekannt. Zwar hatte ich Brutalität gesehen, aber nur die Brutalität des Geistes – Charley Furuseths beißenden Sarkasmus, die grausamen Epigramme und die gelegentlichen rohen Witze der Studenten, wie die boshaften Bemerkungen der Professoren in meiner Studienzeit.

Das war alles. Aber daß ein Mensch seine Wut an einem andern auslassen konnte, indem er ihn zuschanden schlug und ihm das Blut abzapfte, das war etwas seltsam und furchtbar Neues für mich. Und mir schien, daß ich keine Ahnung von dem wirklichen Leben gehabt hatte. Ich lachte bitter und glaubte in Wolf Larsens unheilverkündender Philosophie eine viel treffendere Erklärung für das Leben finden zu können als in meiner eigenen.

Und ich erschrak, als ich mir der Richtung meiner Gedanken bewußt wurde. Die andauernde Roheit in meiner Umgebung hatte eine verderbliche Wirkung. Sie war auf dem besten Wege, das Schönste und Leuchtendste im Leben für mich zu vernichten. Die Vernunft sagte mir, daß die Prügel, die Thomas Mugridge erhalten, etwas Böses waren, und dennoch mußte ich mich bei dem Gedanken daran freuen. Und trotzdem die Ungeheuerlichkeit meiner Sünde mich bedrückte – denn eine Sünde war es –, frohlockte ich in toller Freude. Ich war nicht mehr Humphrey van Weyden. Ich war Hump, der Kajütsjunge, auf dem Schoner „Ghost“. Wolf Larsen war mein Kapitän, Thomas Mugridge und die übrigen meine Kameraden, und der Stempel, der ihnen allen aufgeprägt war, hatte auch mich gezeichnet.

Drei Tage lang verrichtete ich neben meiner eigenen Arbeit auch die von Thomas Mugridge, und ich schmeichle mir, daß ich sie gut tat. Ich weiß, daß sie Wolf Larsens Beifall fand, während die Matrosen in der kurzen Zeit meines Regiments vor Zufriedenheit strahlten. „Der erste saubere Bissen, seit ich an Bord bin“, sagte Harrison zu mir, als er mir die Töpfe und Pfannen von der Back wieder an die Kombüsentür brachte. „Tommys Essen schmeckt immer nach ranzigem Fett, und ich wette, er hat, seit wir Frisco verließen, das Hemd nicht gewechselt.“

„Ich weiß, daß er es nicht getan hat“, sagte ich.

„Und ich wette, er schläft sogar damit“, fügte Harrison hinzu.

„Die Wette verlierst du nicht“, stimmte ich ihm lebhaft bei.

„Er hat das Hemd in der ganzen Zeit noch nicht ein einziges Mal vom Leibe gehabt.“

Aber drei Tage waren alles, was Wolf Larsen dem Koch zugestand, um sich von den Wirkungen der erhaltenen Prügel zu erholen. Am vierten wurde er, noch lahm und wund und kaum imstande, die Augen zu öffnen, beim Kragen gepackt und aus seiner Koje zur Arbeit geschleppt. Er jammerte und weinte, aber Wolf Larsen hatte kein Mitleid.

„Und sieh zu, daß du uns keinen solchen Fraß mehr auftischst“, schärfte er ihm zum Schluß ein. „Kein Fett und keinen Dreck, vergiß das nicht, und hin und wieder ein reines Hemd, oder du wirst gekielholt. Verstanden?“

Thomas Mugridge kroch über den Fußboden der Kombüse, und ein kurzer Stoß der „Ghost“ brachte ihn aus dem Gleichgewicht. Bei dem Versuch, es wieder zu erlangen, faßte er nach der eisernen Stange um den Herd, die die Töpfe am Herunterrutschen hindern sollte, griff aber daneben, und seine Hand landete mit ihrer ganzen Fläche auf der heißen Herdplatte. Es zischte, der Geruch von verbranntem Fleisch verbreitete sich, und er stieß ein Schmerzensgeheul aus.

„O Gott, o Gott, was hab' ich getan?“ wimmerte er, indem er sich auf den Kohlenkasten setzte und vor Schmerz hin und her rückte. „Warum muß ich so schwer geprüft werden, ich, der keiner Fliege je etwas zuleide getan hat?“

Die Tränen rannen über seine geschwollenen, verfärbten Wangen, und sein Gesicht war vor Schmerz verzogen. Ein wilder Ausdruck fuhr darüber hin.

„Oh, wie ich ihn hasse! Wie ich ihn hasse!“ knirschte er. „Wen?“ fragte ich, aber der arme Wicht weinte wieder über sein Mißgeschick. Es war weniger schwer zu erraten, wen er haßte, als wen er nicht haßte. Denn immer mehr sah ich in ihm einen boshaften Teufel, der die ganze Welt haßte. Und manchmal dachte ich, daß er sogar sich selber haßte, so schrecklich und unnatürlich war das Leben mit ihm umgesprungen. In solchen Augenblicken konnte Mitleid in mir aufsteigen, und ich schämte mich, daß ich mich je über seine Niederlage und seine Schmerzen gefreut hatte. Das Leben hatte ihm einen gemeinen Streich gespielt, als es ihn zu dem machte, der er war, und seither spielte es ihm einen gemeinen Streich nach dem andern. Welche Möglichkeiten hatte er gehabt, anders zu werden, als er geworden war? Und als ob er meine unausgesprochenen Gedanken beantworten wollte, wimmerte er:

„Ich hab' nie Glück gehabt, nie auch nur das kleinste bißchen Glück! Wer war da, um mich in die Schule zu schicken, mir ein Stück Brot in den hungrigen Schnabel zu stecken oder die blutige Nase zu wischen, als ich noch ein kleiner Junge war? Wer hat je was für mich getan, he? Wer, frage ich?"

„Mach' dir nichts daraus, Tommy", sagte ich und legte ihm beruhigend die Hand auf die Schulter. „Faß Mut. Am Ende wird noch alles gut. Du hast noch ein langes Leben vor dir und kannst aus dir machen, was du willst."

„Das ist Lüge! Verdammte Lüge!" schrie er mir ins Gesicht und schleuderte meine Hand fort. „Es ist Lüge, und das weißt du. Ich bin aus Resten und Abfall gemacht. Für dich ist es nicht schwer, Hump. Du bist als feiner Herr geboren. Du hast nie erfahren, was es heißt, sich hungrig in Schlaf zu weinen, während dein Magen knurrt, als ob eine Ratte darin säße. Es kann nicht gut werden. Und wenn ich morgen Präsident der Vereinigten Staaten würde, wie könnte das den Hunger stillen, den ich früher gelitten habe?

Wie könnte es wohl? frage ich. Ich bin für Leiden und Sorgen geboren. Ich habe mehr durchgemacht als zehn andere zusammen, jawohl! Ich habe mein halbes Leben im Krankenhaus gelegen. Ich hatte Fieber in Aspinwall in Havanna, in New Orleans. Ich wäre fast an Skorbut gestorben und faulte sechs Monate daran in Barbados. Pocken in Honolulu, beide Beine gebrochen in Schanghai, Lungenentzündung in Alaska, drei gebrochene Rippen und eine innere Quetschung in Frisco. Und jetzt bin ich hier. Schau mich an! Schau mich an! Meine Rippen wieder vom Rücken losgeprügelt. Ich werde Blut spucken, ehe die Sonne wieder aufgeht. Wie sollte das anders für mich werden? frage ich. Wer sollte es gutmachen? Gott? Ach, Gott muß mich gehaßt haben, als er meinen Heuerkontrakt für die Reise durch seine blühende Welt unterschrieb!"

Dieser Ausbruch wider sein Geschick währte eine Stunde oder noch länger, und dann machte er sich, hinkend und stöhnend, und die Augen von Haß gegen die ganze Welt leuchtend, an die Arbeit.

Seine Diagnose war indessen richtig gewesen, denn er wurde von Anfällen gepackt, in denen er Blut brach und starke Schmerzen hatte. Und er schien recht zu haben: Gott haßte ihn zu sehr, um ihn sterben zu lassen, denn er wurde schließlich wieder gesund und war boshafter als je.

Mehrere Tage vergingen noch, ehe Johnson an Deck kroch und mutlos an seine Arbeit ging. Er war noch krank, und mehr als einmal beobachtete ich, wie schmerzhaft es für ihn war, zu einem Toppsegel hinaufzuklettern, und wie er zusammenfiel, wenn er am Steuerrad stand. Aber das Schlimmste war: Sein Mut schien gebrochen. Er kroch vor Wolf Larsen und lag vor Johansen beinahe auf dem Bauche vor Furcht. Anders Leach. Der ging an Deck umher wie ein Tigerjunges und schleuderte offen seine haßerfüllten Blicke auf Wolf Larsen und Johansen.

„Ich werde schon mit dir fertig werden, du plattfüßiger Schwede!" hörte ich ihn eines Nachts auf Deck zu Johansen sagen.

Der Steuermann verfluchte ihn in der Dunkelheit, und im nächsten Augenblick traf irgendein Wurfgeschoß mit scharfem Stoß die Kombüse. Noch einige Flüche ertönten, ein höhnisches Lachen, dann war alles still. Ich stahl mich hinaus und fand ein schweres Messer, das über einen Zoll tief in dem festen Holze steckte. Einige Minuten später kam der Steuermann, tappte herum und suchte es. Aber ich gab es Leach heimlich am nächsten Tage wieder. Er grinste, als ich es ihm reichte, aber in diesem Grinsen lag mehr wahre Dankbarkeit als in dem ganzen Strom schöner Worte von einem meiner eigenen Klasse.

Als einziger von der ganzen Besatzung lebte ich mit allen auf gutem Fuße und stand in aller Gunst. Die Jäger duldeten mich möglicherweise nur, obgleich mich keiner von ihnen haßte. Smoke und Henderson, die als Genesende in Hängematten unter einem über Deck gespannten Sonnensegel lagen, versicherten mir jedoch, ich sei besser als eine Krankenschwester, und sie würden an mich denken, wenn sie am Ende der Reise ihre Löhnung ausbezahlt erhielten. (Als ob ich ihres Geldes bedurft hätte! Ich, der ich den ganzen Schoner mit allem, was an Bord war, hätte kaufen und zwanzigfach bezahlen können!) Aber mir war die Aufgabe zugefallen, ihre Wunden zu pflegen und sie durchzubringen, und ich tat mein Bestes.

Wolf Larsen hatte wieder einen zweitägigen Anfall von Kopfschmerzen. Er mußte schrecklich leiden, denn er rief mich zu sich und gehorchte meinen Anweisungen wie ein krankes Kind. Aber ich konnte nichts tun, um ihm Erleichterung zu schaffen. Auf meine Ermahnung rauchte und trank er jedoch nicht. Wieso ein so prachtvolles Tier wie er überhaupt Kopfschmerzen haben konnte, war mir rätselhaft.

„Es ist Gottes Hand, sage ich dir." Das war Louis' Auffassung. „Es ist eine Heimsuchung zur Strafe für seine schwarzen Taten, und es wird noch ganz anders kommen, oder – –"

„Oder – –", forschte ich.

„Oder Gott schläft und versäumt seine Pflicht – obwohl ich das wohl eigentlich nicht sagen dürfte."

Wenn ich sagte, daß ich mit allen auf gutem Fuße stand, so war das ein Irrtum. Thomas Mugridge fährt nicht nur fort, mich zu hassen, er hat sogar einen neuen Grund für seinen Haß entdeckt. Es dauerte ziemlich lange, bis ich ihn erkannte, aber schließlich wußte ich ihn: Ich war unter einem glücklicheren Stern als „feiner Herr" geboren, wie er sagte.

„Und immer noch kein Toter wieder?" neckte ich Louis, als Smoke und Henderson Seite an Seite in freundschaftlicher Unterhaltung ihren ersten Gang an Deck machten.

Louis betrachtete mich mit einem prüfenden Blick seiner verschmitzten grauen Augen und schüttelte unheilverkündend den Kopf. „Das kommt schon noch, sag' ich dir, und man wird ein Liedchen davon singen können, wenn's erst losgeht. Ich spüre es die ganze Zeit, und jetzt fühle ich es so deutlich, wie ich die Takelung in dunkler Nacht fühle. Es ist nahe, ganz nahe."

„Wer wird der erste?" fragte ich.

„Nicht der dicke alte Louis, das verspreche ich dir", lachte er. Denn es steckt mir in den Knochen, daß ich nächstes Jahr um diese Zeit bestimmt in die alten Augen meiner Mutter schauen werde. Nach den fünf Söhnen, die sie bereits der See geschenkt hat, hat sie sich trübe gestarrt."

„Was wollte er von dir?" fragte Thomas Mugridge mich gleich darauf.

„Er erzählte mir, daß er nach Hause will, um seine Mutter wiederzusehen", antwortete ich diplomatisch. „Ich hab' nie eine gehabt", meinte der Cockney und blickte mit matten, hoffnungslosen Augen in die meinen.

Endlich ist mir ein Licht aufgegangen, daß ich die Frauen nie richtig eingeschätzt habe. Obwohl ich nicht in besonderem Maße erotisch veranlagt bin, hatte ich doch nie in einer völlig frauenleeren Atmosphäre gelebt. Mutter und Schwestern waren immer um mich gewesen, und ich hatte ihnen stets zu entrinnen gesucht, denn sie quälten mich bis zur Verzweiflung mit ihrer Sorge um meine Gesundheit und ihren periodischen Einfällen in mein Zimmer, die mein „geordnetes" Durcheinander, auf das ich nicht wenig stolz war, in ein noch größeres, wenn auch dem Auge wohl gefälliges Durcheinander von Unordnung verwandelten. Ich konnte nie etwas wiederfinden, wenn sie mich verlassen hatten. Aber ach, wie willkommen wäre mir jetzt ihre Gegenwart, das Rascheln ihrer Kleider gewesen, das ich so von Herzen verabscheut hatte! Ich bin sicher, daß ich mich, wenn ich je wieder nach Hause kommen sollte, nie wieder über sie ärgern werde. Mögen sie morgens, mittags und abends an mir herumdoktern, Staub wischen und fegen: ich werde nur von meinem Sessel aus still zusehen und dankbar sein, daß ich Mutter und Schwestern habe.

So vieles wundert mich. Wo sind die Mütter dieser zwanzig zusammengewürfelten Männer auf der „Ghost"? Es erscheint mir unnatürlich und ungesund, daß sich Männer völlig getrennt von Frauen herdenweise allein durch die Welt treiben sollen. Roheit und Wildheit sind die unvermeidlichen Folgen. Hätten diese Männer um mich Frauen, Schwestern und Töchter, sie würden imstande sein, Sanftmut, Zärtlichkeit und Mitgefühl zu bekunden. Tatsächlich ist nicht einer von ihnen verheiratet. Jahr auf Jahr ist nicht einer von ihnen mit einer guten Frau in Berührung gekommen, hat unter ihrem Einfluß gestanden oder die Erlösung gefunden, die ein solches Geschöpf unweigerlich ausstrahlt. Ihr Leben ist aus dem Gleichgewicht. Ihre Männlichkeit, die schon an sich die eines wilden Tieres ist, hat sich überentwickelt. Die andere, geistige Seite ihres Wesens ist eingeschrumpft – verzehrt.

Es ist eine Gesellschaft von Einsiedlern, die sich scharf aneinander reiben und davon mit jedem Tage hartherziger werden. Mir erscheint es manchmal unglaublich, daß sie Mütter gehabt haben sollen. Es ist fast, als gehörten sie einer Gattung von Halbtieren, Halbmenschen an, einer besonderen, geschlechtslosen Rasse; sie mögen von der Sonne wie Schildkröteneier ausgebrütet oder sonst auf irgendeine Weise zum Leben erweckt sein. Sie müssen ihr ganzes Leben lang in Brutalität und Niedertracht wüten und am Ende ebenso jämmerlich sterben, wie sie gelebt haben.

Diese Gedanken beschäftigten mich, und so sprach ich vergangene Nacht mit Johansen. Es waren die ersten überflüssigen Worte, mit denen er mich seit Beginn der Reise beehrte. Mit 18 Jahren hatte er Schweden verlassen, jetzt ist er 38, und die ganze Zeit war er nicht ein einziges Mal zu Hause. Vor einigen Jahren traf er in einem Seemannsheim in Chile einen Landsmann, und von ihm erfuhr er, daß seine Mutter noch lebte.

„Sie muß jetzt schon eine alte Frau sein", sagte er, indem er nachdenklich ins Kompaßhaus starrte und dann einen scharfen Blick auf Harrison warf, der einen Strich aus dem Kurs gekommen war.

„Wann haben Sie ihr zuletzt geschrieben?"

Er rechnete laut: „Einundachtzig, nein – – zweiundachtzig, nicht? Nein – – dreiundachtzig – ja, dreiundachtzig. Vor zehn Jahren. Aus einem kleinen Hafen in Madagaskar. Ich fuhr auf einem Handelsschiff. Sehen Sie“, fuhr er fort, als ob er sich über den halben Erdkreis hinweg an seine vernachlässigte Mutter wandte, „jedes Jahr wollte ich heimfahren. Was hatte es da für einen Sinn, zu schreiben? Es dauerte ja nur noch ein Jahr. Und jedes Jahr kam etwas dazwischen, und ich kam nicht nach Hause. Aber jetzt bin ich Steuermann, und wenn ich meine Schulden in Frisco – vielleicht 500 Dollar – abbezahlt habe, dann fahre ich auf einem Segler um Kap Horn nach Liverpool. Damit verdiene ich dann genug für die Überfahrt nach Hause. Dann braucht sie nicht mehr zu arbeiten.“ „Arbeitet sie denn jetzt? Wie alt ist sie denn?“

„Um die siebzig“, erwiderte er. Und dann rühmte er sich: „Bei mir zu Hause arbeiten wir von der Geburt bis zum Tode. Daher werden wir so alt. Ich werde hundert.“

Ich werde diese Unterhaltung nie vergessen. Es waren die letzten Worte, die ich ihn sprechen hörte. Vielleicht waren es die letzten, die er überhaupt sprach.

Als ich die Kajüte betrat, war es mir stickig zum Schlafen. Es war eine stille Nacht. Wir befanden uns außerhalb des Bereiches des Passats, und die „Ghost“ kam kaum einen Knoten in der Stunde vorwärts. So nahm ich denn eine Decke und ein Kissen unter den Arm und stieg wieder an Deck.

Als ich zwischen Harrison und dem oben auf dem Kajütendach angebrachten Kompaßhaus hindurchschritt, bemerkte ich, daß wir volle drei Strich vom Kurse abgewichen waren. Da ich glaubte, daß der Rudergast schliefe, und ich ihm einen Verweis ersparen wollte, sprach ich ihn an. Aber er schlief nicht. Mit weit aufgerissenen Augen starrte er vor sich hin. Er schien verwirrt und außerstande zu sein, mir zu antworten. „Was ist denn?“ fragte ich. „Bist du krank?“

Er schüttelte den Kopf, und als ob er erwachte, schöpfte er mit einem tiefen Seufzer Atem.

„Du tätest besser, den Kurs zu halten“, schalt ich.

Er griff in die Speichen des Rades, und ich sah, wie sich die Kompaßkarte langsam nach NNW drehte und nach einigen leichten Schwingungen zur Ruhe kam.

Ich nahm mein Bettzeug wieder auf und wollte gerade weitergehen, als eine Bewegung mein Auge fesselte und nach der Reling zurückzwang. Eine sehnige, triefende Hand packte sie. Neben ihr tauchte eine zweite Hand aus der Finsternis auf. Wie verzaubert stand ich da. Was für einen Gast aus der dunklen Tiefe sollte ich sehen? Was für ein Wesen es aber auch sein mochte, so wurde mir jedenfalls klar, daß es mit Hilfe der Logleine an Bord kletterte. Ich sah einen Kopf mit triefendem Haar, dann erschien ein Körper, und nun erkannte ich Augen und Gesicht Wolf Larsens. Seine rechte Backe war rot von Blut, das aus einer Kopfwunde herabfloß.

Mit einer plötzlichen Anstrengung zog er sich an Bord und stand auf den Füßen. Dann warf er einen schnellen Blick auf den Mann am Rade, als wolle er sich überzeugen, wer er sei, und daß von ihm keine Gefahr drohe. Das Seewasser troff von ihm herab mit einem leisen Rieseln, das mich beunruhigte. Als er auf mich zuschritt, wich ich instinktiv zurück, denn ich sah in seinen Augen etwas, das Tod hieß.

„Gut, Hump“, sagte er mit leiser Stimme. „Wo ist der Steuermann?“ Ich schüttelte den Kopf.

„Johansen!“ rief er leise. „Johansen!“

„Wo ist er?“ fragte er Harrison.

Der junge Mann schien seine Fassung wiedererlangt zu haben, denn er antwortete ganz ruhig: „Ich weiß es nicht, Käptn. Vor kurzem sah ich ihn nach vorn gehen.“ „Ich war auch vorn. Aber hast du bemerkt, daß ich nicht denselben Weg, den ich ging, wieder zurückkam? Kannst du dir das erklären?“

„Sie müssen über Bord gewesen sein, Käptn.“

„Soll ich im Zwischendeck nach ihm sehen, Käptn?“ fragte ich.

Wolf Larsen schüttelte den Kopf. „Sie würden ihn nicht finden, Hump. Aber gehen Sie meinetwegen. Kommen Sie. Lassen Sie Ihr Bettzeug liegen.“

Ich folgte ihm. Nichts regte sich mittschiffs.

„Die verdammten Jäger!“ bemerkte er. „Zu dick und faul, um vier Stunden Wache durchzuhalten.“

Auf der Back fanden wir jedoch drei schlafende Matrosen.

Er drehte sie auf den Rücken und blickte ihnen ins Gesicht. Sie bildeten die Deckwache, die Wache selbst pflegte man bei gutem Wetter schlafen zu lassen mit Ausnahme des Offiziers, des Rudergastes und des Mannes im Ausguck.

„Wer hat den Ausguck?“ fragte der Kapitän.

„Ich, Käptn“, antwortete Holoyak, einer der Vollmatrosen, mit einem leichten Zittern in der Stimme. „Ich bin diese Minute eingeschlafen, Käptn. Es tut mir leid, Käptn. Es soll nicht wieder vorkommen.“

„Hast du irgend etwas an Deck gehört?“

„Nein, Käptn, ich – –“

Aber Wolf Larsen hatte sich mit einem unzufriedenen Knurren abgewandt, und der Matrose rieb sich die Augen, erstaunt, so leichten Kaufs davongekommen zu sein.

„Still jetzt!“ ermahnte mich Wolf Larsen flüsternd, indem er sich bückte und sich anschickte, durch die Luke hinunterzusteigen.

Ich folgte ihm bebenden Herzens. Was geschehen sollte, wußte ich ebensowenig wie, was geschehen war. Aber Blut war geflossen, und Wolf Larsen war nicht selbst auf den Einfall gekommen, mit einem Loch im Kopf über Bord zu klettern. Außerdem fehlte Johansen.

Es war das erstemal, daß ich in die Back hinunterstieg, und ich werde nicht sobald den Eindruck vergessen, den ich empfing, als ich den Fuß auf die Treppe gesetzt hatte. Direkt in den Schiffsraum eingebaut, hatte die Back die Form eines Dreiecks, an dessen Schenkeln die zwölf Kojen in zwei Reihen übereinander angebracht waren. Sie war nicht größer als eine kleine Bodenkammer, und doch mußten zwölf Mann darin essen, schlafen und atmen. Mein Schlafzimmer daheim war nicht groß, aber es hätte gut ein Dutzend derartiger Vorderkastelle, ja, wenn man die Höhe berücksichtigte, das Doppelte fassen können.

Es roch schal und säuerlich, und im Lichte der trüben, hin und her schwingenden Schiffslampe sah ich, daß aller verfügbare Platz bis ins kleinste Eckchen ausgefüllt war mit Seestiefeln, Ölzeug und sauberen und schmutzigen Kleidungsstücken aller Art. Mit jedem Rollen des Schiffes schwang das alles hin und zurück und brachte ein scheuerndes Geräusch hervor, als ob ein Baum sich gegen ein Dach oder eine Wand rieb. Irgendwo stieß ein Stiefel regelmäßig mit lautem Krachen gegen die Wand. Und obgleich es eine ruhige Nacht war, ertönte doch unausgesetzt ein Chor von knarrendem Holz, knirschenden Spanten und unergründlichen Geräuschen unter den Dielen.

Die Schläfer ließen sich nicht stören. Es waren ihrer acht – die beiden unten befindlichen Wachen – die Luft war dick vor Wärme und stinkendem Atem, und das Ohr erfüllte der Lärm ihres Schnarchens, Seufzens und Grunzens, Überbleibsel ihres Tiermenschentums. Aber schliefen sie? Alle? Oder hatten sie geschlafen? Das wollte Wolf Larsen offenbar feststellen; er wollte den finden, der sich nur schlafend stellte oder erst vor kurzem eingeschlafen war. Und er begann die Untersuchung in einer Art, die mich an eine Erzählung des Boccaccio erinnerte.

Er nahm die Lampe aus ihrem schwingenden Halter und reichte sie mir. Bei den beiden ersten Kojen steuerbord begann er. In der oberen lag der Kanake Oofty-Oofty, ein ausgezeichneter Seemann. Er lag auf dem Rücken, schlief fest und atmete so sanft wie eine Frau. Den einen Arm hatte er unter seinen Kopf gelegt, während der andere auf der Decke lag. Wolf Larsen faßte mit Daumen und Zeigefinger sein Handgelenk und fühlte ihm den Puls. Da erwachte der Kanake. Et erwachte ebenso leicht wie er schlief, ohne eine einzige Bewegung seines Körpers. Nur die Augen regten sich. Sie öffneten sich plötzlich ganz weit, groß und schwarz und starrten uns, ohne zu zwinkern, an. Wolf Larsen legte ihm zum Zeichen, daß er schweigen sollte, den Finger auf den Mund, und die Augen schlossen sich wieder.

In der unteren Koje lag Louis, dick, warm und verschwitzt, und schlief einen unverstellbaren, schweren Schlaf. Als Wolf Larsen sein Handgelenk faßte, bewegte er sich unbehaglich und krümmte seinen Körper so, daß er einen Augenblick nur auf Schultern und Fersen ruhte. Seine Lippen bewegten sich, und er murmelte folgende rätselhaften Worte:

„Ein Viertel für einen Schilling, aber biete die Lampen für drei Pence das Stück aus. Sonst hängt sie dir der Wirt für sechs Pence auf."

Dann drehte er sich mit einem schweren Seufzer auf die Seite und sagte:

„Ein Sechspencestück ist ein Tanner, und ein Schilling ist ein Bob, aber was ein Pony ist, weiß ich nicht."

Befriedigt schritt Wolf Larsen weiter zu den beiden nächsten Kojen an der Steuerbordseite, in denen, wie wir beim Schein der Lampe sahen, oben Leach und unten Johnson lagen.

Als Wolf Larsen sich zur unteren Koje niederbeugte, um Johnson den Puls zu fühlen, sah ich, der ich aufrecht stand und die Lampe hielt, wie Leach verstohlen den Kopf hob und über den Rand der Koje herabblickte, um zu sehen, was vorging. Er mußte wohl die Absicht Wolf Larsens durchschaut und erkannt haben, daß eine Entdeckung unumgänglich war, denn im selben Augenblick wurde mir die Lampe aus der Hand geschleudert, und das Vorderkastell war in Finsternis gehüllt. Gleichzeitig mußte er auf Wolf Larsen heruntergesprungen sein.

Das erste nun folgende Geräusch war wie das eines Kampfes zwischen einem Stier und einem Wolfe. Ich hörte ein wütendes Gebrüll von Wolf Larsen und ein Knurren von Leach, das verzweifelt und haarsträubend klang. Johnson muß ihm sofort zu Hilfe gekommen sein, so daß sein untertäniges, kriecherisches Wesen in den letzten Tagen nichts als Verstellung gewesen war. Ich war so entsetzt über diesen Kampf im Dunkeln, daß ich mich zitternd gegen die Treppe lehnte und nicht imstande war, hinaufzugehen. Ich hatte wieder das alte Gefühl in der Magengrube, das mich stets beim Anblick von Gewalttätigkeiten überkam. In diesem Falle konnte ich zwar nichts sehen, aber ich hörte das dumpfe Geräusch der Schläge, den klatschenden Ton, der entsteht, wenn Fleisch auf Fleisch prallt. Dann hörte ich den krachenden Zusammenstoß von Körpern, schwere Atemzüge und kurze rasche Schmerzensausbrüche.

Es mußten sich wohl noch andere an der Verschwörung gegen Kapitän und Steuermann beteiligen, denn aus den verschiedenen Geräuschen erkannte ich, daß Leach und Johnson schnell Verstärkung von ihren Kameraden erhalten hatten.

„Ein Messer her!" schrie Leach.

„Zerschlag ihm den Kopf! Zerquetsch ihm das Gehirn!" rief Johnson.

Aber nach dem ersten Gebrüll machte Wolf Larsen keinen Lärm mehr. Grimmig und stumm kämpfte er um sein Leben. Er war arg in der Klemme. Im ersten Augenblick war er zu Boden geworfen, und es war ihm nicht möglich, wieder auf die Beine zu kommen. Ich fühlte, daß er trotz seiner ungeheuren Kraft keine Hoffnung hatte.

Ich erhielt selbst einen deutlichen Begriff von der Gewalt des Kampfes, denn ich wurde von den umherwirbelnden Körpern zu Boden geschleudert und bös gequetscht. Aber es gelang mir, in der Verwirrung in eine leere Unterkoje zu kriechen, wo ich mich in Sicherheit befand.

„Alle her! Wir haben ihn! Wir haben ihn!" konnte ich Leach rufen hören.

„Wen?“ fragten die, welche wirklich geschlafen hatten und jetzt, sie wußten nicht wie, geweckt worden waren. „Den blutigen Steuermann“, antwortete Leach listig. Diese Auskunft wurde mit einem Freudengeheul begrüßt, und jetzt waren sieben starke Mann über Wolf Larsen. Ich glaube, Louis beteiligte sich nicht am Kampfe. Die Back glich einem Bienenstock, dessen wütende Insassen durch einen Eindringling aufgescheucht waren.

„Was ist denn los da unten?“ hörte ich Latimer durch die Luke herunterrufen. Er war zu vorsichtig, um in diese Hölle der Leidenschaften herabzusteigen, die er in der Finsternis toben hörte.

„Kann denn niemand ein Messer finden? Ein Messer, ein Messer!“ flehte Leach in einem Augenblick verhältnismäßiger Ruhe.

Die große Zahl der Angreifer verursachte Verwirrung. Sie hinderten sich gegenseitig, ihre Kräfte zu entfalten, während Wolf Larsen, der nur ein Ziel kannte, dadurch gewann. Dieses Ziel war, sich bis zur Luke durchzuschlagen. Obgleich völlige Finsternis herrschte, konnte ich durch das Geräusch seine Fortschritte verfolgen. Endlich hatte er die Treppe erreicht, und was er jetzt tat, vermochte nur ein Riese zu tun. Zoll für Zoll zog er sich, allein durch die Kraft seiner Arme, aus dem Haufen von Männern heraus, die ihn umklammert hielten, und richtete sich auf, bis er auf den Füßen stand. Und dann arbeitete er sich, Stufe um Stufe, mit Händen und Füßen die Treppe hinauf.

Das allerletzte sah ich. Denn Latimer, der endlich eine Laterne geholt hatte, hielt sie so, daß sie die Treppe hinableuchtete. Wolf Larsen mußte beinahe oben sein, wenn ich ihn auch nicht sehen konnte. Allein sichtbar war der Klumpen von Männern, die sich an ihn klammerten. Der Klumpen zappelte wie eine ungeheure Spinne mit vielen Beinen und schwankte hin und her mit dem Rollen des Schiffes. Aber Zoll um Zoll, mit langen Pausen dazwischen, hob sich der Klumpen. Einmal taumelte er und schien herabzustürzen, aber er gewann den verlorenen Halt wieder und kroch weiter. „Wer ist da?“ rief Latimer.

Im Schein der Lampe konnte ich sein bestürztes Gesicht herabblicken sehen.

„Larsen“, hörte ich eine gedämpfte Stimme inmitten des Klumpens.

Latimer streckte die freie Hand herab. Ich sah eine andere Hand emporschnellen und die seine packen. Latimer zog, und die nächsten Stufen wurden im Sturm genommen. Dann streckte sich die andere Hand Wolf Larsens empor und umklammerte den Rand der Luke. Der Klumpen pendelte zurück, und die Treppe war frei, während die Männer noch an dem fliehenden Feinde hingen. Sie begannen abzufallen, einige wurden von dem scharfen Lukenrand abgefegt, andere mit den Füßen fortgestoßen. Leach war der letzte, der losließ. Er fiel kopfüber auf seine am Boden krabbelnden Kameraden. Wolf Larsen und die Laterne verschwanden, und wir blieben im Dunkeln zurück.

Fluchen und Jammern ertönten, als die Männer am Fuße der Treppe wieder auf die Füße zu kommen versuchten.

„Kann nicht jemand ein Streichholz anzünden, mein Daumen ist ausgerenkt", rief einer der Leute, namens Parsons, ein dunkelhäutiger, melancholischer Mann, Standishs Steuerer – in demselben Boot, dessen Puller Harrison war.

„Die liegen irgendwo am Mastfuß herum", sagte Leach und setzte sich auf den Rand seiner Koje, in der ich mich verkrochen hatte.

Man suchte nach Streichhölzern, dann wurde eines angezündet, und die Lampe flackerte auf, trübe und rauchig. In ihrem geisterhaften Schein bewegten sich barfüßige Männer und sahen nach ihren Wunden. Oofty-Oofty packte Parsons Daumen, zog daran und ließ ihn wieder ins Gelenk schnappen. Dabei bemerkte ich, daß der Knöchel des Kanaken aufgeschlitzt und der Knochen bloßgelegt war. Er zeigte die Wunde und erklärte mit einem Grinsen, das seine prachtvollen Zähne zeigte, er hätte sie bekommen, als er Larsen auf den Mund schlug.

„Also du warst es, du schwarzer Schurke?" fragte Kelly kriegerisch. Er war ein geborener Irländer, ein Leichtmatrose, der seine erste größere Reise machte und Kerfoots Puller war.

Bei dieser Frage spuckte er eine Handvoll Blut und Zähne aus und drängte sich mit streitsüchtiger Miene an Oofty-Oofty heran. Der Kanake sprang in seine Koje, war mit einem zweiten Satz wieder da und schwang ein langes Messer.

„Ach, leg' dich nieder, sonst setzt es was", mischte Leach sich hinein. Trotz seiner Jugend und Unerfahrenheit gab er offenbar in der Back den Ton an. „Geh, Kelly, laß Oofty in Ruhe. Wie sollte er denn im Dunkeln erkennen, daß du es warst?"

Kelly murmelte noch etwas und beruhigte sich dann, während der Kanake dankbar lächelnd die weißen Zähne fletschte. Er war ein schönes Geschöpf und wirkte beinahe weiblich durch die angenehmen Linien seiner Gestalt, Sanftmut und Verträumtheit lagen in seinen großen Augen, die seinen wohlverdienten Ruf für Streit- und Rauflust Lügen zu strafen schienen.

„Wie ist er entwischt?“ fragte Johnson.

Er saß auf dem Rande seiner Koje, seine ganze Stellung drückte äußerste Niedergeschlagenheit und Hoffnungslosigkeit aus. Er atmete noch schwer von der Anstrengung. Das Hemd war ihm im Kampfe völlig vom Leibe gerissen, und das Blut troff ihm aus einer klaffenden Wunde in der Backe auf die nackte Brust herab, zeichnete eine rote Bahn auf seinem weißen Schenkel und tropfte auf den Boden.

„Weil er der Teufel selber ist, wie ich immer gesagt habe“, meinte Leach, dann sprang er, wütend über die Enttäuschung und mit Tränen in den Augen, auf.

„Und nicht einer von euch konnte ein Messer bringen!“ klagte er immer wieder.

Aber die andern hatten große Furcht vor den zu erwartenden Folgen und achteten nicht auf ihn.

„Wie kann er wissen, wer's war?“ fragte Kelly und sah sich mit einem blutgierigen Blick um, „es sei denn, daß einer von euch aus der Schule schwatzte.“

„Er braucht euch ja nur anzusehen“, entgegnete Parsons, „ein Blick genügt ihm.“

„Erzähl' ihm, daß das Deck hochprellte und dir die Zähne aus dem Maule schlug'„, grinste Louis. Er war der einzige, der nicht aus seiner Koje herausgekommen war, und er freute sich, weil er keine Wunden hatte, die verraten konnten, daß er bei dieser Nachtarbeit beteiligt gewesen. „Wartet nur, bis er eure Fratzen morgen gesehn hat“, gluckste er.

„Wir sagen, daß wir ihn für den Steuermann hielten“, meinte einer. Und ein andrer: „Ich weiß, was ich sagen werde: daß ich Lärm hörte, aus der Koje sprang, zum Dank für meine Mühe eins aufs Maul kriegte und so in die Geschichte hineingezerrt wurde. Ich konnte nicht sehen, was und wer es war, und schlug um mich.“ „Und da hast du mich natürlich getroffen“, fiel Kelly ein, und sein Gesicht hellte sich einen Augenblick auf. Leach und Johnson beteiligten sich nicht an der Unterhaltung, es war klar, daß ihre Kameraden sie als Leute ansahen, für die das Schlimmste unvermeidlich, ja, deren Lage ganz hoffnungslos war, und die bereits als tot zu betrachten waren. Eine Weile hörte Leach ihre Befürchtungen und Vorwürfe mit an. Dann aber brach er los:

„Ihr langweilt mich! Schöne Genossen seid ihr! Wenn ihr etwas weniger geschwatzt und etwas mehr getan hättet, dann wäre es jetzt geschafft. Warum konnte mir nicht einer, nur ein einziger, ein Messer geben, als ich danach rief? Jetzt jammert und klagt ihr, als ob er euch totschlagen würde, wenn er euch erwischte! Ihr wißt verdammt gut, daß er das nicht tun wird. Er kann es gar nicht. Hier gibt es keinen Heuerbas, und er braucht euch bei seinem Geschäft, ihr seid ihm unentbehrlich. Wer sollte pullen und steuern und Segel setzen, wenn er euch verlöre? Ich und Johnson werden die Suppe auszulöffeln haben. Jetzt geht in eure Kojen und haltet den Mund, ich möchte ein bißchen schlafen." „Das ist schon richtig, ganz richtig", meinte Parsons. „Mag sein, daß er uns nichts tut, aber denkt an meine Worte: Von heute an wird dieses Schiff ein Zuchthaus sein."

Die ganze Zeit war ich mir über meine eigene schwierige Lage klar gewesen. Was geschah, wenn die Leute meine Gegenwart entdeckten? Ich konnte mich nicht durchschlagen wie Wolf Larsen. Und in diesem Augenblick rief Latimer durch die Luke herab:

„Hump! Der Alte braucht dich!"

„Hier ist er nicht!" rief Parsons zurück.

„Doch, er ist hier!" sagte ich und bemühte mich, meine Stimme fest erklingen zu lassen.

Die Matrosen blickten mich bestürzt an. Starke Furcht prägte sich auf ihren Zügen aus, und daneben die Folge der Furcht: Teufelei.

„Ich komme!" rief ich Latimer zu.

„Nein, das wirst du nicht!" rief Kelly und trat zwischen mich und die Treppe, während seine Rechte sich in eine Klaue verwandelte, die bereit war, mich zu erwürgen. „Du verdammter kleiner Duckmäuser! Ich werde dir das Maul stopfen."

„Laß ihn gehen!" befahl Leach.

„Nein, und wenn es das Leben gälte", lautete die zornige Erwiderung.

Leach blieb unverändert auf dem Rande seiner Koje sitzen. „Laß ihn gehen, sage ich!" wiederholte er; aber diesmal war seine Stimme kernig und metallisch.

Der Ire schwankte. Ich machte Miene, vorbeizuschreiten, und er trat beiseite. Als ich die Treppe erreicht hatte, wandte ich mich gegen diesen Kreis brutaler und bösartiger Gesichter, die mich im Halbdunkel anstarrten. Ein plötzliches tiefes Mitgefühl wallte in mir auf. Ich erinnerte mich der Anschauung des Cockney: Wie mußte Gott sie hassen, daß sie so gepeinigt wurden!

„Ich habe nichts gesehen oder gehört, glaubt mir!“ sagte ich ruhig.

„Ich sage euch, es ist in Ordnung“, hörte ich Leachs Stimme, als ich die Treppe hinaufstieg. „Er liebt den Alten nicht mehr als ihr und ich.“

Ich fand Wolf Larsen in der Kajüte, entkleidet und blutig. Er wartete auf mich und begrüßte mich mit seinem seltsamen Lächeln.

„Kommen Sie und machen Sie sich an die Arbeit, Doktor. Sie scheinen die besten Aussichten für eine ausgedehnte Praxis auf dieser Reise zu haben. Ich weiß nicht, was ohne Sie aus der „Ghost“ geworden wäre, und wenn ich sogenannter edler Gefühle fähig wäre, würde ich Ihnen versichern, daß Ihr Kapitän Ihnen außerordentlich dankbar sei.“

Ich kannte den einfachen Arzneikasten der „Ghost“ und während ich Wasser auf dem Kajütofen wärmte und alles für die Behandlung der Wunden Nötige bereitmachte, ging er lachend und plaudernd auf und ab und betrachtete prüfend seine Verletzungen. Ich hatte ihn noch nie entblößt gesehen, und der Anblick seines Körpers benahm mir fast den Atem. Es war nie meine Schwäche gewesen, das Fleisch zu sehr zu preisen – weit entfernt. Aber es steckte genug von einem Künstler in mir, um seine Wunderwerke anzuerkennen.

Ich muß gestehen, daß die vollkommenen Linien von Wolf Larsens Gestalt und das, was ich ihre furchtbare Schönheit nennen möchte, mich faszinierten. Ich hatte die Männer im Vorderkastell beobachtet. So kräftige Muskeln auch einige von ihnen hatten, irgend etwas stimmte nie: eine ungenügende Entwicklung hier, eine zu starke dort, eine Biegung oder Krümmung, die die Symmetrie störte, zu kurze oder zu lange Beine, zuviel oder zuwenig hervortretende Knochen. Oofty-Oofty war der einzige, dessen Linien wirklich ansprechend waren, aber er wirkte zu weiblich.

Wolf Larsen hingegen war der Mann in seiner Vollkommenheit, beinahe ein Gott. Wenn er sich bewegte oder die Arme hob, sprangen und regten sich die starken Muskeln unter der feinen glatten Haut, ich vergaß zu bemerken, daß das Braun sich auf sein Gesicht und seinen Hals beschränkte. Sein Körper war, dank seiner skandinavischen Herkunft, so weiß wie der einer zarten Frau. Ich weiß noch, wie er die Hand hob, um seine Kopfwunde zu befühlen, und wie der Bizeps sich wie ein lebendiges Wesen unter einer weißen Hülle bewegte. Dieser Bizeps war es, der mir kürzlich beinahe das Leben herausgepreßt, den ich so viele tödliche Schläge hatte austeilen sehen. Ich konnte die Augen nicht von ihm lassen. Reglos stand ich da und ließ ein Päckchen Watte, das ich in der Hand hielt, sich aufrollen und zu Boden fallen.

Er sah sich nach mir um, und ich wurde mir bewußt, daß ich dastand und ihn anstarrte.

„Gott hat Sie schön geschaffen", sagte ich.

„Wirklich?" antwortete er. „Ich habe oft dasselbe gedacht und mir den Kopf zerbrochen, warum?"

„Absicht –", begann ich.

„Zweckmäßigkeit", unterbrach er mich. „Dieser Körper ist zum Gebrauch geschaffen. Diese Muskeln sind gemacht, um zuzupacken, um zu zerreißen und zu vernichten, was sich zwischen mich und das Leben stellt. Aber haben Sie an andre Lebewesen gedacht? Auch sie haben Muskeln irgendwelcher Art, um zu packen, zu zerreißen und zu vernichten. Wenn sie aber zwischen mich und das Leben treten, so übertreffe ich sie im Packen, Zerreißen und Vernichten. Eine Absicht erklärt dies nicht, wohl aber die Zweckmäßigkeit."

„Das ist nicht schön", wandte ich ein.

„Das Leben ist nicht schön, meinen Sie", lächelte er. „Und doch sagen Sie, ich sei schön geschaffen. Sehen Sie her!"

Er spreizte die Beine und preßte die Zehen gegen den Kajütsboden, als wolle er ihn damit packen. Knoten, Klüfte und Berge von Muskeln spielten unter seiner Haut. „Fühlen Sie!" befahl er.

Sie waren hart wie Stahl. Sein ganzer Körper hatte sich, straff und geschmeidig, unbewußt zusammengezogen, die Muskeln streckten sich sanft über Lenden, Rücken und Schultern, die Arme waren leicht erhoben, ihre Muskeln zogen sich zusammen, die Finger krümmten sich, daß die Hände Klauen glichen, und selbst die Augen hatten ihren Ausdruck gewechselt, und die Schärfe und Wachsamkeit eines Raubtieres leuchtete aus ihnen.

„Festigkeit und Gleichgewicht", sagte er und entspannte seinen Körper wieder. „Füße, um sich am Boden zu halten, Beine, um festzustehen und Widerstand zu leisten, wenn ich mit Armen, Händen, Zähnen und Nägeln zu töten versuche, um nicht selbst getötet zu werden. Absicht? Zweckmäßigkeit ist ein besseres Wort."

Ich widersprach ihm nicht. Ich hatte den Mechanismus einer primitiven kämpfenden Bestie gesehen, und er machte einen Eindruck auf mich wie die Maschinen eines großen Kriegsschiffes oder eines Ozeandampfers. Wenn ich an den heißen Kampf im Vorderkastell dachte, war ich überrascht von der Oberflächlichkeit seiner Verletzungen, und ich glaube sagen zu dürfen, daß ich sie gut pflegte. Mit Ausnahme einiger häßlicher Wunden waren es nur tüchtige Beulen und Schrammen. Den Schlag, den er auf den Kopf erhalten hatte, ehe er über Bord flog, hatte seine Schädeldecke mehrere Zoll breit bloßgelegt. Ich reinigte die Wunde und nähte sie nach seiner Anweisung zusammen, nachdem ich die Wundränder rasiert hatte. Dann hatte er einen schlimmen Riß in der Wade, der aussah, als hätte sich eine Bulldogge hinein verbissen. Zu Beginn des Kampfes hatte, wie er mir erzählte, ein Matrose mit den Zähnen zugepackt und festgehangen, bis er ihn die Treppe mit hinaufzerrte, wo er sich freigetreten hatte.

„Ja, wie gesagt, Hump, Sie sind ein brauchbarer Mensch", begann Wolf Larsen, als ich mit meiner Arbeit fertig war. „Wie Sie wissen, fehlt uns ein Steuermann. Von jetzt an übernehmen Sie die Wache, erhalten fünfundsiebzig Dollar monatlich und werden vorn und achtern Herr van Weyden angeredet."

„Ich – verstehe nichts von Navigation, das wissen Sie doch", keuchte ich.

„Gar nicht nötig."

„Ich mache mir wirklich nichts aus einer solchen Beförderung", wandte ich ein. „Ich finde das Leben schwer genug in meiner jetzigen bescheidenen Stellung. Ich habe keine Erfahrung. Alle Mittelmäßigkeit hat ihre Grenzen."

Er lächelte, als wäre die Sache abgemacht.

„Ich will nicht Steuermann auf diesem Höllenschiff sein!" rief ich trotzig.

Ich sah sein Gesicht hart werden und den unbarmherzigen Schimmer in seine Augen treten. Er ging in seinen Schlaf räum, indem er sagte:

„Und jetzt, Herr van Weyden, gute Nacht."

„Gute Nacht, Herr Larsen", unterbrach ich schwach.

Ich kann nicht behaupten, daß die Stellung als Steuermann mir einen andern Vorteil gebracht hätte, als daß ich nicht mehr Geschirr abzuwaschen brauchte. Ich wußte nicht das geringste von den elementarsten Pflichten eines Steuermanns, und es würde mir schlecht ergangen sein, hätte ich nicht die Zuneigung der Matrosen besessen. Ich wußte nichts von Tauen und Takelung, nichts von Segeln und Segelsetzen. Aber die Matrosen bemühten sich, mich anzuweisen – namentlich Louis war ein tüchtiger Lehrer –, und meine Untergebenen machten mir keine Schwierigkeiten.

Anders die Jäger. Mehr oder minder mit dem Leben zur See vertraut, nahmen sie mich für eine Art Spaß. Zwar konnte ich es selbst nicht ernst nehmen, daß ich, die ausgemachteste Landratte, das Amt des Steuermanns bekleiden sollte, wenn aber andere einen nicht ernst nehmen, ist das etwas anderes. Ich beklagte mich nicht, aber Wolf Larsen forderte die pünktlichste Innehaltung der Schiffsetikette in bezug auf mich – in weit höherem Maße, als er es bei dem armen Johansen getan, und nachdem er ein paar von ihnen verprügelt und sie eindringlich ermahnt und bedroht hatte, kamen die Jäger zur Vernunft. Ich war vorn und achtern Herr van Weyden, und nur inoffiziell geschah es wohl, daß Wolf Larsen mich noch Hump nannte.

Es war ganz unterhaltend. Während wir bei Tische saßen, schlug zum Beispiel der Wind um, und wenn ich dann aufstand, sagte er: „Herr van Weyden, würden Sie die Güte haben, nach Backbord umzulegen." Und ich ging an Deck, rief Louis zu mir und ließ mir von ihm sagen, was zu tun war. Wenn ich dann seine Anweisungen verdaut und das Manöver verstanden hatte, ging ich daran, meine Befehle auszuteilen. Ich erinnere mich eines der ersten Fälle dieser Art. Als ich gerade meine Befehle erteilen wollte, erschien Wolf Larsen auf der Szene. Er rauchte seine Zigarre und schaute ruhig zu, dann kam er nach achtern und stellte sich neben mich an die Ruff. „Hump", sagte er, „Verzeihung: Herr van Weyden, ich gratuliere. Jetzt können Sie Ihrem Vater die Beine ins Grab zurückschicken. Sie haben Ihre eigenen entdeckt und gelernt, auf ihnen zu stehen. Noch ein bißchen Arbeit in den Tauen, einige Übung im Segelsetzen und etwas Erfahrung bei Sturm, und Sie können am Ende der Reise auf jedem Küstenfahrer anheuern."

In dieser Zeit, zwischen Johansens Tod und der Ankunft in den Robbengründen, verlebte ich meine angenehmsten Tage auf der „Ghost". Wolf Larsen war ganz rücksichtsvoll, die Matrosen halfen mir, und ich kam nicht in diese aufreizende Berührung mit Thomas Mugridge. Und ich muß offen gestehen, daß ich, wie die Tage schwanden, einen gewissen heimlichen Stolz zu fühlen begann. In dieser phantastischen Lage – eine Landratte als Nächstkommandierender – hielt ich mich doch ganz gut, und ich wurde bald selbstbewußt und gewann das Heben und Senken der „Ghost" lieb, die sich unter meinen Füßen ihren Weg durch die tropische See nach der kleinen Insel in Nordwesten bahnte, wo wir unsere Wasserfässer füllen sollten.

Aber mein Glück war nicht ungemischt. Es war nur eine verhältnismäßig weniger unglückliche Periode, die sich zwischen das große Elend von Vergangenheit und Zukunft eingeschlichen hatte. Denn die „Ghost" war für die Matrosen ein Höllenschiff schlimmster Art. Sie hatten nie einen Augenblick Ruhe oder Frieden. Wolf Larsen bezahlte sie für ihren Überfall und die Prügel, die ihm in der Back zuteil geworden waren. Und morgens, mittags, abends und nachts widmete er sich der Aufgabe, ihnen das Leben unerträglich zu machen.

Er kannte die Psychologie der Kleinigkeiten nur zu gut, und mit Kleinigkeiten trieb er die Mannschaft bis an den Rand des Wahnsinns. Ich war Zeuge, wie Harrison aus der Koje geholt wurde, um einen an den falschen Platz gelegten Pinsel richtig hinzulegen, und zwei von der Wachmannschaft aus dem Schlaf geweckt wurden, um mitzugehen und zu sehen, ob er es richtig machte. Eine Kleinigkeit, wohl wahr, wenn aber ein so erfinderischer Kopf tausenderlei erdenkt, so kann man sich den Geisteszustand der Leute in der Back leicht vorstellen.

Natürlich wurde beständig gemurrt, und immer fanden kleine Ausbrüche statt. Schläge wurden ausgeteilt, und zwei bis drei Mann mußten stets die Verletzungen pflegen, die ihnen von der Hand ihres Herrn, dieser menschlichen Bestie, zugefügt worden waren. Offene Meuterei war nicht möglich angesichts des bedeutenden Waffenarsenals im Zwischendeck und in der Kajüte. Leach und Johnson waren die auserwählten Opfer der teuflischen Einfälle Wolf Larsens, und der Ausdruck tiefster Schwermut, der sich auf Johnsons Gesicht und in seinen Augen zeigte, ließ mein Herz bluten.

Anders Leach. In ihm steckte zuviel von einem kämpfenden Raubtier. Er schien von einer unersättlichen Wut besessen, die ihm nicht Zeit ließ, sich seinem Kummer hinzugeben. Seine Lippen waren zu einem beständigen Knurren verzerrt, das sich beim bloßen Anblick Wolf Larsens zu einem furchtbaren, drohenden und, ich glaube, ihm ganz unbewußten Ton verstärkte.

Ich habe beobachtet, wie er Wolf Larsen, wie ein wildes Tier seinem Wächter, mit den Augen folgte, während das tierische Knurren tief aus seiner Kehle kam und zwischen den Zähnen zitterte.

Ich erinnere mich, wie ich einmal an Deck bei helllichtem Tage seine Schulter von hinten berührte, um ihm einen Befehl zu erteilen. Im selben Augenblick sprang er in einem Satz von mir weg, indem er knurrte und im Sprunge den Kopf wandte. Er hatte mich für den Verhaßten gehalten.

Er sowohl wie Johnson würde Wolf Larsen bei der ersten Gelegenheit getötet haben, aber die Gelegenheit kam nie. Wolf Larsen war zu klug, und außerdem hatten sie keine entsprechenden Waffen. Mit ihren Fäusten hatten sie keine Chance. Immer wieder kam es zum Kampf zwischen Wolf Larsen und Leach, der sich stets wie eine Wildkatze mit Zähnen, Nägeln und Fäusten wehrte, bis er erschöpft oder ohnmächtig auf dem Deck lag. Und er war stets zu neuem Kampf bereit. Der Teufel in ihm forderte den Teufel in Wolf Larsen heraus. Sie brauchten nur gleichzeitig an Deck zu erscheinen, so waren sie auch schon fluchend, knurrend und kämpfend aneinander, und ich habe Leach gesehen, wie er sich ohne Warnung und ohne Anlaß auf Wolf Larsen stürzte. Einmal schleuderte er sein schweres griffestes Messer und verfehlte Wolf Larsens Kehle nur um einen Zoll. Ein andermal ließ er einen stählernen Marlpfriem vom Besanbaum herunterfallen, auf einem rollenden Schiffe ein schwerer Wurf, aber die scharfe Spitze, die aus einer Höhe von 75 Fuß durch die Luft sauste, verfehlte den Kopf Wolf Larsens, der gerade von der Kajütstreppe kam, um nur zwei Zoll und bohrte sich tief in die feste Deckplanke ein. Ein drittes Mal stahl er sich ins Zwischendeck, setzte sich in den Besitz eines geladenen Gewehrs und schlich sich damit auf Deck, wurde aber von Kerfoot überrascht und entwaffnet.

Ich wunderte mich oft, daß Wolf Larsen ihn nicht tötete und der Sache damit ein Ende machte. Aber er lachte nur, und es schien ihn zu belustigen.

„Es kitzelt," erklärte er mir, „wenn das Leben nur an einem Haar hängt. Der Mensch ist von Natur aus Spieler, und das Leben ist der höchste Einsatz, den man hat. Je größer die Gefahr, desto mehr kitzelt es. Warum sollte ich mir die Freude rauben, Leachs Seele bis zur Fieberglut zu erhitzen? Übrigens erweise ich ihm damit einen Freundschaftsdienst. Das Gefühl ist gegenseitig. Er führt ein königlicheres Dasein als irgendeiner von der Mannschaft, wenn er es auch nicht weiß. Denn er hat, was die andern nicht haben, ein Ziel, eine Aufgabe, die ihn ganz erfüllt: den Wunsch, mich zu töten, und die Hoffnung, daß ihm dies glücken werde. Wirklich, Hump, er lebt auf den Höhen des Lebens. Ich zweifle, daß er je so frisch und mutig gelebt hat, und beneide ihn zuweilen ehrlich, wenn ich ihn auf dem Gipfel der Leidenschaft und des Gefühls rasen sehe."

„Ach, das ist feige, feige", rief ich. „Sie haben ja das Übergewicht."

„Wer ist der größere Feigling von uns beiden, Sie oder ich?" fragte er ernsthaft. „Die Situation ist unerfreulich, und da schließen Sie ein Kompromiß mit Ihrem Gewissen. Wenn Sie wirklich groß, wenn Sie wahr gegen sich selbst wären, so würden Sie gemeinsame Sache mit Leach und Johnson machen. Aber Sie fürchten sich. Sie wollen leben. Das Leben in Ihnen schreit heraus, daß es leben muß, koste es, was es wolle. Und daher leben Sie unwürdig, werden Ihren besten Träumen untreu, versündigen sich gegen all Ihre jämmerlichen Lehren und schicken Ihre Seele schnurstracks in die Hölle, falls es eine geben sollte. Pah! Ich spiele ein tapferes Spiel. Ich sündige nicht, denn ich bleibe meinen Lebensanschauungen treu."

Was er sagte, traf mich. Vielleicht war ich wirklich feige, und je mehr ich darüber nachdachte, desto mehr erschien es mir als meine Pflicht, zu tun, was er mir geraten hatte: gemeinsame Sache mit Leach und Johnson zu machen, um ihn zu beseitigen. Der Gedanke ließ mich nicht los. Es mußte eine gute Tat sein, die Welt von diesem Ungeheuer zu befreien. Die Menschheit würde besser und glücklicher, das Leben schöner und lieblicher dadurch werden.

Ich erwog es lange, lag wach in meiner Koje und ließ die Tatsachen nochmals in endloser Prozession an mir vorbeiziehen. Während der Nachtwachen, wenn Wolf Larsen unten war, sprach ich mit Johnson und Leach. Beide hatten die Hoffnung aufgegeben – Johnson aus Mutlosigkeit, Leach, weil er sich in dem vergeblichen Ringen erschöpft hatte. Aber eines Nachts ergriff er leidenschaftlich meine Hand und sagte:

„Sie sind rechtschaffen, Herr van Weyden. Aber bleiben Sie, wo Sie sind, und halten Sie den Mund. Wir beide, Johnson und ich, sind verloren, ich weiß es – aber vielleicht wird es Ihnen doch eines Tages möglich sein, uns einen Dienst zu erweisen, wenn wir es verdammt nötig haben."

Ich hatte die Hoffnung gehegt, daß seine Opfer eine Gelegenheit zur Flucht finden würden, wenn wir die Wasserfässer füllten, aber Wolf Larsen hatte seine Maßregeln getroffen. Die „Ghost" lag eine halbe Meile vor der Brandung, und dahinter war öder Strand, den eine wilde Bergschlucht mit steilen vulkanischen, unersteigbaren Wänden abschloß. Und hier, unter seiner eigenen Aufsicht –

denn er ging selbst mit an Land –, füllten Leach und Johnson die kleinen Fässer und rollten sie zum Wasser hinab. Sie hatten keine Gelegenheit, mit Hilfe eines Bootes ihre Freiheit zu gewinnen.

Harrison und Kelly jedoch machten einen Fluchtversuch. Sie befanden sich in einem der Boote und hatten die Aufgabe, mit je einem Faß zwischen Strand und Schoner hin und her zu rudern. Gerade vor dem Mittagessen, als sie mit einem leeren Faß an Land fuhren, änderten sie plötzlich den Kurs nach links, um hinter das Vorgebirge zu kommen, das sich zwischen ihnen und der Freiheit aus dem Meere erhob. Jenseits der schäumenden Fläche lagen die hübschen Dörfer der japanischen Kolonisten und lächelnde Täler, die sich weit ins Innere erstreckten. Waren sie erst dort, so konnte Wolf Larsen sich den Mund nach ihnen wischen.

Ich hatte bemerkt, daß Henderson und Smoke den ganzen Morgen auf Deck herumlungerten, und jetzt erfuhr ich den Zweck. Sie nahmen ihre Büchsen und eröffneten lässig ein Feuer auf die Flüchtlinge. Es war eine kalte Darbietung ihrer Schießkunst. Zuerst hüpften ihre Kugeln harmlos über den Wasserspiegel zu beiden Seiten des Bootes, als aber die Leute weiter ruderten, trafen sie immer näher.

„Paß auf: jetzt nehme ich Kellys rechten Riemen“, sagte Smoke, indem er sorgfältig zielte.

Ich sah durch das Glas, wie das Ruderblatt durch seinen Schuß zersplittert wurde. Henderson wählte sich Harrisons rechten Riemen zum Ziel. Das Boot drehte sich. Einen Augenblick später waren auch die beiden andern Riemen zerschossen. Die Leute versuchten mit den Stümpfen zu rudern, aber sie wurden ihnen aus den Händen geschossen. Kelly brach eine Bodenplanke los und begann damit zu paddeln, ließ sie aber mit einem Schmerzensruf fallen, als die Splitter ihm in die Hand drangen. Jetzt gaben sie es auf und ließen das Boot treiben, bis ein zweites Boot, das Wolf Larsen vom Strande schickte, sie ins Schlepptau nahm und an Bord brachte.

Spät am Nachmittage lichteten wir die Anker und fuhren weiter. Vor uns lagen drei bis vier Monate Jagd in den Robbengründen. Diese Aussicht war in der Tat trübe, und ich ging schweren Herzens an meine Arbeit. Eine Art Grabesstimmung schien sich auf die „Ghost“ herabgesenkt zu haben. Wolf Larsen hatte sich, von seinen merkwürdigen, betäubenden Kopfschmerzen gepackt, in seine Koje zurückgezogen. Harrison stand teilnahmslos am Rad, halb darauf gestützt, als drücke ihn sein eigenes Gewicht zu Boden. Die übrige

Mannschaft war mürrisch und schweigsam. Ich überraschte Kelly, der, den Kopf auf den Knien und die Arme um den Kopf, in einer Haltung unaussprechlicher Niedergeschlagenheit neben der Achterluke zusammengebrochen war.

Johnson fand ich seiner ganzen Länge nach auf dem äußersten Rande der Back liegend, wo er unverwandt in den aufgewühlten Schaum unter sich starrte. Ich versuchte, die düsteren Gedanken des Mannes abzulenken, indem ich ihn zu mir rief, aber er lächelte mich nur traurig an und weigerte sich, zu gehorchen. Als ich nach achtern ging, näherte sich Leach mir.

„Ich möchte Sie um etwas bitten, Herr van Weyden", sagte er. „Wollen Sie, wenn Sie je das Glück haben sollten, Frisco wiederzusehen, Matt McCarthy aufsuchen? Er ist mein Vater. Er wohnt auf dem Hügel, gleich hinter der Mayfair-Bäckerei, und betreibt eine Schuhflickerwerkstatt, die jeder kennt, Sie werden ihn ohne Schwierigkeiten finden. Sagen Sie ihm, daß ich lange genug gelebt habe, um all die Sorge zu bereuen, die ich ihm bereitet habe, und – Gott segne ihn."

Ich nickte, sagte aber: „Wir werden alle nach San Francisco zurückkehren, Leach, und du wirst mit dabei sein, wenn ich Matt MacCarthy besuche."

„Ich möchte es gern glauben", antwortete er, indem er mir die Hand schüttelte, „aber ich kann nicht. Wolf Larsen bringt mich um, das weiß ich, und ich hoffe, daß er es schnell tut."

Und als er mich verließ, spürte ich denselben Wunsch in mir selber. Es geschah ja doch, also dann lieber schnell. Die allgemeine Finsternis hatte auch mich eingehüllt. Das Schlimmste schien unvermeidlich. Und wie ich Stunde auf Stunde an Deck auf und ab schritt, war mir, als hätten mich die abstoßenden Gedanken Wolf Larsens angesteckt. Wozu das alles? Wo war die Größe des Lebens, wenn es eine so maßlose Vernichtung menschlicher Seelen zulassen konnte? Alles in allem war dieses Leben etwas Billiges, Nichtiges, und je eher es vorbei war, desto besser. Auch ich lehnte mich über die Reling und starrte sehnsüchtig ins Meer hinab, sicher, daß ich früher oder später versinken mußte in dieser kühlen, grünen Tiefe der Vergessenheit.

Merkwürdigerweise ereignete sich trotz den allgemeinen Ahnungen nichts Besonderes auf der „Ghost". Wir liefen weiter nach Norden und Westen, bis wir die japanische Küste erreichten und die großen Robbenherden fanden. Sie kamen durch den unendlichen Ozean – niemand wußte woher – auf ihren alljährlichen Wanderungen nach den Paarungsplätzen an der Beringsee. Und nach Norden fuhren wir, mordend und vernichtend, indem wir die geschundenen Körper den Haien überließen und die Häute einsalzten, damit sie später die schönen Schultern der Städterinnen schmücken konnten.

Es war Massenmord, und alles um des Weibes willen. Niemand aß das Fleisch oder gebrauchte den Tran. Nach einem guten Jagdtage war das ganze Deck mit Fellen und Körpern übersät und schlüpfrig von Fett und Blut, durch die Speisegatten floß ein roter Strom, und Masten, Tauwerk und Reling waren blutbespritzt. Die Männer verrichteten ihr Handwerk wie Schlächter, mit bloßen, roten Armen und großen Messern in den Händen, um die schönen Seetiere, die sie getötet hatten, ihrer Felle zu berauben.

Ich hatte die Aufgabe, die Felle nachzuzählen, wenn sie von den Booten an Deck geschafft wurden, das Häuten und später die Säuberung des Decks zu beaufsichtigen. Es war keine erfreuliche Arbeit. Seele und Magen empörten sich dagegen. Und doch tat mir diese Arbeitsleistung und der Befehl über viele Männer gut. Meine Entschlossenheit entwickelte sich, und ich merkte, daß ich ausdauernd und abgehärtet wurde. Eines begann ich zu fühlen, daß ich nie wieder derselbe werden konnte, der ich gewesen war. Überlebten auch meine Hoffnung und mein Glaube an das menschliche Leben immer noch Wolf Larsens vernichtende Kritik, so hatte er dennoch Veränderungen in weniger wichtigen Dingen bei mir verursacht. Er hatte mir die Welt der Wirklichkeit geöffnet, von der ich bisher tatsächlich nichts gewußt, und die ich immer gescheut hatte. Ich hatte gelernt, das Leben, wie es wirklich war, näher zu betrachten, zu erkennen, daß es etwas auf der Welt gab, das Tatsachen hieß, sich zu befreien von der Herrschaft des Geistes und der Gedanken und einen gewissen Wert zu legen auf die greifbaren, gegenständlichen Seiten des Daseins.

Als wir die Jagdgründe erreicht hatten, sah ich Wolf Larsen mehr denn je. Denn wenn das Wetter schön war und wir uns inmitten einer Herde befanden, waren alle Mann in den Booten, und nur er und ich sowie Thomas Mugridge, der nicht zählte, blieben an Bord. Aber das war keine Erholung für mich. Die sechs Boote zerstreuten sich fächerförmig vom Schoner, bis das äußerste Luv- und Leeboot zehn bis zwanzig Meilen voneinander entfernt waren, dann kreuzten sie und jagten, bis die Nacht hereinbrach oder schlechtes Wetter sie zur Umkehr zwang. Unsere Aufgabe war es, die „Ghost“ in Lee des letzten Leebootes zu steuern, so daß alle Boote günstigen Wind hatten, wenn sie uns bei drohendem Unwetter erreichen wollten.

Es ist keine Kleinigkeit für zwei Mann, namentlich bei steifem Wind, ein Fahrzeug wie die „Ghost" zu führen, zu steuern, Ausschau nach den Booten zu halten und Segel zu setzen und zu streichen. Daher galt es für mich, zu lernen, und schnell zu lernen. Das Steuern erfaßte ich leicht, aber in die Takelung zu klettern und nur durch die Kraft meiner Arme mein ganzes Gewicht hinaufzuschwingen, wenn ich die Wanten verließ, um noch höher zu gehen, war schon viel schwerer. Aber auch das lernte ich rasch, denn ich spürte in mir den heißen Wunsch, vor Wolf Larsen zu bestehen, mein Recht am Leben auf andern Wegen als denen des Geistes zu beweisen. Ja, es kam die Zeit, da es mir geradezu eine Freude machte, die Bewegungen der Mastspitze zu fühlen und mich mit den Beinen festzuklammern, während ich durch das Glas das Meer nach den Booten absuchte.

Ich erinnere mich eines Tages, als die Boote früh ausfuhren, wie das Knallen der Büchsen immer ferner und schwächer klang und schließlich ganz erstarb, je weiter sie sich über das Meer zerstreuten. Es wehte ganz schwach aus Westen, aber der Wind schlief völlig ein, gerade als wir in Lee der Boote angelangt waren. Eines nach dem andern – ich sah es von der Mastspitze aus – verschwanden die sechs Boote hinter der Rundung der Erde, indem sie die Robben westwärts verfolgten. Wir lagen, nur ganz schwach in der stillen See rollend und außerstande, die Boote einzuholen. Wolf Larsen war ernst. Das Barometer fiel, und der Himmel im Osten gefiel ihm nicht. Er studierte ihn mit ununterbrochener Wachsamkeit.

„Wenn es dort", sagte er, „plötzlich losbricht und uns in Luv von den Booten treibt, kann es leicht leere Kojen in Zwischendeck und Back geben."

Gegen elf Uhr war die See blank wie Glas geworden. Um Mittag war die Hitze, obwohl wir uns hoch im Norden befanden, erstickend. Nicht ein Lüftchen wehte. Es war schwül und drückend, und ich erinnerte mich des kalifornischen Ausdrucks „Erdbebenwetter". Etwas Unheilverkündendes war darin, und man hatte das unerklärliche Gefühl, daß das Schlimmste bevorstand. Langsam füllte sieh der östliche Himmel mit Wolken, die uns wie ein schwarzes Gebirge der Höllenregion überragten. So deutlich konnte man Schlünde, Schluchten und Abgründe mit ihren Schatten unterscheiden, daß man unwillkürlich nach der weißen Brandungslinie ausschaute und auf ihr Brüllen lauschte. Und immer noch schaukelten wir sanft in der Windstille.

„Das ist keine Bö“, sagte Wolf Larsen. „Die alte Mutter Natur ist daran, sich auf die Hinterbeine zu stellen und loszulegen, und wir können froh sein, Hump, wenn die Hälfte unsrer Boote durchkommt. Sie täten am besten, nach oben zu gehen und die Toppsegel loszumachen.“

„Aber wenn es losbricht, und wir sind nur zwei hier?“ fragte ich mit einem Klang von Protest in der Stimme. „Na, wir wollen tun, was wir können, und den ersten Anprall benutzen, um unsere Boote zu erreichen, ehe unsere Leinwand in Fetzen geht. Was dann geschieht, dafür gebe ich keinen Deut. Die Hölzer werden schon halten, und das werden wir beide auch, wenn es auch eine harte Nuß für uns wird.“

Immer noch hielt die Stille an. Wir aßen zu Mittag. Es war eine hastige, ängstliche Mahlzeit mit dem Gedanken an die achtzehn Mann draußen auf See hinter dem Horizont und die himmelhohen Wolkenberge, die langsam näher zogen. Wolf Larsen schien indessen ganz unbekümmert, nur beobachtete ich, als wir an Deck zurückkehrten, ein schwaches Zittern der Nasenflügel und eine spürbare Unrast in seinen Bewegungen. Sein Gesicht war starr, die Linien hart geworden, und doch lag in seinen Augen – blau und klar waren sie an diesem Tage – ein seltsamer Schimmer, ein helles funkelndes Licht. Ich war überrascht, ihn von einer grimmigen Fröhlichkeit gepackt zu sehen, er schien sich zu freuen auf den bevorstehenden Kampf, durchschauert, gehoben zu werden durch das Bewußtsein, daß einer der großen Augenblicke bevorstand, in denen die Ebbe des Lebens zur Flut schwillt.

Ohne zu ahnen, daß er es tat, oder daß ich es sah, lachte er einmal laut, spöttisch und herausfordernd dem nahenden Sturm entgegen. Noch jetzt sehe ich ihn vor mir wie einen Zwerg aus „Tausendundeiner Nacht“ vor dem ungeheuren Antlitz eines bösen Geistes. Er trotzte dem Geschick und fürchtete sich nicht.

Er schritt nach der Kombüse. „Köchlein, wenn du fertig bist mit deinen Töpfen und Pfannen, wirst du auf Deck gebraucht. Halt dich bereit, wenn du gerufen wirst.“

„Hump,“ sagte er, als er den bewundernden Blick bemerkte, den ich auf ihn warf, „das ist besser als Whisky, und da versagen auch Ihre Dichter.“

Der westliche Himmel war unterdessen finster geworden. Die Sonne war verdunkelt und unsern Blicken entzogen. Es war zwei Uhr nachmittags, und ein geisterhaftes Zwielicht hatte sich, hier und dort von purpurnen Strahlen durchschossen, auf uns herabgesenkt. In diesem purpurnen Licht erglühte das Gesicht Wolf Larsens, und meine aufgeregte Phantasie umgab ihn mit einem Heiligenschein. Wir lagen inmitten einer unirdischen Stille, während alles um uns Töne und Bewegung verkündete. Die drückende Hitze war unerträglich geworden. Der Schweiß stand mir auf der Stirn, und ich fühlte ihn an meiner Nase herabträufeln. Mir war, als sollte ich ohnmächtig werden, und ich griff nach der Reling, um einen Halt zu finden. Und gerade da kam ein ganz, ganz schwaches Lüftchen. Es kam von Osten, kam wie ein leises Säuseln und ging wieder. Die schlaffen Segel bewegten sich nicht, und doch hatte mein Gesicht den Luftzug gespürt und eine Kühlung empfunden.

„Köchlein", rief Wolf Larsen mit leiser Stimme. Thomas Mugridge erschien mit einer erbarmenswert kläglichen Miene. „Nimm die Focktalje und halt sie quer, und wenn die Schoot glatt geht, dann ist es gut, und du kommt hübsch mit der Talje her. Und wenn du Unsinn machst, dann wird es der letzte sein, den du je gemacht hast. Verstanden?"

„Herr van Weyden, halten Sie sich fertig, die Vorsegel übergehen zu lassen. Dann springen Sie nach oben und breiten die Toppsegel aus, so schnell es mit Gottes Hilfe geschehen kann – –, je schneller Sie machen, desto leichter geht es. Und wenn der Koch nicht fix macht, dann geben Sie ihm eins zwischen die Augen. Ich verstand das Kompliment und war froh, daß keine Drohungen meine Unterweisungen begleiteten. Wir lagen hart nach Nordwest, und es war seine Absicht, beim ersten Windstoß zu halsen.

„Wir kriegen die Brise in die Dillen", erklärte er mir. „Nach den letzten Schüssen müssen die Boote sich nach südwärts gewandt haben."

Er drehte sich um und schritt nach achtern ans Rad. Ich ging nach vorn und stellte mich an den Klüver. Ein zweites Lüftchen kam und ging, und noch eines. Die Leinwand schwang sich träge.

„Gott sei Dank, es kommt nicht auf einmal, Herr van Weyden!" lautete der inbrünstige Stoßseufzer des Cockneys.

Und ich war in der Tat dankbar, denn ich hatte inzwischen genug gelernt, um zu wissen, was für ein Unglück geschehen konnte, wenn in einem solchen Falle alle Segel gesetzt waren. Das Säuseln wurde zu Windstößen, die Segel blähten sich, die „Ghost" bewegte sich. Wolf Larsen packte das Rad, drehte es hart nach Backbord, und wir begannen abzufallen. Der Wind kam jetzt direkt von achtern, knurrend und mit immer stärkeren Stößen, daß meine Toppsegel lustig flatterten. Ich sah nicht, was anderswo vorging, wenn ich auch an dem plötzlichen Rollen und Überkrengen des Schoners und an dem Umstand, daß der Wind jetzt von der andern Seite kam, merkte, daß Fock- und Großsegel herumgeschwungen waren. Ich hatte alle Hände voll zu tun mit Klüver und Stagsegel, und als dieser Teil meiner Aufgabe gelöst war, sprang die „Ghost" nach Südwest, den Wind in den Dillen, und alle Schoote steuerbord. Ohne Atem zu schöpfen – obwohl mein Herz vor Anstrengung wie ein Hammerwerk schlug – sprang ich zu dem Toppsegel hinauf, und ehe der Wind zu stark geworden war, hatten wir sie gesetzt und standen wieder auf Deck. Dann ging ich nach achtern, um weitere Befehle entgegenzunehmen.

Wolf Larsen nickte beifällig und überließ mir das Rad. Der Wind nahm beständig zu, und die See stieg. Eine Stunde lang steuerte ich, und in dieser Stunde wurde es mit jedem Augenblick schwerer. Ich hatte keine Übung, bei der Schnelligkeit, mit der wir jetzt fuhren, und mit dem Wind in den Dillen, zu steuern. „Jetzt gehen Sie mit dem Glas nach oben und sehen Sie, einige von den Booten zu finden. Wir haben wenigstens zehn Knoten gemacht und machen jetzt zwölf bis dreizehn. Das alte Mädel weiß, was es zu tun hat." Ich kletterte auf die vorderen Dwarssalinge, einige siebzig Fuß über dem Deck. Wie ich über die weite Fläche vor mir blickte, wurde mir die Notwendigkeit klar, daß wir eilen mußten, wenn wir überhaupt noch jemand von der Mannschaft finden wollten. Beim Anblick der schweren See, die wir durchfuhren, zweifelte ich tatsächlich, daß sich noch ein Boot auf dem Meere befand. Es schien mir unmöglich, daß ein so gebrechliches Fahrzeug diesem Ansturm von Wind und Wogen widerstehen könnte.

Ich konnte die volle Gewalt des Sturmes nicht fühlen, denn wir liefen mit ihm; aber von meinem luftigen Sitze sah ich auf die „Ghost" hinunter und sah ihre Form sich im Fahren scharf von der schäumenden See abheben. Zuweilen hob sie sich und durchschnitt eine schwere Woge, daß die Steuerbordreling verschwand und das Deck bis zu den Luken von dem kochenden Ozean bedeckt war. Dann konnte ich infolge des Rollens nach Luv plötzlich mit schwindelerregender Schnelligkeit durch die Luft sausen, als ob ich am Ende eines ungeheuren, umgekehrten Pendels hing, dessen Schwingungen siebzig Fuß oder noch mehr betrugen.

Einmal überwältigte mich das Entsetzen über dies schwindelnde Kreisen, und sekundenlang klammerte ich mich mit Händen und Füßen an, schwach und zitternd, unfähig, das Meer nach den vermißten Booten abzusuchen, und ohne etwas anderes von ihm zu wissen, als daß es brüllend unter mir die „Ghost“ zu überwältigen suchte.

Aber der Gedanke an die Männer dort draußen rüttelte mich auf, und in der Suche nach ihnen vergaß ich mich selber. Eine Stunde lang sah ich nichts als das öde, trostlose Meer. Da erblickte ich an einer Stelle, wo ein unsteter Lichtstrahl den Ozean traf und die Oberfläche in schäumendes Silber verwandelte, einen kleinen schwarzen Punkt, der in einem Augenblick himmelwärts geschleudert wurde und dann verschwand. Ich wartete geduldig. Wieder tauchte der schwarze Punkt in dem silbernen Gischt, ein paar Striche backbord vorm Bug, auf. Ich versuchte nicht erst zu rufen, sondern übermittelte Wolf Larsen die Nachricht durch Schwingen der Arme. Er änderte den Kurs, und als der Punkt sich jetzt gerade voraus zeigte, signalisierte ich, daß es stimmte.

Der Punkt wuchs, und zwar so schnell, daß ich erst jetzt unserer eigenen Schnelligkeit ganz innewurde. Wolf Larsen machte mir Zeichen, hinunterzukommen, und als ich neben ihm am Rade stand, unterwies er mich, wie ich brackbassen sollte.

„Machen Sie sich darauf gefaßt, daß die ganze Hölle losbricht“, warnte er mich, „aber kümmern Sie sich nicht darum. Sie haben Ihre Arbeit zu tun und lassen Köchlein an der Fockschoot stehen.“

Ich bahnte mir meinen Weg nach vorn, aber es war kein großer Unterschied, welche Seite ich benutzte, da die Luvreling genau wie die Leeseite unter Wasser begraben wurde. Nachdem ich Thomas Mugridge angewiesen hatte, was er tun sollte, kletterte ich einige Fuß hoch in die vordere Takelung. Das Boot war jetzt ganz nahe, und ich konnte genau sehen, wie es mit dem Bug gerade im Winde lag und Mast und Segel über Bord geworfen hatte und treiben ließ, um sie als Seeanker zu benutzen. Die drei Männer schöpften das Wasser aus. Jede Woge entzog sie dem Blick, und ich wartete erregt und von der Furcht gepackt, sie nie wieder auftauchen zu sehen. Das Boot konnte plötzlich auf einem schäumenden Wellenkamm in die Luft schießen, daß der Bug himmelwärts zeigte und ich den ganzen Boden sah, bis es auf dem Heck zu stehen schien. Dann sah ich einen Augenblick die mit wahnsinniger Hast schöpfenden Männer. In der nächsten Sekunde stürzte das Boot vornüber in das gähnende Tal, und die ganze Seite mit dem Achterende stand senkrecht in die Luft. Jedesmal, wenn es wieder zum Vorschein kam, erschien es mir wie ein Wunder.

Die „Ghost“ änderte plötzlich ihren Kurs und hielt ab, und mich durchfuhr der Gedanke, Wolf Larsen könne die Rettung als unmöglich aufgegeben haben. Dann aber sah ich, daß er sich fertig machte, beizudrehen, und sprang aufs Deck, um bereit zu sein. Wir lagen jetzt gerade vor dem Wind, und das Boot befand sich in der gleichen Höhe wie wir. Ich fühlte, wie wir plötzlich stillstanden, eine schnelle, drehende Bewegung, und wir fuhren gerade in den Wind hinein. Als wir im rechten Winkel lagen, packte uns der Wind (dem wir bisher weggelaufen waren) mit voller Gewalt. Unglücklicherweise kehrte ich ihm zufällig das Gesicht zu. Wie eine Mauer prallte er gegen mich an und füllte mir die Lunge mit Luft, die ich nicht imstande war, auszuatmen. Ich wollte ersticken – da krengte die „Ghost“ nach vorn über, und in diesem Augenblick sah ich, wie eine ungeheure See sich hoch über meinem Kopfe erhob. Ich wandte mich seitwärts, schöpfte tief Atem und blickte wieder hin. Die Woge überragte die „Ghost“, und ich blickte gerade zu ihr empor. Ein Sonnenstrahl streifte den brechenden Rand, und ich sah einen halb durchsichtigen, grünen Schimmer mit milchiger Schaumkante.

Dann kam sie herab. Die Hölle brach los – alles geschah auf einmal. Ich erhielt einen zermalmenden, betäubenden Schlag, der mich jedoch nicht an einer bestimmten Stelle, sondern am ganzen Körper traf. Ich verlor den Halt, ich war unter Wasser, und mir fuhr der Gedanke durch den Kopf, daß jetzt das Furchtbare kam: ich sollte über Bord gespült werden! Mein Körper wurde hilflos hin und her, um und um geschleudert, gestoßen und zerhämmert, und als ich den Atem nicht länger anhalten konnte, drang mir das beißende Salzwasser in die Lunge. Aber in allem hatte ich nur einen Gedanken: den Klüver nach Luv bringen. Ich hatte keine Furcht vor dem Tode. Ich zweifelte nicht, daß ich irgendwie durchkommen mußte. Und während der Gedanke, Wolf Larsens Befehl auszuführen, ununterbrochen meinem betäubten Bewußtsein vorschwebte, schien mir, als könnte ich ihn mitten in dem wilden Chaos am Rade stehen sehen, wie er seinen Willen dem Sturm entgegenstemmte und ihm Trotz bot.

Ich stieß hart gegen etwas, das ich für die Reling hielt, und atmete wieder frische Luft. Ich versuchte, mich zu erheben, stieß mir aber heftig den Kopf und wurde auf Hände und Füße zurückgeschleudert. Durch einen glücklichen Zufall war ich unter den Backkopf und in eine Tauschlinge gefegt worden. Als ich auf allen vieren herauskroch, stieß ich auf Thomas Mugridge, der als ein stöhnendes

Häufchen Elend dalag. Aber ich hatte keine Zeit zu verlieren, ich mußte den Klüver nach Luv bringen.

Als ich wieder nach vorn kam, schien das Ende gekommen. Auf allen Seiten ertönte Knirschen und Krachen von Holz, Eisen und Leinwand. Die „Ghost“ wurde zerrissen und zerfetzt. Fock und Toppsegel, die bei dem Manöver aus dem Wind gekommen waren und aus Mangel an Leuten nicht rechtzeitig geborgen werden konnten, rissen mit Donnerkrachen in Fetzen, während der schwere Baum von Reling zu Reling schlug und zersplitterte. Die Luft war schwarz von Schiffstrümmern; losgerissene Taue und Stags zischten und wanden sich wie Schlangen, und mitten in das Gewirr krachte die Fockgaffel.

Der Baum konnte mich nur um wenige Zoll verfehlt haben, und das brachte mich wieder zur Besinnung. Vielleicht war die Lage doch noch nicht hoffnungslos. Ich erinnerte mich der Worte Wolf Larsens. Er hatte erwartet, daß die Hölle losbrechen würde, und nun war es so weit. Aber wo war er? Ich erblickte ihn, wie er das Großsegel mit seinen entsetzlichen Muskeln einholte. Das Heck des Schoners hob sich hoch in die Luft, und ich sah seinen Körper sich gegen eine weiße Sturzsee abzeichnen, die schnell vorbeischoß. Alles dies, und vielleicht noch mehr – eine ganze Welt von Chaos und Trümmern – sah, hörte und begriff ich in vielleicht fünfzehn Sekunden.

Ich hielt mich nicht damit auf, zu sehen, was aus dem kleinen Boot geworden war, sondern sprang an den Klüver. Der begann zu flattern, straffte sich und erschlaffte mit scharfem Knattern. Aber durch Anziehen der Schoot und mit Aufbietung aller meiner Kräfte brachte ich ihn langsam zurück, indem ich immer einen Augenblick benutzte, wenn er schlaff war. Das weiß ich: Ich tat mein Bestes. Ich zog, daß mir das Blut unter den Nägeln herausspritzte, und während ich arbeitete, rissen Außenklüver und Stagsegel donnernd in Fetzen.

Immer weiter hahlte ich, das Gewonnene mit einer Doppelschlinge haltend, bis ich beim nächsten Schlaffwerden weiterzog. Dann gab der Klüver plötzlich leichter nach; Wolf Larsen stand neben mir und hahlte allein weiter, während ich das Segel festmachte.

„Machen Sie schnell!“ rief er laut, „und kommen Sie!“ Ich folgte ihm und bemerkte, daß trotz Vernichtung und Verderben noch eine gewisse Ordnung herrschte. Die „Ghost“ drehte bei. Sie war immer noch seetüchtig. Waren auch die andern Segel fort, so hielt sich das Schiff, da der Klüver nach Luv gebracht und das Großsegel flach niedergeholt war, doch noch mit dem Bug gegen die wütende See.

Ich blickte mich nach dem Boote um, und während Wolf Larsen die Bootstalje klarmachte, sah ich, wie es sich in Lee, keine zwanzig Fuß entfernt, auf einer großen Woge hob. Und so genau hatte Wolf Larsen seine Maßnahmen berechnet, daß wir gerade darauf zutrieben, so daß wir nichts zu tun hatten, als die Taljen an jedem Ende einzuhaken und das Boot an Bord zu heißen. Aber das war leichter gesagt als getan. Im Bug stand Kerfoot, während Oofty-Oofty am Heck und Kelly mittschiffs standen. Als wir näher trieben, wurde das Boot von einer Woge gehoben, und wir sanken in das Wellental, bis ich gerade vor mir die drei Männer die Köpfe beugen und nach uns auslugen sah. Im nächsten Augenblick wurden wir gehoben und emporgeschwungen, während sie tief hinabsanken. Es mußte fast ein Wunder geschehen, wenn die nächste See nicht die „Ghost“ auf die winzige Eierschale niederschmettern sollte.

Aber da warf ich dem Kanaken, Wolf Larsen vorn Kerfoot das Tau zu. Beide Taue waren in einem Nu eingehakt, und die drei Männer nahmen gewandt den richtigen Augenblick und sprangen gleichzeitig an Bord des Schoners. Als die „Ghost“ sich jetzt seitwärts überlegte, wurde das Boot an der Schiffswand aus dem Wasser gehoben, und ehe wir wieder hinüberkrengten, hatten wir es schon an Bord geheißt und kieloben auf das Deck gelegt. Ich bemerkte, daß Kerfoots linke Hand von Blut troff. Sein Mittelfinger war zu Brei zerquetscht worden. Aber er gab kein Zeichen des Schmerzes und half uns mit der rechten Hand, das Boot auf seinem Platz festzumachen.

„Bring' den Klüver rüber, Oofty!“ befahl Wolf Larsen, als wir eben mit dem Boot fertig waren. „Kelly, komm nach achtern und laß das Großsegel locker! Und du, Kerfoot, geh nach vorn und sieh, was aus Köchlein geworden ist! Herr van Weyden, gehen Sie nach oben und schneiden Sie alles lose Zeug weg, das Ihnen in die Quere kommt!“

Und nachdem er seine Befehle erteilt hatte, sprang er in seiner eigentümlichen, tigerhaften Weise nach achtern zum Rade. Während ich mühsam die Wanten zum Fockmast hinaufkletterte, setzte sich die „Ghost“ langsam in Bewegung. Als wir diesmal ins Wellental sanken und von Sturm und See herumgeschleudert wurden, konnten keine Segel mehr eingeholt werden, und auf halbem Wege zu den Dwarssalingen wurde ich durch die Gewalt des Windes so gegen die Takelung gepreßt, daß es mir unmöglich gewesen wäre, zu fallen. Die „Ghost“ lag fast ganz auf der Seite, und die Masten standen parallel zum Wasser, so daß ich, wenn ich das Deck der „Ghost“ sehen wollte, nicht hinunter, sondern beinahe im rechten Winkel blicken mußte. Aber ich sah das Deck gar nicht, denn dort, wo es hätte sein sollen, war nichts als kochendes Wasser, aus dem nur zwei Masten herausragten; das war alles. Einen Augenblick war die „Ghost“ ganz unter dem Meere begraben. Als sie jetzt allmählich vor den Wind ging und der seitliche Druck geringer wurde, richtete sie sich langsam auf, und ihr Deck durchbrach wie ein Walrücken die Meeresfläche.

Dann rasten wir über die wilde stürmische See, während ich wie eine Fliege in den Salingen hing und nach den andern Booten ausspähte. Nach einer halben Stunde sichtete ich das zweite. Es trieb kieloben, und Jock Horner, der dicke Louis und Johnson klammerten sich verzweifelt daran fest. Diesmal blieb ich in der Takelung, und es gelang Wolf Larsen, beizudrehen, ohne den Halt zu verlieren. Wie zuvor trieben wir hin. Taljen wurden festgemacht und Taue den Männern zugeworfen, die wie Affen an Bord kletterten. Das Boot selbst wurde, als es an Bord gezogen wurde, an der Schiffswand zerschmettert, aber das Wrack befestigten wir sicher, denn es konnte ausgebessert und wieder seeklar gemacht werden.

Wieder drehte sich die „Ghost“ in den Wind, und diesmal tauchte sie so tief ins Meer, daß ich einige Sekunden dachte, sie würde nie wieder zum Vorschein kommen. Selbst das Steuerrad, das ein ganz Teil höher als das Mitteldeck angebracht war, verschwand immer wieder unter den Wellen. In solchen Augenblicken hatte ich ein seltsames Gefühl, allein mit Gott zu sein, allein mit ihm und dem Chaos, das sein Zorn verursacht hatte. Dann tauchte das Rad wieder auf, und dahinter die breiten Schultern Wolf Larsens, seine Hände, die in die Spaken griffen und den Schoner in den Kurs zwangen, den er wollte. Er selbst ein irdischer Gott, der den Sturm beherrschte, das herabstürzende Wasser von sich abschleuderte und sein Fahrzeug ritt, wohin er wollte! Ach, welch ein Wunder! Daß winzige Menschlein leben, atmen, schaffen und ein so gebrechliches Ding aus Holz und Leinwand durch diesen furchtbaren Kampf der Elemente führen konnten.

Wie zuvor schwang sich die „Ghost“ aus dem Schlund herauf, hob ihr Deck über das Wasser und jagte vor dem heulenden Sturm dahin. Es war jetzt halb sechs, und eine halbe Stunde später, als das letzte Tageslicht einem unheimlichen, trüben Zwielicht wich, sah ich das dritte Boot. Es trieb kieloben, und von der Mannschaft war nichts zu sehen. Wolf Larsen wiederholte sein

Manöver, hielt ab, drehte dann nach Luv und ließ sich hintreiben. Aber diesmal verfehlte er das Boot um vierzig Fuß, und es trieb vorbei.

„Boot vier", rief Oofty-Oofty, dessen scharfe Augen in der Sekunde, als es, kieloben, aus dem Gischt auftauchte, die Nummer erspäht hatten.

Es war Hendersons Boot, und zugleich mit ihm hatten wir Holyak und Williams, einen der Vollmatrosen, verloren. Über ihr Schicksal konnte kein Zweifel herrschen, aber das Boot schwamm hier, und Wolf Larsen wollte noch einen verwegenen Versuch machen, es wiederzuerlangen. Ich war aufs Deck heruntergekommen und sah, wie Horner und Kerfoot vergebens gegen den Versuch protestierten.

„Bei Gott! Ich lasse mir mein Boot nicht stehlen – und wenn die ganze Hölle los wäre!" rief er laut, und obgleich wir alle vier die Köpfe zusammensteckten, um besser zu hören, klang seine Stimme nur schwach und wie aus ungeheurer Ferne.

„Herr van Weyden!" rief er, und ich hörte seine Stimme wie ein schwaches Flüstern, „bleiben Sie mit Johnson und Oofty am Klüver. Die andern achtern an die Großschoot! Los, oder ich fahre geradeswegs mit euch in die andere Welt! Verstanden?"

Und da er das Ruder hart umlegte und die „Ghost" sich drehte, blieb den Jägern nichts übrig, als zu gehorchen und zu helfen, das kühne Wagnis nach Möglichkeit zu einem guten Abschluß zu bringen. Wie groß die Gefahr war, kam mir zum Bewußtsein, als ich nochmals unter den zermalmenden Seen begraben wurde und mich, mit dem Tode ringend, an die Nagelbank am Fuße des Großmastes klammerte. Meine Finger verloren ihren Halt, und ich wurde über Bord ins Meer gefegt. Schwimmen war unmöglich, aber ehe ich sinken konnte, war ich schon wieder zurückgeschwemmt. Eine starke Hand packte mich, und als die „Ghost" endlich wieder auftauchte, sah ich, daß ich mein Leben Johnson verdankte. Er spähte ängstlich umher, und ich bemerkte, daß Kelly, der im letzten Augenblick nach vorn gekommen war, fehlte.

Wolf Larsen hatte das Boot verfehlt, die Lage hatte sich geändert, und so mußte er seine Zuflucht zu einem andern Manöver nehmen. Da wir mit dem Wind und allen Segeln nach Steuerbord liefen, kam er herum und halste backbord zurück.

„Großartig!“ rief Johnson mir ins Ohr, als wir glücklich die Überschwemmung, die notwendige Folge des Manövers, überstanden hatten, und ich wußte, daß sein Ausruf sich nicht auf die seemännische Tüchtigkeit Wolf Larsens, sondern auf die Leistung der „Ghost“ selbst bezog.

Es war jetzt so dunkel, daß von dem Boote nichts mehr zu sehen war. Wolf Larsen aber führte, wie durch einen unfehlbaren Instinkt geleitet, das Ruder. Obwohl wir immer halb unter Wasser waren, wurden wir diesmal in kein Wellental hinuntergeschwemmt, sondern trieben geradeswegs auf das Boot zu, das, freilich arg beschädigt, an Bord geheißt wurde. Es folgten zwei Stunden furchtbarer Anstrengung. Wir alle an Bord – zwei Jäger, drei Matrosen, Wolf Larsen und ich – refften zuerst den Klüver, dann das Großsegel. Beigedreht und mit so wenig Leinwand war das Deck einigermaßen trocken, und die „Ghost“ wippte wie ein Kork auf den Seen.

Ich hatte mir gleich im Anfang die Haut von den Fingern gerissen, und beim Reffen hatte ich vor Schmerz kaum die Tränen zurückhalten können. Als jetzt alles getan war, ließ ich mich wie ein Weib gehen und warf mich, jammernd vor Schmerz und Erschöpfung, aufs Deck.

Unterdessen war Thomas Mugridge wie eine ertrunkene Ratte unter dem Backkopf hervorgezogen worden, wo er sich feige verkrochen hatte. Als er achtern nach der Kajüte geschleppt wurde, sah ich plötzlich zu meinem Schrecken, daß die Kombüse verschwunden war. Wo sie gestanden hatte, war klar Deck.

In der Kajüte fand ich alle Mann, auch die Matrosen, versammelt, und während der Kaffee auf dem kleinen Ofen gekocht wurde, tranken wir Whisky und kauten Zwiebäcke. Nie im Leben war mir Essen so willkommen gewesen, und nie hatte mir heißer Kaffee so geschmeckt. So gewaltig rollte und stieß die „Ghost“, daß selbst die Matrosen sich nicht bewegen konnten, ohne sich festzuhalten, und daß wir mehrmals unter allgemeinem Geschrei nach Backbord an die Wand geschleudert wurden, als hätten wir uns an Deck befunden.

„Zum Teufel mit dem Ausguck!“ hörte ich Wolf Larsen sagen, als wir uns satt gegessen und getrunken hatten. „An Deck kann doch nichts mehr gemacht werden. Wenn jemand uns überrennen will, können wir ihm doch nicht ausweichen. Alle Mann in die Kojen, und versucht ein bißchen zu schlafen!“

Die Matrosen kämpften sich nach vorn und setzten unterwegs die Seitenlichter, während die beiden Jäger zum Schlafen in der Kajüte blieben, da es nicht ratsam war, die Zwischendeckslupe zu öffnen. Wolf Larsen und ich amputierten gemeinsam Kerfoots zerschmetterten Finger und vernähten die Wunde. Mugridge, der die ganze Zeit, während er Kaffee machen und aufwarten mußte, über innere Schmerzen geklagt hatte, schwor jetzt, daß er zwei oder drei Rippen gebrochen hätte. Aber er mußte bis zum nächsten Tage warten, zumal ich nichts von gebrochenen Rippen verstand und erst darüber nachlesen mußte.

„Ich finde nicht, daß es das wert war," sagte ich zu Wolf Larsen, „ein zersplittertes Boot für Kellys Leben!"

„Kelly war nicht viel wert", lautete die Antwort. „Gute Nacht!"

Nach allem, was sich ereignet hatte, bei fast unerträglichen Schmerzen in den Fingerspitzen und den Gedanken an die drei vermißten Boote, gar nicht zu reden von den wilden Sprüngen, die die „Ghost" machte, hätte ich nicht geglaubt, daß es möglich gewesen wäre, zu schlafen. Aber meine Augen müssen sich in demselben Augenblick geschlossen haben, als mein Kopf das Kissen berührte, und in äußerster Erschöpfung schlief ich die ganze Nacht, während sich die „Ghost", einsam und ungeleitet, ihren Weg durch den Sturm erkämpfte.

Am nächsten Tage paukten Wolf Larsen und ich, während der Sturm sich austobte, schnell Anatomie und Chirurgie und setzten Mugridges Rippen wieder zurecht. Als dann die Gewalt des Orkans gebrochen war, kreuzte Wolf Larsen über die Stelle, wo er uns überrascht hatte, zurück, und fuhr dann, während die Boote ausgebessert und neue Segel gemacht wurden, etwas weiter nach Westen. Ein Robbenschoner nach dem andern wurde gesichtet und geprait; die meisten hatten Boote und Mannschaften an Bord, die sie aufgelesen hatten und die ihnen nicht gehörten. Der größte Teil der Flotte hatte sich westlich von uns befunden, und die weit verstreuten Boote hatten in wilder Flucht den ersten besten Zufluchtsort aufgesucht.

Zwei unserer Boote mit wohlbehaltener Mannschaft nahmen wir von der „Cisco" über, und zu Wolf Larsens großer Freude und meinem Schmerz las er Smoke, Nilson und Leach von der „San Diego" auf. So waren wir nach fünf Tagen, nur um vier Mann ärmer – Henderson, Holoyak, Williams und Kelly – wieder hinter den Herden her.

Wir verfolgten sie weiter nordwärts, und nun trafen wir auf die gefürchteten Seenebel, Tag auf Tag wurden die Boote hinuntergefiert und verschwanden, fast ehe sie noch das Wasser berührt hatten. Wir an Bord stießen in regelmäßigen Zwischenräumen ins Horn und gaben alle fünfzehn Minuten Signalschüsse ab.

Beständig wurden Boote verloren und wiedergefunden, und es war üblich, mit dem ersten besten fremden Schoner zu jagen, der das Boot aufnahm, bis der eigene Schoner gefunden war. Da Wolf Larsen jedoch ein Boot fehlte, ergriff er Besitz von dem ersten fremden, das uns in die Quere kam, zwang die Mannschaft, auf der „Ghost“ zu bleiben und erlaubte ihnen nicht, zurückzukehren, als wir ihren eigenen Schoner sichteten. Ich weiß noch, wie er dem Jäger und seinen beiden Leuten das Gewehr auf die Brust setzte und sie nach unten trieb, als ihr Kapitän uns passierte und praite, um nach ihnen zu fragen.

Thomas Mugridge, der sich so seltsam und hartnäckig ans Leben klammerte, humpelte wieder herum und kam seinen zweifachen Pflichten als Koch und Kajütsjunge nach. Johnson und Leach wurden schlimmer behandelt als je, und sie erwarteten, daß mit der Jagdzeit auch ihr Leben zu Ende sein würde. Aber auch die übrige Mannschaft lebte ein wahres Hundeleben unter ihrem erbarmungslosen Herrn. Ich selbst kam ganz gut mit Wolf Larsen aus, obgleich ich nie den Gedanken loswerden konnte, daß ich am richtigsten handeln würde, wenn ich ihn tötete. Er übte einen ungeheuren Zauber auf mich aus, und ich fürchtete ihn grenzenlos. Und doch konnte ich mir nicht vorstellen, daß er tot hingestreckt daliegen sollte. Es war ein Hauch von Ewigkeit über ihm. Immerwährende Jugend umwehte ihn und verscheuchte das Bild. Ich konnte ihn mir nur immer lebend vorstellen, immer herrschend, kämpfend und vernichtend, alles überlebend.

Eine seiner Zerstreuungen war, wenn wir mitten in einer Robbenherde lagen und die See zu hoch ging, um die Boote niederzulassen, selbst mit zwei Pullern und einem Steurer hinauszugehen. Er war ein guter Schütze und erbeutete viele Felle unter Verhältnissen, die die Jäger einfach unmöglich nannten. Aber er schien gerade seine Freude daran zu finden, sein Leben auf diese Weise aufs Spiel zu setzen und gegen fast unüberwindliche Schwierigkeiten anzukämpfen.

Ich lernte immer mehr von der Navigation, und an einem schönen Tage – etwas, was uns jetzt selten begegnete – erlebte ich die Befriedigung, selbst die „Ghost“ führen, steuern und die Boote auflesen zu dürfen.

Wolf Larsen war von seinen Kopfschmerzen befallen, und so stand ich nun von morgens bis abends am Rade, kreuzte über das Meer nach dem letzten Leeboot, legte bei und nahm dieses und die andern fünf auf, und das alles ohne Kommando oder Anweisung von dem Kapitän.

Hin und wieder wehte es steif, denn wir waren in eine stürmische Breite gekommen, und Mitte Juni erlebten wir einen Taifun, der sehr denkwürdig für mich und bedeutungsvoll für meine ganze Zukunft werden sollte. Wir wären fast von dem Zentrum des Wirbelsturms gepackt worden, und Wolf Larsen lief nach Süden davon, zuerst mit doppelt gerefftem Klüver und zuletzt mit gänzlich gestrichenen Segeln. Nie hatte ich gedacht, daß es so ungeheure Wogen geben könnte! Die Wellen, denen wir bisher begegnet waren, erschienen im Vergleich zu ihnen wie sanftes Gekräusel. Von Kamm zu Kamm maßen sie wohl eine halbe Meile, und ich bin fest überzeugt, daß sie unsern Topp überragten. So gewaltig waren sie, daß selbst Wolf Larsen nicht beizudrehen wagte, obgleich wir Gefahr liefen, weit nach Süden und aus den Robbengründen getrieben zu werden.

Wir mußten etwa bis in die Route der Transpazifik-Linie gekommen sein, und als der Taifun nachließ, befanden wir uns zur Überraschung der Jäger inmitten einer großen Robbenherde – einer Art Nachhut, wie sie erklärten, etwas sehr Seltenes. Aber die Folge war, daß den ganzen Tag die Büchsen knallten und die Tiere mitleidslos abgeschlachtet wurden.

Gegen Abend näherte Leach sich mir. Ich war gerade damit fertig, die Häute zu zählen, die das letzte Boot an Bord gebracht hatte, als er in der Dunkelheit neben mich trat und leise fragte:

„Herr van Weyden, können Sie mir sagen, wie weit wir von der Küste entfernt sind und in welcher Richtung Yokohama liegt?“

Mein Herz hüpfte vor Freude, denn ich wußte, was er vorhatte, und ich gab ihm die Richtung an: „500 Meilen West-Nord-West.“

„Danke!“ Mehr sagte er nicht, und dann schlüpfte er wieder ins Dunkel zurück.

Am nächsten Morgen wurde Boot 3 mit Johnson und Leach vermißt. Gleichzeitig fehlten die Wasserfässer und Eßkisten aller andern Boote und Bettzeug und Seesäcke der beiden Männer. Wolf Larsen raste. Er setzte Segel und fuhr nach West-Nord-West, immer zwei Jäger im Ausguck, während er selbst wie ein zorniger Löwe auf Deck auf und ab schritt. Er kannte meine Sympathie mit den Flüchtlingen zu gut, als daß er mich in den Ausguck geschickt hätte.

Der Wind war günstig, wenn auch unbeständig, aber mir schien, daß man ebensogut eine Stecknadel in einem Heuschober, wie das winzige Boot in dieser blauen Unendlichkeit hätte suchen können. Er holte jedoch alles aus der „Ghost“

heraus, um die Flüchtlinge vom Lande abzuschneiden, und als er das erreicht zu haben meinte, kreuzte er hin und her in der Überzeugung, irgendwo auf sie zu stoßen.

Am dritten Morgen, kurz vor acht, rief Smoke vom Mast herab, daß das Boot in Sicht sei. Alles stürzte an die Reling. Eine scharfe Brise wehte aus West, und es schien noch mehr Wind aufzukommen. Und dort, in Lee, in dem bewegten Silberschein der aufgehenden Sonne, kam und ging ein schwarzer Fleck.

Wir braßten vierkant und fuhren auf ihn zu. Mein Herz war schwer wie Blei. Schlimme Ahnungen machten mich krank, und als ich den Triumph in Wolf Larsens Augen schimmern sah, drehte sich alles vor mir, und ich fühlte den fast unwiderstehlichen Drang, mich auf ihn zu stürzen. Ich weiß, daß ich in halber Betäubung ins Zwischendeck schlüpfte und gerade mit einer geladenen Büchse in der Hand wieder hinaufsteigen wollte, als ich den erstaunten Ruf hörte:

„Es sind fünf Mann im Boot!"

Schwach und zitternd lehnte ich mich an die Wand und hörte, wie Smokes Beobachtung jetzt von den andern bestätigt wurde. Dann versagten mir die Knie, und ich sank zu Boden. Ich war wieder zu mir gekommen, aber mich erschütterte das Bewußtsein dessen, was ich fast getan hätte. Mit großer Erleichterung stellte ich das Gewehr wieder an seinen Platz und schlich mich an Deck zurück.

Niemand hatte meine Abwesenheit bemerkt. Das Boot war jetzt nahe genug, um uns erkennen zu lassen, daß es größer als die üblichen Robbenfängerboote und von einem andern Typ war. Als wir uns näherten, wurde das Segel eingeholt und der Mast umgelegt. Riemen kamen zum Vorschein, und die Leute warteten offenbar, daß wir beidrehen und sie an Bord nehmen sollten.

Smoke, der auf das Deck herabgestiegen war und jetzt neben mir stand, begann bedeutungsvoll zu kichern. Ich blickte ihn fragend an.

„Bunte Gesellschaft", gluckste er.

„Was ist los?" fragte ich.

Er gluckste wieder. „Sehen Sie nicht, dort im Stern am Boden? Ich will nie wieder eine Robbe schießen, wenn das nicht eine Frau ist!"

Ich blickte näher hin, konnte jedoch nichts Genaues erkennen. Da ertönten von allen Seiten erstaunte Ausrufe. Im Boot befanden sich vier Männer, der fünfte Insasse aber war zweifellos eine Frau. Wir befanden uns in einer ungeheuren Aufregung – wir alle, außer Wolf Larsen, der offensichtlich enttäuscht war, daß er nicht sein eigenes Boot mit den Opfern seiner Niedertracht vor sich hatte.

Wir holten den Außenklüver ein, brachten die Klüverschoot nach Luv, ließen das Großsegel flach gehen und kamen in den Wind. Die Riemen senkten sich ins Wasser, und nach einigen Schlägen war das Boot längsseits. Jetzt erblickte ich die Frau zum erstenmal. Sie war in einen langen Überzieher gehüllt, denn der Morgen war rauh, und ich konnte nichts von ihr sehen als ihr Gesicht und eine Fülle hellbraunen Haares, das unter dem Südwester, den sie auf dem Kopfe trug, hervorquoll. Die Augen waren groß, braun und strahlend, der Mund sinnlich und das Antlitz selbst ein zartes Oval, das die Sonne und der salzige Wind jetzt allerdings rotgebrannt hatten.

Sie erschien mir wie ein Wesen aus einer andern Welt. Ich spürte, daß mich nach ihr verlangte wie den Hungernden nach Brot. Hatte ich doch so lange, lange keine Frau mehr gesehen! Ich weiß, ich verlor mich so sehr in Bewunderung, fast in Betäubung, daß ich mich selbst und meine Pflichten als Steuermann vergaß und mich nicht daran beteiligte, den Bootsinsassen an Bord zu helfen. Als einer der Matrosen sie in die herabgestreckten Arme Wolf Larsens hob, blickte sie in unsere neugierigen Gesichter und lächelte, wie nur eine Frau lächeln kann, und wie ich so lange niemand hatte lächeln sehen, daß ich vergessen hatte, daß es überhaupt ein solches Lächeln gab.

„Herr van Weyden!“

Die scharfe Stimme Wolf Larsens brachte mich wieder zu mir.

„Wollen Sie die Dame nach unten bringen und für ihre Bequemlichkeit sorgen. Setzen Sie die freie Backbordkajüte in Stand. Lassen Sie es Köchlein tun. Und sehen Sie, was Sie für ihr Gesicht tun können. Es ist arg verbrannt.“

Er machte kurz kehrt und begann die Männer zu verhören.

Das Boot war Wind und Wellen preisgegeben gewesen, was einer von ihnen eine blutige Schande nannte, da Yokohama so nahe war.

Ich fühlte eine seltsame Befangenheit dieser Frau gegenüber, die ich jetzt nach achtern brachte. Ich war feige. Zum erstenmal wurde ich gewahr, was für ein zartes, gebrechliches Geschöpf eine Frau ist, und als ich ihren Arm faßte, um ihr die Kajütstreppe hinunterzuhelfen, erschrak ich über seine Zierlichkeit und Zartheit. Sie war in der Tat eine besonders schlanke, zarte Frau, mir erschien sie jedenfalls so ätherisch, daß ich fast erwartete, ihren Arm unter meinem Griff zerbrechen zu fühlen. Dies ist nach so langer Zeit ein offenes Bekenntnis meines ersten Eindrucks von der Frau im allgemeinen und Maud Brewster im besondern.

„Sie brauchen sich wirklich nicht so zu bemühen", protestierte sie, als ich sie in Wolf Larsens Lehnstuhl setzte, den ich schnell aus seiner Kajüte geholt hatte. „Die Leute haben schon die ganze Zeit nach Land ausgeschaut, und wir müssen es ja noch vor Einbruch der Nacht erreichen. Meinen Sie nicht?"

Ihre Zuversicht erschreckte mich. Wie sollte ich ihr die Situation und den seltsamen Mann erklären, der wie das Schicksal das Meer abschritt – all das, was zu begreifen mich Monate gekostet hatte? Aber ich antwortete ihr ehrlich:

„Wäre es ein anderer Kapitän, so würde ich sagen, daß Sie morgen in Yokohama wären. Unser Kapitän aber ist ein merkwürdiger Mann, und ich bitte Sie, auf alles vorbereitet zu sein – verstehen Sie mich? Auf alles!"

„Ich – ich gestehe, daß ich nicht recht begreife", sagte sie zögernd, mit einem unruhigen, aber nicht ängstlichen Ausdruck in den Augen. „Oder irre ich mich, daß Schiffbrüchige stets auf das größte Entgegenkommen rechnen können? Es handelt sich ja nur um eine Kleinigkeit, da wir so nahe an Land sind."

„Offen gestanden, ich weiß es nicht", brachte ich mit einiger Mühe hervor. „Aber ich möchte Sie auf das Schlimmste vorbereiten für den Fall, daß das Schlimmste kommen sollte. Dieser Mann, der Kapitän, ist ein Scheusal, ein Dämon, und man kann nie wissen, welche phantastische Handlung er im nächsten Augenblick begeht."

Ich hatte mich warm geredet, aber sie unterbrach mich mit einem: „Oh, ich verstehe", und ihre Stimme klang müde. Nachdenken bedeutete offenbar eine Anstrengung für sie, und sie war nahe daran, zusammenzubrechen.

Sie stellte keine weiteren Fragen, und ich hielt mich nur an Wolf Larsens Befehl, für ihre Bequemlichkeit zu sorgen. Ich widmete mich ihr wie eine gute Hausfrau, verschaffte ihr milderndes Waschwasser für ihre verbrannte Haut, holte aus Wolf Larsens Privatvorrat eine Flasche Portwein und wies Thomas Mugridge an, die Koje in der freien Kajüte instand zu setzen.

Der Wind wuchs schnell, die „Ghost" krengte stark, und als wir die Kajüte in Ordnung gebracht hatten, schossen wir vor einer steifen Brise dahin. Ich hatte ganz die Existenz von Leach und Johnson vergessen, als plötzlich wie ein

Donnerschlag der Ruf „Boot ahoi!“ die Kajütstreppe herunterhallte. Es war unverkennbar die Stimme Smokes vom Mast. Ich warf einen Blick auf die Frau, die sich jedoch mit geschlossenen Augen und unaussprechlich müde im Stuhl zurücklehnte. Ich hoffte, daß sie nichts gehört hätte, und beschloß zu verhindern, daß sie Zeugin der Brutalität würde, die der Ergreifung der Flüchtlinge, wie ich wußte, folgen mußte. Sie war müde. Sehr gut. Sie sollte schlafen.

An Deck ertönten eilige Befehle, Füßestampfen und das Klatschen der Seisinge, als die „Ghost“ sich jetzt in den Wind drehte. Beim Überkrengen begann der Lehnstuhl über den Fußboden zu gleiten, aber ich sprang schnell zu, gerade noch rechtzeitig, um die Gerettete vor dem Hinstürzen zu bewahren.

Sie war zu schläfrig, um ihre Überraschung anders als durch einen kurzen Ausruf zu erkennen zu geben, dann ließ sie sich strauchelnd und wankend von mir zu ihrer Koje führen. Mugridge grinste mich einschmeichelnd an, als ich ihn hinausschob mit dem Befehl, sich wieder an seine Küchenarbeit zu begeben, aber er rächte sich, indem er den Jägern witzigen Bericht erstattete, welch ausgezeichnete Jungfer ich abgäbe.

Sie lehnte sich schwer gegen mich, und ich glaube, daß sie auf dem Wege zwischen Lehnstuhl und Koje eingeschlafen war. Bei einem plötzlichen Überholen des Schoners fiel sie beinahe in die Koje. Sie erwachte, lächelte schlaftrunken und war wieder eingeschlafen, und so verließ ich sie: schlummernd unter einem Paar dicker Seemannsdecken und den Kopf auf einem Kissen, das ich aus Wolf Larsens Koje geholt hatte.

Als ich an Deck kam, sah ich, daß die „Ghost“ Backbord halste und dicht am Winde in Luv eines wohlbekannten Sprietsegels vor uns ging. Alle Mann waren an Deck, denn sie wußten, daß etwas geschehen würde, wenn Leach und Johnson an Bord geholt wurden. Es war vier Glasen. Louis kam zur Ablösung nach achtern ans Rad. Es lag Feuchtigkeit in der Luft, und ich bemerkte, daß er sein Ölzeug angezogen hatte. „Was gibt es jetzt?“ fragte ich ihn.

„Eine gesunde Regenbö, gerade genügend, um uns den Kragen naß zu machen, weiter nichts“, antwortete er. „Zu dumm, daß wir sie sichten mußten!“ sagte ich, während der Bug der „Ghost“ von einer schweren See ein paar Strich aus dem Kurs geworfen wurde und das Boot einen Augenblick hinter dem Klüver zum Vorschein kam.

Louis drehte das Rad und antwortete ausweichend: „Sie hätten das Land doch nicht erreicht, das weiß ich."

„Glaubst du nicht?"

„Nein, Herr van Weyden. In der nächsten Stunde kann sich keine solche Eierschale auf See halten, und es ist ein Glück für sie, daß wir hier sind, um sie aufzufischen."

Wolf Larsen, der mittschiffs mit dem Geretteten gesprochen hatte, kam jetzt mit langen Schritten nach achtern. Das katzenartig Sprunghafte in seinem Gang war jetzt noch ausgeprägter als gewöhnlich, und seine Augen leuchteten hell.

„Drei Heizer und ein vierter Maschinist", begrüßte er mich. „Aber wir werden schon Matrosen oder doch wenigstens Bootspuller aus ihnen machen. Und wie steht's mit der Dame?"

Ich weiß nicht warum, aber ich fühlte einen Schmerz wie einen Messerstich, als er sie erwähnte. Ich hielt es für einen gewissen törichten Stolz von meiner Seite, aber der Schmerz hielt an, und ich antwortete nur mit einem Achselzucken.

Wolf Larsen spitzte die Lippen zu einem langen höhnischen Pfeifen.

„Wie heißt sie denn?" fragte er.

„Ich weiß nicht", erwiderte ich. „Sie schläft. Sie war sehr müde. Eigentlich hätte ich gedacht, von Ihnen etwas zu hören. Was für ein Schiff war es denn?"

„Postdampfer", antwortete er kurz. „City of Tokio" von Frisco nach Yokohama. Im Taifun außer Dienst gesetzt. Alter Kasten. Wurde leck wie ein Sieb. Sie sind vier Tage umhergetrieben. – Und Sie wissen nicht, wer oder was sie ist, wie? – Mädchen, Frau oder Witwe? – Na schön."

Er schüttelte neckend den Kopf und sah mich mit lachenden Augen an.

„Wollen Sie – –", begann ich. Es lag mir auf der Zunge, ihn zu fragen, ob er die Schiffbrüchigen nach Yokohama zu bringen gedächte.

„Ob ich was will?" fragte er.

„Was wollen Sie mit Leach und Johnson machen?"

Er schüttelte den Kopf. „Wirklich, Hump, ich weiß es nicht. Sie sehen doch, daß wir mit den Leuten, die wir vorhin an Bord genommen haben, genügend Mannschaft besitzen."

„Die beiden haben sicher genug vom Desertieren“, meinte ich. „Nehmen Sie sie an Bord und seien Sie anständig gegen sie. Was sie auch getan haben: sie sind dazu getrieben worden.“

„Durch mich?“

„Durch Sie“, entgegnete ich fest. „Und ich warne Sie, Wolf Larsen, ich könnte meine Liebe zum Leben vergessen über dem Wunsche, Sie zu töten, wenn Sie in Ihrer Rache an diesen Unglücklichen zu weit gehen.“ „Bravo!“ rief er. „Sie machen mir wirklich Ehre, Hump! Sie machen sich, und darum habe ich Sie gern.“ Er änderte Stimme und Ausdruck. Sein Gesicht wurde ernst. „Glauben Sie an Versprechungen?“ fragte er „Sind Sie Ihnen heilig?“

„Natürlich“, erwiderte ich.

„Dann schließen wir einen Pakt“, fuhr er fort, dieser vollendete Schauspieler. „Wenn ich verspreche, keine Hand an Leach und Johnson zu legen, versprechen Sie mir dann, nicht zu versuchen, mich zu töten? – Oh, ich fürchte mich nicht vor Ihnen, das nicht“, beeilte er sich hinzuzufügen.

Ich wollte kaum meinen Ohren trauen. Was ging in dem Manne vor?

„Abgemacht“, fragte er ungeduldig.

„Abgemacht“, antwortete ich.

Er streckte mir die Hand entgegen, aber als ich sie herzlich schüttelte, hätte ich schwören mögen, seine Augen höhnisch aufblitzen zu sehen.

Wir schlenderten über die Ruff nach Lee. Das Boot war jetzt fast zum Greifen nahe und befand sich in einem elenden Zustande. Johnson steuerte, während Leach schöpfte. Wolf Larsen bedeutete Louis, etwas seitwärts zu halten, und wir schossen, keine zwanzig Fuß in Luv, an dem Boot vorbei. Die „Ghost“ narrte sie. Das Sprietsegel flatterte schlaff, und das Boot richtete sich auf, was die beiden Männer schleunigst veranlaßte, die Plätze zu wechseln. Das Boot stampfte, und während wir uns jetzt auf einer hohen Woge hoben, stürzte es tief hinab.

In diesem Augenblick sahen Leach und Johnson in die Gesichter ihrer Kameraden, die mittschiffs über die Reling lehnten. Keiner grüßte. In den Augen der andern waren sie Tote, und zwischen ihnen lag der Abgrund, der Lebendige und Tote scheidet.

Gleich darauf befanden sie sich der Ruff gegenüber, auf der Wolf Larsen und ich standen. Wir sanken in das Wellental, während sie sich auf den Kamm erhoben. Johnson blickte mich mit einem unsagbar zerquälten Ausdruck an. Ich winkte ihm zu, und er erwiderte meinen Gruß, aber mit einem Winken, das hoffnungslos und verzweifelt war. Es war, als nehme er Abschied. Leachs Augen konnte ich nicht fangen, denn er schaute mit dem alten unversöhnlichen Haß Wolf Larsen an.

Dann waren sie achteraus gekommen. Plötzlich füllte sich das Sprietsegel mit Wind, und das offene Fahrzeug krengte so, daß es aussah, als sollte es kentern. Eine Sturzsee schäumte darüber hinweg und begrub es unter schneeweißem Gischt. Dann hob sich das Boot wieder. Es war halb voll Wasser, und Leach schöpfte wie wahnsinnig, während Johnson sich, weiß vor Angst, an die Ruderpinne klammerte.

Wolf Larsen lachte kurz und spöttisch und schritt nach der Achterhütte. Ich erwartete, daß er befehlen würde, beizudrehen, aber die „Ghost“ hielt ihren Kurs, und er gab kein Zeichen, Louis stand unbeweglich am Steuerrad, aber ich bemerkte, daß die vorn in Gruppen stehenden Matrosen uns bestürzt anblickten. Immer weiter schoß die „Ghost“, bis das Boot nur noch ein kleiner Punkt war. Da ertönte Wolf Larsens Stimme, die befahl, steuerbord zu halsen.

Wir gingen zurück, zwei Meilen oder mehr in Luv der mit den Wellen ringenden Nußschale, dann wurde der Außenklüver niedergeholt, und wir drehten bei. Robbenboote sind nicht dafür eingerichtet, gegen den Wind zu gehen. Sie sind darauf angewiesen, sich in Luv zu halten, um, wenn der Schoner anfährt, vor dem Winde laufen zu können. In dieser ganzen wilden Einöde gab es jedoch keine Zuflucht für Leach und Johnson außer der „Ghost“, und so begannen sie entschlossen gegen den Wind anzukämpfen. Es ging nur langsam in der schweren See. Jeden Augenblick konnten sie unter den schäumenden Sturzseen begraben werden. Immer wieder, unzählige Male, sahen wir das Boot luven und wie ein Kork wieder zurückgeschleudert werden.

Johnson war ein ausgezeichneter Seemann. Nach anderthalb Stunden befand er sich fast Seite an Seite mit uns und dachte, uns beim nächsten Halsen zu erreichen.

„So, ihr habt's euch überlegt?“ hörte ich Wolf Larsen murmeln, als ob sie ihn hätten hören können. „Ihr wollt an Bord, was? Na schön, dann versucht's doch. Hart Steuerbord!“ befahl er Oofty-Oofty, dem Kanaken, der unterdessen Louis am Rad abgelöst hatte. Ein Befehl folgte dem andern. Der Schoner ging in den Wind, und Fockschoot und Großschoot wurden gelockert. Und vor dem Winde liefen wir und hüpften über die Wogen, während Johnson unter Lebensgefahr seine Schoot nachließ und, hundert Fuß hinter uns, unser Kielwasser kreuzte. Wieder lachte Wolf Larsen, und diesmal machte er ihnen Zeichen, uns zu folgen. Er hatte offenbar die Absicht, mit ihnen zu spielen, ihnen statt der Prügel, wie ich annahm, eine Lehre zu erteilen, allerdings eine gefährliche Lehre, das leichte Fahrzeug konnte jeden Augenblick kentern. Johnson braßte sofort vierkant und folgte uns. Es blieb ihm nichts anderes übrig. Wohin sie sich auch wandten, sahen sie sich dem Tode preisgegeben, und es war nur eine Frage der Zeit, daß eine der ungeheuren Sturzseen das Boot treffen, darüber hinweg und weiterrollen würde.

„Der Tod sitzt ihnen im Nacken", murmelte Louis mir ins Ohr, als ich nach vorn ging, um dafür zu sorgen, daß Außenklüver und Stagsegel eingeholt wurden.

„Ach, er wird wohl bald beidrehen und sie aufnehmen", ermunterte ich ihn, „er will ihnen nur eine Lehre erteilen, das ist alles."

Louis sah mich von der Seite an. „Glauben Sie das wirklich?" fragte er.

„Natürlich", erwiderte ich. „Du nicht?"

„Ich denke nur an meine eigene Haut", lautete seine Antwort. „Und ich bin gespannt, wie alles ausläuft. Eine schöne Bescherung hat der Whisky angerichtet, den ich in Frisko trank, und das Mädchen achtern wird noch eine schöne Bescherung für Sie anrichten. Aber eins weiß ich: Sie sind ein rechter Narr!"

„Wie meinst du das?" fragte ich Louis, der sich, nachdem er seinen Pfeil abgeschossen hatte, abwandte. „Wie ich das meine?" rief er. „Das fragen Sie noch? Auf meine Meinung kommt es nicht an, nur auf die vom Wolf. Vom Wolf sage ich, vom Wolf!"

„Würdest du mir beistehen, wenn es not täte?" fragte ich unwillkürlich, denn er hatte nur meiner eigenen Besorgnis Ausdruck verliehen.

„Ihnen beistehen? Ich stehe nur dem alten dicken Louis bei, und damit hab' ich schon genug zu tun. Wir sind erst am Anfang, sage ich Ihnen, ganz am Anfang." „Ich hätte dich nicht für einen solchen Feigling gehalten", höhnte ich.

Er warf mir einen geringschätzigen Blick zu. „Ich hab' nie einen Finger für den armen Narren gerührt", er wies auf das winzige Segel achtern, – „und da meinen Sie, ich sei verrückt, mir den Hals für eine Frau zu brechen, die ich bis zum heutigen Tage noch nie gesehen habe?“

Verächtlich wandte ich mich ab und ging nach achtern. „Es ist am besten, wenn Sie das Toppsegel einholen lassen, Herr van Weyden“, sagte Wolf Larsen, als ich zur Ruff kam.

Ich spürte eine Erleichterung, wenigstens bezüglich der beiden Männer. Es war klar, daß er ihnen nicht zu weit weglaufen wollte. Bei diesem Gedanken schöpfte ich wieder Hoffnung und führte den Befehl rasch aus. Ich hatte kaum den Mund geöffnet, als die Leute auch schon eifrig an die Falle und in die Takelung sprangen. Wolf Larsen sah ihren Eifer und lächelte grimmig.

Das Boot kam immer näher und wurde wie ein lebendes Wesen durch die wallende grüne Masse gewirbelt. Es hob und senkte sich, erschien auf den ungeheuren Rücken der Wogen und verschwand hinter ihnen, um kurz darauf wieder zum Vorschein zu kommen und himmelan zu schießen. Es schien unmöglich, durchkommen zu können, aber immer wieder vollbrachte es das Unmögliche mit schwindelerregender Fahrt. Ein Regenschauer trieb vorbei, und aus dem Dunkel tauchte das Boot dicht neben uns auf.

„Hart Steuerbord!“ rief Wolf Larsen und sprang selbst ans Rad, um es herumzuwerfen.

Wieder jagte die „Ghost“ mit dem Wind um die Wette dahin, und zwei Stunden lang folgten Johnson und Leach uns. Wir drehten bei und liefen fort, drehten bei und liefen fort, und immer noch stieg das kämpfende Segel himmelwärts und stürzte in die vorbeischießenden Täler. Eine Viertelmeile von uns entzog eine dichte Regenbö das Boot unsern Blicken. Es kam nie wieder zum Vorschein. Der Wind verwehte den Regen, aber kein Segel zeigte sich auf der bewegten Fläche. Einen Augenblick glaubte ich, den schwarzen Boden des Bootes sich von dem Gischt einer brechenden Welle abheben zu sehen. Das war alles. Für Johnson und Leach war der Kampf ums Dasein beendet.

Die Mannschaft blieb in einer Gruppe mittschiffs stehen. Keiner ging nach unten, und keiner sprach ein Wort. Nicht einmal Blicke wurden getauscht. Alle schienen wie betäubt – sie standen in Betrachtungen versunken da und versuchten, sich das Geschehene klarzumachen. Wolf Larsen ließ ihnen indessen nicht viel Zeit zum Nachdenken. Er setzte die „Ghost“ in den Kurs auf die Robbenherden und nicht nach Yokohama. Aber die Leute hatten ihren Eifer beim Hahlen und Fieren verloren, und ich hörte manchen Fluch, der ihren

Lippen entschlüpfte, schwer und dumpf wie sie selbst. Nicht so die Jäger. Smoke, der Unbezähmbare, erzählte eine Geschichte, und unter schallendem Gelächter begaben sie sich ins Zwischendeck.

Als ich auf der Leeseite nach achtern ging, näherte sich mir der Maschinist, den wir gerettet hatten. Sein Gesicht war weiß, und seine Lippen zitterten.

„Großer Gott, was ist das für ein Fahrzeug?" rief er. „Sie haben ja selbst Augen im Kopf", antwortete ich fast brutal, so sehr schnürten Schmerz und Furcht mir das Herz zusammen.

„Ihr Versprechen?" fragte ich Wolf Larsen.

„Ich dachte gar nicht daran, sie an Bord zu nehmen, als ich es gab", erwiderte er. „Und was auch geschehen ist, so werden Sie mir jedenfalls zugeben, daß ich nicht Hand an sie gelegt habe ... Im Gegenteil, im Gegenteil", lachte er einen Augenblick später.

Ich antwortete nicht. Ich war unfähig, zu sprechen, mein Geist war verwirrt. Ich wußte, daß ich Zeit brauchte, um über das Geschehene nachzudenken. Die Frau, die jetzt unten in der Kajüte schlief, bürdete mir eine Verantwortung auf, die mir schwer aufs Herz fiel, und der einzige vernünftige Gedanke, der mir durchs Hirn flackerte, war, daß ich nichts übereilen durfte, wenn ich ihr überhaupt eine Hilfe sein wollte.

Zweiter Teil

Der Rest des Tages verging, ohne daß sich etwas ereignet hätte. Der frische Wind mit seinen Regenschauern legte sich. Der vierte Maschinist und die drei Heizer wurden nach einer heftigen Auseinandersetzung mit Wolf Larsen neu eingekleidet, erhielten ihre Plätze unter den Jägern in verschiedenen Booten und in den Schiffswachen angewiesen und wurden dann in die Back geschickt. Sie wagten nicht zu protestieren. Was sie von Wolf Larsen gesehen, hatte sie eingeschüchtert, und was sie in der Back über ihn hörten, benahm ihnen die letzte Lust zur Auflehnung. Miß Brewster – ich hatte ihren Namen von dem Maschinisten erfahren – schlief immer noch. Beim Abendbrot bat ich die Jäger, leiser zu sprechen, um sie nicht zu stören, und erst am nächsten Morgen kam sie zum Vorschein. Ich hatte ihr das Essen gesondert bringen lassen wollen. Aber

Wolf Larsen durchkreuzte meine Absicht. Wer sie wäre, daß sie zu gut für den Kajütstisch und die Kajütsgesellschaft sei, hatte er gefragt.

Aber ihr Erscheinen bei Tisch hatte eine seltsame Wirkung. Die Jäger wurden stumm wie die Fische. Nur Jock Horner und Smoke ließen sich nicht einschüchtern, warfen verstohlene Blicke auf sie und beteiligten sich selbst an der Unterhaltung. Die vier anderen hoben nicht die Augen von ihren Tellern, sie kauten unaufhörlich mit nachdenklicher Gründlichkeit, und ihre Ohren bewegten sich im Takt mit ihren Kinnladen wie bei fressenden Tieren.

Auch Wolf Larsen sagte anfangs nicht viel; er antwortete nur, wenn man sich an ihn wandte. Nicht etwa, daß er verlegen gewesen wäre. Weit entfernt! Diese Frau war für ihn nur ein neuer Typ, völlig verschieden von dem Schlage, den er bisher kennengelernt hatte, und er war neugierig. Er studierte sie, seine Augen ließen kaum von ihrem Gesicht, es geschah denn, um die Bewegungen ihrer Hände und Schultern zu beobachten. Ich selbst studierte sie ebenfalls, und obwohl ich die Kosten der Unterhaltung trug, war ich doch ein wenig schüchtern. Er hingegen war die Ruhe, das unerschütterliche Selbstvertrauen selber; er fürchtete eine Frau nicht mehr als Sturm und Kampf.

„Und wann sind wir in Yokohama?“ wandte sie sich an ihn und blickte ihm gerade in die Augen.

Das war die klare Frage. Die Kinnladen hörten zu arbeiten auf, die Ohren bewegten sich nicht mehr, und wenn auch die Augen weiter auf den Tellern haften blieben, lauschte doch jeder begierig auf die Antwort. „In vier Monaten, vielleicht auch in dreien, wenn die Jagdzeit früh vorüber ist“, sagte Wolf Larsen.

Sie schnappte nach Luft und stammelte: „Ich – ich dachte – man ließ mich in dem Glauben, daß Yokohama nur eine Tagereise entfernt sei. Das ...“ Sie machte eine Pause und blickte von einem auf das andere dieser unsympathischen Gesichter im Kreise, die fest auf ihre Teller starrten. „Das kann nicht richtig sein“, schloß sie.

„Das ist eine Frage, die Sie mit Herrn van Weyden abmachen müssen“, erwiderte er, indem er mir augenzwinkernd zunickte. „Herr van Weyden ist so etwas wie eine Autorität in Fragen des Rechtes. Ich bin nur ein einfacher Seemann und sehe die Situation daher etwas anders an. Für Sie mag es vielleicht ein Unglück sein, daß Sie hierbleiben müssen, aber für uns ist es sicher ein Glück.“

Er sah sie lächelnd an. Ihre Augen senkten sich vor seinem Blick, aber sie hob sie wieder trotzig zu den meinen. „Was meinen Sie?“ fragte sie.

„Daß es schlimm wäre, namentlich wenn Sie Verpflichtungen für die nächsten Monate übernommen hätten. Da Sie aber, wie Sie sagen, lediglich aus Gesundheitsrücksichten nach Japan reisen wollten, kann ich Ihnen versichern, daß Sie sich nirgends besser erholen können als an Bord der „Ghost“.“

Ich sah ihre Augen unwillig aufblitzen, und diesmal senkte ich den Blick und fühlte, daß ich unter dem ihren errötete. Ich war feige, aber was hätte ich tun sollen.

„Herr van Weyden ist Autorität auf diesem Gebiete“, lachte Wolf Larsen.

Ich nickte, und sie blickte mich, jetzt wieder beherrscht, erwartungsvoll an.

„Nicht, daß er gerade schon damit prahlen könnte“, fuhr Wolf Larsen fort, „aber er hat sich prachtvoll erholt. Sie hätten ihn sehen sollen, als er an Bord kam. Ein jämmerlicheres Exemplar der Gattung Mensch hätte man schwerlich finden können. Stimmt das, Kerfoot?“

Kerfoot war bei dieser direkten Anrede so bestürzt, daß er das Messer zu Boden fallen ließ, aber es gelang ihm, zustimmend zu grunzen.

„Hat sich herausgemacht, durch Kartoffelschälen und Tellerwaschen, was, Kerfoot?“

Wieder grunzte der Würdige.

„Und schauen Sie ihn sich jetzt an! Er ist zwar nicht das, was man muskulös nennt, aber er hat doch Muskeln, und das konnte man nicht von ihm sagen, als er an Bord kam. Und dazu hat er gelernt, auf eigenen Füßen zu stehen. Wenn Sie ihn jetzt sehen, glauben Sie es vielleicht nicht, aber im Anfang war er ganz außerstande dazu.“

Die Jäger kicherten, sie aber sah mich mit einem Mitgefühl an, das Wolf Larsens Unverschämtheit reichlich aufwog. Wahrlich: so lange hatte ich kein Mitgefühl gefunden, daß mir ganz weich ums Herz wurde. In diesem Augenblick wurde ich – und zwar freudig – ihr willfähriger Sklave. Aber ich war zornig auf Wolf Larsen. Mit seinen geringschätzigen Bemerkungen forderte er meine Männlichkeit, forderte er die Selbständigkeit heraus, die er mir verschafft hatte.

„Ich habe vielleicht gelernt, auf eigenen Füßen zu stehen,“ entgegnete ich, „aber noch nicht, auf die anderer zu treten.“

Er warf mir einen höhnischen Blick zu. „Dann ist Ihre Erziehung erst halb vollendet“, sagte er trocken und wandte sich wieder an sie.

„Wir sind sehr gastfreundlich auf der „Ghost“. Herr van Weyden kann das bestätigen. Wir tun alles, um es unseren Gästen angenehm zu machen, nicht wahr, Herr van Weyden?“

„Ja, bis zu Kartoffelschälen und Tellerwaschen,“ antwortete ich, „gar nicht davon zu reden, daß einem aus lauter Freundschaft der Hals umgedreht wird.“

„Ich bitte Sie, sich durch Herrn van Weyden keine falschen Vorstellungen machen zu lassen,“ legte er sich mit angenommener Ängstlichkeit dazwischen, „Sie werden bemerkt haben, Miß Brewster, daß er ein Messer im Gürtel trägt, etwas – hm – etwas ganz Ungewöhnliches für einen Schiffsoffizier. Herr van Weyden ist zwar sehr ehrenwert, aber, wie soll ich sagen, ein wenig streitsüchtig und gebraucht scharfe Mittel. In ruhigen Augenblicken ist er ganz vernünftig und umgänglich, und da er jetzt ruhig ist, wird er nicht leugnen, daß er mir gestern an den Kragen wollte.“

Ich wollte vor Wut ersticken, und meine Augen schossen Blitze. Er fuhr fort:

„Schauen Sie ihn jetzt an. Er kann sich kaum in Ihrer Gegenwart beherrschen. Er dürfte nicht gewohnt sein, sich in Gesellschaft von Damen zu bewegen. Ich werde mich bewaffnen müssen, ehe ich wagen kann, mit ihm an Deck zu gehen.“

Er schüttelte traurig den Kopf und murmelte: „Schlimm, schlimm!“, während die Jäger in schallendes Gelächter ausbrachen.

Die rauhen Stimmen dieser Seebären hallten polternd und brüllend in dem engen Raum wider und taten eine merkwürdige Wirkung. Die ganze Umgebung war wild und unheimlich, und als ich nun diese fremde Frau betrachtete und mir vorstellte, wie wenig sie hier hereinpaßte, wurde mir zum erstenmal klar, wie sehr ich selbst es tat. Ich kannte diese Männer und ihr Seelenleben, und ich war selbst einer der Ihren, lebte das Leben, aß die Kost und dachte die Gedanken der Robbenfänger. Für mich war nichts Merkwürdiges mehr an ihren rauhen Kleidern, ihren gemeinen Gesichtern, dem wilden Gelächter, an den schwankenden Kajütenwänden oder den schwingenden Schiffslampen. Als ich mir ein Stück Butterbrot schmierte, fiel mein Blick zufällig auf meine Hände. Die Knöchel waren hautlos und entzündet, die Finger geschwollen, die Nägel schwarzrandig. Ich fühlte die dichten Bartstoppeln auf meinem Halse und wußte, daß ein Ärmel meiner Jacke zerrissen war und ein Knopf an meinem blauen Hemde fehlte. Das Messer, das Wolf Larsen erwähnt hatte, hing in einer Scheide an meiner Hüfte. Es war sehr natürlich, daß es dort hing – wie natürlich, war mir nicht eingefallen, bis ich es jetzt mit ihren Augen ansah und mir bewußt wurde, wie seltsam ihr dies und alles andere vorkommen mußte.

Aber sie erriet den Spott in Wolf Larsens Worten und sandte mir wieder einen mitleidigen Blick. Gleichzeitig las ich jedoch Bestürzung in ihren Augen. Seine Neckereien machten die Situation nur noch verwirrender für sie.

„Ein vorbeifahrendes Schiff kann mich vielleicht aufnehmen“, schlug sie vor.

„Es gibt keine vorbeifahrenden Schiffe außer anderen Robbenschonern“, gab Wolf Larsen zur Antwort.

„Ich habe keine Kleider, nichts“, wandte sie ein. „Sie denken sicher nicht daran, daß ich kein Mann und das unstete Leben, das Sie und Ihre Leute führen, nicht gewohnt bin.“

„Je eher Sie sich daran gewöhnen, desto besser“, sagte er.

„Ich werde Sie mit Stoff, Nadel und Faden versehen“, fügte er hinzu. „Ich hoffe, es wird Ihnen nicht allzuviel Mühe machen, sich ein oder zwei Kleider zu nähen.“ Sie verzog den Mund, um ihre Unerfahrenheit im Schneidern kundzutun. Daß sie ängstlich und verwirrt war und tapfer versuchte, es zu verbergen, war mir ganz klar.

„Ich nehme an, daß Sie ebenso wie Herr van Weyden dort gewohnt sind, alles durch andere für sich tun zu lassen. Nun, ich denke, Ihnen wird kein Stein aus der Krone fallen, wenn Sie einmal selbst etwas für sich tun müssen. Womit erwerben Sie sich übrigens Ihren Unterhalt?“

Sie sah ihn mit unverhohlenem Erstaunen an.

„Ich will Sie nicht beleidigen, glauben Sie mir. Man ißt, daher muß man arbeiten. Diese Männer hier schießen Robben, um zu leben; aus demselben Grunde führe ich diesen Schoner, und Herr van Weyden verdient sich, wenigstens jetzt, sein Brot, indem er mir hilft. Nun, und was tun Sie?“

Sie zuckte die Achseln.

„Ernähren Sie sich selbst, oder werden Sie durch andere ernährt?“

„Ich fürchte, den größten Teil meines Lebens hat mich ein anderer ernährt“, lachte sie, indem sie einen tapferen Versuch machte, auf den neckischen Ton

Wolf Larsens einzugehen, obgleich ich wachsendes Entsetzen in ihren Augen aufsteigen sah.

„Ich nehme an, daß ein anderer auch das Bett für Sie macht?“

„Ich habe mir mein Bett gemacht“, erwiderte sie.

„Oft?“

Sie schüttelte den Kopf mit verstellter Reue.

„Wissen Sie, was man in den Staaten mit Armen tut, die wie Sie nicht für ihren Unterhalt arbeiten?“

„Ich bin sehr unwissend“, erwiderte sie, „was tut man mit meinesgleichen?“

„Man sperrt sie ein. Das Verbrechen, seinen Lebensunterhalt nicht zu verdienen, wird Landstreicherei genannt. Wäre ich Herr van Weyden, der sich andauernd mit der Frage beschäftigt, was Recht und Unrecht ist, so würde ich fragen, mit welchem Recht Sie leben, wenn Sie nichts tun, um Ihren Unterhalt zu verdienen?“

„Da Sie aber nicht Herr van Weyden sind, brauche ich Ihnen nicht zu antworten, nicht wahr?“

Sie sandte ihm aus ihren angstvollen Augen einen strahlenden Blick, der so rührend war, daß es mir ins Herz schnitt. Ich mußte irgendwie versuchen, dem Gespräch eine andere Wendung zu geben.

„Haben Sie je einen Dollar durch eigene Arbeit verdient?“ fragte er triumphierend, im voraus seiner Sache sicher.

„Ja, das habe ich“, antwortete sie langsam, und ich hätte fast über sein verlegenes Gesicht lachen können. „Ich erinnere mich, daß mein Vater mir einmal, als ich ein kleines Mädchen war, einen Dollar gab, weil ich fünf Minuten lang still war.“

Er lächelte nachsichtig.

„Aber das ist lange her“, fuhr sie fort. „Und Sie werden wohl kaum verlangen, daß ein neunjähriges Mädchen sich seinen Lebensunterhalt selbst verdient.

„Gegenwärtig aber“, fuhr sie nach einer kurzen Pause fort, „verdiene ich ungefähr achtzehnhundert Dollar jährlich.“

Alle Augen hoben sich auf einmal von den Tellern und hefteten sich auf sie. Eine Frau, die achtzehnhundert Dollar jährlich verdiente, war wert, angeschaut zu werden. Wolf Larsen verhehlte seine Bewunderung nicht.

„Gehalt oder Akkordarbeit?“

„Akkordarbeit“, antwortete sie rasch.

„Achtzehnhundert“, rechnete er. „Das macht hundertundfünfzig monatlich. Nun, Fräulein Brewster, wir sind nicht kleinlich auf der „Ghost“. Betrachten Sie sich für die Dauer Ihres Aufenthalts als mit demselben Gehalt angestellt.“

Sie sagte nichts. Sie war seine Einfälle noch nicht so gewohnt, daß sie sie mit Gleichmut hingenommen hätte.

„Ich vergaß zu fragen,“ fuhr er liebenswürdig fort, „welcher Art Ihre Beschäftigung ist. Was für Werkzeuge und Material brauchen Sie?“

„Papier und Tinte“, lachte sie. „Ach, und auch eine Schreibmaschine. „

„Sie sind Fräulein Maud Brewster“, sagte ich langsam und sicher, als beschuldigte ich sie eines großen Verbrechens.

Ihre Augen hoben sich neugierig zu den meinen. „Woher wissen Sie das?“

„Stimmt es nicht?“ fragte ich.

Sie nickte zustimmend. Jetzt war die Reihe, verblüfft zu sein, an Wolf Larsen. Ihm bedeutete der Name nichts. Ich war stolz darauf, daß er mir etwas bedeutete, und zum erstenmal seit langer Zeit wurde ich mir meiner Überlegenheit über ihn bewußt.

„Ich erinnere mich, eine Besprechung über ein Bändchen von Ihnen geschrieben zu haben – –“, begann ich, aber sie unterbrach mich.

„Sie!“ rief sie. „Sie sind – –“

Jetzt nickte ich meinerseits zustimmend.

„Humphrey van Weyden!“ schloß sie – dann fügte sie mit einem Seufzer der Erleichterung hinzu, ohne daran zu denken, daß Wolf Larsen ihn bemerken mußte: „Wie mich das freut!“

„Ich entsinne mich recht wohl der Besprechung“, fuhr sie fort, als sie sich bewußt wurde, wie seltsam ihre Bemerkung wirken mußte. „Sie war wirklich zu schmeichelhaft.“

„Keineswegs“, verneinte ich schnell. „Sie setzen meine nüchterne Urteilskraft herab und entwerten meine Kritik. Im übrigen stimmen alle Kritiker mit mir überein. Hat Lang nicht Ihr Gedicht „Der geduldete Kuß“ zu den vier größten Sonetten gezählt, die von Frauen in englischer Sprache geschrieben worden sind?“

„Sie sind sehr gütig“, murmelte sie, und gerade das Konventionelle ihrer Worte und der ganze Schwarm von Vorstellungen des früheren Lebens auf der andern Seite der Welt durchzuckten mich – reich an Erinnerungen, aber auch stechend vor Heimweh.

„Also Sie sind Maud Brewster“, sagte ich feierlich und blickte sie an.

„Und Sie sind Humphrey van Weyden“, sagte sie und erwiderte meinen Blick ebenso feierlich und furchtsam. „Wie seltsam! Es ist mir alles ganz unverständlich. Wir haben sicherlich eine wildromantische Seegeschichte von Ihnen zu erwarten.“

„Nein, ich sammle keinen Stoff, das versichere ich Ihnen“, lautete meine Antwort. „Ich habe weder Geschick, noch Neigung für phantastische Literatur.“

„Sagen Sie mir: warum haben Sie sich immer in Kalifornien begraben?“ fragte sie nun. „Das war wirklich nicht nett von Ihnen. Wir im Osten haben so wenig von Ihnen zu sehen bekommen – viel zu wenig – von dem großen amerikanischen Kritiker.“

Ich lehnte das Kompliment mit einer Verbeugung ab. „Ich hätte Sie fast einmal in Philadelphia getroffen, Sie wollten Browning oder etwas Ähnliches vortragen. Aber mein Zug hatte vier Stunden Verspätung.“

Und dann vergaßen wir ganz, wo wir waren, und ließen Wolf Larsen stumm und wie ein gescheitertes Schiff inmitten der Brandung unserer Unterhaltung. Die Jäger standen auf und gingen an Deck, und wir sprachen immer noch. Nur Wolf Larsen blieb. Plötzlich wurde ich seiner Anwesenheit inne, er saß zurückgelehnt am Tisch und lauschte neugierig unsern fremdartigen Reden über eine Welt, die er nicht kannte.

Ich brach mitten im Satze ab. Die Gegenwart mit all ihren Gefahren und Schrecken lähmte mich. Fräulein Brewster mußte es ähnlich gehen, ein unbestimmtes namenloses Entsetzen trat in ihre Augen, die jetzt auf Wolf Larsen fielen.

Er erhob sich und lachte verlegen mit einem seltsamen, metallischen Klang.

„Oh, kümmern Sie sich nicht um mich“, sagte er mit einer Handbewegung, als wolle er seine eigene Unterwürfigkeit kundgeben. „Ich zähle nicht mit. Bitte, fahren Sie nur fort.“

Aber die Tore der Beredsamkeit waren geschlossen. Auch wir erhoben uns und lachten verlegen.

Der Verdruß, den Wolf Larsen empfand, weil Maud Brewster und ich ihn in unserer Unterhaltung bei Tisch ignoriert hatten, mußte sich irgendwie Luft machen, und Thomas Mugridge sollte der Sündenbock sein. Trotz seiner gegenteiligen Behauptung hatte er weder sein Benehmen noch sein Hemd gewechselt. Dieses Kleidungsstück widerlegte ihn ebensosehr, wie die Fettablagerungen auf Ofen, Töpfen und Pfannen, die aller Begriffe von Reinlichkeit spotteten.

„Ich habe dich gewarnt, Köchlein“, sagte Wolf Larsen, „und jetzt hilft's dir nichts mehr, jetzt kriegst du deine Medizin.“

Mugridge wurde kreideweiß unter der Rußschicht, und als Wolf Larsen nach einem Tau und ein paar Mann rief, schoß der verzweifelte Cockney in wilder Flucht aus der Kombüse, machte weite Sätze über das Deck und duckte sich, um der Verfolgung der grinsenden Mannschaft zu entgehen. Der hätte kaum etwas größeres Vergnügen machen können, als ihn ein bißchen ins Schlepptau zu nehmen, denn was er der Mannschaft an Essen und Trinken vorgesetzt hatte, war einfach scheußlich gewesen. Auch die äußeren Verhältnisse begünstigten das Unternehmen. Die „Ghost“ glitt mit nur drei Meilen Fahrt durch das Wasser, und die See war ziemlich ruhig. Aber Mugridge verspürte nur geringe Neigung, untergetaucht zu werden. Höchstwahrscheinlich hatte er schon früher mitgemacht, wie Leute ins Schlepptau genommen wurden. Zudem war das Wasser furchtbar kalt und er alles andere eher, als abgehärtet.

Wie gewöhnlich, wenn Aussicht auf eine Belustigung war, kamen die andere Wache und die Jäger an Deck. Mugridge schien eine verzweifelte Angst vor dem Wasser zu haben und zeigte eine Gewandtheit und Schnelligkeit, die niemand ihm zugetraut hätte. Als er in dem Winkel zwischen Kombüse und Ruff in die Klemme getrieben wurde, sprang er wie eine Katze auf das Kajütendach und rannte nach achtern. Seine Verfolger kamen ihm zuvor, aber er entwischte ihnen und erreichte das Deck mit Hilfe der Zwischendecksluke. Jetzt rannte er vorwärts, der Bootspuller Harrison dicht hinter ihm her. Plötzlich aber machte Mugridge einen Sprung und packte die Klüverbaum-Toppenant. Es war das

Werk eines Augenblicks. Er hing an den Armen und beschrieb mit den ausgestreckten Beinen einen Kreis in der Luft. Der anstürmende Harrison wurde mitten in den Leib getroffen, brüllte unwillkürlich auf und stürzte rücklings auf das Deck. Händeklatschen und schallendes Gelächter begrüßten diese Heldentat, während Mugridge, die Hälfte seiner Verfolger am Fockmast lassend, wie ein Läufer beim Fußball nach achtern rannte. Direkt nach achtern ging es, nach der Ruff und die Ruff entlang zum Heck. So groß war seine Schnelligkeit, daß er, als er um die Kajüte ausbog, ausrutschte und fiel. Im Fallen traf er die Beine Nilsons, der am Rande stand. Sie stürzten übereinander, doch nur Mugridge erhob sich wieder. Durch eine Laune des Schicksals hatte sein schwächlicher Körper das Bein des starken Mannes wie ein Pfeifenrohr geknickt.

Parsons ergriff das Rad, und die Verfolgung wurde wieder aufgenommen. Immer ums Deck herum ging es. Erst Mugridge, vor Angst fast von Sinnen, und hinterdrein die Matrosen, die sich schreiend die Richtung angaben, und die Jäger, die sie mit brüllendem Gelächter anfeuerten. Auf der Vorderluke fiel dann Mugridge mit drei Mann über sich. Aber er wand sich wie ein Aal heraus und sprang zur Haupttakelung, während ihm das Blut aus dem Munde troff und das anstoßerregende Hemd in Fetzen riß. Hinauf ging es, geradeswegs hinauf, unter den Püttingswanten zum Großmasttopp.

Ein halbes Dutzend Matrosen setzte ihm nach, mußte aber an den Dwarssalingen zurückbleiben bis auf zwei, Oofty-Oofty und Black, den Bootssteuerer Latimers, die ihn weiter die dünnen, stählernen Stags hinauf verfolgten und sich mit den Armen immer höher schwangen.

Es war ein gefährliches Unternehmen, denn in einer Höhe von über hundert Fuß über Deck und nur an den Händen hängend, konnten sie sich nur schwer vor Mugridges Füßen schützen. Und Mugridge trat um sich wie ein Wilder, bis der Kanake, der sich mit der einen Hand festhielt, mit der andern den Fuß des Cockneys packte. Black tat dasselbe mit dem andern Fuß. Eine Weile hingen alle drei und wanden sich in einem unentwirrbaren Klumpen, bis sie, immer noch kämpfend, hinunterrutschten und in die Arme ihrer Kameraden auf den Dwarssalingen fielen.

Die Schlacht in der Luft war vorbei, und Thomas Mugridge wurde, wimmernd und heulend, mit blutigem Schaum vor dem Munde, aufs Deck geschleppt. Wolf Larsen steckte eine Bugleine durch eine Tauschlinge, die er ihm unter den Armen um den Leib legte. Dann wurde er nach achtern geschleppt und ins

Wasser geworfen. Vierzig – fünfzig – sechzig Fuß Leine waren bereits ausgelaufen, als Wolf Larsen „Festmachen!“ rief. Oofty-Oofty legte eine Schlinge um einen Pöller, die Leine straffte sich, und durch die andauernde Fahrt der „Ghost“ wurde der Koch an die Oberfläche gerissen.

Es war ein mitleiderregender Anblick. Wenn er auch nicht ertrinken konnte und dazu zäh wie eine Katze war, erlitt er doch die Qualen eines Ertrinkenden. Die „Ghost“ fuhr sehr langsam, und wenn ihr Heck sich auf einer Welle hob und sie vorwärts glitt, zog sie den Unglücklichen an die Oberfläche, daß er einen Augenblick Atem schöpfen konnte. Wenn aber das Heck sank und der Bug träge die nächste Woge erklomm, wurde die Leine wieder schlaff, und er sank unter. Ich hatte ganz Maud Brewsters Existenz vergessen und fuhr daher erschrocken zusammen, als sie mit leichten Schritten neben mich trat. Seit sie an Bord gekommen war, befand sie sich das erstemal an Deck. Totenstille begrüßte ihr Erscheinen.

„Worüber freuen sich alle so?“ fragte sie.

„Fragen Sie Kapitän Larsen“, antwortete ich gefaßt und kühl, obwohl mir das Blut bei dem Gedanken kochte, daß sie Zeuge einer solchen Roheit werden sollte.

Sie wollte meinem Rat folgen und wandte sich um, als ihr Blick auf Oofty-Oofty fiel, der mit anmutig gestrafftem Körper vor ihr stand und die Tauschlinge hielt.

„Fischen Sie?“ fragte sie.

Er antwortete nicht. In seine Augen, die sich fest auf die See achtern hefteten, trat plötzlich ein Schimmer. „Hai ahoi, Kapitän!“ schrie er.

„Hiv ein! Schnell alle Mann!“ rief Wolf Larsen und sprang selbst vor allen andern an die Leine.

Mugridge hatte den Warnruf des Kanaken gehört und schrie wie ein Besessener. Ich konnte eine schwarze Flosse sehen, die das Wasser durchschnitt, und zwar mit größerer Schnelligkeit, als er eingehahlt wurde. Ein Wettrennen zwischen dem Hai und uns begann, aber alles vollzog sich in wenigen Augenblicken. Als Mugridge gerade unter uns war, sank das Heck in ein Wellental, wodurch der Hai einen Vorsprung gewann. Beinahe ebenso, aber nicht ganz so schnell war Wolf Larsen. Seine ganze Kraft äußerte sich in einem gewaltigen Ruck. Der Körper des Kochs schoß aus dem Wasser, der Hai hinterdrein.

Mugridge zog die Füße hoch, deren einen der Menschenfresser nur eben zu berühren schien. Dann sank er klatschend ins Wasser zurück. Aber bei der Berührung stieß Thomas Mugridge einen lauten Schrei aus. Dann wurde er wie ein Fisch an der Angel hochgezogen, streifte leicht die Reling und stürzte kopfüber aufs Deck.

Doch ein Strom von Blut ergoß sich über die Planken. Der rechte Fuß fehlte, fast am Knöchel amputiert. Ich blickte Maud Brewster an. Sie war leichenblaß, ihre Augen weiteten sich vor Entsetzen. Sie sah nicht Thomas Mugridge, sondern Wolf Larsen an. Und er bemerkte es, denn er sagte mit kurzem Lachen:

„Männerspiel, Miß Brewster. Wohl etwas rauher, als Sie es gewöhnt sein mögen, aber immerhin – Männerspiel. Der Hai war nicht mit in der Rechnung. Es –" Bei diesen Worten hatte Thomas Mugridge den Kopf gehoben und war sich über den Verlust, den er erlitten hatte, klar geworden. Jetzt kroch er über das Deck und schlug plötzlich seine Zähne in Wolf Larsens Bein. Der aber bückte sich ruhig zum Cockney nieder und preßte mit Daumen und Zeigefinger von hinten die Kinnladen des Mannes unterhalb der Ohren zusammen. Die Kiefer öffneten sich widerstrebend, und Wolf Larsen war frei.

„Wie gesagt", fuhr er fort, als ob nichts Besonderes geschehen sei: „Der Hai war nicht mit in der Rechnung. Es war – hm – sagen wir, göttliche Vorsehung." Sie gab kein Zeichen, daß sie ihn gehört hatte, aber die Angst in ihren Augen wich unaussprechlichem Ekel, und sie wandte sich, um zu gehen. Sie hatte indessen kaum einen Schritt getan, als sie wankte und die Hand schwach nach mir ausstreckte. Ich fing sie gerade noch rechtzeitig auf und half ihr, sich auf die Kajütstreppe zu setzen. Ich glaubte, sie würde sofort in Ohnmacht fallen, aber sie beherrschte sich.

„Herr van Weyden, wollen Sie eine Aderpresse holen", rief Wolf Larsen mir zu.

Ich zögerte. Ihre Lippen bewegten sich, und obgleich sie kein Wort hervorbrachte, bat sie mich mit den Augen so deutlich wie mit Worten, dem Unglücklichen zu helfen. Mit Anstrengung flüsterte sie „bitte!", und mir blieb nichts übrig, als zu gehorchen.

Ich hatte allmählich solche Geschicklichkeit als Chirurg erlangt, daß Wolf Larsen mir nach kurzer Beratung die Behandlung überlassen konnte, wobei mir ein paar Matrosen halfen. Für seinen Teil wählte er sich die Rache an dem Hai. Ein schwerer Wirbelhaken, an dem als Köder ein Stück Pökelfleisch hing, wurde über Bord geworfen, und als ich gerade damit fertig war, die gefährdeten Venen und Arterien zusammenzupressen, holten die Matrosen singend das Ungeheuer ein. Ich sah es nicht selbst, aber meine Assistenten verließen mich abwechselnd, um mitschiffs zu laufen und zu sehen, was vorging. Der 16 Fuß lange Hai wurde in die Haupttakelung geheißt. Sein Rachen war weit aufgerissen, und jetzt wurde eine an beiden Seiten zugespitzte Eisenstange hineingestellt, so daß sie sich in die Kiefer, wenn sie sich schließen wollten, einbohren und sie festhalten mußte. Als dies vollbracht war, wurde der Haken herausgeschnitten. Der Hai sank ins Meer zurück, hilflos und doch im Besitz seiner vollen Kraft, zu langsamem Hungertode verurteilt, den weniger er verdiente als der Mann, der ihm diese Strafe zuerteilte.

Als ich sie auf mich zukommen sah, wußte ich, was sie wollte. Ich hatte sie zehn Minuten lang ernst mit dem Maschinisten sprechen sehen, und jetzt zog ich sie außer Hörweite des Rudergastes, indem ich ihr ein Zeichen machte, zu schweigen. Ihr Antlitz war blaß und entschlossen, ihre großen Augen, die die Entschlossenheit noch größer machte, sahen fest in die meinen. Mir war nicht sehr wohl zumute, denn sie kam, um meine Seele zu erforschen, und ich besaß, seit ich auf die „Ghost" gekommen war, nichts mehr, auf das ich besonders stolz hätte sein können. Wir gingen zum Rande der Achterhütte, wo sie sich umwandte und mir ins Gesicht blickte. Ich sah mich um, um mich zu vergewissern, daß niemand in Hörweite war.

„Was gibt es?" fragte ich sanft, aber der entschlossene Ausdruck wich nicht von ihrem Gesicht.

„Ich kann begreifen, daß das, was heute morgen geschah, in der Hauptsache ein Unglücksfall war, aber ich habe mit Herrn Haskins gesprochen, und er erzählt mir, daß an dem Tage, als wir gerettet wurden, während ich in der Kajüte war, zwei Menschen ertränkt, mit Vorbedacht ertränkt – ermordet wurden."

In ihrer Stimme lag eine Frage, und sie sah mich anklagend an, als ob ich schuldig oder doch wenigstens mitschuldig an der Tat wäre.

„Das ist ganz richtig", antwortete ich. „Die beiden Männer wurden ermordet."

„Und das haben Sie zugelassen?" rief sie.

„Ich war nicht imstande, es zu verhindern, so muß es wohl heißen“, entgegnete ich, immer noch sanft.

„Aber haben Sie wenigstens den Versuch gemacht, es zu verhindern?“ Sie legte den Ton auf das Wort „Versuch“, und ein flehender Klang war in ihrer Stimme. „Ach, Sie haben es nicht getan“, fuhr sie fort, da sie meine Antwort erriet ... „Aber warum nicht?“

Ich zuckte die Achseln. „Sie dürfen nicht vergessen, Fräulein Brewster, daß Sie ein neuer Bewohner dieser kleinen Welt sind und noch nicht die Gesetze, die hier herrschen, verstehen. Sie haben gewiß edle Begriffe von Menschlichkeit, Männlichkeit, Benehmen und ähnlichem mitgebracht, aber Sie werden bald erkennen, daß das alles hier keine Geltung hat. Mir ging es ebenso“, fügte ich, unwillkürlich seufzend, hinzu. Ungläubig schüttelte sie den Kopf.

„Was würden Sie mir denn raten?“ fragte ich. „Soll ich ein Messer, ein Gewehr oder eine Axt nehmen und diesen Mann töten?“

Sie wich zurück. „Nein, das nicht!“

„Was sollte ich sonst tun? Mich selbst töten?“

„Sie betrachten die Dinge von einem rein materiellen Standpunkt“, hielt sie mir entgegen. „Es gibt einen sittlichen Mut, und ein solcher sittlicher Mut ist nie wirkungslos.“

„Ach,“ lächelte ich, „ich soll weder ihn noch mich töten, sondern mich von ihm töten lassen.“ Sie wollte sprechen, aber ich hob die Hand. „Sittlicher Mut ist etwas ganz Wertloses auf dieser schwimmenden kleinen Welt. Leach, der eine der beiden Ermordeten, besaß sittlichen Mut in außergewöhnlich hohem Maße. Ebenso der andere, Johnson. Er hat ihnen nicht nur nichts genützt, er hat sie sogar vernichtet. Und so würde es mir auch geschehen, wenn ich das bißchen sittlichen Mut, das ich besitze, gebrauchen wollte.

Sie müssen verstehen, Fräulein Brewster, völlig verstehen, daß dieser Mann ein Ungeheuer ist. Er besitzt kein Gewissen. Nichts ist ihm heilig, nichts ist so furchtbar, daß er es nicht täte. Eine Laune von ihm hielt mich an Bord zurück. Eine Laune von ihm hat mich am Leben gelassen. Ich tue nichts, kann nichts tun, denn ich bin der Sklave dieses Ungeheuers, wie Sie jetzt seine Sklavin sind, weil ich leben möchte, wie Sie leben möchten, weil ich nicht kämpfen und ihn überwältigen kann, gerade wie Sie nicht imstande wären, ihn zu bekämpfen und zu überwältigen.“

Sie schwieg, wartete offenbar, daß ich fortfahren sollte.

„Was soll ich noch sagen? Mir ist die Rolle des Schwachen zugeteilt. Ich schweige und erdulde die Schmach, wie auch Sie schweigen und dulden werden. Das ist das Beste, was wir tun können, wenn wir am Leben bleiben wollen. Der Kampf entscheidet sich nicht stets für den Starken. Wir haben nicht die Kraft, mit diesem Manne zu kämpfen. Wir müssen heucheln, und wenn wir gewinnen, tun wir es durch Verschlagenheit Wenn Sie sich von mir raten lassen wollen, so richten Sie sich hiernach. Ich weiß, daß meine Lage gefährlich ist, und die Ihre, das kann ich offen sagen, noch gefährlicher. Wir müssen zusammenhalten, müssen ein geheimes Bündnis schließen, ohne daß jemand es merkt. Mir wird es nicht möglich sein, offen Ihre Partei zu ergreifen, und was Unwürdiges mir auch immer auferlegt wird: Sie müssen schweigen. Wir dürfen es nicht auf einen Streit mit diesem Manne ankommen lassen, und wir dürfen seinen Willen nicht durchkreuzen. Wir müssen lächeln und freundlich zu ihm sein, so widerwärtig es uns auch sein mag."

Sie strich sich mit der Hand über die Stirn und sagte verwirrt: „Es ist mir immer noch unverständlich."

„Sie müssen tun, wie ich sage", unterbrach ich sie gebieterisch, denn ich sah, wie Wolf Larsens Blick uns traf, während er mit Latimer mittschiffs auf und ab wanderte. „Tun Sie, wie ich sage, und Sie werden bald sehen, daß ich recht habe."

„Was soll ich denn tun?" fragte sie, als sie den ängstlichen Blick bemerkte, den ich auf den Gegenstand unserer Unterhaltung warf, und – so schmeichle ich mir – durchdrungen von dem Ernst meiner Worte. „Lassen Sie alle Ihre Begriffe von sittlichem Mut fahren", sagte ich rasch. „Reizen Sie nicht den Unwillen dieses Mannes. Seien Sie ganz freundlich zu ihm, sprechen Sie mit ihm, streiten Sie sich mit ihm über Literatur und Kunst – er liebt diese Dinge. Sie werden in ihm einen aufmerksamen, verständnisvollen Zuhörer finden. Und um Ihrer selbst willen vermeiden Sie es, soweit möglich, Zeuge der Brutalitäten zu sein, die auf diesem Schiffe geschehen. Das wird es Ihnen erleichtern, Ihre Rolle zu spielen."

„Ich soll also lügen", sagte sie fest und mit Empörung in der Stimme. „Lügen in Wort und Tat."

Wolf Larsen hatte Latimer stehen lassen und kam auf uns zu. Ich erschrak tief.

„Bitte, bitte, mißverstehen Sie mich nicht", sagte ich rasch, indem ich die Stimme senkte. „Alle Ihre Menschenkenntnis, alle Ihre Erfahrungen sind hier wertlos. Sie müssen ganz umlernen. Ich weiß – ich kann es sehen: Sie haben in anderen Verhältnissen gelebt, sind gewohnt, Menschen mit Ihren Augen zu beherrschen, durch sie gewissermaßen Ihren sittlichen Mut sprechen zu lassen. Sie haben mich bereits mit Ihren Augen beherrscht, mit ihnen über mich geboten. Aber versuchen Sie es nicht mit Wolf Larsen. Ebenso leicht könnten Sie einen Löwen beherrschen, und er würde sich nur über Sie lustig machen. Er würde – ich bin immer stolz darauf gewesen, daß ich ihn entdeckt habe", sagte ich, indem ich den Gesprächsstoff wechselte, da Wolf Larsen in diesem Augenblick zu uns auf die Achterhütte trat. „Die Redakteure fürchteten ihn, und die Verleger wollten nichts mit ihm zu schaffen haben. Aber ich hatte ihn erkannt, und sein Genie und meine Urteilskraft wurden gerechtfertigt, als er den fabelhaften Erfolg mit seiner „Schmiede" hatte."

„Und dabei war es ein Zeitungsgedicht", sagte sie, ebenfalls im Unterhaltungston.

„Es erschien zufällig in einer Zeitung", erwiderte ich, „aber es hatte schon manchem Zeitschriftenredakteur vorgelegen.

Wir sprechen von Harris", sagte ich zu Wolf Larsen. „Ach ja", stimmte er zu. „Ich entsinne mich gut der „Schmiede". Eine Fülle schöner Gefühle und ein allmächtiger Glaube an menschliche Illusionen. Aber Herr van Weyden, Sie sollten sich lieber nach Köchlein umsehen. Er klagt und ist unruhig."

So wurde ich auf recht derbe Weise von der Achterhütte weggeschickt, und nur, um Mugridge in tiefem Schlummer zu finden nach dem Morphium, das ich ihm gegeben hatte. Ich beeilte mich nicht, wieder an Deck zu kommen, als ich es aber schließlich tat, sah ich zu meiner Freude Fräulein Brewster in angeregter Unterhaltung mit Wolf Larsen. Wie gesagt, freute ich mich über diesen Anblick. Sie befolgte also meinen Rat. Und doch durchzuckte mich ein leichter Schmerz, als ich sah, daß sie tat, um was ich sie gebeten, und was sie vorhin mit Abscheu von sich gewiesen hatte.

Günstige Winde trieben die „Ghost" schnell nordwärts in die Robbengründe. Wir trafen die Herden auf dem 44. Breitengrad in einer rauhen, stürmischen See, über die der Wind die Nebelbänke in wilder Flucht hetzte. Tagelang konnten wir nicht die Sonne sehen und Beobachtungen machen. Dann aber fegte der Wind die Oberfläche des Ozeans rein, die Wellen kräuselten sich schimmernd, und wir konnten feststellen, wo wir waren. Ein klarer Tag, auch drei oder vier konnten folgen, dann senkte sich der Nebel wieder auf uns herab, anscheinend dichter als je.

Die Jagd war gefährlich, aber dennoch wurden die Boote Tag für Tag hinuntergelassen, von der grauen Finsternis verschlungen und erst bei herabsinkender Nacht, ja oft erst viel später wiedergesehen. Wie Seegespenster huschten sie dann eines nach dem andern aus dem Grau hervor. Wainwright – der Jäger, den Wolf Larsen mit Boot und Mannschaft gestohlen hatte – benutzte den Nebel, um zu entwischen. Er verschwand eines Morgens mit seinen beiden Leuten in den kreisenden Schwaden, und wir sahen sie nie wieder. Nach einigen Tagen erfuhren wir jedoch, daß sie von einem Schoner zum andern gegangen waren, bis sie endlich ihren eigenen wiedergefunden hatten. Das hatte ich selbst schon längst tun wollen, aber es bot sich mir nie eine Gelegenheit. Es war nicht Sache des Steuermanns, mit in die Boote zu gehen, und welche List ich auch anwandte, gab Wolf Larsen mir doch nie die Erlaubnis dazu. Hätte er es getan, so würde ich irgendwie versucht haben, Fräulein Brewster mitzunehmen. Näherten sich die Dinge doch einem Stadium, an das zu denken mir Grauen einflößte. Ich wollte nicht daran denken, aber immer wieder erhob sich der Gedanke wie ein Spukgespenst in meinem Kopfe und wich nicht.

Ich hatte früher Seegeschichten gelesen, in denen die einsame Frau unter einer Schar von Männern als das natürlichste von der Welt vorkam; jetzt aber erfuhr ich, daß ich nie die tiefere Bedeutung dieser Situation erfaßt hatte. Und hier stand ich dieser Situation nun Angesicht zu Angesicht gegenüber. Um sie so lebendig wie möglich zu gestalten, brauchte es nur, daß die Frau Maud Brewster war.

Kein größerer Gegensatz als der zwischen ihr und ihrer Umgebung hätte je ersonnen werden können. Sie war zart und ätherisch, geschmeidig und mit leichten, anmutigen Bewegungen. Ich hatte nie das Gefühl, als ob sie schritte, oder es doch wenigstens nach Art gewöhnlicher Sterblicher täte. Eine seltene Leichtigkeit lag über ihr, und sie bewegte sich mit einer unbeschreiblichen Anmut. Näherte sie sich einem, so geschah es wie ein Vogel, der auf geräuschlosen Schwingen herniederschwebte.

Sie war wie ein Gegenstand aus Meißener Porzellan, und ich wurde immer wieder betroffen von einem Eindruck von Zerbrechlichkeit, den sie auf mich machte. Wie damals, als ich ihren Arm ergriffen hatte, um ihr die Kajütstreppe hinunterzuhelfen, war ich jederzeit darauf vorbereitet, sie zerbrechen zu sehen, falls sie zu hart angepackt würde. Nie habe ich eine solche Harmonie zwischen Körper und Geist gesehen. Ihr Körper schien ein Teil ihrer Seele zu sein, schien die gleichen Eigenschaften zu besitzen und an das Leben nur durch die zartesten Ketten gefesselt zu sein. In der Tat: sie trat leicht über diese Erde, und nur ein Geringes von grobem Staube haftete ihr an.

Wolf Larsen bildete einen schreienden Gegensatz zu ihr. Ich beobachtete sie, wie sie eines Morgens zusammen über das Deck schritten, und ich verglich sie als die äußersten Endpunkte der menschlichen Entwicklung – er der Höhepunkt aller Barbarei, sie das vollendetste Produkt höchster Zivilisation. Wahrlich: Wolf Larsen besaß einen ungewöhnlichen Intellekt, aber er benutzte ihn einzig im Dienste seiner wilden Instinkte, was ihn nur um so schrecklicher und wilder machte. Er besaß prachtvolle Muskeln und war athletisch gebaut, aber obwohl er fest und bestimmt auftrat, haftete seinem Schritt keine Schwere an. An Dschungel und Wildnis gemahnten Heben und Senken seines Fußes. Geschmeidig und stark – vor allem stark – war sein Gang wie der einer Katze. Er glich einem großen Tiger, einem tapferen Raubtier. So wirkte er, und in seinen Augen leuchtete zeitweise derselbe durchdringende Glanz auf, den ich in denen eingesperrter Leoparden oder anderer beutesuchender Geschöpfe der Wildnis in ihren Käfigen gesehen hatte.

Sie kamen in die Nähe der Kajütskappe, wo ich stand. Obgleich sie es durch kein äußeres Zeichen verriet, spürte ich doch, daß sie sich in großer Erregung befand. Sie machte irgendeine nichtssagende Bemerkung, blickte mich an und lachte unbekümmert, dann aber sah ich, wie ihre Augen unwillkürlich, wie fasziniert, die seinen suchten; sie senkte sie wieder, aber doch nicht schnell genug, um das Entsetzen, das in ihnen geschrieben stand, zu verbergen.

In seinen Augen sah ich die Ursache ihrer Erregung. Sonst grau, kalt und hart, waren sie jetzt warm, sanft und golden, und es tanzten in ihnen winzige Lichter, die erloschen und schwanden, aber wieder aufflammten, bis sie die Augen ganz mit einem glühenden Leuchten erfüllten. Vielleicht verursachten sie den goldenen Schein. Jedenfalls waren seine Augen golden, verführerisch und herrisch, lockend und zwingend und verliehen einem Befehl, einem Schrei des Blutes Ausdruck, den kein Weib, am wenigsten Maud Brewster, mißverstehen konnte.

Ihre Angst steckte mich an, und in diesem Augenblick der Furcht – der entsetzlichsten Furcht, die ein Mann fühlen kann, wußte ich, daß sie mir unsäglich teuer war. Das Bewußtsein, daß ich sie liebte, überkam mich gleichzeitig mit der Angst, und beide Gefühle umkrallten mein Herz und ließen mein Blut gefrieren und zugleich aufrührerisch wallen. Ich fühlte mich von einer fremden Macht bezwungen und wandte mich wider Willen, um in Wolf Larsens Augen zu blicken. Aber jetzt hatte er seine Selbstbeherrschung wiedergefunden. Die goldene Farbe und das schimmernde Licht waren erloschen. Seine Augen funkelten kalt und grau, als er sich jetzt plötzlich mit einer unbeholfenen Bewegung abwandte.

„Ich fürchte mich," flüsterte sie schaudernd, „ich fürchte mich so."

Auch ich fürchtete mich und befand mich in starker Erregung über die Entdeckung, die ich gemacht hatte, aber es gelang mir, gelassen zu antworten:

„Es wird schon alles gut werden, Fräulein Brewster. Glauben Sie mir, es wird alles gut werden."

Sie antwortete mit einem kleinen dankbaren Lächeln, das mein Herz klopfen ließ, und ging dann die Kajütstreppe hinunter.

Lange blieb ich dort stehen, wo sie mich verlassen hatte. Es war eine zwingende Notwendigkeit für mich, mich zu besinnen und mir klar darüber zu werden, welche Wendung die Dinge genommen hatten. Jetzt endlich war sie gekommen, die Liebe, war zu mir gekommen, nun, da ich es am wenigsten erwartet hatte, und unter den schwierigsten Verhältnissen.

Maud Brewster! Meine Erinnerung flog zurück zu dem ersten dünnen Bändchen auf meinem Schreibtisch, und ich sah zum Greifen deutlich die ganze Reihe schmaler Bändchen auf meinem Bücherbrett vor mir. Mit welcher Freude hatte ich jedes von ihnen begrüßt! Alljährlich war eines von ihnen erschienen, und jedesmal war es das Ereignis des Jahres für mich gewesen. Sie hatten eine verwandte Saite in meinem Geiste angeschlagen, und in diesem Sinne hatte ich sie kameradschaftlich begrüßt; aber jetzt hatten sie ihren Platz in meinem Herzen gefunden.

Und dann kehrte mein Geist – ungereimt und sinnlos – zu einer kleinen biographischen Bemerkung in dem roten Bande „Wer ist's?" zurück. „Sie ist in Cambridge geboren und 27 Jahre alt." Und ich sagte mir: „27 Jahre alt und doch noch frei?" Wie konnte ich wissen, ob sie noch frei war? Und der Stich neugeborener Eifersucht jagte allen Zweifel in die Flucht. Nein, es war sicher. Ich war eifersüchtig, also war ich verliebt. Und die, die ich liebte, war Maud

Brewster. Obgleich ich stets von Frauen umgeben gewesen, hatte ich sie nur rein ästhetisch betrachtet, weiter nichts. Ich hatte wirklich manchmal geglaubt, daß die Regel keine Geltung auf mich hätte, daß ich ein Einsiedler wäre, dem das Glück der Liebe versagt sei. Und nun war es doch gekommen! In einer Art Ekstase verließ ich meinen Platz an der Kajütskappe und schritt über das Deck, indem ich die wundervollen Verse Elisabeth Brownings murmelte:

„Traumbilder waren viele Jahre lang
Genossen statt der Frau'n und Männer mir;
Die besten Kameraden seid doch ihr.
Kein süßer Lied ein andrer je mir sang.“

Jetzt aber erklang das süßere Lied in meinen Ohren, und ich war blind und taub für alles um mich her. Die scharfe Stimme Wolf Larsens rüttelte mich auf. „Zum Donnerwetter, was treiben Sie?“

Ich war nach vorn geschritten, wo die Matrosen mit Anstreichen beschäftigt waren, und bemerkte jetzt, daß ich mit dem Fuße fast einen Farbentopf umgestoßen hätte.

„Schlafwandeln, Sonnenstich – wie?“ brummte er.

„Nein, Verdauungsstörung“, erwiderte ich und ging weiter, als ob mir nichts Ungewöhnliches begegnet wäre.

Zu den stärksten Eindrücken meines Lebens gehören die Ereignisse auf der „Ghost“ in den vierzig Stunden, die der Entdeckung meiner Liebe zu Maud Brewster folgten. Nach einem stillen, geruhigen Leben war ich mit 35 Jahren in eine Reihe der unwahrscheinlichsten Abenteuer verwickelt worden, die ich mir je hatte träumen lassen, aber nie habe ich so viele und so spannende Erlebnisse gehabt wie in diesen vierzig Stunden. Und auch heute noch kann ich meine Ohren nicht ganz der leisen Stimme des Stolzes verschließen, die mir zuflüstert, daß ich, alles in allem, nicht übel dabei abgeschnitten habe.

Das erste war, daß Wolf Larsen den Jägern beim Mittagessen mitteilte, sie sollten in Zukunft im Zwischendeck essen. Das war etwas ganz Unerhörtes auf Robbenschonern, wo die Jäger stets Offiziersrang bekleiden. Er gab keine Gründe an, sie waren aber klar genug. Horner und Smoke hatten angefangen, Maud Brewster den Hof zu machen; es war dies an und für sich nur lächerlich und durchaus nicht beleidigend für Fräulein Brewster, aber es störte Wolf Larsen offenbar.

Die Ankündigung wurde mit tiefem Schweigen entgegengenommen, wenn auch die vier andern Jäger bedeutungsvoll auf die beiden Schuldigen blickten. Jock Horner verzog, seiner ruhigen Art gemäß, keine Miene. Aber Smoke stieg das Blut zu Kopfe, und er öffnete den Mund, um etwas zu sagen. Wolf Larsen beobachtete ihn abwartend, den stahlharten Schimmer in den Augen, aber Smoke schloß wortlos wieder den Mund. „Wünschen Sie etwas?“ fragte der Kapitän angriffslustig.

Das war eine Herausforderung, aber Smoke tat, als verstände er sie nicht.

„Was denn?“ fragte er so unschuldig, daß Wolf Larsen aus der Fassung gebracht wurde, während die andern lächelten.

„Ach nichts“, sagte Wolf Larsen friedlich. „Ich dachte nur, Sie wollten gern eine 'runtergelangt haben.“

„Wofür?“ fragte der unerschütterliche Smoke.

Jetzt lächelten Smokes Kameraden ganz unverhohlen. Der Kapitän hätte ihn töten mögen, und ich bin überzeugt, daß Blut geflossen sein würde, wenn Maud Brewster nicht dabeigewesen wäre. Ihre Anwesenheit hatte denn auch Smoke ermutigt. Er war zu vorsichtig, als daß er Wolf Larsens Zorn zu einem Zeitpunkt herausgefordert hätte, da dieser Zorn sich stärker als in Worten hätte äußern können. Ich fürchtete dennoch, daß es zum Kampfe kommen sollte, aber da ertönte ein Ruf vom Rudergast, der die Situation rettete.

„Rauch ahoi!“ klang es die Kajütstreppe herab.

„Welche Richtung?“ rief Wolf Larsen hinauf.

„Gerade achtern.“

„Vielleicht ein Russe“, meinte Latimer.

Bei seinen Worten zeigte sich Schrecken auf den Gesichtern der andern Jäger. Ein Russe konnte nur eins bedeuten: einen Kreuzer. Die Jäger hatten zwar nur eine annähernde Vorstellung, wo wir uns befanden, aber sie wußten doch, daß wir nicht weit von der Grenze des verbotenen Territoriums sein konnten, und alle kannten Wolf Larsens Ruf als Wilderer. Alle Augen richteten sich auf ihn.

„Wir sind vollkommen sicher“, beruhigte er sie lachend. „Diesmal gibt's keine Salzminen, Smoke. Aber ich will euch etwas sagen: ich will fünf gegen eins wetten, daß es die „Macedonia“ ist.“

Als keiner die Wette annahm, fuhr er fort: „Und wenn das stimmt, wette ich zehn gegen eins, daß wir Scherereien kriegen.“

„Nein, ich danke“, sagte Latimer freimütig. „Ich habe nichts dagegen, mein Geld zu verlieren, aber ich will wenigstens das Pferd laufen sehen. Es ist noch nie ohne Scherereien abgegangen, wenn Sie mit Ihrem Bruder zusammengetroffen sind, und ich will selbst zwanzig gegen eins darauf wetten.“

Seine Worte erregten allgemeine Heiterkeit, in die auch Wolf Larsen einstimmte, und die Mahlzeit verlief friedlich, obwohl er mich die ganze Zeit niederträchtig behandelte, mich höhnte und reizte, bis ich vor unterdrückter Wut zitterte. Aber ich wußte, daß ich mich um Maud Brewsters willen beherrschen mußte, und ich wurde belohnt, als ich einen ihrer Blicke erhaschte, der deutlicher als alle Worte sprach: „Verlier den Mut nicht!“

Wir standen von Tische auf und gingen an Deck, denn ein Dampfer war eine willkommene Unterbrechung des eintönigen Lebens auf See, und die Überzeugung, daß es Tod Larsen und die „Macedonia“ waren, vermehrte unsere Aufregung. Die steife Brise und die schwere See vom vergangenen Nachmittage hatten sich am Morgen etwas beruhigt, so daß es jetzt möglich war, die Boote hinabzulassen und zu jagen. Die Jagd versprach gut zu werden. Wir waren den ganzen Vormittag zwischen vereinzelten Robben hindurchgesegelt und liefen jetzt mitten in die Herde hinein.

Der Rauch war noch mehrere Meilen achternaus, näherte sich aber schnell, als wir die Boote hinabließen. Sie trennten sich und fuhren in nördlicher Richtung über das Meer. Hin und wieder sahen wir ein Segel niedergehen, hörten die Büchsen knallen und sahen die Segel wieder hochgehen. Es wimmelte von Robben. Der Wind legte sich ganz; alles schien einen großen Fang zu verkünden. Als wir ausliefen, um in Lee der Boote zu kommen, sahen wir, daß das Meer mit schlafenden Robben bedeckt war. Sie lagen da zu zweit, zu dritt, in ganzen Haufen, dichter, als ich sie je vorher gesehen, der Länge nach auf der Oberfläche ausgestreckt und fest schlafend, so sicher wie eine Schar träger junger Hunde.

Unter dem näherkommenden Rauche wurden jetzt Rumpf und Aufbau des Dampfers sichtbar. Es war die „Macedonia“. Ich las den Namen durch das Glas, als das Schiff uns, kaum eine Meile steuerbord, passierte. Wolf Larsen warf wilde Blicke auf den Dampfer, und Maud Brewster wurde neugierig.

„Was für Scherereien denken Sie zu bekommen, Kapitän?“ fragte sie heiter.

Er blickte sie an, und ein freundlicher Blick huschte über seine Züge.

„Ja, was meinen Sie? Daß sie an Bord kommen und uns die Kehlen abschnitten?“

„Ja, etwas Derartiges“, gestand sie. „Die Robbenjäger sind ja etwas so Fremdes für mich, daß ich beinahe auf alles gefaßt bin.“

Er nickte. „Ganz recht, ganz recht. Sie haben sich nur geirrt, wenn Sie nicht das Schlimmste erwarteten.“

„Was kann denn noch schlimmer sein, als wenn einem die Kehle abgeschnitten wird?“ fragte sie überrascht und mit kleidsamer Naivität.

„Wenn einem der Geldbeutel abgeschnitten wird“, antwortete er. „Die Menschen sind heutzutage so eingerichtet, daß ihre Lebensfähigkeit durch den Inhalt ihres Geldbeutels bestimmt wird.“

„Wer mir den Geldbeutel stiehlt, stiehlt wertlosen Plunder“, zitierte sie.

„Wer mir den Geldbeutel stiehlt, stiehlt mir das Recht, zu leben“, lautete seine Antwort. „Trotz aller Sprichwörter! Denn wer mir mein Geld stiehlt, stiehlt mir mein Brot, mein Fleisch, mein Bett und gefährdet daher mein Leben.“

„Aber ich kann nicht einsehen, wieso der Dampfer irgendwelche Absichten auf Ihren Geldbeutel haben sollte.“

„Warten Sie nur ab, dann werden Sie es schon sehen“, erwiderte er grimmig.

Wir brauchten nicht lange zu warten. Als die „Macedonia“ mehrere Meilen jenseits unserer Bootslinie war, begann sie, Boote auszusetzen. Wir wußten, daß sie vierzehn gegen unsere fünf hatte (eines war uns durch die Flucht Wainwrights abhanden gekommen), und sie begann damit weit in Lee unseres äußersten Bootes, kreuzte unsern Kurs und endete weit in Luv unseres ersten Luvbootes. Damit war die Jagd für uns verdorben. Hinter uns gab es keine Robben, und vor uns fegte die Linie der vierzehn Boote wie ein ungeheurer Besen die Herde vor sich hin.

Unsere Boote jagten über die paar Meilen zwischen der „Macedonia“ und ihren Booten und gingen dann zurück. Der Wind flüsterte nur noch leise, das Meer wurde immer ruhiger, und alles dies im Verein mit der großen Robbenherde machte den Tag zur Jagd wie geschaffen – es war einer der zwei oder drei ganz besonders bevorzugten Tage, die man in einer glücklichen Jagdsaison erwarten darf. Eine Schar zorniger Menschen, Puller, Steuerer und Jäger kletterte über die Reling. Jeder einzelne fühlte sich beraubt, und die Boote wurden unter Flüchen eingeholt, die Tod Larsen in alle Ewigkeit abgetan haben würden, wenn Flüche wirkliche Macht besäßen. „Tod und Verdammnis für ein Dutzend Ewigkeiten", erklärte Louis und zwinkerte mir zu, als er sein Boot hochgeheißt und festgesurrt hatte.

„Hören Sie sie an und sagen Sie selbst, ob es schwer ist, den Lebensnerv ihrer Seele herauszufinden", sagte Wolf Larsen. „Treue und Liebe? Hohe Ideale? Das Gute? Das Schöne? Das Wahre?"

„Ihr angeborener Rechtssinn ist gekränkt", mischte Maud Brewster sich in die Unterhaltung.

„Sie sind sentimental," höhnte er, „ebenso sentimental wie Herr van Weyden. Die Leute fluchen, weil ihre Wünsche durchkreuzt sind. Das ist alles. Was sie wünschen? Gutes Essen und weiche Betten, wenn sie an Land kommen und eine gute Löhnung erhalten – Weiber, Suff und Völlerei und das Tierhafte, das wahrlich das Beste in ihnen, ihr höchstes Ziel, ihr Ideal ist. Die Gefühle, die sie zeigen, sind wahrhaftig kein rührender Anblick, und doch sehen wir, wie tief diese Gefühle gehen, denn Hand an ihren Beutel, heißt Hand an ihre Seele legen."

„Sie benehmen sich doch nicht so, als ob es Ihren Beutel betroffen hätte", meinte sie lächelnd.

„Kann sein, daß ich mich anders benehme, denn es hat sowohl meinen Beutel wie meine Seele betroffen. Bei den derzeitigen Fellpreisen auf dem Londoner Markt und einer ungefähren Schätzung, was wir heute nachmittag gefangen hätten, wenn die „Macedonia" es uns nicht weggeschnappt hätte, hat die „Ghost" etwa 1500 Dollar eingebüßt."

„Und das sagen Sie so ruhig –", begann sie.

„Aber ich bin nicht ruhig; ich könnte den Mann töten, der mich beraubt hat", unterbrach er sie. „Ja, ja, ich weiß, dieser Mann ist mein Bruder – wieder die alte Sentimentalität! Pah!"

Sein Gesicht veränderte sich plötzlich. Seine Stimme klang weniger barsch und ganz aufrichtig, als er jetzt sagte:

„Ihr müßt glücklich sein mit eurer Sentimentalität, wahrhaft glücklich, weil ihr vom Guten träumt und das Gute findet und deshalb selbst gut seid. Aber sagt, ihr beiden, findet ihr mich gut?“

„Sie sind gewissermaßen gut anzuschauen“, urteilte ich. „In Ihnen liegen alle Kräfte für das Gute“, lautete die Antwort Maud Brewsters.

„Da haben wir's!“ rief er ärgerlich. „Leere Worte! Euer Gedanke, den ihr da aussprecht, ist unklar, unscharf und unbestimmt! Es ist in Wirklichkeit gar kein Gedanke. Es ist ein Gefühl, eine Empfindung, auf Illusionen aufgebaut, und entspringt nicht im geringsten eurem Intellekt.“

Während er sprach, wurde seine Stimme wieder sanfter und ein vertraulicher Klang kam in sie. „Wissen Sie, daß ich mich manchmal über dem Wunsch ertappe, auch blind für die Tatsachen des Lebens zu sein und nur seine Phantasien und Illusionen zu kennen. Die sind natürlich falsch, alle falsch und vernunftswidrig; aber jedesmal, wenn ich Angesicht zu Angesicht mit Ihnen stehe, sagt mir meine Vernunft, daß es doch die größte Freude sein muß, zu träumen und in Illusionen zu leben, und wenn sie noch so falsch sind! Und alles in allem ist die Freude ja doch der Lohn des Lebens. Ohne Freude ist das Leben wertloses Tun. Arbeiten und leben ohne Lohn ist schlimmer als tot sein. Wer der größten Freude fähig ist, lebt am stärksten, und eure Träume und Illusionen bereiten euch weniger Unruhe und befriedigen euch mehr als meine Tatsachen.“

Er schüttelte nachdenklich den Kopf.

„Ich zweifle oft, zweifle an dem Werte der Vernunft. Träume müssen wirklicher und befriedigender sein. Gefühlsmäßige Freude erfüllt mehr und währt länger als verstandesmäßige. Ich beneide Sie, beneide Sie!“ Er schwieg, und sein Blick wanderte abwesend über sie hin und verlor sich auf dem ruhigen Meere. Die alte eingefleischte Schwermut senkte sich wieder über ihn, und er überließ sich ihr widerstandslos. Er hatte sich in eine Art Katzenjammer hineingeredet, und wir konnten sicher sein, daß in wenigen Stunden der Teufel in ihm wach wurde.

„Sie waren an Deck, Herr van Weyden,“ sagte Larsen am nächsten Morgen beim Frühstück. „Wie sieht es aus?“

„Schön Wetter“, antwortete ich und blickte auf den Sonnenschein, der in die Kajüte hereinströmte. „Frische Brise aus West mit der Aussicht auf steifen Wind, wenn man Louis glauben kann.“

Er nickte vergnügt. „Anzeichen von Nebel?“

„Dichte Bänke in Nord und Nordwest.“

Er nickte wieder, anscheinend mit noch größerer Befriedigung als zuvor.

„Was Neues von der „Macedonia“?“

„Sie ist nicht zu sehen“, antwortete ich.

Ich hätte schwören mögen, daß sein Gesicht sich bei dieser Nachricht verdüsterte, aber den Grund seiner Enttäuschung konnte ich nicht erraten.

Ich sollte ihn indessen bald erfahren.

„Rauch ahoi!“ ertönte es von Deck, und seine Züge erhellten sich wieder.

„Schön!“ rief er aus und stand sofort auf, um sich an Deck und ins Zwischendeck zu begeben, wo die Jäger gerade ihr erstes Frühstück seit ihrer Vertreibung aus der Kajüte einnahmen.

Maud Brewster und ich berührten kaum die vor uns stehenden Speisen, wir starrten uns in stiller Besorgnis an und lauschten auf die Stimme Wolf Larsens, die gleich darauf das Schott zwischen Zwischendeck und Kajüte durchdrang. Er sprach lange, und seine Schlußworte wurden mit wildem Jubel begrüßt. Das Schott war zu dick, als daß wir ihn hätten verstehen können, was er aber auch gesagt haben mochte, so mußte es doch recht etwas nach dem Herzen der Jäger gewesen sein.

Aus dem Geräusch an Deck entnahm ich, daß die Matrosen herausgepurrt und im Begriff waren, die Boote hinabzulassen. Maud Brewster begleitete mich an Deck, aber ich ließ sie an der Achterhütte, von wo sie die Szene beobachten konnte, ohne selbst mitzuspielen. Die Matrosen mußten erfahren haben, was bevorstand, denn die Rührigkeit und Arbeitsfreudigkeit, die sie an den Tag legten, zeugten von Begeisterung. Die Jäger erschienen an Deck mit ihren Gewehren und Munitionskasten und – was ganz ungewöhnlich war – ihren Kugelbüchsen. Diese wurden sehr selten mit in die Boote genommen, denn wenn eine Robbe auf weite Entfernung mit der Büchse geschossen wurde, sank sie unweigerlich, ehe das Boot sie erreichen konnte. Aber heute nahm jeder Jäger seine Büchse und einen großen Vorrat an Patronen mit. Ich bemerkte, wie sie vergnügt grinsten, als sie den Rauch der „Macedonia“ erblickten, der immer höher stieg, je mehr sie sich von Westen näherte.

Die fünf Boote gingen wie der Wind über Bord, breiteten sich fächerförmig aus und setzten, wie am vergangenen Nachmittag, den Kurs nach Norden. Ich beobachtete sie eine Zeitlang gespannt, aber es war nichts Ungewöhnliches an ihnen zu bemerken. Sie ließen die Segel nieder, schossen Robben, heißten die Segel wieder und setzten ihren Weg fort, wie ich es immer hatte tun sehen. Die „Macedonia“ wiederholte ihr gestriges Manöver, indem sie ihre Boote vor den unseren und quer über unserm Kurs aussetzte. Vierzehn Boote erfordern ein ausgedehntes Gebiet, um bequem jagen zu können, und als die „Macedonia“ uns vollkommen abgeschlossen hatte, fuhr sie weiter nordwestlich, indem sie immer noch Boote aussetzte.

„Was haben Sie vor?“ fragte ich Wolf Larsen, ganz unfähig, meine Neugier noch länger im Zaum halten zu können.

„Lassen Sie das meine Sorge sein“, antwortete er barsch. „Es wird keine tausend Jahre dauern, bis Sie es wissen. Beten Sie nur, daß wir guten Wind bekommen.“

„Übrigens kann ich es Ihnen auch gern erzählen“, sagte er einen Augenblick später. „Ich will meinem Bruder eine Dosis seiner eigenen Medizin verabreichen. Kurz, ich will ihm selbst mal den Fang ausspannen, und nicht nur für einen Tag, sondern für den ganzen Rest der Fangzeit – wenn wir Glück haben.“

„Und wenn wir keines haben?“ fragte ich.

„Gar nicht auszudenken!“ lachte er. „Wir müssen einfach Glück haben, sonst sind wir glatt geliefert.“ Er stand am Rad, und ich ging nach meinem Lazarett in der Back, wo die beiden zu Schaden Gekommenen, Nilson und Mugridge, lagen. Nilson fühlte sich so wohl, wie man nur erwarten konnte, denn sein gebrochenes Bein heilte ausgezeichnet; der Cockney aber war niedergeschlagen und verzweifelt, und ich hatte das größte Mitleid mit dem unglücklichen Menschen. Es war ein reines Wunder, daß er noch lebte und am Leben hing. Die grausamen Jahre hatten seinen ausgemergelten Körper zu einem zersplitterten Wrack gemacht, und doch brannte der Lebensfunke in ihm so hell wie nur je.

„Mit einem künstlichen Fuß – man verfertigt jetzt ganz ausgezeichnete – kannst du bis ans Ende der Zeiten in Schiffskombüsen herumlaufen“, versicherte ich ihm freundlich.

Aber seine Antwort war ernst, ja fast feierlich. „Ich weiß nicht, ob es stimmt, was Sie sagen, Herr van Weyden, aber eines weiß ich: Ich werde keine glückliche Stunde haben, bis dieser Höllenhund tot zu meinen Füßen liegt. Er kann nicht so lange leben wie ich. Er hat kein Recht zu leben, und wenn das alte Wort sagt, daß er sicher sterben muß, so sage ich „Amen" und „möglichst bald!" dazu."

Als ich wieder an Deck zurückkehrte, fand ich Wolf Larsen mit einer Hand steuernd und mit der andern ein Seeglas haltend und die Lage der Boote studierend, wobei er der „Macedonia" besondere Aufmerksamkeit schenkte. Die einzige Veränderung an unsern Booten war, daß sie jetzt dicht am Winde lagen und mehrere Striche West zu Nord vorgerückt waren. Ich konnte aber noch nicht die Zweckmäßigkeit dieses Manövers einsehen, denn sie waren immer noch durch die fünf Luvboote der „Macedonia", die sich ebenfalls dicht an den Wind gelegt hatten, vom offenen Meere abgeschnitten. Die zogen auf diese Weise langsam nach Westen und legten einen immer größeren Abstand zwischen sich und die übrigen Boote in der Linie. Auf unsern Booten wurden neben den Segeln auch die Riemen gebraucht. Selbst die Jäger pullten, und so überholten sie bald den – ich kann es wohl so nennen – Feind.

Der Rauch der „Macedonia" war zu einem trüben Fleck am nordöstlichen Horizont eingeschrumpft. Vom Dampfer selbst war nichts zu sehen. Wir hatten uns bis jetzt, teilweise mit im Winde schlagenden Segeln, treiben lassen; zweimal hatten wir, mit kurzem Zwischenraum, beigelegt. Jetzt aber wurde es anders. Die Segel wurden getrimmt, und bald hatte Wolf Larsen die „Ghost" in volle Fahrt gebracht. Wir liefen an unsern Booten vorbei und hielten auf das erste Luvboot der andern Linie.

„Runter mit dem Außenklüver, Herr van Weyden", befahl Wolf Larsen. „Und halten Sie sich bereit, den Klüver herüberzuholen!"

Ich lief nach vorn und hatte den Außenklüver eben eingeholt, als wir einige hundert Fuß in Lee an dem Boot vorbeischossen. Die drei Insassen betrachteten uns mißtrauisch. Sie wußten, daß sie uns die Jagd verdorben hatten, und sie kannten Wolf Larsen jedenfalls dem Namen nach. Ich bemerkte, wie der Jäger, ein mächtiger Skandinavier, der im Bug saß, das Gewehr schußbereit über den Knien hielt – es hätte eigentlich an der Nagelbank hängen müssen. Als wir sie gerade hinter unserm Achtersteven hatten, winkte Wolf Larsen ihnen mit der Hand zu und rief:

„Kommt zu einem Schwätzchen an Bord."

„Schwätzchen“ bedeutet unter Robbenjägern soviel wie „Besuch“, „Unterhaltung“. Es bezeichnet die Schwatzlust der Seeleute und ist eine angenehme Unterbrechung des einförmigen Lebens auf diesen Schiffen.

Die „Ghost“ drehte sich in den Wind, und da ich gerade meine Arbeit vorn beendet hatte, lief ich nach achtern, um bei der Großschoot zu helfen.

„Sie sind wohl so freundlich, an Deck zu bleiben, Fräulein Brewster“, sagte Wolf Larsen, indem er nach vorn schritt, um seine Gäste zu begrüßen. „Und Sie auch, Herr van Weyden.“

Das Boot hatte seine Segel eingeholt und legte sich neben uns. Der Jäger, goldbärtig wie ein alter Seekönig, kletterte über die Reling an Deck. Aber trotz seinem riesigen Wuchse konnte er offenbar seine Furcht kaum verbergen. Zweifel und Mißtrauen zeigten sich deutlich auf seinen Zügen. Es war trotz seinem behaarten Schild ein offenes Gesicht, dem man sofort die Erleichterung ansah, als er Wolf Larsen und mich sah und sich klar wurde, daß er es nur mit zweien zu tun hatte. Unterdessen waren auch seine beiden Leute an Bord gekommen, und nun hatte er kaum Grund, sich zu fürchten. Er überragte Wolf Larsen wie ein Goliath. Er mußte wenigstens sechs Fuß und neun Zoll messen und wog – wie ich später erfuhr – zweihundertundvierzig Pfund. Und es war kein Fett an ihm. Alles nur Knochen und Muskeln!

Sein Argwohn erwachte indessen wieder, als Wolf Larsen ihn einlud, mit in die Kajüte zu kommen. Aber ein Blick auf seinen Wirt beruhigte ihn wieder. War der auch gewiß ein starker Mann, so erschien er doch neben diesem Riesen wie ein Zwerg. So schwanden denn seine Bedenken, und die beiden stiegen miteinander in die Kajüte hinab. Seine beiden Leute waren unterdessen nach Seemannsbrauch in die Back gegangen, um dort einen Besuch abzustatten.

Plötzlich ertönte ein entsetzliches Gebrüll aus der Kajüte, gefolgt von dem Getöse eines wütenden Kampfes. Der Leopard und der Löwe kämpften miteinander. Wolf Larsen war der Leopard.

„Da sehen Sie, wie heilig die Gastfreundschaft hier gehalten wird“, sagte ich bitter zu Maud Brewster. Sie nickte, um zu zeigen, daß sie hörte, und ich las in ihrem Gesicht, daß sie bei dem Geräusch des heftigen Kampfes ebenso litt, wie ich es bei derartigen Gelegenheiten in den ersten Wochen meines Aufenthaltes auf der „Ghost“ getan hatte.

„Wäre es nicht besser, wenn Sie nach vorn gingen – etwa zur Zwischendeckskappe – bis es vorbei ist?“ schlug ich ihr vor.

Sie schüttelte den Kopf und sah mich mit einem mitleiderregenden Blick an. Sie fürchtete sich nicht, war aber entsetzt über diese menschliche Bestialität.

„Sie werden begreifen,“ nahm ich die Gelegenheit wahr, „daß ich nur geringen Anteil an den Vorgängen an Bord nehme. – Es ist nicht schön für mich“, fügte ich hinzu.

„Ich verstehe Sie“, sagte sie mit schwacher Stimme, die klang, als käme sie aus weiter Ferne, und ihre Augen zeigten mir, daß sie mich verstand.

Das Getöse unten erstarb bald. Kurz darauf kam Wolf Larsen allein an Deck. Sein braunes Gesicht war leicht gerötet, sonst aber hatte der Kampf keine Spuren bei ihm hinterlassen.

„Schicken Sie die beiden Leute nach achtern, Herr van Weyden“, sagte er.

Ich gehorchte, und wenige Minuten später standen sie vor ihm.

„Holt euer Boot ein,“ sagte er zu ihnen, „euer Jäger hat sich entschlossen, eine Weile an Bord zubleiben, und möchte nicht, daß es längsseits zerstoßen wird. – Holt euer Boot herein, sage ich“, wiederholte er schärfer, als sie zögerten, seinem Befehl Folge zu leisten.

„Wer weiß? Vielleicht werdet ihr eine Zeitlang mit mir fahren“, sagte er ganz freundlich, aber mit einem leisen, drohenden Klang, der seine Freundlichkeit Lügen strafte, als sie sich langsam in Bewegung setzten, um zu gehorchen. „Es ist schon am besten, wenn wir uns gleich freundschaftlich verständigen. Ein bißchen flink nun! Tod Larsen läßt euch ganz anders springen, das wißt ihr gut!“

Unter seiner Anleitung wurden ihre Bewegungen merklich schneller, und als das Boot über Bord schwang, wurde ich nach vorn geschickt, um den Klüver hochgehen zu lassen. Wolf Larsen stand am Rade und steuerte die „Ghost“ auf das zweite Luvboot der „Macedonia“.

Vorläufig gab es nichts für mich zu tun, und so wandte ich meine Aufmerksamkeit den Booten zu. Das dritte Luvboot der „Macedonia“ wurde von zweien der unsrigen angegriffen, das vierte von unsern andern drei, während das fünfte kehrtgemacht hatte, um seinem nächsten Gefährten zu Hilfe zu kommen. Die Schlacht war auf weite Entfernung eröffnet, und die Büchsen knallten unaufhörlich. Kurze, kräftige Seen, vom Winde aufgepeitscht, hinderten ein sicheres Schießen, und hin und wieder sahen wir beim Näherkommen die Kugeln von Welle zu Welle tanzen.

Das Boot, das wir verfolgten, hatte sich vor den Wind gelegt und versuchte, uns zu entwischen. Es nahm die Richtung auf die anderen Boote, um ihnen zu helfen, den allgemeinen Angriff zurückzuschlagen.

Da ich Segel und Schoote bediente, blieb mir wenig Zeit zu sehen, was vorging, als ich aber zufällig auf der Achternhütte war, hörte ich, wie Wolf Larsen den beiden fremden Matrosen befahl, sich nach vorn in die Back zu begeben. Sie gingen widerstrebend, aber sie gingen. Dann schickte er Fräulein Brewster hinunter und lächelte, als er den erschrockenen Ausdruck in ihren Augen sah.

„Sie werden nichts Schauerliches unten finden," sagte er, „nur einen Mann, der sicher am Ringbolzen festgemacht, sonst aber unverletzt ist. Es ist möglich, daß Kugeln an Bord fliegen, und ich möchte nicht, daß Sie getötet werden."

Er hatte noch nicht ausgesprochen, als eine Kugel zwischen seinen Händen hindurch gegen eine Messingspake des Steuerrades schlug und luvwärts durch die Luft pfiff.

„Da sehen Sie!" sagte er zu ihr, dann wandte er sich zu mir: „Herr van Weyden, wollen Sie das Rad nehmen."

Maud Brewster war auf die Laufbrücke getreten, so daß nur ihr Kopf ausgesetzt war. Wolf Larsen hatte sich eine Büchse geholt und schob jetzt eine Patrone in den Lauf. Ich bat sie durch einen Blick, nach unten zu gehen, aber sie lächelte und sagte:

„Wir mögen ja schwache Landratten sein, die kaum auf eigenen Füßen zu stehen vermögen, aber wir können Kapitän Larsen wenigstens zeigen, daß wir tapfer sind."

Er warf ihr einen schnellen bewundernden Blick zu. „Dafür gefallen Sie mir um hundert Prozent besser", sagte er. „Bücher, Verstand und Mut. Sie sind wirklich vollkommen, trotz Ihrer Gelehrsamkeit, wert, das Weib eines Seeräuberhäuptlings zu sein. Na, darüber werden wir später reden", lächelte er, als eine Kugel in die Kajütswand schlug.

Ich sah, während er sprach, den goldenen Schimmer in seinen Augen und das Entsetzen in den ihren.

„Wir sind tapfer", beeilte ich mich zu sagen. „Ich für meinen Teil wenigstens weiß, daß ich tapferer bin als Kapitän Larsen."

Jetzt beehrte er mich durch einen schnellen Blick. Machte ich mich über ihn lustig? Ich drehte das Rad einige Spaken weiter, um ein Gieren der „Ghost" gegen den Wind zu verhindern, und machte es fest. Wolf Larsen wartete noch auf eine Erklärung von mir, und ich wies auf meine Knie herab.

„Sie werden hier", sagte ich, „ein leises Zittern bemerken. „Das kommt daher, daß ich mich fürchte, mein Fleisch fürchtet sich, und meine Seele fürchtet sich, weil ich nicht sterben möchte. Aber mein Wille bemeistert das zitternde Fleisch und die ängstliche Seele. Ich bin mehr als tapfer – ich bin ein Held. Ihr Fleisch hingegen fürchtet sich nicht. Sie haben keine Furcht. Nicht nur kostet es Sie nichts, der Gefahr zu begegnen, es macht Ihnen sogar Freude. Ganz sicher sind Sie ein unerschrockener Mann, Herr Larsen, aber Sie müssen mir einräumen, daß ich der Mutigere von uns beiden bin."

„Sie haben recht", gab er sofort zu. „Von dieser Seite habe ich es noch nie angesehen. Aber ist dann das Gegenteil richtig? Wenn Sie mutiger sind als ich, bin ich dann feiger als Sie?"

Wir lachten beide über diese Absurdität, und er ließ sich aufs Deck nieder und legte seine Büchse auf die Reling. Die Kugeln, die wir bisher erhielten, hatten fast eine halbe Meile zurückzulegen gehabt, inzwischen hatte sich aber dieser Abstand auf die Hälfte verkürzt. Er zielte sorgsam und schoß dreimal. Der erste Schuß ging fünfzig Fuß in Luv des Bootes vorbei, der zweite dicht daneben, und beim dritten ließ der Bootssteurer das Ruder los und sank auf dem Boden des Bootes zusammen.

„Ich wette, das genügt", sagte Wolf Larsen, indem er sich erhob. „Ich kann es mir nicht leisten, den Jäger zu treffen, und ich rechne damit, daß der Puller nicht steuern kann. Der Jäger kann nicht steuern und schießen zugleich."

Seine Berechnung erwies sich als richtig, denn das Boot drehte sich sofort in den Wind, und der Jäger sprang nach achtern, um den Platz am Ruder einzunehmen. Wir merkten nichts mehr von der Schießerei, wenn auch die Büchsen von den andern Booten noch munter knallten.

Es war dem Jäger geglückt, das Boot wieder in den Wind zu bringen, aber wir machten ungefähr doppelt soviel Fahrt. Als wir noch etwa hundert Schritt entfernt waren, sah ich, wie der Puller dem Jäger eine Büchse reichte. Wolf

Larsen begab sich mittschiffs und nahm eine Rolle Tauwerk vom Bolzen des Klaufalls. Dann lugte er mit erhobener Büchse über die Reling. Zweimal sah ich den Jäger mit einer Hand das Ruder loslassen und zur Büchse greifen – aber jedesmal bedachte er sich wieder. Dann waren wir neben ihnen und schossen schäumend vorbei.

„Hier!" rief Wolf Larsen plötzlich dem Puller zu. „Fang das Ende!"

Gleichzeitig warf er das Tau. Er traf so gut, daß es den Mann beinahe zu Boden riß, der aber gehorchte nicht, sondern blickte den Jäger an, um dessen Befehle abzuwarten. Der Jäger seinerseits bedachte sich einen Augenblick. Er hatte die Büchse zwischen den Knien, wenn er aber das Ruder losließ, um zu schießen, mußte das Boot herumgeworfen werden und mit dem Schoner zusammenstoßen. Dazu sah er die Büchse Wolf Larsens auf sich gerichtet und wußte, daß jener schießen würde, ehe er selbst auch nur das Gewehr an die Backe gebracht hätte. „Nimm es", sagte er zu dem Puller.

Der gehorchte, indem er das Tau um die vordere Ducht wand. Es straffte sich, das Boot gierte plötzlich, und der Jäger brachte es, einige zwanzig Fuß entfernt, parallel zur „Ghost".

„Jetzt das Segel 'runter, und dann kommt längsseits!" befahl Wolf Larsen.

Er behielt die Büchse in der Hand und ließ die Takel mit der andern hinab. Als Bug und Steven festgemacht waren, und die beiden Männer sich anschickten, an Bord zu kommen, nahm der Jäger seine Büchse, als ob er sie an einen sichern Platz stellen wollte.

„Fallen lassen!" rief Wolf Larsen, und der Jäger gehorchte, als ob sie glühend wäre.

Einmal an Bord, holten die beiden Gefangenen das Boot ein und trugen auf Wolf Larsens Anweisung den verwundeten Bootssteurer in die Back.

„Wenn unsere fünf Boote ebenso tüchtig sind, wie Sie und ich, werden wir eine hübsche Mannschaft zusammenbekommen", sagte Wolf Larsen zu mir.

„Der Mann, den Sie getroffen haben – ich hoffe, er ist – –", sagte Maud Brewster zitternd.

„Schulterschuß!" antwortete er. „Nichts Ernstes. Herr van Weyden wird ihn in drei bis vier Wochen wieder auf die Beine bringen.

Aber die da drüben wird er allem Anschein nach kaum durchbringen“, fügte er hinzu und wies auf das dritte Boot der „Macedonia“, auf das ich jetzt lossteuerte, und das sich beinahe in der gleichen Höhe wie wir befand. „Das ist Horners und Smokes Arbeit Ich habe ihnen gesagt, daß ich lebendige Männer brauche und keine Leichen. Aber die Freude am Treffen ist eine zu große Versuchung, wenn man erst einmal Schießen gelernt hat. Haben Sie es je versucht, Herr van Weyden?“

Ich schüttelte den Kopf und betrachtete ihr Werk. Es war in der Tat blutig gewesen, und jetzt waren sie einfach weitergefahren und hatten sich unsern anderen drei Booten bei ihrem Angriff auf die übrigen Feinde angeschlossen. Das sich selbst überlassene Boot lag in einem Wellental und rollte wie trunken über den Schaum, während das lose Sprietsegel im rechten Winkel herausstak und im Winde flatterte. Jäger und Puller lagen hilflos auf dem Boden, der Steurer jedoch lag quer über dem Schandeckel, halb über der Reling, seine Arme schleiften das Wasser, und sein Kopf rollte von einer Seite zur andern.

„Sehen Sie nicht hin, Fräulein Brewster, bitte, sehen Sie nicht hin“, flehte ich sie an und war froh, daß sie mir folgte, und daß ihr dieser Anblick erspart blieb. „Halten Sie gerade auf den Haufen los, Herr van Weyden!“ befahl Wolf Larsen.

Als wir näher kamen, hatte das Feuer aufgehört, und wir sahen, daß der Kampf vorbei war. Die beiden letzten Boote waren von unsern fünf erbeutet worden, und alle sieben lagen jetzt zusammengedrängt da und warteten darauf, von uns aufgenommen zu werden.

„Sehen Sie dort!“ rief ich unwillkürlich, indem ich nach Nordwest wies.

„Ja, ich hab' es gesehen“, erwiderte Wolf Larsen ruhig. Er maß die Entfernung zur Nebelbank und blieb einen Augenblick stehen, um die Stärke des Windes an seiner Backe zu fühlen. „Ich denke, wir schaffen es. Aber Sie können sich darauf verlassen, daß mein teurer Bruder uns auf die Sprünge gekommen ist und gerade auf uns losgeht. Schauen Sie nur!“

Der Rauchfleck wuchs plötzlich und war sehr schwarz. „Ich werde schon noch mit dir fertig, und wenn du zehnmal mein Bruder bist!“ frohlockte er. „Du kannst froh sein, wenn deine alte Maschine nicht in tausend Stücke springt.“

Als wir beilegten, löste sich das scheinbare Wirrwarr. Die Boote verteilten sich auf beide Seiten, und die Leute kamen gleichzeitig an Bord. Sobald die Gefangenen über die Reling geklettert waren, wurden sie von unsern Jägern in die Back geschafft, während unsere Matrosen die Boote einholten, sie in wirrem Durcheinander auf Deck fallen ließen und sich nicht einmal Zeit nahmen, sie festzusurren. Wir waren schon in voller Fahrt; als das letzte Boot aus dem Wasser gehoben wurde und über die Reling schwang, waren bereits alle Segel gesetzt.

Eile tat denn auch not. Die „Macedonia“, deren Schlot schwärzesten Rauch ausstieß, kam aus Nordwest herangejagt. Ohne die Boote, die ihr geblieben waren, zu beachten, hatte sie ihren Kurs so gesetzt, daß sie uns überholen mußte. Sie fuhr nicht gerade auf uns los, sondern ihr Kurs bildete einen spitzen Winkel zu dem unseren, und wir mußten uns gerade am Rande der Nebelbank treffen. Dort oder nirgends konnte die „Macedonia“ hoffen, uns zu fangen. Die einzige Rettung der „Ghost“ wiederum war, diesen Punkt vor der „Macedonia“ zu erreichen.

Wolf Larsen steuerte. Seine Augen funkelten und blitzten, während sie von einem zum andern sprangen. Bald durchforschte er die See in Luv nach Anzeichen, ob der Wind sich legte oder auffrischte, bald blickte er nach der „Macedonia“ dann wieder schweiften seine Augen über die Segel, und er gab Befehl, hier eine Leine zu lockern, dort eine anzuziehen, bis er aus der „Ghost“ alles herausholte, was sie zu leisten vermochte. Aller Streit, aller Groll war vergessen, und ich war erstaunt über die Bereitwilligkeit, mit der die Mannschaft, die so lange seine Brutalität erduldet hatte, jetzt seine Befehle ausführte. Seltsam: ich mußte an den unglücklichen Johnson denken, und als wir uns so über die Wellen hoben und ganz auf die Seite legten, wurde ich mir eines Bedauerns bewußt, daß er jetzt nicht am Leben und mit dabei war. Er hatte die „Ghost“ so geliebt, und ihre Manövrierfähigkeit hatte ihn so begeistert.

„Holt lieber eure Gewehre, Jungens“, rief Wolf Larsen unsern Jägern zu, und die fünf Mann stellten sich, die Büchsen in der Hand, an die Leereling und warteten.

Die „Macedonia“ war jetzt nur noch eine Meile entfernt, der schwarze Rauch wälzte sich im rechten Winkel aus ihrem Schornstein, so wahnsinnig durchpflügte sie mit ihrer Fahrt von siebzehn Knoten die Wogen. – – „Heulend durchs Meer!“ zitierte Wolf Larsen, während er auf sie blickte. Wir schafften nicht mehr als neun Knoten, aber die Nebelbank war jetzt ganz nahe. Ein Rauchballen löste sich vom Deck der „Macedonia“. Wir hörten einen schweren Knall, und in unserm Großsegel zeigte sich ein rundes Loch. Sie schossen auf uns mit einer der kleinen Kanonen, die sie dem Gerücht nach an Bord hatten. Unsere

Leute, die mittschiffs in einem Haufen zusammenstanden, schwangen die Mützen und erhoben ein Hohngeschrei. Wieder ein großer Rauchballen und ein lauter Knall. Diesmal ging die Kugel nicht mehr als zwanzig Fuß achtern vorbei und tanzte zweimal in Luv von Welle zu Welle, ehe sie versank.

Mit Gewehren wurde nicht geschossen aus dem einfachen Grunde, weil alle Jäger der „Macedonia" entweder in den Booten oder unsere Gefangenen waren. Als der Abstand zwischen den beiden Fahrzeugen noch eine halbe Meile betrug, riß ein dritter Schuß ein zweites Loch in unser Großsegel. Dann verschwanden wir im Nebel. Er legte sich um uns und verbarg uns mit dichten, feuchten Schleiern.

Der plötzliche Übergang wirkte erschreckend. Eben noch waren wir in dem klaren Sonnenschein, mit dem blauen Himmel über uns, gesegelt, während die Wogen weit bis zum Horizont rollten und sich brachen und ein Schiff sich, Rauch, Feuer und eiserne Geschosse speiend, wie toll auf uns losstürzte. Und auf einmal, nur den Bruchteil einer Sekunde später, war die Sonne ausgelöscht, es gab keinen Himmel mehr, selbst unsere Mastspitzen waren dem Blick entzogen, und unser Horizont war so, wie ihn tränenverschleierte Augen sehen mögen. Der graue Nebel trieb wie feiner Sprühregen an uns vorbei. Jedes Wollfäserchen an unsern Kleidern, jedes Härchen auf unserm Kopfe und in unserm Gesicht war mit kristallenen Kügelchen wie mit Juwelen besetzt. Die Wanten troffen vor Nässe; es tropfte von dem Tauwerk über uns, und an der Unterseite der Spieren nahmen die Tropfen die Form langer fließender Reihen an, die sich bei jedem Überholen des Schoners loslösten und wie ein Sturzregen auf das Deck geschleudert wurden. Ich hatte ein Gefühl des Eingesperrtseins und Erstickens. Wie das Geräusch, das das Schiff bei seinem Stampfen durch die Wogen machte, von dem Nebel zurückgeworfen wurde, so auch die Gedanken. Der Geist bebte zurück vor der Betrachtung einer Welt jenseits der Schleier, die uns umschlossen. Dies war die Welt, das Universum selbst, seine Grenzen waren so eng, daß es einem verlangte, beide Arme auszustrecken und sie zurückzustoßen. Alles andere war nur ein Traum, ja nichts als Erinnerung an einen Traum.

Es war unheimlich, geisterhaft. Ich sah Maud Brewster an und fühlte, daß es ihr ähnlich ging. Dann sah ich auf Wolf Larsen, aber auf ihn schien es keinen Eindruck zu machen. Sein ganzes Interesse galt lediglich der Gegenwart und ihren Erfordernissen. Er stand immer noch am Steuerrade, und ich fühlte, daß er die Zeit maß, den Lauf der Minuten nach jeder Bewegung, jedem Überkrengen der „Ghost" nach Lee berechnete. „Gehen Sie nach vorn und halten Sie hart an den Wind, aber ohne Lärm", sagte er leise zu mir. „Holen Sie zuerst die Toppsegel ein. Stellen Sie an alle Schoote Leute. Aber kein Rasseln von Blöcken und kein lautes Wort. Keinen Lärm, hören Sie, keinen Lärm!"

Als alles bereit war, wurde der Befehl „Hart an den Wind!" von Mann zu Mann weitergegeben, bis er mich erreichte; und die „Ghost" schwang sich wirklich fast geräuschlos um die Backbord-Halsen herum. Das einzige, was man hörte – einige Seisinge, die im Winde flatterten, ein paar Böcke, die knarrten, eine Rolle, die kreischte –, wurde geisterhaft von der schweren Decke, die uns einhüllte, zurückgeworfen.

Wir waren kaum mit dem Manöver fertig, als der Nebel sich plötzlich zu verdünnen schien, wir uns wieder im Sonnenschein befanden, und das Meer bis zum Horizont ausgebreitet vor uns lag. Aber der Ozean war leer. Keine zornige „Macedonia" durchbrach die Fläche oder verdunkelte den Himmel mit ihrem Rauch. Wolf Larsen braßte sofort vierkant und lief am Rande der Nebelbank entlang. Seine Absicht war einleuchtend. Er war in Luv des Dampfers in den Nebel gegangen, und während die „Macedonia" um ihn zu fangen, blind hineingestoßen war, hatte er jetzt sein Versteck verlassen, um es auf der Leeseite wieder aufzusuchen. Glückte sein Plan, so wäre das alte Gleichnis von der Stecknadel im Heuschober schwach gewesen neben der Aussicht seines Bruders, ihn zu finden. Es sollte jedoch nicht lange dauern. Wir hatten Fock und Großsegel gejibbt, jetzt setzten wir die Toppsegel und fuhren wieder in den Nebel hinein. Während wir hineintauchten, hätte ich darauf schwören mögen, in Luv einen schwarzen Rumpf gesehen zu haben. Ich warf einen raschen Blick auf Wolf Larsen. Schon waren wir im Nebel begraben, aber er nickte. Auch er hatte es gesehen – die „Macedonia" hatte sein Manöver erraten, und auf ein Haar hätte sie uns überrumpelt. Es war das Werk eines Augenblicks gewesen, aber kein Zweifel: wir waren ungesehen entwischt.

„Das kann er so nicht weitermachen", sagte Wolf Larsen. „Er muß umkehren, schon seiner Boote wegen. Schicken Sie einen Mann ans Rad, Herr van Weyden, halten Sie vorläufig diesen Kurs, und dann können Sie die Wachen verteilen. Wir werden uns diese Nacht nicht viel Ruhe gönnen können.

Aber ich hätte doch fünfhundert Dollar gegeben," fügte er hinzu, „um nur fünf Minuten an Bord der „Macedonia" zu sein und meinen Bruder fluchen zu hören."

„Und nun, Herr van Weyden," sagte er zu mir, als er beim Rad abgelöst war, „müssen wir unsere neuen Leute bewillkommnen! Geben Sie den Jägern recht viel Whisky und sorgen Sie dafür, daß auch einige Flaschen nach vorn kommen. Ich möchte wetten, daß morgen alle bis auf den letzten Mann umgestimmt sind und ebenso gern für Wolf Larsen jagen, wie bisher für Tod Larsen."

„Aber werden sie nicht durchbrennen, wie Wainwright?" fragte ich.

Er lachte verschmitzt. „Nicht, solange unsere alten Jäger ein Wörtchen mitzureden haben. Für jedes Fell, das die neuen Jäger schießen, gebe ich ihnen einen Dollar zur Teilung. Wenigstens die Hälfte ihres Jubels heute morgen ist auf das Konto dieses Versprechens zu schreiben. Oh, wenn es auf sie ankommt, wird niemand durchbrennen. Und nun wäre es am besten, wenn Sie nach vorn gingen und Ihren Lazarettdienst verrichteten. Eine stattliche Anzahl Patienten wartet auf Sie."

Wolf Larsen entschloß sich, die Verteilung des Whiskys selbst vorzunehmen, und während ich in der Back mit einem frischen Trupp Verwundeter beschäftigt war, begannen die Flaschen in die Erscheinung zu treten. Ich hatte schon in meinem Leben Whisky trinken sehen, wie man ihn in den Klubs trank: etwas Whisky mit Sodawasser, aber nie, wie diese Männer ihn tranken: aus Konservendosen, aus Krügen und Flaschen in unendlichen Zügen, deren jeder an sich schon eine Ausschweifung war. Und sie begnügten sich nicht mit einem oder zweien. Sie tranken und tranken, und immer mehr Flaschen wanderten nach vorn, und immer mehr tranken sie. Alle tranken. Die Verwundeten tranken; Oofty-Oofty, der mir half, trank. Nur Louis hielt sich zurück, er befeuchtete sich die Lippen nur ganz vorsichtig, stimmte aber in den allgemeinen Lärm mit ein wie der Schlimmste von ihnen. Es war eine zügellose Schwelgerei. Mit lauter Stimme erörterten sie die Kämpfe des Tages, stritten sich über Einzelheiten oder wurden zärtlich und schlossen Freundschaft mit denen, gegen die sie gekämpft hatten, Gefangene wie Sieger sanken sich in die Arme und schworen sich schluckend mit mächtigen Flüchen gegenseitig ihre Hochachtung und Wertschätzung. Sie weinten über das Elend, das sie durchgemacht hatten, wie über das, was noch kommen mußte unter der eisernen Fuchtel Wolf Larsens. Und jeder verfluchte ihn und erzählte schreckliche Geschichten von seiner Brutalität.

Es war ein seltsamer und schrecklicher Anblick, der kleine, von Kojen eingerahmte Raum, dessen Boden und Wände hüpften und schwankten, das trübe Licht, in dem die schwingenden Schatten sich ungeheuerlich verlängerten und verkürzten, die rauchgeschwängerte Luft, der Geruch der Körper und des

Jodoforms und der Anblick der erregten Menschen – oder Halbmenschen, wie ich sie lieber nennen sollte. Ich beobachtete Oofty-Oofty, der das Ende einer Bandage hielt und auf das Schauspiel blickte. Seine samtenen, strahlenden Augen glitzerten wie die eines Rehs, und doch wußte ich, daß ein barbarischer Teufel in seiner Brust schlummerte, der alle Sanftheit und die fast frauenhafte Weichheit in seinen Zügen und seiner Gestalt Lügen strafte. Und ich bemerkte das knabenhafte Gesicht Harrisons – sonst ein gutes Gesicht, jetzt aber das eines Teufels, verkrampft von Leidenschaft, als er den neuen Kameraden von dem Höllenschiff erzählte, auf dem sie sich befanden, und Flüche auf das Haupt Wolf Larsens herabregnen ließ. –

Wolf Larsen war es, immer Wolf Larsen, der seine Mitmenschen unterjochte und peinigte, eine männliche Circe er, und sie seine Schweine, leidende Tiere, die vor ihm krochen und sich nur heimlich in der Trunkenheit gegen ihn auflehnten. War ich nicht auch wie sie? Und Maud Brewster? Nein! Ich knirschte vor Wut mit den Zähnen, bis der Mann, den ich verband, unter meiner Hand zusammenzuckte und Oofty-Oofty mich neugierig anblickte. Ich fühlte mich plötzlich von mächtiger Kraft beseelt. Etwas in meiner neuentdeckten Liebe machte mich zum Riesen. Ich fürchtete nichts mehr. Ich mußte meinen Willen durchsetzen können trotz meinen fünfunddreißig, hinter Büchern verbrachten Jahren. Und so, außer mir, hochgehoben von einem starken Machtgefühl, stieg ich an Deck, wo der Nebel geisterhaft durch die Nacht trieb und die Luft süß, rein und still war.

Das Zwischendeck, wo die beiden verwundeten Jäger lagen, war eine Wiederholung der Back, nur, daß hier nicht auf Wolf Larsen geflucht wurde, und mit großer Erleichterung erschien ich wieder an Deck und ging nach achtern in die Kajüte. Das Abendbrot war bereit, und Wolf Larsen und Maud warteten auf mich.

Während Wolf Larsens Mannschaft sich so schnell und gründlich wie möglich betrank, blieb er selbst nüchtern. Nicht ein Tropfen Schnaps kam über seine Lippen. Unter den jetzigen Umständen wagte er es nicht, und er hatte niemand, auf den er sich verlassen konnte, außer Louis und mir, und Louis stand am Rade. Wir segelten weiter durch den Nebel, ohne Ausguck und ohne Lichter. Daß Wolf Larsen den Whisky auf seine Leute losgelassen hatte, wunderte mich, aber er kannte sie und das Geheimnis, in Freundschaft zusammenzukitten, was mit Blutvergießen begonnen hatte.

Sein Sieg über Tod Larsen schien eine merkwürdige Wirkung auf ihn auszuüben. Am Abend zuvor hatte er sich in einen Katzenjammer hineingeredet, und ich hatte einen seiner charakteristischen Ausbrüche erwartet. Aber nichts war geschehen, und jetzt war er in glänzender Stimmung. Vermutlich hatte sein Erfolg beim Kapern so vieler Boote und Jäger der gewöhnlichen Reaktion entgegengewirkt. Jedenfalls war der Katzenjammer vorbei, und die Teufel der Schwermut hatten sich nicht gezeigt. So dachte ich wenigstens, aber ach, wie wenig kannte ich ihn! Ich wußte nicht, daß er vielleicht gerade in diesem Augenblick über einen Ausbruch brütete, der schrecklicher sein sollte als alle, die ich bisher erlebt hatte.

Wie gesagt, er war scheinbar in glänzender Stimmung, als ich die Kajüte betrat. Er hatte wochenlang keine Kopfschmerzen gehabt, seine Augen waren so klar wie der Himmel, seine dunkle Gesichtsfarbe strahlte vor Gesundheit. Das Leben schwoll in prachtvollem Rhythmus durch seine Adern. Während sie auf mich warteten, hatte er Maud Brewster in eine angeregte Unterhaltung verwickelt. Das Problem, das sie erörterten, war die Versuchung, und aus den wenigen Worten, die ich hörte, schloß ich, daß für ihn Versuchung war, wenn ein Mensch sich verführen ließ und fiel.

„Denn sehen Sie," sagte er gerade, „meiner Ansicht nach handelt der Mensch stets in Übereinstimmung mit seinen Wünschen. Was er auch immer tut, so tut er es, weil ihn der Wunsch dazu treibt."

„Aber nehmen Sie an, daß er zwei Wünsche hat, die einander entgegengesetzt sind, so daß ihm das eine nicht erlaubt, das andere zu tun?" unterbrach Maud ihn.

„Das eben war es gerade, worauf ich hinauswollte", sagte er.

„Und zwischen diesen beiden Wünschen offenbart sich die Seele des Menschen", fuhr sie fort. „Ist es eine gute Seele, so wird sie das Gute wünschen und vollbringen, und das Gegenteil, wenn es eine schlechte Seele ist. Die Seele ist es, die entscheidet."

„Schwindel!" rief er ungeduldig aus. „Es ist der Wunsch, der entscheidet. Ein Mensch, zum Beispiel, wünscht sich zu betrinken. Gleichzeitig aber will er sich nicht betrinken. Was tut er, und wie tut er es? Er ist eine Puppe, der Spielball seiner Wünsche, und von den beiden Wünschen gehorcht er eben dem stärkeren, das ist alles. Seine Seele hat gar nichts damit zu schaffen. Haha," lachte er, „was halten Sie davon, Herr van Weyden?"

„Daß Sie beide Haarspalterei betreiben“, sagte ich. „Die Seele des Mannes sind seine Wünsche oder, wenn Sie wollen: Die Summe seiner Wünsche ist seine Seele. Sie haben alle beide unrecht. Sie, weil Sie den Wunsch, getrennt von der Seele, als das Wichtigste betrachten, Fräulein Brewster, weil für sie die Seele, getrennt von den Wünschen, die Hauptsache ist. In der Tat sind Seele und Wünsche ein und dasselbe.“

„Jedoch“, fuhr ich fort, „hat Fräulein Brewster recht. Die Versuchung ist der Wind, der den Wunsch anfacht, bis er so stark ist, daß er uns übermannt. Der Wind mag nicht stark genug sein, den Wunsch die Oberhand gewinnen zu lassen, wenn er aber nur überhaupt weht, so ist es eben Versuchung. Und, wie Sie sagen, man kann sowohl zum Guten wie zum Bösen versucht werden.“

Ich war ganz stolz, als wir uns zu Tische setzten. Meine Worte hatten den Ausschlag gegeben. Wenigstens hatte ich der Diskussion ein Ende gemacht.

Aber Wolf Larsen schien so unterhaltsam zu sein, wie ich ihn noch nie gesehen hatte. Es war, als ob er vor innerer Energie beinahe barst. Fast im selben Augenblick begann er eine Diskussion über die Liebe. Wie gewöhnlich vertrat er die rein materialistische, Maud die idealistische Seite. Ich selbst beteiligte mich außer einigen kurzen Bemerkungen und Einwänden nicht an der Unterhaltung.

Er war prachtvoll, aber Maud auch, und eine Zeitlang verlor ich den Faden der Unterhaltung, weil ich ihr Gesicht beim Sprechen studierte. Es war ein Gesicht, das sonst selten Farbe annahm, heute aber war es leicht gerötet und erregt. Ihr Geist entfaltete sich frei, und das Turnier belustigte sie ebensosehr wie Wolf Larsen, der sich mächtig wohl fühlte.

In diesem Augenblick steckte Louis den Kopf in die Kajüte und flüsterte:

„Leise! Der Nebel geht hoch, und vorn ist die Backbordlaterne eines Dampfers.“

Wolf Larsen sprang an Deck, und zwar so rasch, daß er, als wir ihm nachgekommen waren, schon die Zwischendecksluke über dem trunkenen Lärm geschlossen hatte und jetzt nach vorn eilte, um auch die Backluke zu schließen. Obwohl der Nebel sich etwas gelichtet hatte, hing er noch über uns und verdunkelte die Sterne, so daß die Nacht ganz schwarz war. Gerade voraus konnte ich ein rotes und ein weißes Licht sehen und eine Maschine arbeiten hören; zweifellos die „Macedonia“.

Wolf Larsen war zur Ruff zurückgekehrt, und wir standen schweigend zusammen und beobachteten die Lichter, die schnell vor unserm Bug vorbeiglitten.

„Ein Glück, daß er keine Scheinwerfer hat!“ sagte Wolf Larsen.

„Wenn ich nun laut riefe?“ fragte ich flüsternd.

„Dann wären wir erledigt“, antwortete er. „Aber haben Sie auch daran gedacht, was sofort geschehen würde?“

Ehe ich Zeit hatte, meinem Wunsche, es zu erfahren, Ausdruck zu verleihen, hatte er mich mit dem Griff eines Gorillas an der Kehle gepackt, und durch ein schwaches Zittern der Muskeln gab er mir einen Begriff davon, wie er mir ohne weiteres das Genick brechen würde. Im nächsten Augenblick ließ er mich los, und wir starrten wieder auf die Lichter der „Macedonia“.

„Und wenn *ich* rufen würde?“ fragte Maud.

„Sie sind mir zu teuer, als daß ich Ihnen etwas tun würde,“ sagte er sanft – ja, es lag eine Zärtlichkeit, fast eine Liebkosung in seiner Stimme, die mich zusammenzucken ließ –, „aber tun Sie es doch lieber nicht, denn ich würde prompt Herrn van Weyden das Genick brechen.“

„Dann darf sie meinetwegen gern rufen“, sagte ich trotzig.

„Ich glaube kaum, daß sie den großen amerikanischen Kritiker Humphrey van Weyden opfern würde!“ lachte er spöttisch.

Wir schwiegen, und wir hatten uns schon so aneinander gewöhnt, daß das Schweigen uns nicht verlegen machte; und als das rote und weiße Licht verschwunden waren, gingen wir wieder in die Kajüte, um das unterbrochene Abendbrot zu beenden.

Maud sprach Dawsons Gedicht „Impenitentia Ultima“. Sie tat es wundervoll, aber ich beobachtete nicht sie, sondern Wolf Larsen. Der faszinierende Blick, den er Maud zuwarf, faszinierte mich. Er war ganz außer sich, und ich bemerkte, daß er unbewußt die Lippen bewegte und Wort für Wort so schnell formte, wie sie es aussprach. Er unterbrach sie bei folgenden Zeilen:

> „Und ihre Augen sollten mein Licht sein, wenn die Sonne hinter mir erlosch,

Und die Viola in ihrer Stimme sollte der letzte Ton in meinem Ohre sein."

„Es ist eine Viola in Ihrer Stimme", sagte er geradezu, und in seinen Augen flammten die goldenen Lichter. Ich hätte jauchzen mögen über ihre Ruhe und ihren Gleichmut. Sie beendete die Schlußstrophen, ohne zu stocken, und lenkte die Unterhaltung in weniger gefährliche Bahnen. Und die ganze Zeit hindurch saß ich in halber Betäubung da, der Lärm aus dem Zwischendeck ertönte durch das Schott, und der Mann, den ich fürchtete, und die Frau, die ich liebte, sprachen immer weiter. Der Tisch war nicht abgeräumt. Der Mann, der die Stelle von Thomas Mugridge eingenommen hatte, befand sich offenbar bei seinen Kameraden in der Back.

Wenn Wolf Larsen je den Gipfel des Lebens erreichte, so tat er es jetzt. Immer wieder vergaß ich meine eigenen Gedanken, um ihm zu folgen, und ich folgte ihm mit Erstaunen, unmittelbar bezwungen durch seinen wunderbaren Verstand, durch den Zauber seiner Leidenschaft, denn er predigte die Leidenschaft des Aufruhrs.

Natürlich wurde dann Miltons Lucifer angeführt, und die Kühnheit, mit der Wolf Larsen diesen Charakter analysierte, war eine Offenbarung seines unterdrückten Genies. Ich wurde an Taine gemahnt, und doch wußte ich, daß der Mann nie etwas von diesem glänzenden, wenn auch gefährlichen Denker gehört hatte.

„Er vertrat eine verlorene Sache, und er fürchtete sich nicht vor Gottes Donnerkeilen", sagte Wolf Larsen. „Wenn er auch in die Hölle gestürzt wurde, so blieb er doch unbesiegt. Ein Drittel der Engel Gottes hatte er mitgebracht, und sofort reizte er die Menschen auf, sich gegen Gott zu empören, und gewann den größten Teil aller menschlichen Generationen für sich und die Hölle. Warum er vom Himmel herabgeschleudert wurde? Weil er weniger tapfer als Gott war? Weniger stolz? Weniger ehrgeizig? Nein! Tausendmal nein! Gott war der Stärkere. Ihm verlieh der Donner größere Macht. Lucifer aber war ein freier Geist. Dienen hieß für ihn ersticken. Er zog Leiden in Freiheit aller Glückseligkeit einer bequemen Knechtschaft vor. Er machte sich nichts daraus, Gott zu dienen. Er wollte niemand dienen. Er war keine Gallionsfigur. Er stand auf eigenen Füßen. Er war eine Persönlichkeit."

„Der erste Anarchist!“ lachte Maud lebhaft, indem sie sich erhob und sich dann anschickte, ihre Kajüte aufzusuchen.

„Dann ist es gut, Anarchist zu sein!“ rief er. Auch er hatte sich erhoben und blickte ihr, die in der Tür stand, ins Gesicht. Dann zitierte er weiter:

> „Hier endlich
> Winkt uns die Freiheit, hat der Allmächtige
> Die Zelte seines Neides nicht gebaut
> Und wird uns nicht vertreiben. Unsre Herrschaft
> Ist sicher hier; und herrschen, wie man will,
> Ist schon den Ehrgeiz wert auch in der Hölle:
> Dort lieber Herrscher, als im Himmel Knecht!“

Es war der trotzige Ruf eines mächtigen Geistes. Die Kajüte hallte wider von seiner Stimme, wie er so, hin und her schwankend, das sonnenverbrannte Gesicht leuchtend und mit stolz zurückgeworfenem Kopfe dastand und die Augen golden und männlich, fest und unwiderstehlich auf Maud heftete, die in der Tür stand.

Wieder lag dies unsagbare Entsetzen in ihrem Blick, und, beinahe flüsternd, sagte sie: „Sie sind Lucifer.“ Die Tür schloß sich, und sie war fort. Er starrte ihr eine Weile nach, dann kam er wieder zu sich und wandte sich zu mir.

„Ich will Louis am Rad ablösen“, sagte er kurz. „Um Mitternacht werden Sie mich ablösen. Jetzt legen Sie sich am besten nieder und schlafen ein bißchen.“

Er zog ein Paar Fausthandschuh an, setzte seine Mütze auf und stieg die Treppe hinauf, während ich seiner Aufforderung, mich niederzulegen, Folge leistete. Ohne einen mir bewußten Grund, nur einer geheimnisvollen Eingebung folgend, entkleidete ich mich nicht, sondern legte mich völlig angekleidet in die Koje. Eine Zeitlang lauschte ich auf den Lärm im Zwischendeck und stellte Betrachtungen an über die Liebe, die zu mir gekommen war, aber mein Schlaf war auf der „Ghost“ gesund und natürlich geworden, und bald erstarben Singen und Schreien, meine Augen schlossen sich, und mein Bewußtsein sank in den Halbtod des Schlummers.

Ich weiß nicht, was mich weckte, aber ich stand ganz wach vor meiner Koje, und meine Seele zitterte wie in Gefahr, als hätte mich Trompetenschall gerufen. Ich riß die Tür auf. Die Kajütslampe war tief herabgebrannt. Und ich sah Maud, meine Maud, die sich aus den Armen Wolf Larsens zu befreien suchte. Ich konnte ihre verzweifelten Anstrengungen sehen, sie preßte ihr Gesicht gegen seine Brust, um ihm zu entkommen. Alles dies sah ich in einem Nu, und schon sprang ich in die Kajüte.

Ich schlug ihm mit der Faust mitten ins Gesicht, aber der Schlag hatte keine Kraft. Er brüllte wie ein wildes Tier und schob mich mit der Hand weg. Er schob mich nur, fegte mich mit dem Handrücken fort, aber so ungeheuer war seine Kraft, daß ich fortgeschleudert wurde, wie von einem Katapult. Ich stieß gegen die Tür des Raumes, in dem Thomas Mugridge früher geschlafen hatte, und das Paneel zersplitterte unter der Wucht meines Körpers. Schwankend richtete ich mich wieder auf und befreite mich mit Mühe aus den Trümmern der Tür. Einen Schmerz fühlte ich nicht, ich war nur von einer grenzenlosen Wut beherrscht. Ich glaube, daß ich laut schrie, als ich zum zweitenmal mit gezücktem Messer ansprang.

Aber es mußte etwas geschehen sein. Sie taumelten auseinander. Ich war schon mit dem Messer über ihm, aber ich hielt den Stoß zurück. Ich war verwirrt. Maud lehnte sich mit ausgestreckter Hand gegen das Schott. Wolf Larsen aber schwankte, die Linke gegen die Stirn gepreßt und die Augen bedeckend, während er halb betäubt mit der Rechten nach einem Halt suchte. Er stieß gegen die Wand, sein Körper schien bei der Berührung eine physische Erleichterung zu spüren, die Muskeln erschlafften, es war, als hätte er den verlorenen Kurs wiedergefunden, als wisse er wieder, wo er sich befand, als habe er wieder einen Halt.

Dann übermannte mich wieder die Wut. Alles Unrecht, alle Demütigungen, alles, was ich und andere durch ihn erlitten, die Ungeheuerlichkeit, die allein in der Existenz dieses Mannes lag, stand in blendender Helle vor mir. Blind, wahnsinnig, sprang ich von neuem auf ihn los und stieß ihm das Messer in die Schulter. Mir war sofort klar, daß es nichts als eine Fleischwunde war – ich hatte den Stahl in seinem Schulterblatt knirschen hören – und ich hob nochmals das Messer, um ein Ende zu machen.

Aber Maud hatte meinen ersten Stoß gesehen und schrie: „Nicht! Bitte nicht!“

Ich ließ einen Augenblick den Arm sinken – nur einen Augenblick. Dann erhob ich das Messer wieder, und es wäre sicher aus gewesen mit Wolf Larsen, wäre sie nicht dazwischengetreten. Ihre Arme umschlangen mich, ihr Haar berührte mein Gesicht. Mein Puls flog, und meine Wut wuchs mit seinen Schlägen. Sie blickte mir mutig in die Augen.

„Um meinetwillen!" flehte sie.

„Um ihretwillen will ich ihn töten!" rief ich und versuchte, meinen Arm frei zu machen, ohne sie zu verletzen.

„Still!" sagte sie und legte mir die Hand sanft auf die Lippen. Ich hätte sie küssen können, wenn ich es nur gewagt hätte, denn inmitten meiner Wut wirkte ihre Berührung so süß, so unsagbar süß. „Bitte, bitte", flehte sie, und sie entwaffnete mich mit diesen Worten, wie sie mich – das habe ich später erfahren – stets mit ihnen entwaffnen wird.

Ich trat zurück und steckte das Messer in die Scheide. Ich blickte auf Wolf Larsen. Er preßte die Linke immer noch gegen die Stirn und bedeckte seine Augen. Sein Kopf war gebeugt. Er schien plötzlich gelähmt zu sein. Sein Körper brach in den Hüften zusammen, seine mächtigen Schultern sackten nach vorn.

„Van Weyden!" rief er heiser und mit einem Klang von Angst in der Stimme. „Van Weyden, wo sind Sie?" Ich blickte Maud an. Sie sagte nichts, nickte nur.

„Hier", antwortete ich und trat zu ihm. „Was ist mit Ihnen?"

„Helfen Sie mir auf einen Stuhl", sagte er mit derselben furchtsamen Stimme.

„Ich bin ein kranker Mann, ein sehr kranker Mann, Hump", sagte er, als meine stützenden Arme ihn losließen und er auf den Stuhl sank.

Sein Kopf fiel vornüber auf den Tisch und wurde in seinen Händen begraben. Ab und zu schwankte er wie vor Schmerz hin und her. Als er einmal aufblickte, sah ich den Schweiß in schweren Tropfen unter den Haarwurzeln auf seiner Stirn stehen.

„Ich bin ein kranker Mann, ein sehr kranker Mann", wiederholte er immer wieder.

„Was ist Ihnen denn?" fragte ich, indem ich ihm meine Hand auf die Schulter legte. „Kann ich etwas für Sie tun?"

Aber er schüttelte meine Hand mit einer ungeduldigen Bewegung ab, und eine Weile stand ich schweigend neben ihm. Maud starrte ihn mit einem Ausdruck von Furcht und Schrecken an. Wir hatten keine Ahnung, was ihm geschehen war.

„Hump," sagte er endlich, „ich muß in die Koje. Reichen Sie mir Ihre Hand. Es wird gleich vorübergehen. Ich glaube, es sind die verfluchten Kopfschmerzen. Ich hatte es schon gefürchtet. Ich hatte ein Gefühl – nein, ich weiß nicht, was ich rede. Helfen Sie mir in meine Koje!"

Als ich ihn aber in die Koje gebracht hatte, vergrub er wieder sein Gesicht in den Händen, bedeckte die Augen, und, als ich mich zum Gehen wandte, hörte ich ihn murmeln: „Ich bin ein kranker Mann, ein sehr kranker Mann."

Als ich herauskam, sah Maud mich fragend an. Ich schüttelte den Kopf und sagte:

„Es ist ihm etwas zugestoßen. Was, weiß ich nicht. Er ist hilflos und furchtsam – sicher das erstemal in seinem Leben. Es muß geschehen sein, noch ehe er den Messerstich erhielt, denn der hat ihn nur ganz oberflächlich getroffen. Sie müssen doch gesehen haben, was es war."

Sie schüttelte den Kopf. „Ich habe nichts gesehen. Es ist mir genau so rätselhaft. Er ließ mich plötzlich los und taumelte. Aber was tun wir? Was soll ich tun?" „Warten Sie bitte, bis ich wiederkomme", antwortete ich kurz.

Ich ging an Deck. Louis stand am Rade.

„Du kannst nach vorn gehen und dich hinlegen", sagte ich und nahm selbst das Ruder.

Er gehorchte ohne Zögern, und ich befand mich allem an Deck der „Ghost". So leise wie möglich geite ich die Toppsegel auf, fierte Außenklüver und Stagsegel, holte den Klüver nach Backbord und legte das Großsegel hart an den Wind. Dann ging ich zu Maud hinunter. Zum Zeichen des Schweigens legte ich den Finger auf die Lippen und trat in Wolf Larsens Raum. Er befand sich noch in demselben Zustand, wie ich ihn verlassen hatte, und bewegte den Kopf – fast schlangenartig – hin und her.

„Kann ich etwas für Sie tun?" fragte ich.

Er gab zuerst keine Antwort, als ich aber meine Frage wiederholte, sagte er: „Nein, nein, es ist gut. Lassen Sie mich allein bis morgen früh."

Als ich mich aber zum Gehen wandte, bemerkte ich, daß sein Kopf die schaukelnde Bewegung wieder aufgenommen hatte. Maud wartete geduldig auf mich, und mit einem freudigen Gefühl bemerkte ich die königliche Haltung ihres frei erhobenen Kopfes und ihre schönen ruhigen Augen. Ruhig und zuversichtlich waren sie wie ihr Gemüt.

„Wollen Sie sich mir für eine Seereise von etwa sechshundert Meilen anvertrauen?“ fragte ich.

„Sie wollen –?“ sagte sie, und ich wußte, daß sie meine Absicht erraten hatte.

„Ja, eben das“, antwortete ich. „Uns bleibt keine Wahl als das offene Boot.“

„Um meinetwillen, meinen Sie?“ sagte sie. „Sie selbst sind doch gewiß hier ebenso sicher wie bisher.“

„Nein, wir haben beide keine andere Möglichkeit als das offene Boot“, wiederholte ich tapfer. „Wollen Sie sich bitte so warm wie möglich ankleiden und alles, was Sie mitnehmen wollen, zusammenpacken. – Und machen Sie so schnell wie möglich'„, fügte ich hinzu, als sie sich umwandte, um ihre Kajüte aufzusuchen. Die Vorratskammer befand sich gerade unter der Kajüte, ich öffnete die Falltür, nahm ein Licht und stieg hinunter, um mich mit Proviant zu versorgen. Ich wählte hauptsächlich Konserven, und als ich fertig war, streckten sich mir von oben ein Paar Hände willig entgegen, um in Empfang zu nehmen, was ich ihnen zureichte.

Wir arbeiteten schweigend. Ich verschaffte mir auch Decken, Fausthandschuhe, Ölzeug, Mützen und ähnliches aus der Vorratskiste. Es war keine Kleinigkeit, sich in einem kleinen Boot der rauhen, stürmischen See anzuvertrauen, und es war durchaus notwendig, sich gegen Kälte und Nässe zu schützen.

Wir schafften fieberhaft, um unsern Raub an Deck zu bringen und mittschiffs zu schleppen, ja, wir strengten uns so an, daß Maud, die nicht über große Körperkräfte verfügte, erschöpft aufgab und sich auf die Stufen zur Achterhütte setzen mußte. Aber das half wenig, und so legte sie sich rücklings auf das harte Deck. Sie streckte die Arme aus und ließ alle Muskeln erschlaffen, ein Trick, den ich von meiner Schwester kannte und mit dessen Hilfe sie sich bald erholt haben mußte. Ich war mir auch bewußt, daß es nicht unwichtig für uns war, Waffen zu besitzen, und so ging ich in Wolf Larsens Kabine, um sein Gewehr und seine Büchse zu holen. Ich sprach ihn an, aber er gab keine Antwort, obgleich sein Kopf hin und her schwankte und er nicht schlief.

„Leb' wohl, Lucifer!“ flüsterte ich bei mir, während ich leise die Tür schloß.

Das nächste, was ich mir verschaffen mußte, war Munition – ein leichtes, obwohl ich dazu auf die Laufbrücke mußte. Hier bewahrten die Jäger die Munitionsvorräte auf, die sie mit in die Boote nahmen, und hier, nur wenige Schritte von ihrem wüsten Gelage, nahm ich zwei Kisten.

Dann mußte ein Boot hinabgelassen werden. Dies war keine Kleinigkeit für einen einzelnen Mann. Als ich die Surringe entfernt hatte, heißte ich es zuerst am Vordertakel und dann achtern, bis es klar von der Reling kam. Dann ließ ich es immer abwechselnd an den beiden Takeln hinunter, bis es an der Schiffsseite dicht über dem Wasser hing. Ich vergewisserte mich, daß es richtig mit Riemen, Klampen und Segel versehen war. Das Wichtigste war Trinkwasser, und ich nahm daher sämtliche Fässer aus den andern Booten. Da es alles in allem neun Boote waren, hatten wir nun Wasser in Hülle und Fülle und zugleich Ballast, obwohl wir jetzt Gefahr liefen, das Boot zu überlasten, wenn wir den ganzen Proviant übernahmen.

Während Maud ihn mir reichte und ich ihn im Boot verstaute, kam ein Matrose aus der Back an Deck. Er blieb eine Weile an der Luvreling stehen (wir waren an der Leereling beschäftigt) und schlenderte dann langsam mittschiffs, wo er wieder haltmachte und, mit dem Rücken gegen uns, in die Windrichtung blickte. Ich konnte mein Herz schlagen hören, während ich mich im Boot verkroch. Maud hatte sich aufs Deck gleiten lassen und lag, wie ich wußte, regungslos im Schatten der Reling. Aber der Mann wandte sich nicht ein einziges Mal um, er reckte die Arme, gähnte, schritt wieder zur Back und verschwand.

Nach einigen Minuten waren wir mit dem Verladen fertig, und ich ließ das Boot zu Wasser. Als ich Maud über die Reling half und ihren Körper dicht an dem meinen fühlte, konnte ich nur mit Mühe den Ruf „Ich liebe Sie! Ich liebe Sie!“ unterdrücken. Wirklich: Humphrey von Weyden ist verliebt, dachte ich, als ich sie ins Boot hob und ihre Finger sich um die meinen klammerten. Ich hielt mich mit der einen Hand an der Reling fest und stützte sie mit der andern, und mich durchzuckte einen Augenblick ein Gefühl von Stolz. Ich besaß Kräfte, wie ich sie noch vor wenigen Monaten nicht gehabt – an dem Tage, als ich mich von Charley Furuseth verabschiedet hatte, um mit der unglückseligen „Martinez“ nach San Francisco zu fahren.

Das Boot hob sich auf einer Woge, Mauds Füße berührten den Boden, und ich ließ ihre Hände los. Dann warf ich die Takel los und sprang ihr nach. Ich hatte noch nie im Leben gerudert, aber ich legte die Riemen aus und bekam mit großer

Anstrengung das Boot klar von der „Ghost“. Dann versuchte ich, das Segel zu setzen. Ich hatte beobachtet, wie die Bootssteurer und Jäger ihre Sprietsegel setzten, aber es war doch mein erster Versuch. Ich brauchte zwanzig Minuten, um zu machen, was sie in vielleicht zweien schafften, aber schließlich war es getan, und, die Ruderpinne in der Hand, ging ich in den Wind.

„Dort liegt Japan,“ bemerkte ich, „gerade vor uns.“ „Humphrey van Weyden, Sie sind ein mutiger Mann!“ sagte sie.

„Nein,“ antwortete ich, „aber Sie sind eine mutige Frau.“

Wie auf eine gemeinsame Eingebung wandten wir den Kopf, um noch einen letzten Blick auf die „Ghost“ zu werfen. Ihr niedriger Rumpf hob sich und rollte auf der Woge, ihre Segel schimmerten undeutlich in der Nacht, das festgemachte Rad kreischte, dann entschwand sie unsern Blicken, und wir waren allein auf dem dunklen Meer.

Grau und frostig brach der Tag an. Das Boot lag scharf an dem frischen Winde, und der Kompaß zeigte, daß wir genau den Kurs nahmen, der uns nach Japan führte. Trotz den Fausthandschuhen waren meine Finger kalt und klamm vom Halten des Steuerruders. Meine Füße brannten vor Frost, und ich hoffte nur, daß die Sonne scheinen sollte.

Vor mir, auf dem Boden des Bootes, lag Maud. Sie wenigstens war warm, denn sie war in dicke Decken eingehüllt. Die oberste hatte ich ihr übers Gesicht gezogen, um sie vor der Nachtkälte zu beschützen, und ich konnte nichts von ihr sehen als die unbestimmten Umrisse ihrer Gestalt und ihr hellbraunes Haar, das, mit Trautropfen wie mit Juwelen besät, unter der Decke hervorlugte.

Lange blickte ich auf sie, ließ meine Augen auf dem wenigen ruhen, das von ihr sichtbar war, wie ein Mann das betrachtet, das ihm das Teuerste auf der Welt ist. So hartnäckig war mein Blick, daß sie sich schließlich unter den Decken regte, der oberste Zipfel wurde zurückgeschlagen, und sie lächelte mich mit Augen an, die noch schwer vom Schlafe waren.

„Guten Morgen, Herr van Weyden“, sagte sie. „Haben Sie schon Land gesichtet?“

„Nein“, antwortete ich, „aber wir nähern uns ihm mit einer Geschwindigkeit von sechs Meilen die Stunde.“ Sie blickte mich erschrocken an.

„Aber das sind ja hundertvierundvierzig Meilen in vierundzwanzig Stunden“, fügte ich beruhigend hinzu. Ihre Züge erhellten sich. „Und wie weit ist es?“

„In dieser Richtung liegt Sibirien“, sagte ich und wies nach Westen. „Aber etwa sechshundert Meilen westwärts liegt Japan. Wenn der Wind anhält, werden wir es in fünf Tagen schaffen.“

„Und wenn Sturm kommt? Dann kann sich das Boot wohl nicht halten?“

Sie hatte eine eigene Art, einem in die Augen zu blicken und die Wahrheit zu fordern, und so blickte sie mich auch jetzt an, als sie die Frage stellte.

„Dann müßte es schon sehr stürmen“, sagte ich zögernd.

„Und wenn es sehr stürmt?“

Ich nickte. „Aber es kann auch jederzeit geschehen, daß wir von einem Robbenschoner aufgenommen werden. Dieser Teil des Ozeans wird sehr viel von ihnen befahren.“

„Gott, Sie sind ja ganz durchfroren!“ rief sie aus. „Sehen Sie: Sie zittern ja. Sagen Sie nicht nein; Sie zittern. Und ich lag hier warm und sicher wie in Abrahams Schoß!“

„Ich kann nicht einsehen, was es an der Sache geändert hätte, wenn Sie auch durchfroren wären“, lachte ich.

„Ich werde es ja doch, sobald ich steuern gelernt habe, was ja hoffentlich bald der Fall sein wird.“

Sie setzte sich auf und begann, ihre einfache Toilette zu machen. Sie schüttelte ihr Haar auf, daß es ihr in einer braunen Wolke um Gesicht und Schultern fiel. Ihr herrliches braunes Haar! Ich hätte es küssen, es durch meine Finger gleiten lassen, mein Gesicht darin vergraben mögen! Wie verzaubert starrte ich sie an und vergaß das Ruder, bis das Boot in den Wind lief und das flatternde Segel mich an meine Pflicht mahnte. „Warum tragen die Frauen ihr Haar nicht immer offen?“ fragte ich. „Es ist doch viel schöner.“

„Wenn es nicht so schrecklich unordentlich würde!“ lachte sie. „Schauen Sie, jetzt habe ich eine von meinen kostbaren Haarnadeln verloren!“

Wieder vernachlässigte ich das Boot und ließ das Segel in den Wind brassen, so groß war mein Entzücken an jeder ihrer Bewegungen, als sie jetzt die Nadel zwischen all den Decken suchte. Ich war überrascht und froh, als ich sah, wie weiblich sie war, denn in meiner Vorstellung hatte ich fast ein göttliches, gänzlich unnahbares Wesen aus ihr gemacht. So begrüßte ich denn mit Freuden die kleinen Züge, die sie doch alles in allem als echtes Weib offenbarten, wie zum

Beispiel die Kopfbewegung, mit der sie die Wolke ihres Haares zurückwarf, und das Suchen nach der Haarnadel.

Mit einem reizenden kleinen Schrei fand sie die Nadel, und ich wandte meine Aufmerksamkeit wieder dem Steuerruder zu. Ich versuchte, das Ruder mit Hilfe eines Keils festzumachen, und das Boot hielt seinen Kurs ganz gut ohne meine Hilfe. Nur gelegentlich kam es zu dicht an den Wind oder fiel etwas ab, aber jedesmal richtete es sich von selber wieder und benahm sich überhaupt recht befriedigend.

„Und nun wollen wir frühstücken“, sagte ich. „Zunächst aber müssen Sie sich etwas wärmer kleiden.“ Ich suchte ein neues Hemd hervor, das aus demselben Stoff wie die Decken gemacht war. Ich kannte das Gewebe und wußte, daß es wasserdicht war und selbst bei stundenlangem Regen keine Feuchtigkeit durchließ. Als sie es übergestreift hatte, vertauschte ich ihre Knabenmütze gegen eine Männerkappe, die groß genug war, ihr Haar zu bedecken, und die, wenn die Klappen heruntergeschlagen wurden, ihr ganz über Ohren und Hals ging. Die Wirkung war bezaubernd. Nichts vermochte das köstliche Oval, die fast klassischen Linien, die wie mit dem Pinsel gezogenen Brauen, die großen braunen Augen mit ihrem klaren, ruhigen Blick zu zerstören.

Ein etwas stärkerer Stoß traf uns, als wir gerade einen Wogenkamm passierten. Das Boot legte sich soviel über, daß der Rand der Reling die Oberfläche streifte und wir etwa eine Pütze Wasser übernahmen. Ich war gerade dabei, eine Dose mit Zunge zu öffnen. Ich ließ sie fallen, sprang an die Schoot und warf sie gerade noch im rechten Augenblick hinüber. Das Segel schlug und flatterte, und das Boot kam klar. Wenige Minuten später hatte ich es wieder in den Kurs gebracht und konnte die Vorbereitungen zum Frühstück wieder aufnehmen.

„Es funktioniert, wie es scheint, sehr gut, wenn ich auch in seemännischen Fragen nicht sehr erfahren bin“, sagte sie und nickte beifällig mit dem Kopfe nach meiner Steuervorrichtung.

„Aber es geht nur, solange wir mit dem Winde segeln“, erklärte ich. „Wenn wir den Wind dwars haben oder kreuzen müssen, muß ich doch steuern.“

„Ich muß gestehen, daß mir Ihre technischen Ausdrücke fremd sind“, sagte sie. „Aber ich verstehe Ihre Schlußfolgerung und bin nicht gerade froh darüber. Sie können doch nicht ununterbrochen Tag und Nacht steuern. Sie werden mir also nach dem Frühstück meine erste Unterrichtsstunde erteilen. Und dann werden Sie sich hinlegen und schlafen. Wir werden Wachen bilden wie auf einem Schiff."

„Ich weiß nicht, wie ich es Ihnen beibringen soll", wandte ich ein. „Ich bin ja selbst erst Schüler. Als Sie sich mir anvertrauten, haben Sie wohl kaum bedacht, daß ich keine Erfahrung habe. Es ist das erstemal, daß ich mich überhaupt in einem kleinen Boote befinde."

„Dann müssen wir es gemeinsam lernen, Käptn. Und da Sie einen Vorsprung von einer Nacht haben, werden Sie mich lehren, was Sie unterdessen gelernt haben. Und nun das Frühstück! Die Luft macht hungrig!" „Kaffee gibt es nicht!" sagte ich bedauernd und reichte ihr mit Butter bestrichenen Zwieback und eine Scheibe Zunge. „Und es wird keinen Tee, keine Suppe und überhaupt nichts Warmes geben, bis wir irgendwo an Land gekommen sind."

Nach einem einfachen Frühstück, das durch eine Tasse kalten Wassers gekrönt wurde, erhielt Maud ihre erste Unterrichtsstunde im Steuern. Während ich sie unterwies, lernte ich selbst ein gut Teil; ich wandte die Kenntnisse an, die ich mir durch das Segeln der „Ghost" und das Beobachten der Bootssteuerer angeeignet hatte. Maud war eine gelehrige Schülerin und lernte bald, den Kurs zu halten, vor den Windstößen zu luven und im Notfall die Schoot hinüberzuwerfen.

Als sie von der Arbeit offenbar übermüdet war, überließ sie mir wieder das Ruder Ich hatte die Decken zusammengelegt, aber sie breitete sie jetzt wieder auf dem Boden aus. Als das geschehen war, sagte sie:

„So, Käptn, jetzt gehen Sie in die Koje. Und Sie werden bis zum zweiten Frühstück schlafen – bis zum Mittagessen", verbesserte sie sich, indem sie an die Zeiteinteilung auf der „Ghost" dachte.

Was sollte ich tun? Sie bestand darauf und sagte „Bitte, bitte!", worauf ich ihr das Ruder überließ und gehorchte. Ich hatte ein wundersames Gefühl, als ich in das Bett kroch, daß sie mir mit ihren Händen bereitet hatte. Die Ruhe und Selbstbeherrschung, die einen so bedeutsamen Teil ihres Wesens ausmachten, schienen sich den Decken mitgeteilt zu haben. Ich sank in eine sanfte Schläfrigkeit und Zufriedenheit. Das feine Oval mit den braunen Augen in dem Rahmen der Fischermütze wiegte sich vor dem Hintergrund bald grauer Wolken und bald grauer Wogen – dann wußte ich, daß ich geschlafen hatte.

Ich sah auf meine Uhr. Ich hatte sieben Stunden geschlafen. Und sie hatte sieben gesteuert! Als ich das Ruder nahm, mußte ich ihr die gekrampften Finger öffnen. All ihr bißchen Kraft war erschöpft, und sie war nicht einmal imstande, sich von ihrem Platz zu bewegen. Ich mußte die Schoot fahren lassen, um ihr in das warme Nest von Decken zu helfen und ihre Hände und Arme zu reiben.

„Ich bin so müde!" sagte sie; ihr Atem ging schnell, und sie ließ ihren Kopf mit einem Seufzer sinken.

Aber im nächsten Augenblick richtete sie sich wieder auf. „Jetzt schelten Sie aber nicht, wagen Sie nicht zu schelten", rief sie mit lustigem Trotz.

„Ich hoffe, daß ich kein böses Gesicht mache," sagte ich ernst, „denn ich versichere Ihnen, daß ich nicht im geringsten ärgerlich bin."

„Nein", meinte sie nachdenklich. „Es sieht nur vorwurfsvoll aus."

„Dann ist es ein ehrliches Gesicht und drückt nur aus, was ich fühle. Sie haben unrecht sowohl gegen sich selbst wie gegen mich gehandelt. Wie soll ich in Zukunft Vertrauen zu Ihnen haben?"

Sie sah ganz reuevoll aus. „Ich werde brav sein", sagte sie wie ein unartiges Kind. „Ich verspreche –" „Zu gehorchen, wie ein Matrose seinem Kapitän gehorcht?"

„Ja", sagte sie. „Es war dumm von mir, ich weiß." „Dann müssen Sie mir etwas versprechen", meinte ich. „Gern."

„Sie dürfen nicht zu oft „Bitte, bitte!" sagen, denn sonst untergraben Sie meine Autorität."

Sie lachte belustigt. Auch sie hatte die Macht ihres „Bitte, bitte!" bemerkt.

„Das Wort ist schön – –", begann ich.

„Aber ich darf es nicht ausnutzen", unterbrach sie mich.

Dann lachte sie müde und ließ den Kopf wieder zurücksinken. Ich überließ das Ruder sich selbst, um ihre Füße in die Decken zu wickeln und ihr einen Zipfel über das Gesicht zu ziehen. Ach, sie war nicht kräftig! Ich sah mit Besorgnis nach Südwest und dachte an die sechshundert Meilen, die mit ihrer Mühsal vor uns lagen – –, ach, wenn es nur nichts Schlimmeres als Mühsal werden sollte. Auf diesem Meere konnte jederzeit ein vernichtender Sturm aufkommen. Und doch fürchtete ich mich nicht. Ich setzte nicht viel Vertrauen auf die Zukunft, war sogar sehr zweifelhaft, und doch wurde ich nicht von Furcht übermannt. „Es muß gut gehen, es muß gut gehen!" – Das wiederholte ich mir immer wieder.

Am Nachmittag frischte der Wind wieder auf, die See wurde unruhiger und stellte mich und das Boot auf eine harte Probe. Aber der Proviant und die neun Wasserfässer waren ein guter Ballast, der das Boot in den Stand setzte, See und Wind zu trotzen, und ich hielt das Segel, solange ich es wagte. Dann holte ich es ein, beschlug es, und wir liefen weiter.

Einige Stunden später sichtete ich den Rauch eines Dampfers am Horizont in Lee. Es mußte meiner Ansicht nach entweder ein russischer Kreuzer oder, wahrscheinlicher, die „Macedonia", sein, die noch auf der Suche nach der „Ghost" war. Die Sonne war den ganzen Tag nicht zum Vorschein gekommen, und es war bitterkalt gewesen. Als die Nacht sich herabsenkte, wurden die Wolken dunkler, und der Wind frischte noch mehr auf, so daß Maud und ich mit Fausthandschuhen Abendbrot aßen und ich am Ruder blieb und nur hin und wieder zwischen den Windstößen einen Bissen zu mir nahm.

Inzwischen war es ganz dunkel geworden, Wind und Wogen wurden zuviel für das kleine Fahrzeug, und so holte ich das Segel ein und versuchte, einen Dregg- oder Seeanker zu machen. Ich hatte diese Kunst durch Gespräche mit den Jägern erfahren, und es war eine ganz einfache Sache. Ich legte das Segel zusammen, surrte es gehörig an Mast, Baum, Spriet und zwei Paar Reserveriemen fest und warf es über Bord. Eine Leine verband es mit dem Bug, und da es tief im Wasser lag und dem Winde keinen Widerstand bot, trieb es langsamer als das Boot. Infolgedessen hielt es den Bug in See und Wind – die sicherste Lage, um sich gegen das Kentern zu schützen, wenn Sturzseen kamen.

„Und jetzt?" fragte Maud fröhlich, als die Arbeit vollbracht war und ich mir die Fausthandschuhe wieder anzog.

„Jetzt fahren wir nicht mehr nach Japan", sagte ich. „Wir treiben in der Richtung nach Südost oder Südsüdost mit einer Schnelligkeit von mindestens zwei Meilen die Stunde."

„Das sind vierundzwanzig Meilen", meinte sie, „wenn der Wind die ganze Nacht weht."

„Und hundertundvierzig, wenn er drei Tage und Nächte anhält."

„Aber er wird nicht anhalten!" sagte sie zuversichtlich. „Er wird sich drehen und wenden, wie wir ihn brauchen."

„Das Meer ist der große Treulose."

„Aber nicht der Wind!" erwiderte sie. Sie wurde ganz beredt, wenn sie auf den prächtigen Passat zu sprechen kam.

„Wenn ich nur daran gedacht hätte, Wolf Larsens Chronometer und Sextanten mitzunehmen", sagte ich niedergeschlagen. „In einer Richtung segeln und in der andern treiben, gar nicht zu reden von der Strömung, die einen in einer dritten entführen kann – was dabei herauskommt, kann der größte Rechenkünstler nicht finden. Ehe wir es ahnen, können wir fünfhundert Meilen aus dem Kurs sein."

Dann bat ich sie um Verzeihung und versprach, nie wieder den Mut zu verlieren. Auf ihren eindringlichen Wunsch überließ ich ihr die Wache bis Mitternacht – es war jetzt neun Uhr –, aber ich hüllte sie in Decken und Ölzeug ein, ehe ich mich niederlegte. Ich schlief nur auf einem Auge. Das Boot hüpfte und stieß, wenn es über die Wellenkämme ging; ich konnte die Seen vorbeischießen hören, und immer wieder spritzte der Schaum ins Boot. Und doch erschien mir die Nacht nicht schlimm, war sie doch nichts im Vergleich mit den Nächten, die ich auf der „Ghost" erlebt hatte, und vielleicht auch nichts im Vergleich mit denen, die wir in dieser Nußschale noch zu überstehen hatten. Ihre Planken waren dreiviertel Zoll stark. Zwischen uns und der Meerestiefe war weniger als ein Zoll Holz.

Und doch – das kann ich immer wieder versichern –, doch fürchtete ich mich nicht. Den Tod, vor dem Wolf Larsen und selbst Thomas Mugridge mir Furcht gemacht hatten, fürchtete ich nicht mehr. Maud Brewster war in mein Leben getreten, und das schien mich verwandelt zu haben. Alles in allem, dachte ich, mußte es besser sein, zu lieben, als geliebt zu werden, wenn die Liebe uns etwas so teuer machen konnte, daß wir den Tod nicht mehr fürchteten. Ich konnte mein eigenes Leben über dem anderen vergessen, und ach – so paradox es auch klingen mag –, nie hatte ich so gewünscht zu leben wie gerade jetzt, da ich meinem Leben weniger Wert beimaß als je zuvor. Nie war mein Leben so begründet gewesen – das war mein letzter Gedanke, und dann, im Einschlafen, gab ich mich zufrieden mit dem Versuch, die Nacht zu durchdringen, die den Steven einhüllte, wo, wie ich wußte, Maud zusammengekauert saß und über die schäumende See hinausblickte – jeden Augenblick bereit, mich zu rufen, wenn es not tun sollte.

Es ist unnötig, alle Leiden eingehend zu schildern, welche wir während der vielen Tage zu erdulden hatten, die wir in dem winzigen Boot hierhin und dorthin über den Ozean getrieben wurden. Der schwere Nordwest wehte vierundzwanzig Stunden lang. Dann legte er sich, und nachts sprang er nach Südwest um. Das war uns gerade entgegen; aber ich holte den Seeanker ein, setzte das Segel und nahm einen Kurs, der uns nach Südsüdost führte. Es war kein großer Unterschied, ob wir diese Richtung oder die nach Nordnordwest wählten, die der Wind ebenfalls zuließ, aber die Aussicht auf wärmere Luft im Süden bestimmte meinen Entschluß.

Nach drei Stunden – es war Mitternacht, wie ich noch weiß, und so dunkel, wie ich es auf See noch nie gesehen hatte – wuchs der Südwest zum Sturm, und ich war wieder genötigt, den Seeanker zu werfen.

Der Tag brach an und fand mich erschöpft auf dem weißschäumenden Meere, während das Boot mit der Spitze fast senkrecht gegen den Himmel zeigte. Wir liefen große Gefahr, von den Sturzseen zum Kentern gebracht zu werden. Gischt und Schaum kamen derart über, daß ich unausgesetzt schöpfen mußte. Die Decken trieften vor Nässe. Außer Maud war alles naß, sie trug Ölzeug, Gummistiefel und Südwester und war trocken bis auf Gesicht und Hände und ein paar verirrte Locken. Sie löste mich hin und wieder beim Schöpfen ab, arbeitete tapfer und trotzte dem Sturm. Aber alles ist relativ. Es war nichts als ein steifer Wind, aber für uns, die wir in einem kleinen zerbrechlichen Boot ums Leben kämpften, war es ein Sturm.

Kalt und trostlos peitschte der Wind uns das Gesicht, die weißen Seen jagten heulend vorbei, und wir kämpften den ganzen Tag. Die Nacht kam, aber keiner von uns schlief. Der Tag kam, und immer noch peitschte der Wind unsre Gesichter, jagten die weißen Wogen brüllend an uns vorbei. In der zweiten Nacht schlief Maud vor Erschöpfung ein. Ich deckte sie mit Ölzeug und einer Persenning zu. Sie war verhältnismäßig trocken, aber starr vor Kälte. Ich fürchtete, daß sie die Nacht nicht überleben würde, aber wieder brach der Tag an, kalt und trostlos, mit demselben bewölkten Himmel, schneidenden Winde und brüllenden Meere.

Ich hatte achtundvierzig Stunden lang kein Auge geschlossen. Ich war bis aufs Mark durchnäßt und durchfroren und mehr tot als lebendig. Mein Körper war steif von Anstrengung und Kälte, und meine Muskeln schmerzten fürchterlich, bei jeder Bewegung litt ich die schrecklichsten Qualen, und ich mußte mich unaufhörlich bewegen. Und dabei wurden wir immer weiter nach Nordosten getrieben, immer weiter fort von Japan und nach der öden Beringsee.

Aber noch lebten wir und hatten unser Boot, obwohl der Wind andauernd mit unverminderter Stärke wehte. Am Abend des dritten Tages nahm er sogar noch etwas zu. Der Bug tauchte in einen Wogenkamm, und das Boot füllte sich zu einem Viertel mit Wasser. Ich schöpfte wie wahnsinnig. Die Gefahr, noch eine See überzubekommen, wurde außerordentlich erhöht durch den Umstand, daß das Wasser das Boot niederpreßte und seine Schwimmfähigkeit verminderte. Und noch eine solche See hieß das Ende. Als ich das Boot wieder trocken hatte, sah ich mich genötigt, Maud die Persenning wegzunehmen und sie quer über dem Bug zu befestigen. Es war ein Glück, daß ich es tat, und obgleich wir in den nächsten Stunden dreimal mit dem Bug tauchten, nahmen wir kein Wasser über.

Maud befand sich in einem kläglichen Zustand. Sie saß zusammengekauert auf dem Boden des Bootes, ihre Lippen waren blau, ihr graues Gesicht zeigte deutlich, welche Qualen sie litt. Aber ihre Augen sahen mich beständig mit ihrem tapferen Blick an, und kein Wort der Entmutigung kam über ihre Lippen.

In dieser Nacht muß der Sturm seinen Höhepunkt erreicht haben, aber ich achtete seiner nicht. Auf dem Achtersitz übermannten mich Müdigkeit und Schmerzen, und ich schlief ein.

Am Morgen des vierten Tages war der Sturm zu einem leisen Hauch gesunken, die See beruhigte sich, und die Sonne schien auf uns herab. Oh, diese gesegnete Sonne! Wie wir unsere armseligen Körper in ihrer köstlichen Wärme badeten! Wir lebten auf wie Käfer und Gewürm nach einem Sturm. Wir lächelten wieder, sagten lustige Dinge und erörterten hoffnungsvoll unsere Lage, Tatsächlich war sie schlimmer als je. Wir waren weiter von Japan entfernt als in der Nacht, da wir die „Ghost“ verlassen hatten. Dazu konnte ich Längen- und Breitengrade nur ganz ungefähr erraten. Wenn ich annahm, daß wir in den siebzig Stunden, die der Sturm gedauert hatte, zwei Meilen in der Stunde gemacht hatten, mußten wir mindestens hundertundfünfzig Meilen nach Nordost getrieben sein. Stimmte diese Berechnung aber? Es konnten ebensogut vier wie zwei Meilen in der Stunde gewesen sein! Dann waren wir noch hundertundfünfzig Meilen weiter in der falschen Richtung gekommen.

Wo wir uns befanden, wußte ich nicht, sehr wahrscheinlich aber in der Nähe der „Ghost“. Rings um uns her gab es Robben, und ich erwartete jeden Augenblick, einen Robbenschoner auftauchen zu sehen. Am Nachmittag, als der

Nordwest wieder aufgekommen war, sichteten wir einen. Aber das fremde Fahrzeug verlor sich bald hinter dem Horizont, und wir waren wieder allein auf dem weiten Meere.

Es kamen Nebeltage, an denen selbst Maud den Mut verlor und keine frohen Worte mehr über ihre Lippen kamen, Tage mit Windstille, da wir auf der unermeßlichen Meeresfläche dahintrieben, bedrückt von ihrer Größe und voller Staunen über das Wunder, daß wir in unserem winzigen Boot noch lebten und um unser Leben kämpften; Tage mit Hagel, Wind und Schneegestöber, an denen nichts uns warmzuhalten vermochte; Tage mit feinem Sprühregen, an denen wir unsere Wasserfässer von dem tropfenden Segel zu füllen versuchten.

Und immer mehr lobte ich Maud. Obwohl ich mich tausendmal bezwingen mußte, um ihr nicht meine Liebe zu erklären, wußte ich doch, daß dies nicht der Zeitpunkt für eine solche Erklärung war. Wenn aus keinem anderen Grunde, so schon allein deshalb, weil die Frau, die ich liebte, sich unter meinem Schutz befand. So schwierig die ganze Lage auch war, schmeichelte ich mir doch, meine Liebe durch kein Zeichen zu verraten. Wir waren gute Kameraden und wurden es mit jedem Tage mehr.

Eines überraschte mich an ihr: ihr unerschütterlicher Mut. Das furchtbare Meer, das zerbrechliche Boot, Stürme, Leiden und Einsamkeit – alles das würde genügt haben, eine kräftigere Frau zu erschrecken, aber es schien keinen Eindruck zu machen auf sie, die das Leben nur von seiner lichtesten Seite kennengelernt hatte, und die trotz ihrer hohen Künstlerschaft, ihrem feurigen Temperament und ihrem erhabenen Geiste doch sanft und zart war. Und doch stimmte das nicht ganz. Sie fürchtete sich wohl, aber sie überwand ihre Furcht durch ihren moralischen Mut. Wohl war ihr Fleisch schwach. Aber ihr Geist, diese ätherische Lebensessenz, ruhig wie ihre Augen und sicher seiner Fortdauer im Universum, beherrschte das Fleisch.

Wieder kamen Sturmtage, Tage und Nächte des Sturmes, an denen uns der Ozean mit seinen brüllenden weißen Schaumwipfeln bedrohte und der Wind unser ringendes Boot mit Titanenfäusten packte. Und immer weiter wurden wir geschleudert, immer weiter nach Nordosten. In einem solchen Sturm, dem schlimmsten, den wir überhaupt erlebt hatten, warf ich zufällig einen Blick nach Lee. Was ich sah, konnte ich zunächst kaum glauben. Diese schreckensvollen, schlaflosen Tage und Nächte hatten mich zweifellos wirr gemacht. Ich blickte auf Maud, um mich von der Wirklichkeit von Zeit und Raum zu überzeugen. Der

Anblick ihrer lieben, feuchten Wangen, ihres fliegenden Haares und ihrer tapferen braunen Augen bewies mir, daß meine Augen gesund waren. Wieder wandte ich den Blick leewärts, und wieder sah ich den vorspringenden Felsen, schwarz, hoch und nackt, die rasende Brandung, die sich an seinem Fuße brach und ihren Gischt hoch hinaufschleuderte, und die schwarze, unheilverkündende Küstenlinie, die, von einem mächtigen weißen Gürtel umgeben, nach Südwesten lief.

„Maud," sagte ich, „Maud!"

Sie wandte den Kopf und schaute.

„Es kann doch nicht Alaska sein!" rief sie.

„Ach nein", antwortete ich und fragte: „Können Sie schwimmen?"

Sie schüttelte den Kopf.

„Ich auch nicht", sagte ich. „Dann müssen wir eben an Land, ohne zu schwimmen. Es muß ja irgendwo eine Lücke zwischen den Klippen sein, durch die wir mit dem Boot hineinkönnen. Aber es gilt, schnell zu sein, sehr schnell – und aufzupassen."

Ich sprach mit einer Zuversicht, die ich, wie sie wohl wußte, nicht besaß, denn sie blickte mich mit ihrem ruhigen Blick an und sagte:

„Ich habe Ihnen noch nicht gedankt für all das, was Sie für mich getan haben, aber ..."

Sie zögerte, als wäre sie im Zweifel, wie sie ihre Dankbarkeit am besten in Worte kleiden sollte.

„Nun?" sagte ich hart, denn es war mir nicht recht, daß sie mir danken wollte.

„Sie könnten mir gern ein wenig helfen", lächelte sie. „Ihre Verpflichtungen anzuerkennen, ehe Sie sterben? Sicher nicht. Wir werden nicht sterben. Wir werden auf dieser Insel landen und es warm und gemütlich haben, ehe der Tag vergeht."

Ich sprach fest, glaubte aber selbst kein Wort davon. Aber es war nicht die Furcht, die mich lügen ließ. Ich fühlte keine Furcht, obgleich ich sicher war, den Tod in der kochenden Brandung zwischen diesen Felsen zu finden, denen wir uns rasch näherten. Es war unmöglich, Segel zu setzen und von der Küste abzukommen. Der Wind hätte das Boot sofort zum Kentern gebracht, es würde vollgeschlagen sein, sobald wir in ein Wellental gesunken wären; zudem schwamm das Segel, an die Reserveriemen gesurrt, als Seeanker vor uns. Wie gesagt: Furcht, dem Tode dort, wenige hundert Schritte leewärts, zu begegnen, spürte ich nicht, aber entsetzlich war mir der Gedanke, daß Maud sterben sollte. Meine verfluchte Phantasie sah sie schon an den Felsen zerschellt und zerschmettert! Ich versuchte, mich zu dem Glauben zu zwingen, daß wir sicher landen würden, und so sprach ich denn nicht aus, was ich wirklich glaubte, sondern was ich gern geglaubt hätte. Ich schreckte zurück vor dem Gedanken an diesen furchtbaren Tod, und einen Augenblick spürte ich den Wunsch, Maud in meine Arme zu nehmen, ihr meine Liebe zu erklären, umschlungen mit ihr den letzten Kampf auszufechten und zu sterben.

Instinktiv rückten wir auf dem Boden des Bootes enger zusammen. Ich fühlte, wie sich ihre Hand nach der meinen ausstreckte. Und so erwarteten wir wortlos das Ende. Wir waren nicht weit von der Linie, die der Wind mit der westlichen Ecke des Vorgebirges bildete, und ich beobachtete sie in der Hoffnung, daß irgendeine Strömung uns packen und vorbeiführen sollte, ehe wir die Brandung erreichten.

„Wir werden schon klar kommen", sagte ich mit einer Zuversicht, die aber weder mich noch sie täuschte.

„Bei Gott, wir kommen klar!" rief ich fünf Minuten später.

Ich hatte hinter dem Vorgebirge eine Landzunge gesichtet, und als wir weit genug waren, konnten wir deutlich die Umrisse einer Bucht sehen, die tief ins Land hineinschnitt. Gleichzeitig hörten wir ein andauerndes, ohrenbetäubendes Gebrüll. Es glich fernem Donner und kam aus Lee, übertönte das Brausen der Brandung und fuhr dem Sturm geradeswegs in die Zähne.

Als wir dann in Höhe des Vorgebirges waren, kam die ganze Bucht zum Vorschein – eine halbmondförmige, weißsandige Küste, an der sich die Brandung brach, und die mit Myriaden von Seehunden bedeckt war. Sie waren die Urheber des Gebrülls.

„Eine Robbenkolonie!" rief ich. „Jetzt sind wir wirklich gerettet. Hier muß es Menschen geben und Kreuzer, die die Robben vor den Jägern schützen. Wahrscheinlich ist hier sogar eine Station."

Als ich aber die gegen die Küste schlagende Brandung beobachtete, sagte ich: „Schön ist das nicht gerade. Aber wenn die Götter uns freundlich sind, werden wir die Landzunge entlang treiben und an eine Stelle kommen, wo wir trockenen Fußes das Land erreichen können."

Und die Götter waren uns freundlich. Die beiden ersten Landzungen liefen genau in der Windrichtung, als wir aber die zweite umfahren hatten – und wir kamen ihr gefährlich nahe –, erblickten wir eine dritte, die parallel zu ihnen lief. Und dazwischen lag die Bucht! Sie schnitt tief ins Land ein, und die jetzt einsetzende Flut trieb uns hinter die Landzunge. Hier war die See ruhig, außer einer schweren, aber sanften Grunddünung; ich holte den Seeanker ein und begann zu rudern. Von der Spitze aus wandte sich das Gestade in einer Kurve nach Südwesten, bis sich zuletzt eine Bucht in der Bucht zeigte, ein kleiner, vom Lande umschlossener Hafen, dessen Oberfläche wie ein Teich war und nur leicht gekräuselt wurde, wenn sich ein Hauch des Sturmes hereinverirrte und zurückprallte von den dräuenden Felswänden, die im Hintergrunde, hundert Fuß landwärts lagen.

Hier waren keine Robben. Der Bootssteven scheuerte gegen das harte Geröll. Ich sprang heraus und reichte Maud die Hand. Im nächsten Augenblick stand sie neben mir. Als meine Hand sie losließ, faßte sie hastig meinen Arm. Da wankte ich selbst und wäre fast in den Sand gestürzt. Es war die überraschende Wirkung des Umstandes, daß alle Bewegung aufgehört hatte. Wir waren so lange auf dem wogenden Meere gewesen, daß das feste Land eine Erschütterung für uns bedeutete. Wir erwarteten, die Küste auf und nieder schwanken, die Felswände sich wie Schiffsseiten hin und her schwingen zu sehen, und als wir uns automatisch anschickten, diesen erwarteten Bewegungen zu widerstehen, brachte uns ihr Nichteintreffen aus dem Gleichgewicht.

„Ich muß mich wirklich setzen", sagte Maud mit nervösem Lachen und einer schwindligen Bewegung, und dann setzte sie sich in den Sand.

Ich machte das Boot fest und setzte mich dann neben sie. So landeten wir auf der Mühsalinsel, „landkrank" durch unsern langen Aufenthalt auf dem Meere.

Narr!" rief ich laut vor Ärger.

Ich hatte das Boot ausgeladen, seinen Inhalt hoch auf den Strand geschleppt und war nun dabei, ein Feldlager aufzuschlagen. Am Strande gab es ein wenig Treibholz, und der Anblick einer Dose Kaffee, die ich aus der Speisekammer der „Ghost" mitgenommen, hatte mich an Feuer denken lassen.

„Esel!" fuhr ich fort.

Aber Maud sagte mit sanftem Vorwurf „Scht, scht“, und dann fragte sie, warum ich ein Esel sei.

„Wir haben keine Streichhölzer“, stöhnte ich. „Nicht ein Streichholz habe ich mitgebracht. Und nun gibt es weder heißen Kaffee noch Suppe, Tee oder sonstwas.“ „War es nicht – hm – Robinson Crusoe, der zwei Hölzer gegeneinander rieb?“ meinte sie bedächtig.

„Aber ich habe Dutzende von Berichten Schiffsbrüchiger gelesen, die es vergebens versuchten“, antwortete ich. „Ich erinnere mich an Winters, einen Journalisten, der bekannt wurde durch seine Schilderungen aus Alaska und Sibirien. Ich traf ihn einmal in Bibilot, und er erzählte mir, wie er versucht hatte, mit ein paar Hölzern Feuer zu machen. Es war sehr lustig, denn er erzählte glänzend, aber der Versuch war mißglückt. Ich entsinne mich namentlich des Schlusses. Seine schwarzen Augen funkelten beim Erzählen: „Meine Herren, die Südseeinsulaner können es vielleicht, die Malayen mögen es tun, aber Sie können mir glauben: Für einen Weißen ist es unmöglich!““

„Nun gut,“ sagte Maud fröhlich, „wir sind so lange ohne Feuer ausgekommen, daß ich nicht einsehe, warum wir es nicht noch länger könnten.“

„Aber denken Sie an den Kaffee!“ rief ich. „Und es ist sogar guter Kaffee. Ich habe ihn Wolf Larsens Privatproviant entnommen. Und sehen Sie all das schöne Holz!“

Ich gestehe, daß mir eine Tasse Kaffee sehr not tat, und später sollte ich erfahren, daß Maud auch eine kleine Schwäche für dies Getränk hatte. Außerdem hatten wir uns so lange mit kalter Küche begnügen müssen, daß wir innerlich wie äußerlich ganz erstarrt waren. Etwas Warmes wäre uns höchst willkommen gewesen. Aber Jammern half nichts, und so begann ich, aus dem Segel ein Zelt für Maud zu machen.

Ich hatte gedacht, daß es ein leichtes wäre, da ich Riemen, Mast, Baum, Bugspriet und eine Menge Leinen hatte. Da ich aber nicht die geringste Erfahrung besaß und jede Einzelheit erst ausprobieren mußte, verging ein ganzer Tag, ehe das Zelt bereit stand, sie aufzunehmen. Und in der Nacht mußte es auch noch regnen, so daß das Wasser hineinlief und Maud gezwungen war, wieder im Boot Schutz zu suchen.

Am nächsten Morgen grub ich eine Rinne um das Zelt. Eine Stunde später fuhr plötzlich ein starker Windstoß von der Felswand hinter uns herab, riß das Zelt um und fegte es dreißig Schritt weit über den Sand. Maud lachte über mein bestürztes Gesicht, und ich sagte: „Sobald sich der Wind gelegt hat, gedenke ich das Boot zu nehmen und die Insel zu erforschen. Es muß irgendwo eine Station mit Leuten geben. Und die Station muß von Schiffen besucht werden. Irgendeine Regierung muß diese Robben beschützen. Aber ehe ich aufbreche, möchte ich die Überzeugung haben, daß Sie es ein bißchen bequem haben."

„Ich möchte Sie gern begleiten", war alles, was sie sagte.

„Es wäre besser, wenn Sie blieben. Sie haben wahrhaftig genug durchgemacht. Es ist ein reines Wunder, daß Sie es überstanden haben. Und es wird nicht angenehm sein, bei diesem regnerischen Wetter zu rudern und zu segeln. Sie brauchen Ruhe, und ich möchte, daß Sie blieben und sich ausruhten."

„Ich möchte Sie doch lieber begleiten", sagte sie leise, mit bittender Stimme.

„Vielleicht könnte ich Ihnen ein –" ihre Stimme zitterte – „ein wenig helfen. Und denken Sie, wenn Ihnen etwas zustieße und ich allein hier zurückbliebe!"

„Oh, ich werde sehr vorsichtig sein", erwiderte ich. „Und ich fahre nicht weit – nicht weiter, als daß ich zur Nacht zurück sein kann. Ja, wenn ich ganz offen sein soll, so hielte ich es für das beste, wenn Sie hier blieben und nichts täten, als sich auszuschlafen."

Sie wandte sich zu mir und sah mir in die Augen. Ihr Blick war fest, aber doch so sanft.

„Bitte, bitte", sagte sie weich.

Ich zwang mich, hart zu bleiben, und schüttelte den Kopf. Sie sah mich immer noch erwartungsvoll an. Ich versuchte, meine Weigerung in Worte zu kleiden, aber es war unmöglich. Ich sah ihre Augen vor Freude leuchten und wußte, daß ich verloren hatte. Jetzt war es mir unmöglich, nein zu sagen.

Am Nachmittag ließ der Wind nach, und wir trafen unsere Vorbereitungen, um am nächsten Morgen aufzubrechen. Über Land konnte man von unserer Bucht aus nicht in das Innere der Insel gelangen, denn die Felsen erhoben sich senkrecht, schlossen den ganzen Strand ein und traten zu beiden Seiten der Bucht in das tiefe Wasser.

Der Morgen brach trüb und grau, aber still an, und ich war früh auf und setzte das Boot instand.

„Narr! Esel! Schafskopf!“ rief ich, als ich dachte, daß es Zeit wäre, Maud zu wecken, aber diesmal rief ich es froh und tanzte in scheinbarer Verzweiflung barhaupt auf dem Strand herum.

Ihr Kopf kam unter einem Zipfel des Segels zum Vorschein.

„Was gibt es?“ rief sie verschlafen, aber doch neugierig. „Kaffee!“ rief ich. „Was meinen Sie zu einer Tasse Kaffee? Heißen Kaffee? Brühheiß?“

„Du liebe Zeit,“ murmelte sie, „Sie haben mir einen tüchtigen Schrecken eingejagt, und das ist recht schlecht von Ihnen. Jetzt hatte ich mich schon damit abgefunden, daß es keinen gäbe, und da regen Sie mich mit solchen Vorspiegelungen auf!“

„Passen Sie auf!“ sagte ich.

In einer Kluft in den Felsen sammelte ich etwas trockenes Holz, schnitzte Späne und spaltete es zu Brennholz. Ich riß eine Seite aus meinem Notizbuch und nahm aus der Munitionskiste eine Schrotpatrone. Ich entfernte mit meinem Messer den Ladepfropfen und streute das Pulver auf ein flaches Felsstück. Dann nahm ich das Zündhütchen heraus und legte es in die Mitte des ausgestreuten Pulvers. Jetzt war alles bereit. Maud sah vom Zelt aus zu. Das Papier in der Linken haltend, schlug ich mit einem Stein, den ich in der Rechten hielt, auf das Zündhütchen. Ein Rauchwölkchen puffte hoch, eine Flamme, und der Rand des Papiers brannte.

Maud klatschte vor Freude in die Hände. „Prometheus!“ rief sie.

Ich war jedoch zu beschäftigt, um ihre Freude zu beachten. Das schwache Flämmchen mußte liebevoll gehegt werden, wenn es Kräfte sammeln und leben sollte. Ich nährte es mit einem Spänchen nach dem andern, dann kamen kleine Ästchen an die Reihe, bis das Feuer schließlich knisternd die größeren Kloben erfaßte. Daß wir auf eine öde Insel verschlagen würden, hatte ich nicht mit in meine Berechnung gezogen, und nun hatten wir weder Kessel noch sonst irgendwelche Kochgeräte. Ich behalf mich mit der Konservenbüchse, die ich zum Ausschöpfen des Bootes gebraucht hatte, und als sich unser Vorrat an leeren Konservendosen später vermehrte, hatten wir eine ganz stattliche Reihe von Kochtöpfen aufzuweisen.

Ich kochte das Wasser, aber Maud bereitete den Kaffee. Und wie der schmeckte! Ich steuerte gebratenes Dosenfleisch, aufgeweichten Schiffszwieback und Wasser bei. Das Frühstück gelang glänzend, und wir blieben viel länger am Feuer sitzen, als sich für unternehmungslustige Forschungsreisende streng genommen geziemt hätte, schlürften den heißen schwarzen Kaffee und erörterten unsere Lage.

Ich war ganz sicher, daß wir in einer der Buchten eine Station finden würden, denn ich wußte, daß die Rookerys an der Beringsee in dieser Weise geschützt wurden, aber Maud stellte – ich glaube, um uns vor Enttäuschungen zu bewahren – die Theorie auf, daß wir eine ganz unbekannte Rookery entdeckt hätten. Sie war jedoch gut gelaunt und wollte nichts davon hören, daß unsere Lage Anlaß zu ernsten Besorgnissen geben könnte.

„Wenn Sie recht haben," sagte ich, „dann müssen wir uns darauf vorbereiten, hier zu überwintern. Unsere Lebensmittel würden nicht reichen, aber wir hätten ja die Robben. Sie verschwinden im Herbst, und ich müßte bald beginnen, uns einen Vorrat an Fleisch anzulegen. Dann müßten wir Hütten bauen und Treibholz sammeln. Wir müßten auch Robbentran auslassen, um Leuchtmaterial zu haben. Überhaupt hätten wir alle Hände voll zu tun, wenn wir wirklich die Insel unbewohnt fänden. Aber das werden wir nicht, denke ich."

Doch sie hatte recht. Wir segelten am Winde die Küste entlang, suchten sie mit unseren Gläsern ab und landeten hier und dort, ohne eine Spur menschlichen Lebens zu finden. Wir erfuhren jedoch, daß wir nicht die ersten auf der Mühsalinsel waren. Hoch auf dem Strande der zweiten Bucht, von der unseren gerechnet, entdeckten wir das zersplitterte Wrack eines Bootes – eines Robbenfängerbootes, denn die Dollen waren mit geflochtenem Stroh umwunden, an Steuerbord vorn befand sich ein Gewehrgestell, und mit weißen Buchstaben stand da – kaum noch leserlich – „Gazelle No. 2". Das Boot mußte lange hier gelegen haben, denn es war halb mit Sand gefüllt, und das zersplitterte Holz war so verwittert, wie es nur wird, wenn es lange Wind und Wetter ausgesetzt ist. Am Achtersitz fand ich eine glatte Schrotflinte und ein abgebrochenes Matrosenmesser, das so verrostet war, daß man kaum noch erkennen konnte, aus welchem Material es bestand.

„Die sind jedenfalls von hier weggekommen!" sagte ich fröhlich, aber ich fühlte, wie mir das Herz sank, und ich hatte das unangenehme Gefühl, daß irgendwo auf diesem Strande gebleichte Knochen liegen mußten. Ich wollte nicht, daß Mauds Stimmung durch einen solchen Fund bedrückt würde, und so wandte ich unser Boot wieder seewärts und lief um die Nordspitze der Insel. Die Südküste wies keinen Strand auf, und früh am Nachmittage umsegelten wir das schwarze Vorgebirge und beendeten damit die Umsegelung der Insel. Ich schätzte ihren Umfang auf fünfundzwanzig Meilen, ihre Breite mochte zwischen zwei und fünf Meilen schwanken, während ich die Zahl der Robben an ihrer Küste bei vorsichtiger Schätzung auf zweihunderttausend veranschlagte. Im Südwesten war die Insel am höchsten, die Vorgebirge und das Innere fielen allmählich nach Nordosten ab, wo sie sich nur wenige Fuß über den Meeresspiegel erhob. Mit Ausnahme unserer kleinen Bucht stieg die Küste von den Schären sanft an und bildete eine Felsenwiese, wie ich es nennen möchte, die stellenweise mit Moos und Tundrengras bewachsen war. Hier tummelten sich die Robben, die alten Bullen mit ihren Harems, während die jungen Bullen unter sich blieben.

Mehr als diese kurze Beschreibung verdient die Mühsalinsel nicht. Wo es keine Felsen gab, war sie feucht und sumpfig. Stürme und Meer peitschten sie, und die Luft erdröhnte unaufhörlich von dem Brüllen der zweihunderttausend Seetiere. Es war ein trauriger, elender Aufenthalt. Maud, die mich auf die Enttäuschung vorbereitet hatte und den ganzen Tag lebhaft und munter gewesen, war am Ende ihrer Selbstbeherrschung, als wir wieder in unserer kleinen Bucht landeten. Sie bemühte sich tapfer, es mir zu verbergen, als ich aber ein neues Feuer anzündete, wußte ich, daß sie ihr Schluchzen unter den Decken in ihrem Zelt zu ersticken suchte.

Jetzt war die Reihe, den Kopf hochzuhalten, an mir, und ich spielte meine Rolle so geschickt und mit solchem Erfolg, daß ich das Lachen wieder in ihre süßen Augen und den Gesang auf ihre Lippen brachte, denn ehe sie sich niederlegte, sang sie mir etwas vor. Es war das erstemal, daß ich sie singen hörte, und ich lag am Feuer, lauschte und war hingerissen, denn sie war Künstlerin in allem, was sie tat, und ihre Stimme war zwar nicht groß, aber wunderbar süß und ausdrucksvoll.

Ich schlief immer noch im Boot, und ich lag diese Nacht lange wach, starrte zu den ersten Sternen empor, die ich seit vielen Nächten sah, und überdachte unsere Lage. Ein Verantwortungsgefühl dieser Art war mir etwas ganz Neues. Wolf Larsen hatte recht gehabt. Ich hatte auf den Füßen meines Vaters gestanden. Meine Rechtsbeistände und geschäftlichen Berater hatten meine Interessen wahrgenommen. Ich selbst hatte keinerlei Verantwortung gekannt. Erst auf der „Ghost“ hatte ich gelernt, die Verantwortung für mich selbst zu tragen. Und jetzt befand ich mich zum erstenmal in meinem Leben in der Lage, für einen andern Menschen verantwortlich sein zu müssen. Und es sollte die schwerste Verantwortung sein, die es für einen Menschen überhaupt gibt, denn sie war die einzige Frau auf der Welt – – das einzige kleine Mädchen, wie ich sie in Gedanken zu nennen pflegte.

Kein Wunder, daß wir unser Eiland die Mühsalinsel nannten. Zwei Wochen mühten wir uns ab, um eine Hütte zu bauen. Maud bestand darauf, mir zu helfen, und ich hätte über ihre zerrissenen, blutenden Hände weinen mögen. Aber dabei war ich stolz auf sie. Es war etwas Heroisches an dieser zarten Frau, wie sie alle Leiden ertrug und sich mit ihren geringen Kräften Aufgaben unterwarf, die sonst nur das Los einer Bauernfrau sind. Sie sammelte viele der Steine, die ich zum Bau der Mauer gebrauchte, und wollte nicht hören, wenn ich sie beschwor, sich auszuruhen. Schließlich ging sie jedoch ein Kompromiß mit mir ein und übernahm die leichten Arbeiten: das Kochen und das Sammeln von Treibholz und Moos für unsern nötigen Winterbedarf.

Die Wände der Hütte erhoben sich ohne Schwierigkeiten, und alles ging leicht von der Hand, bis ich vor der Frage stand, wie ich das Dach verfertigen sollte. Welchen Zweck hatten die vier Wände ohne Dach? Und woraus sollten wir das Dach machen? Wir hatten allerdings die überzähligen Riemen. Sie konnten als Sparren dienen. Aber womit sollte ich sie decken? Moos hatte keinen Zweck. Tundragras war nicht zu gebrauchen. Das Segel brauchten wir für das Boot, und die Persenning ließ schon Wasser durch.

„Winters hat Walroßhäute für seine Hütte benutzt“, sagte ich.

„Wir haben ja Robben“, riet sie.

So begann am nächsten Tage die Jagd. Ich konnte nicht schießen und machte mich daran, es zu lernen. Als ich aber einige dreißig Patronen auf drei Robben verschwendet hatte, sah ich ein, daß unsere Munition erschöpft sein mußte, ehe ich genügend Übung im Schießen erlangt hatte. Ich hatte acht Patronen zum Feueranmachen gebraucht, bis ich auf den Einfall kam, die glimmende Asche mit feuchtem Moos zu bedecken, denn wir hatten kaum noch hundert Patronen.

„Wir müssen die Robben mit Knüppeln erschlagen“, verkündete ich Maud, als ich mich von meiner Unmöglichkeit als Schütze überzeugt hatte. „Ich habe die Robbenjäger von dieser Art, die Tiere zu töten, reden hören.“

„Die Tiere sind so hübsch“, hielt sie mir entgegen. „Das ist nicht auszudenken. Es ist so furchtbar brutal, so ganz anders als Schießen.“

„Das Dach muß gemacht werden", sagte ich grimmig. „Der Winter steht vor der Tür. Es handelt sich einfach darum: Wir oder sie? Es ist ein Unglück, daß wir nicht mehr Munition haben, aber ich glaube übrigens, daß sie weniger leiden, wenn sie mit dem Knüppel niedergeschlagen, als wenn sie zusammengeschossen werden. Zudem werde ich ja das Niederschlagen besorgen."

„Das ist es ja gerade –" begann sie eifrig, um in plötzlicher Verwirrung abzubrechen.

„Natürlich," begann ich, „wenn Sie vorziehen – –" „Aber was soll ich denn tun", unterbrach sie mich mit dieser Sanftmut, der ich, wie ich wohl wußte, nicht widerstehen konnte.

„Holz für das Feuer sammeln und das Essen kochen", erwiderte ich leichthin.

Sie schüttelte den Kopf. „Es würde zu gefährlich für Sie sein, die Tiere allein anzugreifen. – Ich weiß, ich weiß", kam sie meinen Einwänden zuvor. „Ich bin nur eine schwache Frau, aber gerade meine geringe Hilfe kann unter Umständen ein Unglück verhüten." „Aber das Töten?" warf ich ein.

„Natürlich, das werden Sie besorgen. Ich werde wahrscheinlich schreien. Ich werde fortblicken, wenn –" „Wenn die Gefahr am höchsten ist", lachte ich.

„Ich werde selbst bestimmen, wann ich hinsehen muß und wann nicht", sagte sie ein bißchen von oben herab. Das Ende war natürlich, daß sie mich am nächsten Morgen begleitete. Ich ruderte an die anstoßende Bucht und ganz an das Ufer, wo die brüllenden Robben zu Tausenden lagen – wir mußten förmlich schreien, um uns einander verständlich zu machen.

„Ich weiß, daß man sie mit Knüppeln erschlägt", sagte ich mit einem Versuch, mich anzufeuern, indem ich zweifelnd auf einen großen Bullen blickte, der, keine dreißig Fuß entfernt, sich auf die Vorderflossen erhob und mich aufmerksam betrachtete. „Aber die Frage ist, wie?"

„Lassen Sie uns Tundragras sammeln und das Dach damit decken", sagte Maud.

Sie war ebenso ängstlich wie ich bei dieser Aussicht auf den bevorstehenden Kampf, und daß wir Grund genug dazu hatten, mußten wir uns selber sagen, als wir jetzt aus der Nähe die schimmernden Zahnreihen und die hundeähnlichen Mäuler sahen.

„Ich dachte immer, daß sie sich vor dem Menschen fürchteten", sagte ich.

„Das tun sie wohl auch“, meinte ich einen Augenblick später, als ich das Boot einige Ruderschläge näher an Land gebracht hatte. „Wenn ich kühn an Land ginge, würden sie sich vielleicht aus dem Staube machen?“ Aber ich zögerte doch.

„Ich habe einmal von einem Manne gehört, der in eine Brutstätte wilder Gänse eindrang,“ sagte Maud, „sie töteten ihn.“

„Die Gänse.“

„Ja, die Gänse. Mein Bruder hat mir davon erzählt.“ „Aber ich weiß, daß man sie mit Knüppeln erschlägt“, sagte ich hartnäckig.

„Ich glaube, Tundragras würde ein ebenso gutes Dach abgeben“, meinte sie.

Ihre Worte verfehlten ihre Wirkung und trieben mich erst recht an. Ich konnte unmöglich vor ihren Augen feige sein.

„Los!“ sagte ich, indem ich den Riemen durchs Wasser zog und den Bug auf den Strand laufen ließ.

Ich stieg aus und rückte tapfer einem langmähnigen Bullen entgegen, der dort inmitten seiner Frauen lag. Ich war mit dem gewöhnlichen Knüppel bewaffnet, mit dem die Bootspuller die angeschossenen Robben erschlagen, die dann durch die Jäger mit einem Haken an Bord gezogen werden. Der Knüppel war nur anderthalb Fuß lang, und in meiner prachtvollen Unwissenheit ließ ich mir nicht träumen, daß der Knüppel, der zum Robbenschlagen an Land gebraucht wird, vier bis fünf Fuß mißt. Die Kühe watschelten mir aus dem Wege, und die Entfernung zwischen mir und dem Bullen verringerte sich. Er erhob sich auf seine Flossen und schien sehr beleidigt zu sein. Es waren jetzt noch einige Meter zwischen uns, aber ich rückte immer weiter vor in der Erwartung, daß er kehrtmachen und davonlaufen sollte.

Als ich noch zwei Meter entfernt war, überkam mich plötzlich ein furchtbarer Schrecken. Was geschah, wenn er nicht davonlief? Nun, dann würde ich ihn eben niederschlagen, antwortete ich mir. In meiner Angst hatte ich ganz vergessen, daß ich nicht gekommen war, um den Bullen in die Flucht zu jagen, sondern um ihn zu töten. Und in diesem Augenblick schnaubte er und stürzte sich knurrend auf mich. Seine Augen flammten, sein Maul stand weit offen, die Zähne leuchteten grausam weiß. Ich gestehe ohne Scham, daß ich meinerseits kehrtmachte und das Hasenpanier ergriff. Er lief ungeschickt, aber doch schnell hinter mir her. Nur zwei Schritte trennten mich noch von ihm, als ich ins Boot taumelte. Ich wehrte ihn mit einem Riemen ab, und seine Zähne gruben sich tief ins Blatt. Das feste Holz zersplitterte wie eine Eierschale. Maud und ich waren bestürzt. Im nächsten Augenblick war er unter dem Boote, packte mit seinen Zähnen den Kiel und schüttelte uns heftig.

„Nein, nein!" rief Maud. „Lassen Sie uns umkehren." Ich schüttelte den Kopf. „Was andere Männer können, kann ich auch, und ich weiß, daß andere Männer Robben niedergeschlagen haben. Aber ich glaube, das nächste Mal werde ich die Bullen in Ruhe lassen."

„Tun Sie es nicht!" sagte sie.

„Sagen Sie jetzt nicht „bitte, bitte"", rief ich fast zornig, wie ich glaube.

Sie antwortete nicht, und ich merkte, daß mein Ton sie verletzt haben mußte.

„Verzeihen Sie mir", sagte oder schrie ich vielmehr, um mich in dem Gebrüll der Rookery verständlich zu machen. „Wenn Sie das sagen, wende ich um und fahre zurück, aber, offen gestanden, möchte ich lieber bleiben."

„Sagen Sie aber nicht, Sie hätten das davon, daß Sie eine Frau mitgenommen haben", sagte sie. Sie lächelte rätselhaft, aber hinreißend, und ich wußte, daß es keiner Verzeihung bedurfte.

Ich ruderte einige hundert Fuß den Strand entlang, um meine Nerven zu beruhigen, und ging dann wieder an Land.

„Nur vorsichtig sein!" rief sie mir nach.

Ich nickte und schritt weiter, um einen Flankenangriff auf den nächsten Harem zu machen. Es ging auch alles gut, bis ich einen Schlag auf den Kopf einer Kuh richtete und zu kurz schlug. Sie schnaufte und watschelte schwerfällig fort. Ich lief hinterher und schlug wieder, traf aber statt des Kopfes die Schulter.

„Aufgepaßt!" hörte ich Maud rufen.

In meiner Aufregung hatte ich auf nichts sonst geachtet, und als ich jetzt aufblickte, sah ich den Herrn des Harems hinter mir hersetzen. Wieder floh ich nach dem Boot, aber diesmal machte Maud nicht den Vorschlag, daß wir umkehren sollten.

„Ich denke, es wäre besser, die Harems in Ruhe zu lassen und es mit den einzelnen, harmlosen Robben zu versuchen", sagte sie. „Ich glaube, einmal darüber gelesen zu haben. In dem Buch von Dr. Jordan, wenn ich nicht irre. Es sind die jungen Bullen, die noch nicht alt genug sind, sich einen eigenen Harem zu halten. Er nannte sie Holluschickis oder so ähnlich. Wir müssen irgendwie herausfinden, wo sie ..."

„Mir scheint, Ihre kriegerischen Instinkte sind erwacht", lachte ich.

Sie errötete tief. „Ich gebe zu, daß ich mich ebenso ungern wie Sie als überwunden erklären möchte, andererseits bin ich auch nicht begeistert bei dem Gedanken, daß diese hübschen, harmlosen Geschöpfe getötet werden sollen."

„Hübschen!" sagte ich verächtlich. „Ich habe nichts besonders Hübsches an den geifernden Bestien entdecken können, die mich gejagt haben."

„Von Ihrem Standpunkt aus haben Sie vielleicht recht!" lachte sie. „Aber Ihnen fehlt die Perspektive. Ja, wenn Sie nicht so nahe an sie heranzugehen brauchten –"

„Das ist es ja", rief ich. „Ich brauche einen längeren Knüppel. Und da ist der zerbrochene Riemen gerade recht."

„Mir fällt ein," sagte sie, „daß Kapitän Larsen mir erzählt hat, wie die Leute es in den Rookerys machen. Sie treiben die Robben in kleinen Herden ein wenig landeinwärts, ehe sie sie töten."

„Ich lege keinen Wert darauf, einen ganzen Harem zu hüten", entgegnete ich.

„Aber die Holluschickis", meinte sie. „Die Holluschickis halten sich abseits, und Dr. Jordan sagt, daß zwischen den Harems Wege frei gelassen werden, und daß die alten Bullen den Holluschickis nichts tun, solange sie sich an diese Wege halten."

„Da kommt gerade einer!" sagte ich und zeigte auf einen jungen Bullen im Wasser. „Wir wollen ihn beobachten und ihm folgen, wenn er an Land geht."

Das Tier schwamm direkt an den Strand und kletterte in eine kleine Lücke zwischen zwei Harems, deren Herren Warnrufe ertönen ließen, ihn jedoch nicht angriffen. Wir sahen, wie er sich mühsam auf einem offenbar vorgezeichneten Wege zwischen den Harems hindurchwand.

„Also los jetzt!" sagte ich und trat an Land, aber ich gestehe, daß mir das Herz bis an den Hals schlug bei dem Gedanken, daß ich mitten durch diese ungeheure Herde schreiten sollte.

„Ich glaube, es wäre klug, das Boot festzumachen", sagte Maud.

Sie war mit mir ausgestiegen, und ich betrachtete sie mit Verwunderung.

Sie nickte entschieden. „Ja, ich begleite Sie, es ist also am besten, Sie sichern das Boot und bewaffnen mich auch mit einem Knüppel."

„Lassen Sie uns umkehren", sagte ich mutlos. „Ich denke, Tundragras wird es auch tun."

„Sie wissen gut, daß es nicht geht", lautete ihre Antwort. „Soll ich vorausgehen?"

Achselzuckend, aber auch mit wärmster Bewunderung für diese Frau, gab ich ihr den zerbrochenen Riemen und nahm selbst einen anderen. Die ersten Schritte unserer Wanderung machten wir mit großer Angst. Einmal schrie Maud laut, als eine Kuh neugierig ihren Schuh beschnüffelte, und ich beschleunigte meine Schritte aus demselben Grunde. Aber außer einigen warnenden Kläfflauten von beiden Seiten wiesen sich keine Zeichen von Feindseligkeit. Es war eine Rookery, die noch nie einen Jäger gesehen hatte, und die Robben waren daher friedlich und furchtlos zugleich.

Mitten in der Herde war der Lärm entsetzlich, fast schwindelerregend. Ich blieb stehen und lächelte Maud ermutigend zu, denn ich hatte mein Gleichgewicht rascher als sie wiedergefunden. Ich konnte sehen, daß sie sich sehr fürchtete. Sie trat ganz nahe an mich heran und rief:

„Ich fürchte mich schrecklich."

Aber ich hatte meine Furcht überwunden. Das friedliche Benehmen der Robben hatte mich ermutigt. Maud dagegen zitterte vor Angst.

„Es geht ja alles gut", versuchte ich sie zu beruhigen und legte unwillkürlich meinen Arm schützend um sie. Nie werde ich vergessen, wie ich mir in diesem Augenblick meiner Männlichkeit bewußt wurde. Die primitiven Tiefen meines Wesens regten sich. Ich fühlte mich als Mann, als Schützer der Schwachen, als kämpfendes Männchen. Und das beste war: Ich fühlte mich als Beschützer meiner Geliebten. Sie lehnte sich an mich, so leicht und fein wie eine Lilie, und als ihr Zittern nachließ, war mir, als besäße ich eine erstaunliche Kraft. Ich hatte das Gefühl, es mit dem wildesten Bullen der Herde aufnehmen zu können, und ich weiß: Hätte mich ein solcher Bulle angegriffen, ich wäre nicht gewichen, sondern hätte seinen Angriff kaltblütig abgewehrt, und sicher, ich hätte ihn getötet.

„Jetzt ist mir wieder gut“, sagte sie und blickte mich dankbar an. „Lassen Sie uns weitergehen.“

Eine Viertelstunde landeinwärts stießen wir auf die Holluschickis, gewandte junge Bullen, die sich hier in der Einsamkeit ihres Junggesellendaseins austobten und Kraft sammelten für die Tage, da sie sich die Würde von Ehemännern erkämpfen sollten.

Jetzt ging alles glatt. Ich wußte genau, was ich zu tun hatte. Ich schrie, machte drohende Bewegungen mit dem Knüppel und stieß die Faulsten sogar mit dem Riemen, und auf diese Weise schnitt ich schnell einige zwanzig der jungen Burschen von ihren Kameraden ab. Sobald einer von ihnen den Versuch machte, zum Wasser durchzubrechen, stellte ich mich ihm in den Weg. Maud beteiligte sich eifrig am Treiben, und ihr Schreien und Schwingen mit dem abgebrochenen Riemen bedeutete eine große Hilfe für mich. Ich bemerkte aber, daß sie hin und wieder ein Tier durchschlüpfen ließ, wenn es besonders matt und mitgenommen aussah. Versuchte jedoch eines, sich kriegerisch zu widersetzen, dann sah ich, wie ihre Augen leuchteten und sie keck mit dem Knüppel zuschlug.

„Himmel, wie aufregend das ist!“ rief sie, als sie aus reiner Ermattung schließlich innehalten mußte. „Ich glaube, ich muß mich setzen.“

Ich trieb die kleine Herde – es war jetzt noch ein Dutzend, den übrigen hatte sie die Flucht erlaubt – einige hundert Schritte weiter landeinwärts, und als sie mich einholte, hatte ich bereits das Abschlachten beendet und war dabei, die Tiere abzuhäuten. Eine Stunde später machten wir uns stolz auf den Rückweg, den Pfad zwischen den Harems entlang. Zweimal machten wir noch den Weg und kehrten mit Häuten beladen zurück, dann glaubte ich, genug für unser Dach zu haben. Ich setzte das Segel, machte einen Schlag aus der Bucht heraus und fuhr mit dem nächsten Schlage in unseren kleinen Schlupfhafen hinein.

„Es ist gerade wie eine Heimkehr“, sagte Maud, als ich das Boot auf den Strand laufen ließ.

Ihre Worte weckten ein zitterndes Echo in meiner Seele, alles war mir so lieb und vertraut, und ich sagte: „Mir ist, als hätte ich stets dieses Leben gelebt. Die Welt der Bücher und Buchgelehrten ist so unwirklich, eher Traum als Tatsache. Es ist sicher, daß ich all meine Tage gejagt und gekämpft habe. Und Sie scheinen auch ein Teil davon zu sein. Sie sind – –“ ich war nahe daran, „mein Weib, meine Gefährtin“ zu sagen, besann mich aber noch und sagte schnell: „Sie haben die Prüfung gut bestanden.“

Aber ihr Ohr hatte mein Stocken bemerkt, und sie warf mir einen raschen Blick zu.

„Das wollten Sie nicht sagen."

„Nein, sondern daß die große Dichterin Maud Brewster jetzt das Leben einer Wilden führt und sich glänzend damit abfindet", sagte ich leichthin.

„Oh!" war alles, was sie antwortete. Aber ich hätte schwören mögen, einen Klang von Enttäuschung in ihrer Stimme zu hören.

Doch „mein Weib, meine Gefährtin" hallte in mir den Rest des Tages und noch manchen andern Tag nach, nie aber lauter als an diesem Abend, als sie das Moos von den glimmenden Scheiten nahm, das Feuer anfachte und das Abendbrot kochte. Geheime Wildheit mußte in mir wachgerüttelt sein, denn die alten Worte, die so eng mit den Wurzeln der Urrasse verbunden waren, packten und durchschauerten mich. Und ich hörte sie, bis ich, sie vor mich hinmurmelnd einschlief.

„Es wird riechen", sagte ich, „aber es wird uns jedenfalls vor Regen und Schnee schützen." Wir musterten das fertige Dach aus Robbenfellen.

„Es ist ziemlich plump, aber es erfüllt seinen Zweck, und das ist die Hauptsache", fuhr ich fort in der Hoffnung, ein Lob aus ihrem Munde zu hören.

Und sie klatschte in die Hände und erklärte, daß sie außerordentlich zufrieden sei.

„Aber es ist dunkel hier drinnen", sagte sie einen Augenblick später, und ihre Schultern zuckten in einem unwillkürlichen Schauder.

„Sie hätten mich daran erinnern sollen, ein Fenster zu machen, als wir die Wände bauten", sagte ich. „Das war Ihre Sache, und Sie hätten die Notwendigkeit eines Fensters einsehen müssen."

„Ich sehe nie, was am nächsten liegt", erwiderte sie lachend. „Außerdem brachen Sie ja aber nur ein Loch in die Wand zu hauen."

„Das stimmt schon. Daran hatte ich auch schon gedacht", antwortete ich, das weise Haupt wiegend. „Aber haben Sie Fensterglas bestellt? Rufen Sie beim Glaser an – 4451 ist, glaube ich, die Nummer, und geben Sie ihm Größe und Art der Scheibe an."

„Das heißt–" begann sie.

„Kein Fenster."

Die Hütte war natürlich finster und häßlich und wäre in einem zivilisierten Lande kaum gut genug als Schweinekoben gewesen, uns aber, die wir alle Leiden in einem offenen Boote erlebt hatten, erschien sie als ein gemütliches, kleines Haus. Wir sorgten für Licht und Wärme mit Hilfe von Robbentran und einem aus Baumwolle gedrehten Docht, dann begann die Jagd, um uns Fleisch für den Winter zu verschaffen, sowie der Bau einer zweiten Hütte. Jetzt war es eine Kleinigkeit, morgens auszuziehen und gegen Mittag mit einer ganzen Bootsladung Robben heimzukehren. Und während ich an der zweiten Hütte baute, briet Maud den Speck zu Tran aus und unterhielt ein langsames Feuer unter dem Fleisch. Ich hatte gehört, wie man auf der Prärie Büffelfleisch in Streifen schneidet und an der Luft trocknet, und nun schnitten wir unser Robbenfleisch in Streifen, hängten es in den Rauch, und es wurde prachtvoll geräuchert.

Der Bau der zweiten Hütte ging leichter vonstatten, denn ich ließ sie direkt an die erste stoßen, so daß sie nur drei Wände brauchte. Aber das alles bedeutete doch Arbeit. Maud und ich schafften vom frühen Morgen bis zum Einbruch der Dunkelheit, wir arbeiteten bis an die Grenze unsrer Kraft, so daß wir, wenn die Nacht kam, steif vor Müdigkeit ins Bett krochen und den Schlaf der Erschöpfung wie die Tiere schliefen. Und doch erklärte Maud, daß sie sich in ihrem ganzen Leben nie besser und gesünder gefühlt hätte. Bei mir war dasselbe der Fall, aber sie war so zart, daß ich fürchtete, sie würde zusammenbrechen. Immer wieder sah ich, wie sie sich, nach Erschöpfung ihrer letzten Kräfte, lang auf den Boden legte – ihre Art, sich auszuruhen und wieder zu Kräften zukommen. Und dann stand sie auf und arbeitete wie nur je. Woher sie die Kraft dazu nahm, war mir ein Rätsel.

„Denken Sie an die lange Winterruhe", erwiderte sie auf meine Ermahnungen. „Dann werden wir noch nach Arbeit schreien!"

An dem Abend, als das Dach meiner Hütte fertig war, hielten wir eine Art Einzugsschmaus. Es war am Ende eines dreitägigen heftigen Sturmes, der von Südost ganz nach Nordost herumgeschwungen war und nun direkt in der Richtung auf unsere Insel wehte. In der Außenbucht donnerte die Brandung gegen die Küste, und selbst in unserm, ganz von Land umschlossenen Innenhafen befand sich das Wasser in starker Bewegung. Die Bergseite der Insel schützte uns nicht vor dem Winde, und er pfiff und heulte um die Hütte, daß ich zeitweise fürchtete, die Mauern würden nicht standhalten. Das Dach, das ich wie ein Trommelfell gespannt und für ganz dicht gehalten hatte, bauschte sich bei jedem Windstoß und ließ Wasserspritzer durch, und in den Mauern zeigten sich unzählige Lücken, trotz aller Mühe, die Maud sich gegeben hatte, um sie mit Moos abzudichten. Aber der Tran brannte hell, und wir fühlten uns trotz alledem warm und behaglich.

Es war in der Tat ein angenehmer Abend, und wir kamen zu dem Ergebnis, daß es noch Geselligkeit auf der Mühsalinsel gab. Wir fühlten uns wohl und sicher. Wir hatten uns nicht allein mit dem Gedanken vertrautgemacht, hier überwintern zu müssen, wir hatten auch bereits unsere Vorbereitungen getroffen. Jetzt konnten uns die Robben gern verlassen, um ihre rätselhafte Reise nach dem Süden anzutreten: wir hatten vorgesorgt. Und auch der Sturm hatte seine Schrecken für uns verloren. Wir waren nicht nur warm und trocken und vorm Winde geschützt, wir hatten auch die weichsten, kostbarsten Betten, die aus Moos gemacht werden konnten. Es war Mauds Idee gewesen, und sie hatte eifersüchtig darüber gewacht, daß nur sie allein das Moos sammelte. Dies sollte die erste Nacht auf der Moosmatratze sein, und ich wußte, daß ich um so süßer schlafen würde, weil sie sie gemacht hatte.

Als sie sich erhob, um zu gehen, wandte sie sich mit einem rätselhaften Ausdruck zu mir und sagte:

„Es wird etwas geschehen, etwas, das uns betrifft. Ich fühle es. Es kommt etwas, kommt zu uns. Jetzt. Ich weiß nicht, was es ist, aber es kommt."

„Etwas Gutes oder Schlechtes?" fragte ich.

Sie schüttelte den Kopf. „Das weiß ich nicht, aber es ist irgendwo dort."

Sie wies in die Richtung von See und Wind.

„Wir sind an einer geschützten Küste," lachte ich, „und ich muß sagen, daß es besser ist, hier zu sein, als an einem solchen Abend anzukommen."

„Sie fürchten sich doch nicht?" fragte ich, während ich zur Tür schritt, um sie ihr zu öffnen.

Ihre Augen blickten tapfer in die meinen.

„Und Sie fühlen sich wohl? Völlig wohl?"

„Ich habe mich nie besser gefühlt", lautete ihre Antwort.

Wir sprachen noch ein Weilchen miteinander, bis sie ging.

„Gute Nacht, Maud", sagte ich.

„Gute Nacht, Humphrey", sagte sie.

Ohne daß wir darüber gesprochen hätten, nannten wir uns, wie etwas ganz Selbstverständliches, beim Vornamen. Ich hätte sie in diesem Augenblick in meine Arme reißen und an mich pressen können. Draußen in der Welt, der wir angehörten, würden wir es sicher getan haben. Hier aber hemmte mich die merkwürdige Situation, in der wir uns befanden. Als ich dann aber allein in meiner kleinen Hütte war, durchglühte mich ein schönes Gefühl von Zufriedenheit Und ich wußte, daß es ein Band zwischen uns gab, ein schweigendes Etwas, das früher nicht gewesen war.

Ich erwachte mit einem drückenden, geheimnisvollen Gefühl. Etwas in meiner Umgebung schien mir zu fehlen. Aber das Geheimnisvolle und Drückende verschwand, als ich einige Augenblicke wach gelegen hatte und mir darüber klar geworden war, was mir fehlte: Es war der Wind. Ich war in einem Zustand der Nervenanspannung eingeschlafen, wie man ihn beim Vernehmen andauernder Geräusche oder Bewegungen bekommt, und erwacht war ich noch gespannt und vorbereitet auf einen Druck, der nun nicht mehr auf mir lastete.

Es war seit Monaten die erste Nacht, die ich unter Dach verbracht hatte, und einige Minuten lang genoß ich das herrliche Gefühl, mollig unter meinen Decken zu liegen, ohne Nebel und Spritzern ausgesetzt zu sein. Als ich mich angekleidet hatte und die Tür öffnete, hörte ich noch die Wellen gegen den Strand schlagen und vom Sturm der vergangenen Nacht schwatzen. Es war ein klarer Tag, und die Sonne schien. Ich hatte lange geschlafen und trat nun mit plötzlich erwachter Energie aus meiner Hütte, entschlossen, die verlorene Zeit einzuholen, wie es sich für einen Bewohner der Mühsalinsel ziemte.

Draußen aber blieb ich plötzlich stehen. Ich mußte wohl meinen Augen trauen, und doch war ich einen Augenblick betäubt von dem, was sich mir offenbarte. Dort, am Strande, keine fünfzig Fuß entfernt, lag ein entmastetes Schiff. Masten und Spieren, Wanten, Schoote, Leinen und zerfetzte Segel hingen in einem Gewirr über Bord. Ich rieb mir die Augen. Es war die Kombüse, die wir gezimmert hatten, es waren die mir so vertraute Achterhütte und die niedrige Kajüte, die sich kaum über die Reling erhob. Es war die „Ghost".

Welche Laune des Schicksals hatte sie hierhergeführt – gerade hierher? Welcher Zufall oder welche Zufälle? Ich blickte auf die finstere, unübersteigbare Wand hinter mir und fühlte tiefe Verzweiflung. Entrinnen war hoffnungslos, ganz unmöglich. Ich dachte an Maud, die in der Hütte schlief, welche wir erbaut hatten. Ich erinnerte mich ihres „Gute Nacht, Humphrey", „mein Weib, meine Gefährtin", tönte es durch mein Hirn, aber ach, jetzt klang es wie Grabgeläute. Dann wurde mir schwarz vor Augen.

Wahrscheinlich war es nur der Bruchteil einer Sekunde, aber mir erschien es wie eine Ewigkeit, bis ich wieder zu mir kam. Dort lag die „Ghost", den Bug gegen die Küste. Ihr zersplitterter Bugspriet ragte über den Strand, das Gewirr ihrer Spieren schlug gegen die dunkle Schiffsseite, wenn die Wellen sie hoben.

Plötzlich fiel mir der seltsame Umstand auf, daß sich nichts an Bord regte. Müde vom nächtlichen Kampf mit der See mochten alle noch schlafen. Mein nächster Gedanke war, daß Maud und ich doch noch entkommen könnten. Wenn wir das Boot erreichten und um die Landzunge fuhren, ehe jemand erwachte? Ich wollte sie rufen und sofort mit ihr aufbrechen, als ich mich entsann, wie klein die Insel war. Wir konnten uns nicht auf ihr verstecken. Uns blieb nichts als das unermeßliche, mitleidlose Meer. Ich dachte an unsere gemütlichen kleinen Hütten, an unsere Vorräte an Fleisch, Tran, Moos und Holz, und mir war klar, daß wir die winterliche See und die großen Stürme, die kommen mußten, nie überstehen konnten.

So stand ich zögernd vor ihrer Tür. Es war unmöglich, unmöglich! Ein wilder Gedanke fuhr mir durch den Kopf: sie töten, während sie schlief. Aber dann faßte ich, wie in einer Erleichterung, einen besseren Entschluß.

Alle schliefen. Warum nicht jetzt an Bord der „Ghost" kriechen – ich kannte ja den Weg zu Wolf Larsens Koje – und ihn töten, ehe er erwachte? Dann – nun, dann würden wir ja sehen. War er erst tot, dann war Zeit, an alles andere zu denken. Und außerdem: Wie die Lage sich auch gestalten mochte – schlechter, als sie jetzt war, konnte sie kaum werden.

Mein Messer hing mir an der Hüfte. Ich ging wieder in die Hütte, um die Büchse zu holen, vergewisserte mich, daß sie geladen war, und schritt zur „Ghost" hinab. Mit einiger Schwierigkeit und nicht, ohne mich bis auf die Haut zu durchnässen, kletterte ich an Bord. Die Backluke stand offen. Ich blieb stehen, um den Atemzügen der Mannschaften zu lauschen, aber nichts regte sich. Ich mußte keuchen bei dem Gedanken, der mir plötzlich durch den Kopf fuhr: Wenn die „Ghost“ verlassen war! Wieder lauschte ich. Nichts. Vorsichtig stieg ich die Schiffstreppe hinab. Der Raum strömte den muffigen, kalten Geruch aus, der einer leerstehenden Wohnung anhaftet. Rings über den Fußboden verstreut lagen abgelegte Kleidungsstücke, alte Seestiefel, zerlöchertes Ölzeug – all die wertlosen Dinge, die sich während einer langen Fahrt in der Back ansammeln.

„In größter Hast verlassen!“ war meine Schlußfolgerung, als ich wieder an Deck stieg. Die Hoffnung wurde wieder lebendig in meiner Brust, und ich sah mich mit größter Kaltblütigkeit um. Ich bemerkte, daß die Boote fehlten. Das Zwischendeck erzählte dieselbe Geschichte wie die Back. Auch die Jäger hatten eiligst ihre Habseligkeiten zusammengepackt. Die „Ghost“ war verlassen. Sie gehörte Maud und mir. Ich dachte an die Vorräte und an die Apotheke unter der Kajüte, und mir kam der Einfall. Maud mit etwas Gutem zum Frühstück zu überraschen.

Die Reaktion und das Bewußtsein, daß ich die schreckliche Tat, deretwegen ich gekommen war, nicht auszuführen brauchte, beseelten mich mit kindlichem Eifer. Ich ging auf die Laufbrücke, indem ich zwei Stufen auf einmal nahm und dachte an nichts Bestimmtes, fühlte nichts außer der Freude und der Hoffnung, daß Maud schlafen würde, bis meine Frühstücksüberraschung fertig war. Als ich um die Kombüse bog, dachte ich mit neuer Freude und Befriedigung an die prächtigen Kochgeräte drinnen. Ich sprang auf den Rand der Achterhütte und sah – – Wolf Larsen. So überwältigt, so betäubt war ich vor Überraschung, daß ich noch drei oder vier Schritte weiterging, ohne anhalten zu können. Er stand auf der Laufbrücke – nur Kopf und Schultern sichtbar – und starrte mir gerade ins Gesicht. Seine Arme ruhten auf der halbgeöffneten Schiebeluke. Er machte keine Bewegung – er stand nur da und starrte mich an.

Ich begann zu zittern. Das alte Gefühl von Übelkeit überkam mich. Ich legte die Hand auf den Rand der Hütte, um mich zu stützen. Meine Lippen schienen plötzlich ausgetrocknet zu sein, und ich befeuchtete sie für den Fall, daß ich sprechen sollte. Meine Augen wichen nicht eine Sekunde von ihm. Keiner von uns beiden sprach. In seinem Schweigen, seiner Unbeweglichkeit lag etwas Unheilverkündendes. All meine alte Furcht kehrte zurück, und dazu kam eine neue, die hundertmal größer war. Und so standen wir da und starrten uns an.

Ich wurde mir der Notwendigkeit bewußt, zu handeln. Aber meine alte Hilflosigkeit hatte mich wieder gepackt, und so wartete ich, daß er die Initiative ergreifen sollte. Die Augenblicke schwanden, und ich sah plötzlich, daß meine

Lage dieselbe war wie damals, als ich mich dem großen Robbenbullen genähert hatte: Die Absicht, ihn zu töten, wurde verdrängt von dem Wunsche, ihn fortlaufen zu sehen. Aber endlich dachte ich doch daran, daß ich gekommen war, um selbst zu handeln, nicht, um Wolf Larsen das Heft in die Hand zu geben.

Ich spannte beide Hähne der Büchse und richtete den Lauf auf ihn. Hätte er sich bewegt oder versucht, sich von der Laufbrücke auf mich zu stürzen, ich würde ihn niedergeschossen haben. Aber er blieb unbeweglich stehen und starrte mich weiter an. Und wie ich ihm, die erhobene Büchse in den Händen, ins Gesicht blickte, hatte ich Zeit zu sehen, wie verstört und abgezehrt es aussah. Es war, als hätte eine furchtbare Gemütsbewegung es verwüstet. Die Wangen waren eingesunken, die Stirn war gerunzelt und sorgenvoll. Seltsam erschienen mir seine Augen, und zwar nicht nur im Ausdruck, sondern in ihrer physischen Beschaffenheit, als ob Sehnerven und Bewegungsmuskeln irgendwie beschädigt wären und die Augäpfel sich verrückt hätten.

Alles dies sah ich, denn da mein Hirn jetzt mit ungeheurer Schnelligkeit arbeitete, fuhren mir tausend Gedanken durch den Kopf, und doch konnte ich nicht abdrücken. Ich senkte die Büchse und trat an die Ecke der Kajüte, hauptsächlich um meine Nerven zu beruhigen und dann wieder zu zielen, aber auch, um näher an ihn heranzukommen. Wieder hob ich die Waffe. Ich war jetzt kaum mehr als Armeslänge von ihm entfernt. Es gab keine Hoffnung mehr für ihr. Ich hatte meinen Entschluß gefaßt. Es war unmöglich, ihn zu fehlen, ein so schlechter Schütze ich auch sein mochte. Und doch kämpfte ich mit mir und konnte nicht abdrücken.

„Nun?“ fragte er ungeduldig.

Ich versuchte vergebens, meinen Finger zu krümmen, und ebenso vergebens versuchte ich, ein Wort herauszubringen.

„Warum schießen Sie nicht?“ fragte er.

Ich räusperte mich, konnte aber nicht sprechen.

„Hump“, sagte er langsam. „Sie können es nicht. Sie sind ohnmächtig. Ihre konventionelle Moral ist stärker als Sie. Sie sind ein Sklave Ihrer alten Anschauungen, der Gesetze, die Ihrem Schädel eingehämmert worden sind, seit Sie die ersten Worte stammelten, und all Ihrer Philosophie und meinen Lehren zum Trotz können Sie einen unbewaffneten, widerstandslosen Menschen nicht töten.“

„Das weiß ich“, sagte ich heiser.

„Und Sie wissen auch, daß ich einen Unbewaffneten ebenso leicht töten würde, wie ich eine Zigarre rauche“, fuhr er fort. „Sie kennen mich und schätzen mich von Ihrem Standpunkt aus ein. Schlange, Tiger, Hai, Ungeheuer und Kaliban haben Sie mich genannt. Und doch können Sie mich nicht töten, Sie Waschlappen, wie Sie eine Schlange oder einen Hai töten würden, weil ich Hände, Füße und einen Körper habe, der dem Ihren ähnlich geformt ist. Ich hätte mehr von Ihnen erwartet, Hump!“

Er überschritt die Laufbrücke und trat zu mir.

„Nehmen Sie das Gewehr herunter. Ich möchte einige Fragen an Sie richten. Ich habe noch keine Gelegenheit gehabt, mich umzuschauen. Was für ein Ort ist dies? Wo liegt die „Ghost“? Wieso sind Sie so naß? Wo ist Maud, – Verzeihung, Fräulein Brewster – oder muß ich Frau van Weyden sagen?“

Ich war zurückgetreten und hätte weinen mögen, daß ich unfähig war, ihn niederzuschießen, aber ich war doch nicht so töricht, die Büchse abzusetzen. In meiner Verzweiflung hoffte ich, daß er eine Feindseligkeit begehen, den Versuch machen würde, mich zu schlagen oder zu würgen, denn ich wußte: nur dann war ich imstande, zu schießen.

„Dies ist die Mühsalinsel“, sagte ich.

„Nie den Namen gehört“, unterbrach er mich.

„So nennen wir sie wenigstens“, berichtete ich.

„Wir?“ fragte er. „Wer ist „wir“?“

„Fräulein Brewster und ich. Und die „Ghost“ liegt, wie Sie selbst sehen können, mit dem Bug gegen den Strand.“

„Es sind Robben hier“, sagte er. „Sie haben mich mit ihrem Gebell geweckt, sonst würde ich noch schlafen. Ich hörte sie schon, als ich gestern abend hier hereintrieb. Sie zeigten mir an, daß eine Küste in Lee war. Es ist eine Rookery, so etwas, wie ich es seit Jahren gesucht habe. Dank meinem Bruder Tod bin ich hier auf ein Vermögen gestoßen. Es ist eine Goldgrube. Wie ist die Lage der Insel?“

„Keine Ahnung“, sagte ich. „Aber Sie müssen es doch wissen. Was haben Ihre letzten Beobachtungen ergeben?“

Er lächelte unergründlich, antwortete aber nicht.

„Und wo sind all Ihre Leute?“ fragte ich. „Wie kommt es, daß Sie allein sind?“

Ich war darauf vorbereitet, daß er auch diese Frage unbeachtet lassen würde, und seine willige Antwort überraschte mich.

„Ehe achtundvierzig Stunden vergangen waren, hatte mein Bruder mich gekriegt, aber es war, weiß Gott, nicht meine Schuld. Er enterte mein Schiff nachts, als nur ein Wachtposten an Deck war. Die Jäger ließen mich im Stich. Er bot ihnen mehr. Ich hörte es mit an. Er tat es vor meinen Augen. Die Mannschaft ging natürlich auch. Das konnte ich nicht anders erwarten. Alle Mann verließen mich, und da stand ich – ausgesetzt auf meinem eigenen Schiff. Diesmal hatte mein Bruder Tod gesiegt.“

„Aber wie haben Sie denn die Masten verloren?“ fragte ich.

„Gehen Sie hin und sehen Sie sich die Taljenreeps an“, sagte er und wies nach der Stelle, wo die Besantakelung sich hätte befinden müssen.

„Mit dem Messer durchgeschnitten!“ rief ich aus.

„Nicht ganz“, lachte er. „Viel feinere Arbeit. Sehen Sie sich's noch einmal an.“

Ich sah: Die Taljenreeps waren so weit durchgeschnitten, daß sie die Wanten gerade noch halten konnten, bis eine besondere Anforderung an sie gestellt wurde. „Das ist Köchleins Werk“, lachte er wieder. „Ich weiß es, obgleich ich ihn nicht dabei erwischt habe. So ein bißchen Abrechnung.“

„Das hat Mugridge nicht schlecht gemacht!“ rief ich.

„Ja, das dachte ich auch, als die ganze Geschichte über Bord ging.“

„Aber was haben Sie denn getan, als dies alles geschah?“ fragte ich.

„Was ich tun konnte. Aber es war unter diesen Umständen nicht viel, das können Sie mir glauben.“

Ich wandte mich um, um Mugridges Werk noch einmal zu betrachten.

„Ich glaube, ich will mich ein bißchen in die Sonne setzen“, hörte ich Wolf Larsen sagen.

Es war ein Anflug, ein ganz leiser Anflug von körperlicher Schwäche in seiner Stimme, und das wirkte so eigentümlich, daß ich einen raschen Blick auf ihn warf. Er fuhr sich mit der Hand nervös über das Gesicht, als ob er ein

Spinngewebe fortwischte Ich war bestürzt. Das alles war so unähnlich dem Wolf Larsen, den ich kannte.

„Wie steht es mit Ihren Kopfschmerzen?“ fragte ich. „Die plagen mich immer noch“, lautete die Antwort. „Ich glaube, es geht jetzt gerade wieder los.“

Er ließ sich ganz zu Boden gleiten. Dann rollte er sich auf die Seite, stützte den Kopf auf den Unterarm, während er mit dem Oberarm seine Augen vor der Sonne schützte. Ich blickte ihn verwundert an.

„Jetzt ist Ihre Gelegenheit gekommen, Hump“, sagte er.

„Ich verstehe Sie nicht“, log ich, denn ich verstand ihn gut.

„Ach, nichts“, setzte er gleichsam schläfrig hinzu.

„Sie haben mich jetzt da, wo Sie mich haben wollten.“ „Nein, das stimmt nicht,“ erwiderte ich, „ich wünschte Sie tausend Meilen fort von hier.“

Er lachte, sagte aber nichts weiter. Als ich an ihm vorbeischritt, um in die Kajüte hinunterzusteigen, bewegte er sich nicht. Ich hob die Falltür im Fußboden und blickte eine Weile unschlüssig in die Apotheke hinunter. Ich zögerte. Wie, wenn er sich nur verstellte? Das wäre in der Tat hübsch, dann saß ich hier wie die Ratte in der Falle! Ich schlich mich leise auf die Laufbrücke und blickte verstohlen auf ihn hinab. Er lag noch da, wie ich ihn verlassen hatte. Wieder stieg ich hinunter; ehe ich mich jedoch in die Apotheke gleiten ließ, beobachtete ich die Vorsicht, die Klappe herunterzulassen. So konnte die Falle jedenfalls nicht zuschnappen. Aber meine Vorsicht erwies sich als überflüssig. Ich kam in die Kajüte mit einem Vorrat von allerlei Eingemachtem, Schiffszwieback, Büchsenfleisch und ähnlichem – so viel ich zu tragen vermochte – und schloß die Falltür wieder.

Ein Blick auf Wolf Larsen zeigte mir, daß er sich nicht geregt hatte. Ein neuer Gedanke kam mir. Ich stahl mich in seine Kabine und eignete mir seine Revolver an. Andere Waffen fand ich nicht, obwohl ich die drei andern Kabinen gründlich untersuchte. Um ganz sicher zu sein, ging ich noch einmal durch Zwischendeck und Back und nahm alle Messer an mich. Dann fiel mir das große Klappmesser ein, das er stets in der Tasche trug. Ich trat zu ihm und sprach ihn zuerst leise, dann lauter an. Er regte sich nicht. Ich beugte mich über ihn und zog ihm das Messer aus der Tasche, jetzt atmete ich freier. Er hatte keine Waffe mehr, um mich von weitem anzugreifen, während ich – jetzt bewaffnet – imstande war, ihm zuvorzukommen, wenn er den Versuch machen sollte, mich mit seinen furchtbaren Gorillaarmen zu packen.

Ich füllte eine Kaffeekanne und eine Bratpfanne mit einem Teil meiner Beute, nahm etwas Geschirr aus der Anrichte in der Kajüte, überließ Wolf Larsen sich selbst und ging an Land.

Maud schlief noch. Ich fachte die glimmende Asche an und machte mich in fieberhafter Hast daran, das Frühstück zu bereiten. Als ich beinahe fertig war, hörte ich ihre Schritte aus der andern Hütte. Ich hatte gerade den Kaffee eingegossen, da öffnete sich die Tür, und sie trat ein.

„Das ist nicht recht von Ihnen!" Mit diesen Worten begrüßte sie mich. „Sie haben meine Vorrechte verletzt. Sie wissen doch, daß das Kochen meine Sache ist und –"

„Nur dies eine Mal", bat ich.

„Wenn Sie versprechen, es nicht wieder zu tun", lächelte sie. „Es sei denn, daß Sie meiner geringen Leistungen müde geworden wären."

Zu meiner großen Freude hielt sie nicht ein einziges Mal Ausschau nach dem Strande, und ich konnte den Erfolg verzeichnen, daß sie, ohne etwas zu merken, ihren Kaffee aus der Porzellantasse trank und sich Marmelade auf einen Zwieback strich. Aber das dauerte natürlich nicht lange. Ich sah ihre Überraschung. Sie hatte gemerkt, daß sie von einem Porzellanteller aß. Ihre Augen fielen auf das Frühstück, und nun sah sie eines nach dem andern. Dann blickte sie mich an und wandte das Gesicht langsam nach dem Strande. „Humphrey!" rief sie.

Der alte, unsagbare Schrecken stieg in ihre Augen. „Ist – – er – –?" fragte sie zitternd. Ich nickte.

Wir warteten den ganzen Tag, daß Wolf Larsen an Land käme. Wir befanden uns in unerträglicher Spannung. Bald sah der eine, bald der andere angstvoll nach der „Ghost". Aber er kam nicht. Er zeigte sich nicht einmal an Deck.

„Vielleicht hat er seine Kopfschmerzen", sagte ich. „Als ich ihn verließ, lag er auf der Achterhütte. Dort mag er die ganze Nacht gelegen haben. Ich glaube, ich werde einmal hinübergehen und nachsehen."

Maud sah mich flehend an.

„Es ist ganz gefahrlos“, versicherte ich ihr. „Ich nehme die Revolver mit. Sie wissen, daß ich alle Waffen genommen habe, die es an Bord gab.“

„Aber seine Arme, seine Hände, seine entsetzlichen Hände!“ erwiderte sie. Und dann rief sie laut: „Ach Humphrey, ich fürchte mich so vor ihm! Gehen Sie nicht – bitte gehen Sie nicht!“

Sie legte ihre Hand bittend auf die meine, und mein Puls flog. In diesem Augenblick verrieten meine Augen sicher, was ich fühlte. Das liebe, entzückende Mädchen! Ich wollte meinen Arm um sie legen, wie damals in der Robbenherde, aber ich bedachte mich und hielt mich zurück.

„Es ist nicht gefährlich für mich“, sagte ich. „Ich werde nur über den Bug lugen.“

Sie drückte mir innig die Hand und ließ mich gehen. Aber die Stelle an Deck, wo ich ihn hatte liegenlassen, war leer. Er war offenbar nach unten gegangen. Diese Nacht wachten wir abwechselnd, denn niemand konnte wissen, was Wolf Larsen einfallen konnte. Er war zu allem fähig.

Wir warteten sowohl den nächsten Tag wie den darauffolgenden, ohne daß er ein Lebenszeichen gegeben hätte.

„Es sind wohl wieder die Kopfschmerzen“, sagte Maud am Nachmittag des vierten Tages, „vielleicht ist er krank, sehr krank, oder gar tot.“

„Oder er liegt im Sterben“, fügte sie hinzu, nachdem sie einen Augenblick auf meine Antwort gewartet hatte.

„Um so besser!“ erwiderte ich.

„Aber denken Sie, Humphrey, ein Mitmensch in seiner letzten einsamen Stunde!“

„Vielleicht“, meinte ich.

„Ja, vielleicht“, räumte sie ein. „Wir wissen es nicht. Aber wenn, dann wäre es schrecklich. Ich würde es mir nie verzeihen. Wir müssen etwas tun.“

„Vielleicht“, meinte ich wieder.

Ich wartete, innerlich über das Weib in ihr lächelnd, daß sie sich um Wolf Larsen sorgen ließ, gerade um ihn! Wo ist jetzt ihre Sorge um mich, dachte ich, den sie vorhin kaum über die Reling hatte blicken lassen wollen.

Sie war zu feinfühlig, um nicht zu erraten, was hinter meinem Schweigen lag. Und ihre Offenheit gab ihrer Feinfühligkeit nichts nach.

„Sie müssen an Bord gehen und einmal nachsehen, Humphrey“, sagte sie. „Und wenn Sie mich auslachen wollen, so haben Sie meine Einwilligung und meine Verzeihung dazu.“

Ich erhob mich gehorsam und schritt zum Strande hinab.

„Aber seien Sie vorsichtig!“ rief sie mir nach.

Ich winkte ihr von der Back aus und ließ mich auf das Deck gleiten. Dann ging ich nach achtern auf die Laufbrücke und rief Wolf Larsen. Er antwortete und schickte sich an, die Treppe heraufzusteigen, und ich spannte meinen Revolver. Ich tat es ganz offen, aber er nahm keine Notiz davon. Er machte körperlich denselben Eindruck wie das letztemal, als ich ihn gesehen hatte, aber er war finster und schweigsam. Die wenigen Worte, die wir wechselten, konnten kaum eine Unterhaltung genannt werden. Ich fragte ihn nicht, warum er nicht an Land, und er mich nicht, warum ich nicht an Bord gekommen war. Seine Kopfschmerzen waren, wie er sagte, besser, und so verließ ich ihn ohne weiteres Parlamentieren.

Maud hörte meinen Bericht mit sichtlicher Erleichterung, und der Anblick des Rauches, der sich etwas später aus der Kombüse erhob, versetzte sie in bessere Stimmung. Am nächsten und übernächsten Tage sahen wir wieder den Rauch aufsteigen, und hin und wieder ließ Wolf Larsen sich auf der Achterhütte sehen. Aber das war auch alles. Er machte keinen Versuch, an Land zu kommen. Das wußten wir, denn wir hielten weiter unsere Nachtwachen. Seine Untätigkeit ängstigte und beunruhigte uns.

Auf diese Weise verging eine ganze Woche. Wir hatten keinen andern Gedanken als Wolf Larsen, und der Druck, den seine Anwesenheit auf uns ausübte, hinderte uns, uns irgendwie mit den Dingen, die wir geplant hatten, zu befassen.

Aber am Ende der Woche hörte der Rauch auf, aus dem Kombüsenschornstein zu steigen, und Wolf Larsen zeigte sich nicht mehr auf der Achterhütte. Ich konnte sehen, wie Mauds Besorgnis wieder wuchs, wenn sie sich auch scheute oder vielleicht zu stolz war, ihre Bitte zu wiederholen. Konnte man ihr einen Vorwurf daraus machen? Mir war selbst nicht wohl zumute bei dem Gedanken, daß dieser Mann, den ich zu töten versucht hatte, so nahe seinen Mitmenschen allein sterben sollte. Er hatte recht: Die Tatsache, daß er Hände, Füße und Körper hatte wie ich, bedeutete eine Forderung, die ich nicht außer acht lassen konnte. Das zweitemal wartete ich daher nicht, bis Maud mich schickte. Ich stellte fest, daß wir kondensierte Milch und Marmelade brauchten, und eröffnete ihr, daß ich an Bord gehen wollte. Ich konnte sehen, daß sie schwankte. Sie ging sogar soweit, zu murmeln, daß die Sachen nicht so wichtig wären, und daß mein Ausflug ergebnislos verlaufen könnte. Und wie sie früher aus meinem Schweigen meine Gedanken erraten hatte, so hörte sie jetzt aus meinen Worten heraus, daß ich nicht um der kondensierten Milch und der Marmelade willen an Bord ging, sondern wegen ihrer Besorgnis, die sie nicht hatte verbergen können.

Als ich bei der Back war, zog ich mir die Schuhe aus und ging auf Strümpfen geräuschlos nach achtern. Diesmal rief ich auch nicht von der Laufbrücke. Ich stieg vorsichtig hinunter und fand die Kajüte leer. Die Tür zu seiner Kabine war verschlossen. Ich dachte zuerst daran, anzuklopfen, erinnerte mich dann aber meiner vorgeschobenen Absicht und entschloß mich, sie auszuführen. Sorgfältig jedes Geräusch vermeidend, hob ich die Falltür im Boden und legte sie um. In der Apotheke wurden sowohl Kleidungsstücke wie Lebensmittel aufbewahrt, und ich nahm die Gelegenheit wahr, mich mit Unterwäsche zu versehen.

Als ich wieder heraufkam, hörte ich ein Geräusch aus Wolf Larsens Kabine. Ich duckte mich und lauschte. Der Türgriff knarrte. Instinktiv schlich ich mich hinter den Tisch zurück und spannte meinen Revolver. Die Tür öffnete sich, und er erschien. Nie hatte ich eine so tiefe Verzweiflung gesehen wie die, welche sich auf seinem Gesicht – dem Gesicht Wolf Larsens, des Kämpfers, des starken Mannes, des Unbezwinglichen – ausprägte. Wie ein Weib, das die Hände ringt, hob er die geballten Fäuste und stöhnte. Dann ließ er die eine Hand sinken und fuhr sich mit der Handfläche langsam über die Augen, als wischte er Spinnweben beiseite.

„Gott, Gott!“ stöhnte er, und wieder hob er die Fäuste in der unendlichen Verzweiflung, die in seiner Kehle zitterte.

Es war gräßlich. Ich zitterte am ganzen Körper und konnte fühlen, wie mir der Schauder den Rücken entlang rann und der Schweiß auf die Stirn trat. Es gibt sicher wenige Dinge in der Welt, die furchtbarer sein können als der Anblick eines Starken in dem Augenblick seiner äußersten Schwäche, seines völligen Zusammenbruches.

Aber durch die Anspannung seines unbezwinglichen Willens gewann Wolf Larsen seine Selbstbeherrschung wieder. Es war eine mächtige Anspannung. Seine ganze Gestalt wurde von dem Kampfe geschüttelt. Es sah aus, als sollte er im nächsten Augenblick bewußtlos niederstürzen. Sein Gesicht zuckte und verzerrte sich vor Schmerz, bis er wieder zusammenbrach. Und wieder hob er die Fäuste und stöhnte. Ein –, zweimal schöpfte er tief Atem und seufzte. Dann gelang es. Ich hätte fast glauben können, daß es der alte Wolf Larsen war, und doch lag in seinen Bewegungen eine Andeutung von Schwäche und Unentschlossenheit.

Ich war beunruhigt, begann mich zu fürchten. Er mußte auf seinem Wege auf die offene Falltür stoßen, und das hieß, daß er mich entdeckte. Ich war wütend auf mich selbst bei dem Gedanken, in dieser feigen Stellung, auf dem Boden kriechend, gefaßt zu werden. Noch war Zeit. Ich sprang auf und nahm ganz unbewußt eine trotzige Haltung ein. Aber er beachtete mich gar nicht. Auch die offene Falltür schien er nicht zu beachten. Ehe ich noch die Situation richtig verstanden hatte, war er in die Öffnung getreten. Der eine Fuß glitt hinein, während der andere gerade im Begriff war, sich zu heben. Als er aber den festen Boden unter sich vermißte und die Leere spürte, war er im selben Augenblick wieder der alte Wolf Larsen mit seinen Tigermuskeln. Im Fallen schleuderte er seinen Oberkörper hinüber, so daß er mit ausgestreckten Armen auf Brust und Bauch drüben landete. Im nächsten Augenblick hatte er die Beine hochgezogen und war aus dem Loch heraus. Aber er rollte in meine Marmelade und mein Unterzeug.

Sein Gesichtsausdruck zeigte, daß er wußte, was hier vorging. Bevor ich jedoch seine Gedanken erraten konnte, hatte er schon die Falltür über der Apotheke geschlossen. Da verstand ich. Er dachte, er hätte mich gefangen. Er war blind, stockblind. Mit zurückgehaltenem Atem, um mich nicht zu verraten, beobachtete ich ihn. Er trat schnell in seine Kabine. Ich sah, wie seine Hand den Türgriff verfehlte, tastete, ihn aber nicht fand. Das war eine günstige Gelegenheit. Ich lief auf Zehenspitzen durch die Kajüte und die Treppe hinauf. Er kam zurück und schleppte eine schwere Seekiste hinter sich her, die er auf die Falltür stellte. Dann nahm er die Marmelade und das Unterzeug und legte alles auf den Tisch. Als er dann nach oben ging, zog ich mich schnell zurück und kletterte geräuschlos auf die Hütte.

Er schob die Schiebetür ein wenig beiseite und stützte die Arme darauf, blieb aber auf der Laufbrücke stehen. Es hatte den Anschein, als blicke oder starre er vielmehr das Deck des Schoners entlang, denn seine Augen waren ganz starr und blinzelten nicht. Ich stand nur fünf Fuß entfernt von ihm – gerade vor seinen Augen. Es war unheimlich. Ich kam mir wie ein unsichtbarer Geist vor. Ich winkte mit der Hand, natürlich ohne jede Wirkung. Als aber der flackernde Schatten einmal sein Gesicht traf, sah ich sofort, daß er etwas gemerkt hatte. Sein Gesicht drückte höchste Erwartung und Spannung aus, als versuche er, sich über den erhaltenen Eindruck klar zu werden. Er wußte, daß er auf irgend etwas, das draußen geschah, reagierte, daß irgend etwas in seiner Umgebung vorging, aber was es war, darüber konnte er sich nicht klar werden. Ich hörte auf, die Hand zu schwenken, so daß auch der Schatten sich nicht mehr bewegte. Er wandte langsam den Kopf von einer Seite zur andern, hin und zurück, jetzt in die Sonne, dann wieder in den Schatten, indem er sich durch das Gefühl zu orientieren versuchte.

Ich bemühte mich ebenso eifrig wie er, die Ursache zu entdecken, daß man etwas so Unfühlbares wie einen Schatten fühlen konnte. Wenn nur die Augäpfel beschädigt und die Sehnerven nicht ganz zerstört waren, war die Erklärung einfach. Sonst konnte ich mir nur denken, daß die empfindliche Haut den Temperaturunterschied zwischen Schatten und Sonnenschein spürte. Oder vielleicht – wer könnte es sagen? – war es der so viel umstrittene sechste Sinn, der ihm ein Gefühl des Wechsels von Licht und Schatten übermittelte. Er gab jedoch bald den Versuch auf, sich über dieses Phänomen klar zu werden, und schritt mit einer Schnelligkeit und Sicherheit, die mich überraschten, über das Deck. Und doch lag in seinem Gang diese Andeutung von Schwäche, wie sie Blinden eigen ist. Jetzt kannte ich ihre Ursache.

Zu meinem Ärger – aber ich mußte doch darüber lachen – entdeckte er meine Schuhe auf der Back und nahm sie mit in die Kombüse. Ich beobachtete ihn, wie er Feuer machte und daran ging, sich sein Essen zu kochen. Dann stahl ich mich in die Kajüte, um Marmelade und Unterzeug zu holen, schlüpfte an der Kombüse vorbei und kletterte auf den Strand, um barfuß Bericht zu erstatten.

„Schade, daß die „Ghost“ ihre Masten verloren hat, sonst könnten wir jetzt so schön auf ihr fortsegeln. Meinen Sie nicht auch, Humphrey?“ Ich sprang erregt auf.

„Ja, wirklich, wirklich!“ rief ich und schritt auf und ab.

Mauds Augen, die mir folgten, leuchteten hoffnungsfroh. Sie glaubte so fest an mich! Und dies Bewußtsein verdoppelte meine Kraft. Mir fiel ein, was Michelet sagt: „Die Frau ist dem Manne, was die Erde ihrem sagenhaften Sohne ist; er braucht nur niederzufallen und ihre Brust zu küssen, um wieder stark zu sein.“ Zum ersten Male erkannte ich die wunderbare Wahrheit dieser Worte: erlebte ich sie doch an mir selbst! Das war Maud für mich: eine unversiegbare Quelle der Kraft und des Mutes. Ich brauchte sie nur anzusehen, nur an sie zu denken, und ich fühlte mich wieder stark.

„Es ist möglich, es ist möglich“, dachte ich und wiederholte es laut. „Was andere Männer vollbracht haben, kann ich auch vollbringen, und wenn niemand es je getan hat, so werde ich es tun.“

„Was, um Gottes willen?“ fragte Maud. „Seien Sie barmherzig. Was werden Sie tun?“

„Wir werden es tun“, verbesserte ich mich. „Nun, nichts anderes, als die Masten der „Ghost“ wieder einsetzen und fortsegeln.“

„Humphrey!“ rief sie.

Und ich fühlte mich so stolz über meine Absicht, als wäre sie schon ausgeführt gewesen.

„Aber wie sollten wir das machen?“ fragte sie.

„Das weiß ich nicht“, lautete meine Antwort. „Das einzige, was ich weiß, ist, daß ich in diesen Tagen imstande bin zu tun, was es auch sei.“

Stolz lächelte ich ihr zu – zu stolz, denn sie senkte die Augen und schwieg einen Augenblick.

„Aber Kapitän Larsen“, wandte sie ein.

„Blind und hilflos“, antwortete ich schnell, indem ich ihren Einwand wie ein Staubkörnchen wegfegte.

„Aber seine furchtbaren Hände! Sie wissen, wie er sich über die Apothekenluke hinüberwarf.“

„Und Sie wissen auch, wie ich ihm kriechend entkam“, entgegnete ich gut gelaunt.

„Und Sie haben dabei Ihre Schuhe verloren.“

„Sie können doch nicht gut verlangen, daß die Wolf Larsen entwischten, wenn meine Füße nicht in ihnen staken.“

Wir lachten beide. Dann gingen wir ernstlich daran, einen Plan zu entwerfen, wie wir die Masten wieder in die „Ghost“ einsetzen und in die Welt zurückkehren sollten. Ich erinnerte mich dunkel des Physikunterrichts in meiner Schulzeit; dazu hatten mir die letzten Monate praktische Unterweisung in mancherlei technischen Handgriffen erteilt. Ich muß jedoch gestehen, daß ich, als wir zur „Ghost“ hinuntergingen, um eine Besichtigung vorzunehmen, beim Anblick der großen, im Wasser liegenden Masten fast den Mut verlor. Wo sollten wir beginnen? Hätte nur ein Mast gestanden, daß wir Blöcke und Taue hätten befestigen können, um ihn als Kran zu benutzen! Aber es gab nichts. Ich mußte an das Problem denken, sich selbst an den Haaren hochzuziehen. Ich verstand genügend von der Mechanik des Hebels; wo aber fand ich einen Stützpunkt?

Da war der Großmast, der an seinem jetzigen Ende einen Durchmesser von 15 Zoll hatte, noch 65 Fuß lang war und, wie ich überschläglich berechnete, wenigstens 3000 Pfund wog. Dann der Fockmast, dessen Durchmesser noch größer war und der sicherlich 3500 Pfund wog. Wo beginnen? Maud stand schweigend neben mir, während ich überlegte, wie ich die sogenannte „Schere“ der Seeleute herstellen sollte. Was jedem Matrosen bekannt war, mußte ich auf der Mühsalinsel erst erfinden. Ich mußte die Enden zweier Spieren kreuzweise zusammenbinden und sie wie ein umgekehrtes V an Deck aufstellen. Hieran konnte ich dann eine Talje und, wenn nötig, noch eine zweite befestigen. Und außerdem hatte ich ja das Ankerspill. Maud sah, daß ich zu einem Ergebnis gekommen war, und ihre Augen leuchteten verständnisvoll.

„Was haben Sie vor?“ fragte sie.

„Das Gerümpel klarzubringen!“ antwortete ich und wies auf das wirr durcheinander liegende Wrackgut im Wasser.

Ach, welch eine Entschlossenheit lag allein in diesen Worten! „Das Gerümpel klarzubringen!“ Ein so echter seemännischer Ausdruck von den Lippen Humphrey van Weydens – wer hätte das vor wenigen Monaten für möglich gehalten!

In meiner Haltung und Stimme mußte etwas Theatralisches gelegen haben, denn Maud lächelte.

„Das habe ich sicher irgendwo schon mal gelesen“, meinte sie lustig.

Ich stieg sogleich in Selbsterkenntnis von meinem Thron herunter, um gedemütigt und verwirrt zu gestehen, daß ich etwas sehr Törichtes gesagt hätte.

Sofort schlug sie um.

„Es tut mir wirklich leid“, sagte sie.

„Es braucht Ihnen nicht leid zu tun“, würgte ich hinunter. „Mir geschieht es ganz recht. Ich bin noch der reine Schuljunge. Aber Schwamm drüber! Jetzt heißt es, das Gerümpel klarzubringen. Wenn Sie mit ins Boot kommen wollen, können wir uns an die Arbeit machen.“

Und wir machten uns an die Arbeit.

Ihre Aufgabe war es, auf das Boot zu achten, während ich daranging, den Wirrwarr zu ordnen. Und welch einen Wirrwarr! Falle, Schoote, Leinen, Stags – alles war von den Wellen hin und her geworfen, verwickelt und verfilzt. Ich gebrauchte das Messer nicht mehr, als durchaus notwendig war, und bald war ich bis auf die Haut durchnäßt vom Durchziehen der langen Taue unter Spieren und Masten, dem Ausscheren der Leinen und dem Aufwickeln im Boote.

Die Segel mußten an verschiedenen Stellen durchgeschnitten werden, und die vom Wasser schwere Leinwand stellte hohe Anforderungen an meine Kraft; aber bei Einbruch der Nacht war es mir doch gelungen, alles auf den Strand zu schaffen und dort zum Trocknen auszubreiten. Als wir aufhörten, um Abendbrot zu essen, waren wir beide sehr müde, aber wir hatten ein tüchtiges Stück Arbeit verrichtet, wenn es auch nicht nach viel aussah.

Am nächsten Morgen stieg ich mit Maud, deren Hilfe sich als ausgezeichnet erwiesen hatte, in den Raum der „Ghost“ hinab, um die alten Maststümpfe zu entfernen. Wir hatten kaum mit der Arbeit begonnen, als das Klopfen und Hämmern auch schon Wolf Larsen herbeirief.

„He, da unten!“ rief er durch die offene Luke herunter.

Bei dem Klang seiner Stimme preßte Maud sich schutzsuchend an mich, und bei der jetzt folgenden Unterhaltung lag ihre Hand auf meinen Arm.

„He, da oben“, erwiderte ich. „Guten Morgen!“

„Was machen Sie da,“ fragte er. „Versuchen Sie, mein Schiff in den Grund zu bohren?“

„Im Gegenteil, ich setze es wieder instand“, lautete meine Antwort.

„Aber was setzen Sie denn instand, zum Donnerwetter?“ Seine Stimme klang verwundert.

„Ich will die Masten wieder einsetzen“, entgegnete ich leichthin, als wäre es die einfachste Sache von der Welt.

„Mir scheint, Sie haben endlich gelernt, auf eigenen Füßen zu stehen, Hump“, hörten wir ihn sagen, und dann schwieg er eine Weile.

„Aber ich sage es Ihnen, Hump,“ rief er wieder, „Sie bringen es nicht fertig.“

„O doch, ich bringe es fertig“, gab ich zurück. „Ich bin schon dabei.“

„Aber dies ist mein Schiff, mein Eigentum. Wenn ich es Ihnen nun verbiete?“

„Sie vergessen,“ erwiderte ich, „daß Sie nicht mehr das stärkste Teilchen Ferment sind. Sie waren es einmal; damals hätten Sie mich fressen können, wie Sie sich auszudrücken beliebten. Jetzt aber ist es anders geworden, und jetzt könnte ich Sie fressen. Die Hefe ist ausgegoren.“

Er lachte kurz und unbehaglich auf. „Ich sehe, Sie geben mir meine Philosophie in ihrem vollen Werte wieder. Aber machen Sie nicht den Fehler, mich zu unterschätzen. Ich warne Sie zu Ihrem eigenen Besten.“

„Seit wann sind Sie denn Philanthrop geworden?“ fragte ich. „Sie müssen gestehen, daß Sie äußerst inkonsequent sind, wenn Sie mich jetzt zu meinem Besten warnen.“

Er beachtete den Spott in meinen Worten nicht und sagte: „Gesetzt, ich schlösse jetzt die Luke über Ihnen. Hier können Sie mich nicht zum Besten halten wie in der Apotheke.“

„Wolf Larsen,“ sagte ich streng und redete ihn zum ersten Male bei dem Namen an, unter dem er bekannt war, „ich bin nicht imstande, einen Wehrlosen, der keinen Widerstand leistet, niederzuschießen. Das haben Sie zu meiner eigenen wie zu Ihrer Befriedigung festgestellt. Aber jetzt warne ich Sie, nicht so sehr um Ihret- wie um meinetwillen: In dem Augenblick, in dem Sie die geringste Feindseligkeit gegen mich begehen, knalle ich Sie nieder. Ich kann es bequem von hier aus; wenn Ihnen danach der Sinn steht, so versuchen Sie, die Luke zu schließen.“

„Nichtsdestoweniger verbiete ich Ihnen, verbiete es Ihnen ausdrücklich, an meinem Schiff herumzupfuschen.“

„Aber Mann,“ sagte ich vorwurfsvoll, „Sie stellen die Tatsache, daß dies Ihr Schiff ist, fest, als sei das ein moralisches Recht. Haben Sie denn jemals bei Ihrer

Handlungsweise andern gegenüber moralische Rechte gelten lassen? Sie können doch nicht im Ernst glauben, daß ich solche Rücksichten nehme!“

Ich war unter die offene Luke getreten, so daß ich ihn sehen konnte. Die völlige Ausdruckslosigkeit seines Gesichtes, das ich jetzt ungesehen beobachtete, war im Verein mit den starren Augen kein angenehmer Anblick.

„Und daß irgend jemand – und sei es selbst Hump – so armselig wäre, ihm Achtung zu zollen“, höhnte er. Der Hohn kam ausschließlich durch seine Stimme zum Ausdruck. Sein Gesicht blieb so ausdruckslos wie zuvor. „Wie geht es Ihnen, Miß Brewster?“ fragte er plötzlich nach einer Pause.

Ich erschrak. Sie hatte nicht das leiseste Geräusch gemacht, hatte sich nicht einmal bewegt. War es möglich, daß er noch einen Schimmer des Augenlichtes behalten hatte? Oder daß ihm die Sehkraft wiederkehrte?

„Was machen Sie, Kapitän Larsen?“ fragte sie ihrerseits. „Wieso wissen Sie denn, daß ich hier bin?“

„Ich habe Sie natürlich atmen gehört. Mir scheint, Hump macht Fortschritte, finden Sie nicht?“

„Ich weiß nicht“, antwortete sie und lächelte mir zu. „Ich kenne ihn nicht anders.“

„Dann hätten Sie ihn früher sehen sollen.“

„Wolf Larsen in bittern Pillen,“ murmelte ich, „vor und nach dem Einnehmen.“

„Ich sage Ihnen nochmals, Hump,“ drohte er, „lassen Sie lieber die Finger davon.“

„Aber liegt Ihnen denn nicht genau soviel wie uns daran, von hier wegzukommen?“ fragte ich verwundert.

„Nein“, lautete seine Antwort. „Ich gedenke hier zu sterben.“

„Wir aber nicht“, beendete ich das Gespräch trotzig und nahm mein Klopfen und Hämmern wieder auf.

Am nächsten Tage – wir hatten alles soweit, um die Masten einsetzen zu können – machten wir uns daran, die beiden Marsstengen an Bord zu nehmen. Die Großmarsstenge war über dreißig Fuß lang, die andere etwas kürzer, und aus beiden gedachte ich die „Schere“ zu machen. Es war ein schweres Stück Arbeit. Ich befestigte das eine Ende der schweren Talje am Ankerspill, das andere am unteren Ende der Vormarsstenge und begann zu winden. Maud hielt den Törn auf dem Spill und ließ die Leine auslaufen.

Wir waren ganz erstaunt, wie leicht die Spiere sich heben ließ. Es war ein verbessertes Krüppelspill und besaß eine ungeheure Hubkraft. Die Talje zog schwer über die Reling, ihr Zug verstärkte sich, je mehr die Spiere sich aus dem Wasser hob, und der Druck auf das Spill wurde gewaltig.

Als jedoch das untere Ende der Marsstenge in Höhe der Reling war, saßen wir fest.

„Ich hätte es voraussehen können", sagte ich ungeduldig. „Nun müssen wir wieder von vorn anfangen."

„Warum machen wir nicht die Talje mehr nach der Mitte der Stenge hin fest?" schlug Maud vor.

„Das hätte ich eben tun müssen", erwiderte ich, äußerst unzufrieden mit mir.

Ich ließ einen Törn nach, daß der Baum wieder ins Wasser zurückfiel, und machte die Talje etwa zehn Fuß oberhalb des Endes fest. Nach einer Stunde mühsamster, nur durch kurze Pausen unterbrochener Arbeit hatte ich ihn so hoch, wie es ging. Acht Fuß des Baumes hingen über der Reling, aber es war weniger als je daran zu denken, daß ich ihn an Deck bekam. Ich setzte mich hin und dachte über das Problem nach. Aber es dauerte nicht lange, dann sprang ich jubelnd auf.

„Jetzt hab' ich's!" rief ich. „Ich muß die Talje am Schwerpunkt festmachen. Und die Lehre, die wir hieraus ziehen, wird uns für alle künftige Arbeit zugute kommen."

Wieder war die Arbeit umsonst getan, und ich mußte die Spiere zu Wasser lassen. Und dann rechnete ich den Schwerpunkt nicht richtig aus, so daß, als ich zu winden begann, die Spitze statt des Endes vom Baum heraufkam. Maud sah aus wie die Verzweiflung selber, aber ich lachte und sagte, es würde schon noch werden.

Ich zeigte ihr, wie sie den Törn halten und bereit sein sollte, die Leine auf mein Kommando auslaufen zu lassen, dann packte ich den Baum mit den Händen und versuchte, ihn über die Reling zu ziehen. Als ich ihn weit genug zu haben glaubte, rief ich: „Los!", aber die Spiere stellte sich trotz meinen Anstrengungen aufrecht und fiel ins Wasser zurück. Wieder heißte ich sie hoch, und jetzt hatte ich einen neuen Einfall. Ich dachte an die Taschentalje – ein kleines Gerät mit einem doppelten und einem einfachen Block –, und die holte ich nun.

Als ich gerade damit beschäftigt war, sie zwischen der Spitze der Spiere und der Reling anzubringen, erschien Wolf Larsen auf dem Schauplatz. Wir wechselten nur einen Gutenmorgengruß, und dann setzte er sich, obgleich er nichts sehen konnte, ein Stückchen weiterhin auf die Reling und versuchte, aus dem Geräusch zu entnehmen, was wir taten.

Wieder gab ich Maud Anweisung, auf mein Kommando Leine auslaufen zu lassen, und dann begann ich mit Hilfe der Taschentalje zu hieven. Langsam schwang sich der Baum herüber, bis er über der Reling balancierte; da bemerkte ich zu meinem Erstaunen, daß Maud keine Leine auszulassen brauchte. Gerade das Gegenteil war der Fall. Ich machte die Taschentalje fest, drehte das Spill und brachte den Baum Zoll für Zoll herein, bis seine Spitze sich herabneigte und er schließlich in seiner ganzen Länge auf dem Deck lag. Ich sah auf die Uhr. Es war zwölf. Mein Rücken schmerzte heftig, und ich war äußerst müde und hungrig. Und hier auf dem Deck lag ein einziges Stück Holz, das Ergebnis der Arbeit eines ganzen Vormittags. Zum ersten Mal wurde mir die Größe der Aufgabe klar, die wir zu erfüllen hatten. Aber ich hatte schon viel gelernt. Am Nachmittage mußte es besser gehen. Und so geschah es! Um ein Uhr kehrten wir zurück, ausgeruht und durch ein herzhaftes Mittagessen gestärkt.

In weniger als einer Stunde hatte ich die Großmarsstenge an Deck und begann jetzt, die „Schere“ zu bauen. Ich surrte die beiden Bäume zusammen, wobei ich darauf achtete, daß die Schenkel des Geräts gleich lang wurden, und dann befestigte ich am Schnittpunkt den doppelten Block des Haupt-Klaufalls. Dies ergab in Verbindung mit dem einzelnen Block und dem Klaufall selbst ein Heißtakelwerk. Um die Enden der Bäume am Gleiten zu verhindern, nagelte ich einige Klampen an Deck fest. Als alles fertig war, machte ich am Schnittpunkt der „Schere“ eine Leine fest, die ich direkt zum Spill laufen ließ. Mein Vertrauen zu dem Spill wuchs immer mehr, denn es gab Kräfte her, die alles Erwarten überstiegen. Wie gewöhnlich hielt Maud den Törn, während ich wand. Die „Schere“ erhob sich.

Da entdeckte ich, daß ich die Bardunen vergessen hatte. Die Folge war, daß ich zweimal auf die „Schere“ hinaufklettern mußte, um die Bardunen an beiden Seiten anzubringen. Ehe ich hiermit fertig war, war es Abend geworden. Wolf Larsen, der den ganzen Nachmittag dagesessen und gelauscht hatte, ohne auch nur ein einziges Mal den Mund zu öffnen, war in die Kombüse gegangen, um sich sein Abendbrot zu bereiten. Mir war das Kreuz so steif, daß ich mich nur mit Mühe und Schmerzen aufrichten konnte. Aber ich blickte mit Stolz auf meine Arbeit. Sie konnte sich sehen lassen. Wie ein Kind, das ein neues Spielzeug bekommen hat, sehnte ich mich danach, die „Schere" in Gebrauch zu nehmen.

„Schade, daß es schon so spät ist", sagte ich. „Ich hätte sie so gern schon arbeiten gesehen."

„Seien Sie kein Vielfraß, Humphrey," schalt Maud, „denken Sie daran, daß morgen auch noch ein Tag ist. Sie sind so müde, daß Sie kaum noch auf den Beinen stehen können."

„Und Sie?" fragte ich mit plötzlicher Besorgnis. „Sie müssen doch schrecklich müde sein. Sie haben tüchtig und tapfer zugepackt. Ich bin stolz auf Sie, Maud."
„Nicht halb so stolz, wie ich es auf Sie bin, und mit nicht halb so viel Grund", antwortete sie und sah mir sekundenlang in die Augen, während die ihren mit einem flackernden Licht leuchteten, das ich noch nie in ihnen gesehen hatte, und das mir – ich wußte nicht, warum – eine Welle heißen Entzückens durch die Adern jagte. Dann senkte sie den Blick, um ihn gleich darauf wieder lachend zu heben.

„Wenn unsere Freunde uns jetzt sehen könnten!" sagte sie. „Sehen Sie uns an. Haben Sie sich nie einen Augenblick Zeit gegönnt, um uns zu betrachten?"

„Doch, ich habe Sie oft betrachtet", erwiderte ich, verwirrt über das, was ich in ihren Augen gesehen hatte, und verwundert, daß sie so plötzlich den Gegenstand wechselte.

„Du lieber Gott!" rief sie. „Und wie sehe ich aus, wenn ich fragen darf?"

„Wie eine Vogelscheuche – wir brauchen uns nichts vorzumachen", erwiderte ich. „Sehen Sie nur Ihren schmutzigen Rock und die vielen Risse. Und die Bluse! Hier bedürfte es keines Sherlock Holmes, um zu beweisen, daß Sie über einem Lagerfeuer abgekocht haben, ganz zu schweigen von unserem Robbentran. Und um allem die Krone aufzusetzen: die Mütze! Ist das wirklich die Frau, die den „Erduldeten Kuß" geschrieben hat?"

Sie machte mir einen eleganten kleinen Knicks und sagte: „Und was Sie betrifft, mein Herr – –"

Wir scherzten einige Minuten in dieser Weise, und doch hatten unsere Scherze einen Unterton von Ernst, den ich ganz unwillkürlich mit dem seltsamen Ausdruck in ihren Augen in Verbindung brachte. Was war das? War es möglich, daß unsere Augen ausplauderten, was unser Mund verschwieg?

„Es ist eine Schande, daß wir nach dem schweren Tagewerk nicht einmal unsere Nachtruhe ungestört haben sollen!“ klagte ich nach dem Abendbrot.

„Was für eine Gefahr könnte uns drohen? Von einem Blinden?“ fragte sie.

„Ich traue ihm nicht,“ beharrte ich, „und jetzt, da er blind ist, weniger als je. Aller Wahrscheinlichkeit nach wird seine teilweise Hilflosigkeit ihn nur noch boshafter machen. Das weiß ich: Das erste, was ich morgen früh tun werde, ist, den Schoner ein kleines Stück vom Strande abzulegen und zu verankern. Dann bleibt Wolf Larsen jeden Abend, wenn wir an Land rudern, als Gefangener an Bord zurück. Dies wird daher die letzte Nacht sein, die wir Wache zu halten brauchen, und darum wird es leichter gehen.“ Wir waren zeitig auf und hatten gerade unser Frühstück eingenommen, als es hell wurde.

„Ach, Humphrey!“ hörte ich plötzlich Maud bestürzt rufen.

Ich sah sie an. Sie starrte auf die „Ghost“. Ich folgte ihrem Blick, konnte jedoch nichts Ungewöhnliches bemerken.

„Die Schere“, sagte sie mit bebender Stimme.

Ich hatte unser Werk ganz vergessen. Jetzt schaute ich wieder hin und sah die „Schere“ nicht.

„Wenn er –“ knirschte ich.

Sie legte beruhigend ihre Hand auf die meine und sagte: „Dann müssen wir wieder von vorne anfangen.“

„Oh, glauben Sie mir, mein Zorn hat nichts zu bedeuten, ich könnte keiner Fliege etwas zuleide tun“, lächelte ich bitter. „Und das Schlimmste ist, daß er das weiß. Sie haben recht: Wenn er die „Schere“ zerstört hat, bleibt mir nichts anderes übrig, als wieder von vorne anzufangen.“

„Aber in Zukunft werde ich nachts an Bord bleiben“, machte ich mir einen Augenblick später Luft. „Und wenn er mir wieder in den Weg tritt – –“

„Aber ich wage es nicht, nachts allein an Land zu bleiben“, sagte Maud, als ich mich wieder beruhigt hatte. „Es wäre doch zehnmal schöner, wenn er sich freundschaftlich zu uns stellte und uns hülfe. Dann könnten wir alle so gut an Bord wohnen."

„Das werden wir auch", sagte ich, immer noch erregt, denn die Zerstörung meiner lieben „Schere" hatte mich schwer getroffen. „Das heißt: wir beide werden an Bord wohnen, mit oder ohne Wolf Larsens Freundschaft."

„Es ist kindisch," lachte ich kurz darauf, „kindisch von ihm, etwas Derartiges zu tun, und von mir, sich darüber aufzuregen."

Aber ich konnte mich doch nur mühsam beherrschen, als ich an Bord kletterte und die Verwüstung sah, die Wolf Larsen angerichtet hatte. Die „Schere" war verschwunden. Die Bardunen waren rechts und links durchgeschnitten. Mit allem Tauwerk hatte er es ebenso gemacht. Und er wußte, daß ich nicht spleißen konnte. Ein Gedanke schoß mir durch den Kopf. Ich eilte zum Spill. Es arbeitete nicht. Er hatte es zerbrochen. Bestürzt sahen wir uns an. Dann lief ich an die Reling. Alle Masten, Spieren und Gaffeln, die ich klargemacht hatte, waren fort. Er hatte die Leinen gefunden, durch die sie gehalten worden waren, hatte sie gekappt und alles Wind und Wellen preisgegeben. Maud hatte Tränen in den Augen, und ich glaube, sie galten mir. Ich selbst hätte weinen mögen. Was wurde jetzt aus unserm Plan, die „Ghost" wieder seetüchtig zu machen. Wolf Larsen hatte ganze Arbeit getan. Ich setzte mich auf den Lukenrahmen und ließ in tiefster Verzweiflung den Kopf in die Hände sinken.

„Er verdient den Tod!" rief ich, „und Gott verzeihe mir, daß ich nicht Manns genug bin, den Henker zu spielen."

Aber Maud saß neben mir, ließ ihre Hand besänftigend durch mein Haar gleiten, als ob ich ein Kind wäre, und sagte: „Still, still, es wird schon alles gut werden. Wir haben das Recht auf unserer Seite, und der liebe Gott wird uns nicht im Stich lassen."

Ich lehnte meinen Kopf an ihre Schulter und fühlte meine Kraft zurückkehren. Das gesegnete Mädchen war für mich eine unversiegbare Quelle der Kraft. Was tat es? Es war nur eine Verspätung, ein Aufschub! Die Ebbe konnte die Masten nicht weit in See getrieben haben, und es war die ganze Zeit windstill gewesen. Es bedeutete nur etwas mehr Arbeit, sie zu finden und zurückzuholen. Und zudem war es eine gute Lehre für uns. Jetzt wußten wir, was wir zu erwarten hatten. Wenn er sein Zerstörungswerk erst später getan hätte, wäre es bedeutend schlimmer für uns gewesen. „Er kommt", flüsterte sie.

Ich sah auf. Er kam lässig an Backbord über die Ruff. „Nehmen Sie gar keine Notiz von ihm“, flüsterte ich. „Er will nur sehen, wie wir es aufnehmen. Lassen Sie ihn nicht merken, daß wir das wissen. Die Befriedigung brauchen wir ihm jedenfalls nicht zu gönnen. Ziehen Sie die Schuhe aus – so ist es recht – und tragen Sie sie in der Hand.“

Und dann spielten wir Blindekuh mit dem Blinden. Kam er nach Backbord, so schlüpften wir nach Steuerbord, und von der Achterhütte aus sahen wir, wie er kehrtmachte und unsere Spuren nach achtern verfolgte.

Irgendwie mußte er doch ahnen, daß wir an Bord waren, denn er sagte ganz dreist „Guten Morgen“ und wartete, daß wir den Gruß erwiderten. Dann begab er sich wieder nach achtern, und wir schlüpften nach vorn.

„Ach, ich weiß gut, daß Sie an Bord sind“, rief er, und ich konnte sehen, wie er nach diesen Worten intensiv lauschte.

Ich mußte an die große Schrei-Eule denken, die, wenn sie geschrien hat, lauscht, um die Bewegungen ihrer aufgeschreckten Beute zu hören. Wir regten uns jedoch nicht. Wir bewegten uns nur, wenn er sich bewegte. Und auf diese Weise huschten wir auf Deck hin und her, Hand in Hand wie ein paar Kinder, die von einem scheußlichen Kobold gehetzt werden, bis Wolf Larsen der Geschichte überdrüssig wurde und sich, offenbar ganz verwirrt, in die Kajüte begab. Mit vor Vergnügen leuchtenden Augen und unterdrücktem Lachen zogen wir uns die Schuhe wieder an und kletterten in unser Boot. Und als ich in Mauds klare, braune Augen blickte, vergaß ich alles Böse, das er uns angetan hatte, und wußte nur, daß ich sie liebte, und daß ich aus dieser Liebe die Kräfte schöpfen würde, den Weg zurückzufinden.

Zwei Tage lang durchstreiften Maud und ich See und Küste auf der Suche nach den verlorenen Masten. Aber erst am dritten fanden wir sie, auch die „Schere“, zwischen den gefährlichen Riffen, mitten in der tosenden Brandung am südwestlichen Vorgebirge. Wie wir arbeiteten! Am ersten Tage kehrten wir bei Einbruch der Dunkelheit mit dem Großmast im Schlepp vollkommen erschöpft in unsern kleinen Schlupfhafen zurück. Es war völlige Windstille, und wir mußten uns Zoll für Zoll mit den Riemen vorwärtsarbeiten. Nach einem zweiten Tage mühseligster Arbeit hatten wir die beiden Marsstengen geborgen. Am dritten Tage machte ich eine verzweifelte Anstrengung. Ich band Fockmast, Vorder- und Hauptspiere und Vorder- und Hauptgaffel zu einem Floß zusammen. Der Wind war günstig, und ich hoffte, sie unter Segel zurückbugsieren zu können; aber nach einigen Böen legte sich der Wind, und wir mußten wieder rudern. Es ging im Schneckentempo, und mein Mut sank. Seine ganze Kraft einzulegen, sich mit der Wucht des ganzen Körpers in die Riemen zu werfen und doch zu fühlen, wie das Boot durch das schwere Gewicht, das daran hing, zurückgehalten wurde, das war nicht gerade sehr erheiternd.

Die Nacht brach herein, und um die Situation noch zu verschlimmern, erhob sich ein Gegenwind. Jetzt kamen wir nicht nur nicht weiter, wir wurden auf das offene Meer zurückgetrieben. Ich kämpfte mit den Riemen, bis ich nicht mehr konnte. Die arme Maud, der ich die harte Arbeit nicht hatte ersparen können, lehnte sich erschöpft gegen den Achtersteven. Meine geschwollenen Hände vermochten sich nicht mehr um die Riemen zu schließen. Handgelenke und Arme schmerzten mich unerträglich, und obgleich ich um zwölf Uhr tüchtig gegessen hatte, war ich nach der harten Arbeit schwach vor Hunger.

Ich zog die Riemen ein und beugte mich hinüber zu der Leine, die das Floß hielt. Aber Mauds Hände streckten sich abwehrend nach den meinen aus.

„Was wollen Sie tun?“ fragte sie mit erhobener Stimme.

„Es loswerfen“, antwortete ich, indem ich einen Törn von der Leine ausließ.

Aber ihre Finger umschlossen die meinen.

„Bitte, tun Sie es nicht“, bat sie.

„Es hat keinen Zweck“, erwiderte ich. „Es ist schon Nacht, und der Wind treibt uns vom Lande ab ins Meer hinaus.“

„Aber denken Sie daran, Humphrey, wenn wir nicht auf der „Ghost“ fortsegeln, können wir jahrelang auf der Insel bleiben – vielleicht das ganze Leben. Ist sie bis heute nicht entdeckt worden, so wird sie es vielleicht nie.“

„Sie vergessen das Boot, das wir auf dem Strande fanden“, erinnerte ich sie.

„Das war ein Robbenfängerboot,“ entgegnete sie, „und Sie wissen gut, daß die Männer, wenn sie entkommen wären, zurückgekehrt sein würden, um auf der Rookery ihr Glück zu machen. Sie wissen, daß sie nicht entkommen sind.“

„Lieber Jahre auf der Insel, als heute nacht oder morgen oder einen der nächsten Tage in dem offenen Boot umzukommen. Wir sind nicht in der Lage, dem Meere standzuhalten. Wir haben weder Nahrung, noch Wasser, noch Decken – gar nichts. Sie werden die Nacht nicht ohne Decke überleben. Ich kenne Ihre Kräfte. Sie zittern jetzt schon.“

„Nur aus Nervosität. Ich fürchte, daß Sie die Masten trotz meiner Bitte loswerfen. – Ach bitte, bitte, Humphrey, tun Sie es nicht!" rief sie.

Und so endete es mit den Worten, die, wie sie wußte, eine solche Macht über mich besaßen, daß ich nicht widerstehen konnte. Wir litten furchtbar die ganze Nacht. Hin und wieder schlief ich ein, aber immer wieder weckte mich die schmerzhafte Kälte. Wie Maud es aushielt, ist mir unbegreiflich. Ich war zu müde, um die Arme zusammenzuschlagen und mich selbst warm zu halten, aber ich fand hin und wieder die Kraft, ihre Hände und Füße zu reiben, um ihr Blut wieder kreisen zu lassen. Und trotzdem bat sie mich immer noch, nicht die Masten im Stich zu lassen. Gegen drei Uhr morgens wurde sie von einem Krampf befallen, und als ich sie durch Reiben wieder zu sich gebracht hatte, lag sie eine Zeitlang ganz still da. Ich war tief erschrocken. Ich legte die Riemen aus und ließ sie rudern, obgleich sie so schwach war, daß ich bei jedem Schlage befürchten mußte, sie in Ohnmacht fallen zu sehen.

Der Morgen brach an, und in dem wachsenden Licht hielten wir lange Ausschau nach unserer Insel. Schließlich zeigte sich ein kleiner schwarzer Punkt, volle fünfzehn Meilen entfernt, am Horizont. Ich sah mit dem Glase über das Meer. Ganz in der Ferne, in Südwest, konnte ich einen dunklen Strich auf dem Wasser sehen, der sich immer mehr vergrößerte.

„Günstiger Wind!" rief ich, aber so heiser, daß ich meine eigene Stimme kaum erkannte.

Maud versuchte zu antworten, konnte jedoch keinen Ton hervorbringen. Ihre Lippen waren blau vor Kälte – aber ach, wie tapfer blickten ihre braunen Augen mich an!

Wieder begann ich, ihr Hände und Füße zu reiben und die Arme auf und nieder zu schwingen, bis sie es selbst vermochte.

Dann kam der Wind, ein frischer, günstiger Wind, und bald arbeitete sich das Boot durch eine schwere See der Insel zu. Um halb vier Uhr nachmittags passierten wir das südwestliche Vorgebirge. Wir waren jetzt nicht nur hungrig, sondern litten auch Durst. Unsere Lippen waren ausgetrocknet und aufgesprungen, und wir konnten sie nicht mehr mit der Zunge befeuchten. Da legte sich der Wind. Gegen Abend herrschte völlige Windstille, und ich arbeitete wieder mit den Riemen – aber schwach, sehr schwach. Um zwei Uhr morgens stieß der Bug unseres Bootes gegen den Strand der inneren Bucht, und ich wankte an Land, um die Fangleine festzumachen. Maud konnte nicht mehr auf den Füßen stehen, und ich hatte nicht die Kraft, sie zu tragen. Ich fiel mit ihr in den Sand, und als ich wieder hochkam, begnügte ich mich, sie unter die Schulter zu fassen und den Strand hinauf nach der Hütte zu ziehen.

Am nächsten Tage arbeiteten wir nicht. Wir schliefen bis drei Uhr nachmittags, oder wenigstens ich tat es, denn als ich erwachte, war Maud schon dabei, das Mittagessen zu bereiten. Es war wunderbar, wie schnell sie sich erholte. Ihrem zarten Körper wohnte eine Kraft inne, die man ihr nicht zugetraut hätte.

„Sie wissen doch, daß ich meiner Gesundheit wegen nach Japan reiste", sagte sie, als wir nach dem Essen am Feuer lagerten und uns dem süßen Nichtstun hingaben. „Ich war nicht sehr kräftig, bin es nie gewesen. Die Ärzte rieten mir eine Seereise, und ich habe mir die allerlängste ausgesucht."

„Sie ahnten nicht, was Sie sich aussuchten", lachte ich. „Aber ich bin eine ganz andere geworden, und kräftiger auch," erwiderte sie, „und ich hoffe, auch besser. Wenigstens werde ich jetzt ein ganz Teil mehr vom Leben verstehen."

Als dann der kurze Tag verschwand, kamen wir auf Wolf Larsens Blindheit zu sprechen. Sie war uns unerklärlich. Daß es Ernst war, darauf ließ seine Erklärung schließen, daß er auf der Mühsalinsel bleiben und sterben wollte. Wenn dieser starke Mann, der das Leben so liebte, an sein nahes Ende glaubte, so war es klar, daß seine Blindheit nicht alles war, was ihn plagte. Er litt an seinen furchtbaren Kopfschmerzen, und wir wurden uns einig, daß es sich um ein Versagen seines Gehirns handeln mußte, und daß er in seinen Anfällen größere Qualen zu erdulden hatte, als wir uns vorstellen konnten.

Während wir über seinen Zustand sprachen, beobachtete ich, wie Mauds Mitleid mit ihm immer mehr wuchs; ich konnte nicht anders, ich mußte sie um so mehr lieben deshalb, so echt weiblich war es! Auch lag in ihrem Gefühl nicht die geringste Sentimentalität. Sie stimmte mir bei, daß wir mit der größten Härte vorgehen mußten, wenn wir von hier fortkommen wollten, obgleich sie vor dem Gedanken zurückschauderte, daß ich, um uns zu retten, vielleicht gezwungen war, ihn zu töten.

Am nächsten Morgen frühstückten wir, und als der Tag anbrach, waren wir schon an der Arbeit. Vorn im Raum fand ich unter allerlei Gerümpel einen leichten Wurfanker, und mit einiger Mühe schaffte ich ihn an Deck und ins Boot. Ich befestigte ihn im Stern, ruderte ein gutes Stück in unsere Bucht hinaus und ließ den Anker hinab. Kein Lüftchen regte sich, die Flut war hoch und der

Schoner schwamm frei. Mit großer Anstrengung – das Spill war ja zerbrochen – brachte ich die „Ghost“ dann durch Handkraft an den Anker heran, der zu klein gewesen wäre, um sie auch nur bei einer leichten Brise zu halten. Dann ließ ich den großen Steuerbordanker hinab; und am Nachmittag arbeitete ich am Spill.

Drei Tage hatte ich damit zu tun. Es gab wohl nichts, wozu ich mich weniger geeignet hätte als zum Mechaniker – ein einfacher Maschinist hätte das, wozu ich diese drei Tage brauchte, in ebensoviel Stunden geschafft. Ich mußte erst mit dem Werkzeug umgehen und die einfachsten Grundregeln der Mechanik kennen lernen, die für den Fachmann eine Selbstverständlichkeit waren. Aber am Ende der drei Tage hatte ich ein Ankerspill, das, wenn auch schwerfällig, arbeitete. Es funktionierte nie so gut wie das alte, aber es ging jedenfalls und ermöglichte mir die Arbeit.

Im Laufe eines halben Tages bekam ich die beiden Marsstengen an Bord, hatte die „Schere“ aufgetakelt und wie zuvor mit Bardunen versehen. Und diese Nacht schlief ich an Bord neben meinem Werke. Maud, die sich geweigert hatte, an Land zu bleiben, schlief in der Back. Während ich am Spill arbeitete, hatte Wolf Larsen daneben gesessen, gelauscht und sich mit Maud und mir über unwichtige Dinge unterhalten. Von keiner Seite wurden Andeutungen über die Zerstörung der „Schere“ gemacht; ebensowenig sagte er wieder etwas davon, daß ich sein Schiff in Ruhe lassen sollte. Aber immer wieder fürchtete ich ihn, der, blind und hilflos, lauschte, immer lauschte, und ich hütete mich, während der Arbeit in die Reichweite seiner starken Arme zu kommen.

Als ich nachts unter meiner geliebten „Schere“ schlief, wurde ich durch seine Schritte an Deck geweckt. Es war eine sternenklare Nacht, und ich konnte ihn undeutlich umhertappen sehen. Ich wickelte mich aus meinen Decken und schlich geräuschlos auf Strümpfen hinter ihm her. Er hatte sich mit einer Ziehklinge aus dem Werkzeugkasten versehen und wollte sich nun daranmachen, die Falle, die ich wieder an der „Schere“ befestigt hatte, zu durchschneiden. Er betastete die Falle und merkte, daß sie nicht straff gezogen waren. Hier nutzte die Ziehklinge nichts. Er zog die Leinen daher an und machte sie fest. Dann schickte er sich an, zu schneiden.

„An Ihrer Stelle würde ich es nicht tun“, sagte ich ruhig.

Er hörte das Klicken meiner Pistole und lachte.

„Hallo, Hump!“ sagte er. „Ich wußte gut, daß Sie da waren. Sie können meine Ohren nicht täuschen.“

„Das ist nicht wahr, Wolf Larsen“, erwiderte ich ebenso ruhig wie zuvor. „Ich warte aber auf eine Gelegenheit, Sie zu töten. Also schneiden Sie nur weiter.“

„Die Gelegenheit haben Sie immer“, sagte er.

„Los, schneiden Sie!“ drohte ich bedeutungsvoll.

„Das Vergnügen gönne ich Ihnen doch nicht“, lachte er, wandte sich um und ging nach achtern.

„Es muß etwas geschehen, Humphrey“, sagte Maud am nächsten Morgen, als ich ihr den nächtlichen Zwischenfall erzählt hatte. „Solange er seine Freiheit hat, ist er zu allem fähig. Er kann das Schiff in den Grund bohren oder in Brand stecken. Man kann gar nicht wissen, worauf er verfällt. Wir müssen ihn festnehmen.“

„Aber wie?“ fragte ich und zuckte hilflos die Achsel. „Ich wage mich nicht in die Reichweite seiner Arme, und er weiß gut, daß ich ihn nicht erschießen kann, solange er sich auf passiven Widerstand beschränkt.“ “Es muß eine Möglichkeit geben“. beharrte sie. „Lassen Sie mich nachdenken.“

„Es gibt eine Möglichkeit“, sagte ich grimmig.

Sie sah mich erwartungsvoll an.

Ich hob einen Robbenknüppel.

„Töten werde ich ihn nicht“, sagte ich. „Und ehe er sich erholt hat, habe ich ihn gut und sicher gebunden.“ Sie schüttelte schaudernd den Kopf. „Nein, so nicht. Es muß ein weniger brutales Mittel geben. Lassen Sie uns noch warten.“

Aber wir sollten nicht lange warten, bis die Frage von selbst gelöst wurde. Am Morgen fand ich nach verschiedenen Versuchen den Schwerpunkt des Fockmastes und machte meine Talje einige Fuß darüber fest. Maud hielt den Törn am Spill und ließ auslaufen, während ich hievte. Wäre das Spill in Ordnung gewesen, so hätte die Arbeit jetzt nicht solche Schwierigkeiten gemacht; wie es nun stand, mußte ich bei jedem Zoll mein ganzes Gewicht und meine ganze Kraft aufbieten. Ich mußte oft Ruhepausen machen, ja, um die Wahrheit zu gestehen, waren die Pausen länger als die Arbeit. Wenn meine Kräfte nicht ausreichten, um das Spill in Gang zu bringen, versuchte Maud, mir zu helfen, indem sie mit der einen Hand den Törn hielt und die andere mit aller Wucht ihres zarten Körpers dagegenstemmte.

Nach einer Stunde waren der einzelne und der doppelte Block an der Spitze der „Schere“ zusammengestoßen. Ich konnte nicht weiterheißen. Und doch war der Mast noch nicht ganz herübergeschwungen. Das Ende befand sich eben in Höhe der Reling, während die Spitze ganz hinten tief über dem Meere hing. Meine „Schere“ war zu kurz. Alle Arbeit war umsonst getan. Aber ich verzweifelte nicht mehr wie früher. Mein Selbstvertrauen wuchs, und ich lernte allmählich, mit Spill, „Schere“ und Taljen umzugehen. Es mußte eine Möglichkeit geben, es zu machen, und diese Möglichkeit mußte ich herausfinden.

Während ich noch über der Lösung dieses Problems brütete, kam Wolf Larsen an Deck. Wir bemerkten sofort etwas Seltsames an ihm. Sein Gang war noch unsicherer als sonst. Als er die Kajüte an Backbord passierte, schwankte er geradezu. Bei der Ruff taumelte er, hob die Hand, um die gewohnte Bewegung des Wegwischens zu machen, und fiel die Treppe hinunter auf das Hauptdeck. Er kam auf die Füße, stolperte aber und schlug mit den Armen um sich, um das Gleichgewicht zu bewahren. Auf der Laufbrücke blieb er eine Weile benommen stehen, dann krümmte er sich plötzlich und brach zusammen. Die Füße glitten ihm fort, und er stürzte aufs Deck.

„Einer seiner Anfälle“, flüsterte Maud.

Sie nickte, und ich konnte warmes Mitleid in ihren Augen lesen.

Wir traten zu ihm, aber er schien das Bewußtsein verloren zu haben und atmete nur keuchend. Sie hockte neben ihm nieder, hob ihm den Kopf, um den Blutandrang zu vermindern, und schickte mich in die Kajüte, um ein Kissen zu holen. Ich brachte auch Decken, und wir betteten ihn. Ich fühlte ihm den Puls. Der schlug regelmäßig und kräftig und war ganz normal. Das war merkwürdig, und ich wurde mißtrauisch.

„Wie, wenn er sich nur verstellt?“ sagte ich, noch sein Handgelenk haltend.

Maud schüttelte den Kopf mit einem vorwurfsvollen Ausdruck. Aber im selben Augenblick entriß er mir sein Handgelenk und umklammerte das meine wie ein Tellereisen. In Todesangst stieß ich einen wilden unartikulierten Schrei aus. Ein Blick zeigte mir sein boshaftes, triumphierendes Gesicht, dann legte sich sein anderer Arm um meinen Leib und zog mich in einer furchtbaren Umarmung nieder.

Er ließ mein Handgelenk los, sein anderer Arm legte sich um meinen Rücken, umschloß meine beiden Arme, so daß ich mich nicht rühren konnte. Seine freie Hand tastete nach meiner Kehle, und dank meiner eigenen Dummheit hatte ich in diesem Augenblick den bitteren Vorgeschmack des Todes. Warum hatte ich mich in Reichweite dieser furchtbaren Arme gewagt? Ich fühlte andere Hände an meiner Kehle. Es war Maud, die sich vergebens bemühte, die Hand, die mich würgte, loszureißen. Sie gab den Versuch auf, und jetzt hörte ich sie herzzerreißend schreien – wie ein Weib in Angst und tiefster Verzweiflung schreit. Ich kannte dies Schreien vom Untergang der „Martinez".

Mein Gesicht war gegen seine Brust gepreßt, und ich konnte nichts sehen, aber ich hörte Maud schnell über das Deck laufen. Alles geschah in einem Nu. Ich war noch bei vollem Bewußtsein, und es kam mir wie eine Ewigkeit vor, bis ich sie wiederkehren hörte. Aber gerade in diesem Augenblick spürte ich, wie der Mann unter mir zusammensank. Er keuchte unter meinem Gewicht, und die Brust wurde von einem Krampf geschüttelt. Ob es nur die ausgestoßene Luft oder das Bewußtsein seiner zunehmenden Ohnmacht war, weiß ich nicht, aber seine Kehle zitterte von einem tiefen Stöhnen. Die Hand an meiner Kehle löste sich. Ich atmete wieder. Noch einmal wurde sein Griff wieder fester. Aber selbst sein ungeheurer Wille konnte die Schwäche nicht überwinden und versagte. Dann verlor Wolf Larsen das Bewußtsein.

Mauds Schritte waren sehr nahe gewesen, als seine Hand zum letzten Male zitterte und meine Kehle losließ. Ich wälzte mich fort und lag, nach Luft schnappend und im Sonnenschein blinzelnd, auf dem Rücken. Maud – meine Augen hatten sofort ihr Antlitz gesucht – Maud war blaß, aber beherrscht, und sie blickte mich erregt und erleichtert an. Ich sah einen mächtigen Robbenknüppel in ihrer Hand, und im selben Augenblick bemerkte sie die Richtung meiner Augen. Sie ließ den Knüppel fallen, als ob sie sich die Finger verbrannt hätte, und gleichzeitig begann mir das Herz vor Freude zu klopfen. Wahrlich, sie war mein Weib, meine Genossin, sie kämpfte mit mir und für mich, wie das Weib eines Höhlenbewohners mit ihm gekämpft haben mochte. Alles Primitive erwachte in ihr trotz der Kultur und der verweichlichenden Zivilisation, die sie ihr ganzes Leben allein gekannt hatte. „Du liebes Weib!" rief ich und kam mühsam wieder auf die Beine.

Im nächsten Augenblick lag sie in meinen Armen und weinte krampfhaft an meiner Schulter, während ich sie fest umschlang. Ich sah hinab auf den braunen Heiligenschein ihres Haares, das für mich ein im Sonnenschein glitzernder

Juwelenschmuck war, wertvoller, als sie je in der Schatzkammer eines Königs aufgehäuft gewesen. Und ich neigte mein Haupt und küßte leise ihr Haar, so leise, daß sie es nicht merkte. Dann aber überkamen mich wieder nüchterne Gedanken. Alles in allem war sie ja nur ein Weib, das jetzt, da sie nach überstandener Gefahr in den Armen ihres Beschützers ruhte, vor Freude weinte. Wäre ich ihr Vater oder Bruder gewesen, nichts hätte anders ausgesehen. Zudem waren Zeit und Ort nicht dazu angetan, mir ein Recht zu geben, meine Liebe zu gestehen. So küßte ich denn noch einmal leise ihr Haar und fühlte dann, wie sie sich aus meiner Umarmung löste. „Diesmal war es ein wirklicher Anfall," sagte ich, „ein ebensolcher wie der, der ihn erblinden ließ. Zuerst verstellte er sich nur, aber seine Verstellung führte dann den echten Anfall herbei."

Maud richtete ihm schon wieder das Kissen.

„Nein," sagte ich, „noch nicht! Jetzt, da er hilflos ist, soll er es auch bleiben. Von heute an wohnen wir in der Kajüte, und Wolf Larsen wird mit dem Zwischendeck vorliebnehmen."

Ich faßte ihn unter der Schulter und schleppte ihn nach der Laufbrücke. Auf meine Anweisung holte Maud einen Strick. Ich zog ihn ihm unter den Armen hindurch, brachte ihn über die Schwelle und ließ ihn über die Stufen auf den Boden hinab. Ich konnte ihn nicht in eine Koje heben, aber mit Mauds Hilfe hob ich zuerst Kopf und Schultern über den Rand, schob dann den Körper nach und hatte ihn nun in einer Unterkoje.

Aber das genügte mir noch nicht. Ich erinnerte mich, daß er in seiner Kajüte Handeisen hatte, die er zuweilen bei seinen Matrosen benutzt hatte. Und als wir ihn dann verließen, lag er an Händen und Füßen gefesselt da. Zum erstenmal seit vielen Tagen atmete ich auf. Als ich an Deck kam, fühlte ich mich so erleichtert, als wäre eine schwere Last von meinen Schultern genommen.

Wir zogen sofort an Bord der „Ghost", nahmen unsere alte Kajüte in Besitz und kochten in der Kombüse. Die Gefangennahme Wolf Larsens war zu einem äußerst günstigen Zeitpunkt erfolgt, denn der Nachsommer war vorbei, und es hatte regnerisches und stürmisches Wetter eingesetzt. Wir fühlten uns sehr behaglich auf dem Schoner, dem die ungleiche „Schere" und der an ihm hängende Fockmast ein gewisses geschäftiges Aussehen verliehen, das baldige Abreise zu verkünden schien.

Wir hatten Wolf Larsen in Eisen, aber wie unnötig war es jetzt! Wie dem ersten, so war auch dem zweiten Anfall eine ernste Lähmung gefolgt. Maud machte diese Entdeckung, als sie am Nachmittag versuchte, ihm etwas zu essen zu geben. Er schien noch bewußtlos zu sein, und als wir ihn ansprachen, antwortete er nicht. Er lag diesmal auf der linken Seite und litt offenbar starke Schmerzen. In ewiger Unruhe warf er den Kopf hin und her. Dabei hob er das Ohr von dem Kissen, gegen das es gepreßt gewesen war, und sofort hörte er, was sie sagte, und antwortete.

Maud wandte sich zu mir. Ich preßte ihm wieder das Kissen gegen das linke Ohr und fragte ihn, ob er mich hörte, aber er regte sich nicht. Dann nahm ich das Kissen fort, wiederholte die Frage, und sofort erwiderte er, daß er mich verstände.

„Wissen Sie, daß Sie auf dem rechten Ohr taub sind?“ fragte ich.

„Ja,“ antwortete er mit leiser, aber fester Stimme, „und schlimmer als das: Meine ganze rechte Seite ist wie gelähmt. Ich kann weder Arm noch Bein bewegen.“

„Verstellen Sie sich nun wieder,“ fragte ich ärgerlich. Er schüttelte den Kopf, und sein trotziger Mund verzog sich zu einem seltsamen, verzerrten Lächeln, wirklich, verzerrt, denn nur die Muskeln der linken Gesichtshälfte bewegten sich, während die rechte Seite starr blieb.

„Das war das letzte Spiel des Wolfes“, sagte er. „Ich bin gelähmt, ich werde nie wieder gehen. Oh, nur die andere Seite“, fügte er hinzu, als erriete er den mißtrauischen Blick, den ich auf sein linkes Bein warf, dessen Knie sich soeben unter der Decke gekrümmt hatte.

„Es ist auch wirklich Pech“, fuhr er fort. „Ich würde mich gefreut haben, wenn ich Ihnen wenigstens den Garaus gemacht hätte. Dazu, dachte ich, würden meine Kräfte noch reichen.“

„Aber warum denn?“ fragte ich entsetzt, aber doch neugierig.

Wieder verzog sich sein trotziger Mund zu dem verzerrten Lächeln, und er sagte:

„Ach nur, um lebendig zu sein, zu leben und zu handeln, um das größere Stück Gärstoff zu sein, um Sie zu fressen. Aber auf diese Weise zu sterben ...“

Er zuckte die Achseln oder versuchte es vielmehr, denn nur die linke Schulter bewegte sich. Sein Achselzucken war ebenso verzerrt wie sein Lächeln.

„Aber haben Sie eine Erklärung für Ihre Krankheit?“ fragte ich. „Wo sitzt sie?“

„Im Gehirn", erwiderte er sofort. „Die verfluchten Kopfschmerzen sind die Ursache."

„Symptome", meinte ich.

Er nickte. „Es gibt keine Erklärung. Ich bin nie in meinem Leben krank gewesen. Irgend etwas ist mit meinem Gehirn los. Ein Geschwür, ein Tumor oder etwas derartiges – etwas, das frißt und zerstört. Es greift mein Nervenzentrum an, frißt es Stück auf Stück, Zelle auf Zelle – vor Schmerz."

„Auch die Bewegungszentren", warf ich ein.

„Es scheint so, und das Verfluchte dabei ist, daß ich bei vollem Bewußtsein, vollkommen klar und geistig ungeschwächt hier liegen muß und weiß, daß die Kurve Zoll für Zoll abwärts geht, und daß ich immer mehr von der Außenwelt abgeschnitten werde. Ich kann nicht mehr sehen, Gehör und Gefühl verlassen mich, und bald werde ich auch nicht mehr sprechen können. Und doch werde ich hier sein, lebendig und ohnmächtig."

„Und wie denken Sie nun über die Unsterblichkeit der Seele?" fragte ich ihn.

„Quatsch!" lautete die Antwort. „Die Sache ist einfach die, daß meine höheren physischen Zentren unberührt sind. Ich besitze noch mein Gedächtnis, ich kann denken und Schlüsse ziehen. Wenn das vorbei ist, bin ich fertig. Bin nicht mehr. Die Seele –?"

Er lachte höhnisch. Dann drehte er sein linkes Ohr wieder gegen das Kissen, zum Zeichen, daß er die Unterhaltung nicht fortzusetzen wünschte.

Maud und ich machten uns an unsere Arbeit, bedrückt durch den Gedanken an das furchtbare Geschick, das ihn betroffen hatte – wie furchtbar es war, sollten wir erst später ganz erfahren. Es lag etwas von dem Schrecken der Vergeltung darin. Unsere Gedanken waren ernst und feierlich, und wir sprachen anfangs nur flüsternd miteinander.

„Sie könnten mir gern die Handeisen abnehmen", sagte er abends, als wir neben ihm standen und über seinen Zustand sprachen. „Ganz sicher, ich bin Paralytiker. Ich habe mich schon auf das Wundliegen gefaßt gemacht."

Er lächelte sein verzerrtes Lächeln. Mauds Augen waren starr vor Entsetzen, und sie mußte sich abwenden.

„Wissen Sie, daß Ihr Mund ganz schief ist, wenn Sie lächeln?“ fragte ich ihn, denn ich wußte, daß sie ihn pflegen mußte, und wollte ihr so viel wie möglich ersparen.

„Dann werde ich nicht mehr lächeln“, sagte er ruhig. „Ich dachte mir schon, daß irgend etwas nicht stimmte. Ich hatte den ganzen Tag ein taubes Gefühl in der rechten Backe. Und seit drei Tagen spüre ich schon etwas, abwechselnd schienen immer Arm und Hand, Bein und Fuß eingeschlafen.“

„Also mein Mund ist schief, wenn ich lächle?“ fragte er kurz darauf. „Nun, von jetzt an denken Sie sich, daß ich innerlich lächle, mit meiner Seele, wenn Sie wollen, mit meiner Seele. Denken Sie sich, daß ich jetzt lächle.“

Und einige Minuten lag er still da und hing seinen seltsamen Vorstellungen nach.

Innerlich war er ganz unverändert. Er war immer noch der alte, unbezwingliche, furchtbare Wolf Larsen, nur jetzt gefangen in diesem Fleische, das einst so unbesiegbar und prachtvoll gewesen. Jetzt band es ihn mit unfühlbaren Fesseln, hüllte seine Seele in Finsternis und Schweigen und schloß ihn aus von der Welt, die für ihn der Inbegriff aufrührerischer Tatkraft gewesen war.

Wir nahmen ihm die Handeisen ab, konnten uns aber doch nicht mit seinem Zustand vertraut machen. Unser Gefühl lehnte sich dagegen auf. Was hatten wir noch von ihm zu erwarten? Wir wußten es nicht; aber vielleicht Furchtbares! Sein Geist konnte sich gegen das Fleisch erheben, konnte ausbrechen, wer wußte es? Unsere Erfahrung machte uns unsicher, und nur mit einem Gefühl von Angst gingen wir wieder an unsere Arbeit.

Mit der „Schere“ hievte ich den Großbaum an Bord. Seine vierzig Fuß mußten genügen, um den Mast hereinzubringen. Mit einer an der „Schere“ festgemachten Leine schwang ich den Baum hoch, daß er im Gleichgewicht pendelte, dann ließ ich das Ende auf das Deck herab, wo ich, um ihn vor dem Rutschen zu bewahren, große Klampen befestigt hatte. Den Einzelblock meiner „Schere“ hatte ich am Ende des Baumes festgemacht. Mit dem Spill konnte ich nun die Spitze des Baumes nach Belieben heben und senken, während das Ende seinen festen Halt behielt. Dazu konnte ich ihn mit Hilfe von Fallen seitwärts schwingen. An der Spitze befestigte ich einen Flaschenzug, und als die ganze Einrichtung fertig war, hatte ich meine helle Freude an der Kraft und Leichtigkeit, mit der sie arbeitete.

Natürlich nahm mich dieser Teil der Arbeit zwei volle Tage in Anspruch, und erst am Morgen des dritten waren wir fertig. Ich hatte mich besonders ungeschickt dabei angestellt. Ich hatte gesägt, gehackt und gestemmt, bis das verwitterte Holz aussah, als wäre es von Mäusen angeknabbert. Aber jetzt ging es auch.

Ein neuer Schlag hatte Wolf Larsen getroffen. Er hatte die Stimme verloren oder war jedenfalls daran, sie zu verlieren. Nur hin und wieder konnte er noch Gebrauch von ihr machen. Aber plötzlich konnte die Stimme mitten im Satze versagen, und dann mußten wir zuweilen stundenlang warten, bis die Verbindung wieder hergestellt war. Er klagte über starke Kopfschmerzen. In dieser Periode dachte er sich ein System aus, um sich mit uns verständigen zu können, wenn er überhaupt nicht mehr sprechen konnte: ein einfacher Händedruck bedeutete ja, ein doppelter nein. Es war gut, daß wir diese Vereinbarung trafen, denn schon am Abend versagte die Sprache ganz. Jetzt beantwortete er unsere Fragen durch Händedrücken, und wenn er zu sprechen wünschte, kritzelte er seine Gedanken mit der Linken, kaum lesbar, auf ein Blatt Papier.

Der strenge Winter war im Anmarsch. Ein Sturm folgte dem andern mit Schnee, Hagel und Regen. Die Robben hatten ihre große Wanderung nach dem Süden angetreten, und die Roockery war so gut wie verlassen. Ich arbeitete fieberhaft. Trotz Wind und Wetter war ich vom frühen Morgen bis zum späten Abend an Deck und machte tüchtige Fortschritte.

Meine Erfahrungen beim Einrichten der „Schere“ und des Fockmastes kamen mir jetzt zugute. Ich brachte Takelung, Stags und Falle an. Wie gewöhnlich, hatte ich die Arbeit unterschätzt: ich brauchte zwei Tage dazu. Und dabei war noch so vieles zu tun, wie zum Beispiel das Einrichten der Segel, die gänzlich umgearbeitet werden mußten.

Während ich am Fockmast arbeitete, nähte Maud an den Segeln, immer bereit, ihre Arbeit aus der Hand zu legen, wenn es galt, mir zu helfen, wo meine beiden Hände nicht ausreichten. Das Segelleinen war hart und schwer, und sie nähte nach Matrosenart mit der ganzen Handfläche und einer dreikantigen Segelnadel. Ihre armen Hände waren bald von Blasen bedeckt, aber sie kämpfte tapfer weiter, und dazu kochte und pflegte sie den Kranken.

„Nun, was sagen Sie dazu?“ sagte ich am Freitagmorgen. „Heut kommt der Großmast an die Reihe!“ Alles war bereit. Mit Hilfe des Ankerspills holte ich den Mast beinahe klar über die Reling. Kurz darauf pendelte er frei über Deck.

Maud klatschte in die Hände, als sie einen Augenblick nicht den Törn zu halten brauchte. Dann aber wurde ihr Gesicht plötzlich traurig.

„Er ist nicht über dem Loche“, sagte sie. „Müssen Sie nun wieder ganz von vorn anfangen?“

Ich lächelte überlegen, dann ließ ich eine Talje nach, zog die andere an, und der Mast schwang sich mitten über das Deck.

Gerade zu der viereckigen Öffnung der Staffel senkte sich das Ende herab, aber da drehte sich der Mast, so daß das eine Viereck nicht in das andere paßte. Doch ich war mir nicht eine Sekunde lang unklar, was ich zu tun hatte. Ich rief Maud zu, sie solle nicht weiter herunterlassen, ging dann an Deck und machte die Taschentalje mit einem Rollstich am Mast fest. Dann ging ich wieder nach unten, während Maud ziehen mußte. Beim Schein der Lampe sah ich, wie sich das Mastende langsam drehte, bis seine Ränder parallel zu denen der Staffel standen. Maud kehrte wieder zum Ankerspill zurück. Langsam senkte sich der Mast Zoll für Zoll, drehte sich aber wieder leicht dabei. Wieder richtete Maud die Lage mit der Taschentalje, und wieder ließ sie den Mast herab, bis Viereck in Viereck paßte. Der Mast war eingesetzt.

Ich rief, und sie kam schnell herunter, um zu sehen. Im gelben Schein der Laterne betrachteten wir unser Werk. Dann sahen wir uns an und klatschten in die Hände. Ich glaube, wir hatten beide feuchte Augen vor Freude über unsern Erfolg.

„Schließlich ging es doch ganz leicht“, meinte ich.

„Und doch ist es das reine Wunder, daß es vollbracht ist“, sagte Maud. „Ich vermag es kaum zu glauben daß der große Mast wirklich steht; daß Sie ihn aus dem Wasser gehoben, durch die Luft geschwungen und an seinen Platz gebracht haben. Es war eine Titanenarbeit.“

„Wir sind wahre Erfinder“, rief ich fröhlich, hielt aber inne und zog die Luft ein.

Ich warf einen hastigen Blick auf die Laterne. Sie rauchte nicht. Wieder zog ich die Luft ein.

„Es brennt!“ sagte Maud plötzlich in überzeugten Ton. Wir sprangen zur Treppe, aber ich kam ihr zuvor und war zuerst an Deck. Aus dem Zwischendeck stieg eine dichte Rauchwolke empor.

„Der Wolf ist noch nicht tot“, murmelte ich, als ich durch den Rauch hindurchsprang.

Der Rauch war so dicht in dem engen Raum, daß ich mich vorwärts tasten mußte; und solche Macht hatte die Persönlichkeit Wolf Larsens über meine Einbildungskraft, daß ich darauf vorbereitet war, den würgenden Griff des hilflosen Riesen um meinen Hals zu fühlen. Ich zauderte; da dachte ich an Maud. Ich sah sie plötzlich vor mir, wie sie, die braunen Augen feucht vor Freude, im Schein der Laterne im Raum vor mir gestanden, und ich wußte, daß ich nicht umkehren konnte.

Keuchend und fast erstickend erreichte ich Wolf Larsens Koje. Ich streckte die Hand aus und tastete nach der seinen. Er lag regungslos da, bewegte sich aber leicht bei meiner Berührung. Ich fühlte über und unter seine Decken. Hier war keine Wärme, kein Anzeichen von Feuer zu spüren. Aber der Rauch, der mich blendete, husten und nach Luft schnappen ließ, mußte doch eine Ursache haben! Ich verlor einen Augenblick den Kopf und rannte verwirrt im Zwischendeck herum. Ein heftiger Zusammenstoß mit dem Tische brachte mich wieder zu mir. Ich überlegte mir, daß ein hilfloser Mann das Feuer nur dort, wo er lag, hatte anzünden können.

So lief ich denn wieder zu Wolf Larsens Koje. Dort stieß ich auf Maud. Wie lange sie sich schon in dieser erstickenden Luft befand, wußte ich nicht.

„Schnell an Deck!“ befahl ich entschieden.

„Aber Humphrey –“, begann sie mit seltsam heiserer Stimme. „Bitte gehen Sie!“ herrschte ich sie an.

Gehorsam zog sie sich zurück. Da fiel mir ein: „Wie, wenn sie die Treppe verfehlt!“ Ich eilte ihr nach und blieb am Fuße der Treppe stehen. War sie schon oben? Als ich noch zögernd dort stand, hörte ich sie leise rufen:

„Ach, Humphrey, ich kann nicht herausfinden.“

Ich stieß auf sie, wie sie sich am Paneel vorwärts tastete, und trug sie halb zur Treppe. Die reine Luft wirkte wie Nektar. Maud war nur schwach und benommen, und ich ließ sie an Deck liegen, während ich zum zweiten Male nach unten ging.

Die Rauchwolke mußte ganz dicht bei Wolf Larsen sein – diesen Gedanken hielt ich fest, als ich gerade auf seine Koje zuging. Während ich unter seinen Decken herumtastete, fiel mir etwas Heißes auf den Handrücken. Es brannte, und ich zog die Hand schnell zurück. Jetzt begriff ich: Durch die Öffnung hindurch hatte er die Matratze der Oberkoje in Brand gesteckt. Seine Linke war noch imstande gewesen, es zu tun. Bei dem Mangel an Luftzug hatte das feuchte Stroh der Matratze nur schwelen können.

Als ich sie aus der Koje riß, schlugen sofort die hellen Flammen heraus. Ich löschte die brennenden Strohreste und stürzte dann an Deck, um Luft zu schöpfen. Einige Eimer Wasser genügten, um den Brand zu löschen. Zehn Minuten später hatte sich der Rauch genügend verzogen, daß ich Maud erlauben konnte, herunterzukommen. Wolf Larsen war bewußtlos, aber die frische Luft brachte ihn bald wieder zu sich. Während wir noch mit ihm beschäftigt waren, machte er uns durch Zeichen verständlich, daß er Papier und Bleistift wünschte.

„Bitte, stören Sie mich nicht,“ schrieb er, „ich lächle.“ „Sie sehen, daß ich immer noch ein Stückchen Hefe bin“, schrieb er kurz darauf.

„Aber nur ein sehr kleines Stückchen, Gott sei Dank!“ sagte ich.

„Danke“, schrieb er. „Und doch bin ich noch voll und ganz hier, Hump. Ich vermag schärfer zu denken als je zuvor in meinem Leben. Nichts stört mich mehr. Die Konzentration ist vollkommen. Ich bin voll und ganz hier, ja mehr als das!“

Es war wie eine Botschaft aus der Nacht des Grabes, denn der Körper dieses Mannes war sein Mausoleum geworden. Und hier, in diesem seltsamen Grabe, flatterte sein Geist und lebte. Er sollte flattern und leben, bis die letzte Verbindung abgebrochen war, und dann – wer wußte, wieviel länger sie noch flattern und leben konnte?

„Ich glaube, meine linke Seite wird auch lahm“, schrieb Wolf Larsen am Morgen nach seinem Versuch, das Schiff in Brand zu stecken. „Die Gefühllosigkeit nimmt zu. Ich kann kaum die Hand bewegen. Sie müssen lauter sprechen. Die letzten Leinen sind bald gekappt.“

„Haben Sie Schmerzen?“ fragte ich.

Ich mußte meine Frage laut wiederholen, ehe er antwortete: „Nicht immer.“

Seine Linke tastete langsam und mühevoll über das Papier, und mit größter Schwierigkeit entzifferten wir das Gekritzel. Es war wie eine Geisterschrift.

„Aber ich bin noch hier, voll und ganz hier“, kritzelte die Hand langsamer und mühseliger als je.

Der Bleistift entfiel ihr, und wir mußten ihn wieder zwischen seine Finger stecken.

„Wenn ich keine Schmerzen spüre, habe ich ganz Ruhe und Frieden. Ich habe nie so klar gedacht. Ich kann über das Leben nachdenken wie ein weiser Hindu.“

„Und die Unsterblichkeit?“ rief ihm Maud ins Ohr.

Dreimal versuchte die Hand zu schreiben, tappte verzweifelt. Der Bleistift fiel. Vergebens wollten wir ihn ihm wieder reichen. Die Finger vermochten sich nicht mehr zu schließen. Da umschloß Maud seine Hand mit der ihren und drückte sie zusammen, und er schrieb mit großen Buchstaben und so langsam, daß zwischen jedem einzelnen Minuten vergingen:

„Q–u–a–t–s–c–h.“

Dies war Wolf Larsens letztes Wort: Quatsch – skeptisch und unbezwinglich bis zuletzt. Arm und Hand sanken nieder. Ein leichtes Zucken durchfuhr seinen Körper. Dann regte er sich nicht mehr. Maud ließ seine Hände los. Die Finger öffneten sich durch ihr eigenes Gewicht, und der Bleistift fiel zu Boden.

„Können Sie noch hören?“ rief ich, indem ich seine Hand faßte und auf den einmaligen Druck wartete, der „ja“ bedeutete. Es erfolgte keine Antwort. Die Hand war tot.

„Ich habe bemerkt, daß dir Lippen sich leicht bewegten“, sagte Maud.

Ich wiederholte die Frage. Die Lippen bewegten sich wirklich. Maud legte die Fingerspitzen darauf. Nochmals wiederholte ich die Frage. „Ja“, verkündete Maud. Wir blickten uns erwartungsvoll an.

„Was nun?“ fragte ich. „Was sollen wir ihn fragen?“

„Ach, fragen Sie ihn – –“

Sie zögerte.

„Fragen Sie ihn etwas, das ein Nein als Antwort erfordert“, schlug ich vor. „Dann werden wir Gewißheit haben.“

„Sind Sie hungrig?“ rief sie.

Seine Lippen bewegten sich unter ihrem Finger, und sie meldete: „Ja.“

„Wollen Sie etwas Fleisch haben?“ lautete die nächste Frage.

„Nein“, verkündete sie.

„Brühe?“

„Ja, er möchte etwas Brühe haben,“ sagte sie und blickte zu mir auf. „Bis sein Gehör völlig versagt, werden wir uns mit ihm verständigen können. Dann –“ Sie sah mich mit einem seltsamen Blick an. Ich sah, wie ihre Lippen zitterten und ihr die Tränen in die Augen stiegen. Sie wankte, und ich fing sie in meinen Armen auf.

„Ach, Humphrey,“ schluchzte sie, „wann wird dies alles ein Ende haben? Ich bin so müde, so müde.“

Sie barg ihren Kopf an meiner Schulter, ihre zarte Gestalt wurde von heftigem Weinen geschüttelt. Wie eine Feder lag sie mir im Arm, so leicht und ätherisch. „Jetzt ist sie doch zusammengebrochen!“ dachte ich. „Was kann ich ohne ihre Hilfe tun?“

Aber ich beruhigte und tröstete sie, bis sie sich zusammenriß und ihr Gleichgewicht ebenso schnell wiedergewann, wie sie sich körperlich zu erholen pflegte.

Als der Fockmast stand, machte die Arbeit sichtliche Fortschritte. Fast ehe ich es wußte, und ohne daß ich mich besonders angestrengt hätte, war der Großmast eingesetzt. Dann wurde die Piek am Fockmast angebracht, und einige Tage später befanden sich alle Stags und Wanten an ihren Plätzen. Toppsegel wären für eine nur aus zwei Köpfen bestehende Mannschaft nur gefährlich gewesen, und so heißte ich die Marsstengen an Deck und machte sie fest.

Noch einige Tage brauchten wir, um die Segel fertigzustellen und festzumachen. Wir hatten nur drei: Klüver-, Fock- und Großsegel, und geflickt, verkleinert und formlos, wie sie waren, paßten sie nur schlecht zu einem so schöngebauten Fahrzeug wie die „Ghost“.

Von meinen vielen neuen Berufen eignete ich mich sicher am wenigsten zu dem eines Segelmachers. Ich wußte besser mit den Segeln umzugehen, als sie zu verfertigen, und ich zweifelte nicht, daß es mir gelingen sollte, den Schoner in irgendeinen japanischen Hafen zu bringen. Ich hatte wirklich ein gut Teil

Navigation aus den an Bord befindlichen Büchern gelernt, und zudem hatte ich Wolf Larsens Sternenskala, nach der ein Kind sich hätte orientieren können.

Was ihren Erfinder betraf, so hatte sich sein Befinden wenig geändert, außer der Tatsache, daß seine Taubheit zunahm und die Bewegungen seiner Lippen immer schwächer wurden. An dem Tage aber, als wir mit den Segeln fertig wurden, vernahm ich das letzte Wort, und die letzte Bewegung seiner Lippen hörte auf – aber nicht, ehe er auf meine Frage: „Sind Sie voll und ganz da?" noch einmal „Ja" geantwortet hatte. Die letzte Leine war gekappt. Irgendwo in der Grabkammer des Fleisches weilte noch die Seele des Mannes. Umschlossen vom lebendigen Lehm, brannte diese starke Intelligenz, die wir gekannt hatten, aber sie brannte in Schweigen und Finsternis. Und sie war körperlos geworden. Sie wußte nichts mehr von ihrem Körper. Sie kannte keinen Körper. Sie kannte nur sich selbst und die Weite und Tiefe von Ruhe und Dunkelheit.

Der Tag unserer Abreise kam. Es gab nichts mehr, das uns auf der Mühsalinsel zurückgehalten hätte. Die verkürzten Masten der „Ghost" waren an ihrem Platze, die Segel festgemacht. Alles, was ich geschaffen, war stark, nichts davon war schön, aber ich wußte, daß es leisten würde, was es sollte, und wenn ich es anblickte, fühlte ich mich stark.

„Das habe ich gemacht! Mit meinen eigenen Händen!" Das hätte ich am liebsten hinausgeschrien.

Aber Maud und ich hatten die wundersame Fähigkeit, einer die Gedanken des andern auszusprechen, und als wir nun darangingen, das Großsegel zu setzen, sagte sie:

„Und daß Sie das allein mit Ihren eigenen Händen gemacht haben, Humphrey!"

„Aber es waren noch zwei Hände da," antwortete ich, „zwei kleine Hände."

Sie hielt mir lachend die Hände entgegen.

„Ich werde sie nie wieder sauber bekommen," klagte sie, „und sonnenverbrannt werden sie wohl mein ganzes Leben bleiben."

„Dann werden der Schmutz und die sonnenverbrannte Haut Ihr Ehrenzeichen sein," sagte ich und nahm ihre Hände in die meinen, und trotz allen selbst guten

Vorsätzen würde ich die beiden teuren Hände geküßt haben, hätte sie sie nicht schnell zurückgezogen.

Unsere Kameradschaft stand auf schwachen Füßen. Ich hatte meine Liebe lange und gut beherrscht, aber jetzt drohte sie mich zu überwältigen. Gegen meinen Willen hatte sie eigenmächtig meine Augen zum Sprechen gebracht, und nun überwand sie auch meine Zunge – und meine Lippen dazu, denn sie sehnten sich in diesem Augenblick wie wahnsinnig danach, die beiden Händchen zu küssen, die so treu und schwer gearbeitet hatten. Ich war in diesem Augenblick wie von Sinnen. In meinem Innern tönte es, als riefen mich Jagdhörner zu ihr. Und mich wehte ein Wind an, dem ich nicht widerstehen konnte, der meinen ganzen Körper ins Schwanken brachte, bis ich mich, ganz unbewußt, zu ihr beugte. Und sie wußte es. Sie mußte es wissen, als sie schnell ihre Hände fortzog und es doch nicht lassen konnte, mir einen hastig forschenden Blick zu senden, ehe sie die Augen senkte. –

Mit Hilfe der Deckstaljen hatte ich die Falle nach vorn zum Spill geschafft, und jetzt setzte ich gleichzeitig Großsegel und Piek. Es war nicht leicht, aber es ging, und bald war die Fock oben und flatterte im Winde. „Wir bekommen den Anker hier nie herauf, es ist zu eng," sagte ich, „wir müssen erst aus den Schären heraus sein."

„Was machen wir da?" fragte sie.

„Wir kappen ihn," lautete meine Antwort, „und während ich es tue, müssen Sie Ihre erste Arbeit am Spill verrichten. Ich muß sofort ans Rad, und gleichzeitig müssen Sie den Klüver setzen."

Dies Manöver hatte ich mindestens zwanzigmal durchdacht, und ich wußte, daß Maud imstande war, das unentbehrliche Segel zu setzen. Ein frischer Wind wehte gerade in die Bucht herein, und wenn auch das Wasser ruhig war, so mußten wir doch mit äußerster Schnelligkeit arbeiten, um sicher hinauszukommen.

Sobald ich den Schäkelbolzen hinausgeschlagen hatte, rasselte die Kette durch das Klüsgat ins Meer. Ich stürzte nach achtern und legte das Ruder um. Die „Ghost" schien lebendig zu werden, als ihre Segel sich zum erstenmal blähten. Der Klüver ging hoch. Als er in den Wind kam, schwang sich der Bug der „Ghost" herum, und ich mußte das Rad einige Spaken zurückdrehen, um das Schiff wieder in den Kurs zu bringen. Ich hatte mir eine automatische Klüverschoot erdacht, die den Klüver von selbst herüberbrachte, so daß Maud ihn nicht zu bedienen brauchte; sie hatte aber kaum den Klüver hoch, als ich das Ruder hart umlegte. Es war ein gefährlicher Augenblick, denn die „Ghost“ lief bis auf Steinwurfweite geradeswegs auf den Strand zu. Aber gehorsam drehte sie sich in den Wind. Die Segel schlugen heftig – ein Geräusch, das meine Ohren mit Entzücken hörten –, und dann standen sie wieder prall auf der andern Seite.

Maud hatte ihre Aufgabe vollbracht und kam nach achtern, wo sie neben mir stehenblieb, eine kleine Mütze auf dem vom Winde zerzausten Haar, die Wangen von der Anstrengung gerötet, die Augen weit und hell vor Erregung, die Nasenflügel zitternd in der frischen salzigen Luft. Ihre braunen Augen glichen denen eines aufgescheuchten Rehs. Ihr Blick war wach und unruhig, wie ich ihn nie gesehen, ihre Lippen öffneten sich, und ihr Atem stockte, als die „Ghost“ gegen das Felsenriff an der Ausfahrt der inneren Bucht anstürmte, dann in den Wind ging und unter vollen Segeln in das sichere Fahrwasser hinausfuhr.

Meine Dienstzeit als Steuermann in den Robbengründen kam mir jetzt ausgezeichnet zustatten. Ich brachte das Schiff gut aus der inneren Bucht heraus und ging in einem weiten Bogen in die äußere hinein. Noch ein Schlag, und die „Ghost“ hatte die offene See erreicht. Nun hatte sie den Hauch des Ozeans gespürt und atmete selbst im gleichen Rhythmus, indem sie die breitrückigen Wogen sanft hinauf- und hinabglitt. Es war trübe und wolkig gewesen, jetzt aber brach die Sonne hindurch – ein willkommenes Vorzeichen – und schien über die geschweifte Küste, wo wir den Herrn des Harems herausgefordert und die Holluschickis erschlagen hatten. Die ganze Mühsalinsel erstrahlte im Sonnenschein. Selbst das unheimliche südwestliche Vorgebirge sah weniger unheimlich aus, und hie und da, wo der Gischt hoch emporsprang, glänzte und funkelte es in der blendenden Sonne.

„Ich werde stets mit Stolz daran denken“, sagte ich zu Maud.

Sie warf mit einer königlichen Gebärde den Kopf zurück und sagte: „Du liebe Mühsalinsel! Ich werde dich immer lieben.“

„Und ich auch“, sagte ich rasch.

Unsere Blicke wollten sich treffen, und doch zwangen wir sie aneinander vorbei.

Einen Augenblick schwiegen wir fast unbeholfen, dann aber sagte ich:

„Sehen Sie die schwarzen Wolken in Luv. Sie werden sich erinnern, daß ich Ihnen gestern abend sagte, das Barometer fiele.“

„Und die Sonne ist verschwunden", sagte sie, den Blick immer noch auf unsere Insel gerichtet.

„Die Fahrt geht nach Japan", rief ich heiter. „Ein günstiger Wind und volle Segel, was wollen wir mehr?" Ich verließ das Rad und lief nach vorn, warf Fock- und Großschoot los und machte alles zum Empfang des Windes bereit. Es war Sturm, ein tüchtiger Sturm, aber ich entschloß mich, so lange wie möglich die Segel oben zu behalten. Leider war es unter diesen Umständen nicht möglich, das Ruder festzumachen, und so mußte ich darauf gefaßt sein, die ganze Nacht am Rade zu stehen. Maud bestand darauf, mich abzulösen, es zeigte sich aber doch, daß sie nicht Kraft genug hatte, in schwerer See zu steuern. Sie war ganz niedergeschlagen, fand aber bald genug zu tun: Falle und Leinen mußten gestrafft, das Essen in der Kombüse gekocht, Betten gemacht und Wolf Larsen gepflegt werden, und sie beendete ihr Tagewerk, indem sie in der Kajüte und im Zwischendeck gründlich aufräumte.

Ich steuerte die ganze Nacht ohne Ablösung, der Wind wuchs langsam und beständig, und die See mit ihm. Um fünf Uhr morgens brachte Maud mir heißen Kaffee und Kuchen, den sie gebacken hatte, und um sieben flößte mir ein tüchtiges, kochend heißes Frühstück neues Leben ein.

Den ganzen Tag wuchs der Wind. Und immer noch schäumte die „Ghost" dahin, raste Meile auf Meile mit einer Geschwindigkeit, die ich auf mindestens elf Knoten die Stunde schätzte. Ich mußte die Gelegenheit wahrnehmen, aber bei Einbruch der Nacht war ich völlig erschöpft. Obgleich ich in glänzender körperlicher Verfassung war, hatte ich jetzt doch die Grenze meiner Kraft erreicht. Dazu flehte Maud mich an, beizudrehen, und ich wußte, daß das, wenn Wind und See weiter so wuchsen, bald nicht mehr möglich war. So traf ich denn bei Dunkelwerden meine Vorbereitungen.

Aber ich hatte nicht mit den ungeheuren Schwierigkeiten gerechnet, die das Reffen dreier Segel für einen einzigen Mann bedeutete. Immer wieder machte der Sturm meine Anstrengungen zunichte, riß mir die Leinwand aus den Händen und zerstörte in einem Augenblick, was ich in zehn Minuten schwersten Kampfes erreicht hatte. Um acht Uhr hatte ich erst das zweite Reff in die Fock geschlagen. Um elf war ich noch nicht viel weiter gekommen. Meine Fingerspitzen bluteten, und alle Nägel waren abgebrochen. Vor Schmerz und Erschöpfung weinte ich heimlich im Dunkeln, wenn Maud es nicht sah.

Verzweifelt gab ich es auf, das Großsegel zu reffen, und entschloß mich, den Versuch zu machen, unter gereffter Fock beizudrehen. Noch drei Stunden brauchte ich, um Großsegel und Klüver zu beschlagen, und um zwei Uhr morgens konnte ich, mehr tot als lebendig, feststellen, daß mein Versuch geglückt war. Die gereffte Fock tat ihren Dienst. Die „Ghost" hielt sich am Winde und zeigte keine Neigung, sich quer in den Seegang zu legen.

Ich war ganz ausgehungert, aber Maud versuchte vergebens, mir etwas einzuflößen. Mit vollem Munde schlief ich auf dem Stuhl ein.

Wie ich aus der Kombüse in die Kajüte kam, weiß ich nicht Ich wurde von Maud geführt und gestützt. Als ich lange darauf erwachte, lag ich in meiner Koje. Maud hatte mich hingelegt und mir die Schuhe ausgezogen. Ich war ganz steif und zerschlagen und schrie vor Schmerz auf, als ich mit meinen wunden Fingerspitzen das Bettzeug berührte.

Es war offenbar noch nicht Morgen, und so schloß ich die Augen und schlief wieder ein.

Wieder erwachte ich, verwirrt, daß ich nicht besser schlief. Ich zündete ein Streichholz an und sah auf die Uhr. Sie zeigte Mitternacht. Und ich hatte das Deck um drei Uhr nachts verlassen! Nach einigem Nachdenken fand ich die Lösung: Ich hatte einundzwanzig Stunden geschlafen. Ich lauschte eine Weile auf das Stampfen der „Ghost", das Rauschen der See und das gedämpfte Tosen des Windes, dann drehte ich mich auf die andere Seite und schlief friedlich weiter bis zum Morgen.

Als ich um sieben Uhr aufstand, sah ich nichts von Maud und schloß daher, daß sie in der Kombüse sei, um das Frühstück zu bereiten. Ich begab mich an Deck und fand, daß die „Ghost" sich prächtig hielt. In der Kombüse brannte zwar das Feuer, und das Wasser kochte, aber ich fand keine Maud.

Ich entdeckte sie schließlich im Zwischendeck neben Wolf Larsens Koje. Ich betrachtete ihn, den Mann, der von der höchsten Zinne des Lebens herabgeschleudert war in dies furchtbare Lebendigbegrabensein. Sein stilles, ruhiges Gesicht zeigte eine Milde, die ich nie zuvor gesehen. Maud blickte mich an, und ich verstand. „Sein Leben ist im Sturm erloschen", sagte ich.

„Aber er lebt noch", antwortete sie mit unendlicher Zuversicht in ihrer Stimme.

„Er hatte zuviel Kräfte."

„Ja“, sagte sie. „Aber jetzt binden sie ihn nicht mehr. Er ist ein freier Geist.“

„In Wahrheit: Er ist ein freier Geist“, entgegnete ich; dann faßte ich ihre Hand und führte sie an Deck.

Die Gewalt des Sturmes brach sich in dieser Nacht, das heißt: er legte sich ebenso langsam und allmählich, wie er aufgekommen war. Als ich am nächsten Morgen nach dem Frühstück Wolf Larsens Leiche zum Begräbnis an Deck schaffte, wehte es noch stark, und die See ging hoch. Das Wasser spülte immer wieder über das Deck hinweg und lief durch die Speigatten ab. Eine heftige Bö traf plötzlich den Schoner, der sich überlegte, daß die Leereling völlig begraben war, und das Pfeifen in der Takelung wuchs zu einem wilden Kreischen. Wir standen bis zu den Knien im Wasser. Ich entblößte den Kopf.

„Ich erinnere mich nur eines Teils des Rituals,“ sagte ich, „nämlich: „Und der Leichnam soll ins Meer geworfen werden.““

Maud sah mich an, überrascht und entsetzt. Aber die Erinnerung an etwas, das ich einst gesehen, wurde lebendig in mir und ließ mich Wolf Larsen begraben, wie Wolf Larsen einen andern begraben hatte. Ich hob das Ende des Lukendeckels, und der in Segelleinen eingenähte Körper glitt, die Füße voran, ins Meer. Das eiserne Gewicht zog ihn nieder. Er war verschwunden. „Leb wohl, Luzifer, du stolzer Geist“, flüsterte Maud, so leise, daß ihre Worte vom Heulen des Windes übertönt wurden; aber ich sah ihre Lippen sich bewegen und verstand.

Uns an der Reling haltend, arbeiteten wir uns nach achtern durch. Da blickte ich aufs Meer hinaus. Die „Ghost“ hob sich in diesem Augenblick auf einer Woge, und ich sah deutlich, zwei bis drei Meilen entfernt, einen kleinen Dampfer, der, rollend und stampfend, gerade auf uns zukam. Er war schwarz gestrichen, und nach der Beschreibung der Jäger erkannte ich ihn als einen Zollkutter der Vereinigten Staaten. Ich zeigte ihn Maud und führte sie schnell auf die Ruff.

Dann stürzte ich nach vorn an die Flaggenkiste, aber in diesem Augenblick fiel mir ein, daß ich vergessen hatte, für ein Flaggenfall zu sorgen.

„Wir brauchen kein Notsignal,“ meinte Maud, „wenn sie uns nur sehen.“

„Wir sind gerettet“, sagte ich ernst und feierlich. Und dann in überströmendem Glück: „Ich weiß kaum, ob ich mich freuen soll oder nicht.“

Ich sah sie an, unsere Blicke begegneten sich. Wir lehnten uns aneinander, und ehe ich es wußte, hatte ich sie in meine Arme geschlossen.

„Muß ich es sagen?“ fragte ich.

Sie antwortete: „Du mußt nicht, aber es wäre so süß, so unsagbar süß, es zu hören.“

Unsere Lippen trafen sich. – –

„Mein Weib, mein liebes kleines Weib!“ sagte ich und streichelte mit der freien Hand ihre Schulter, wie alle Liebenden tun, obwohl sie es in keiner Schule gelernt haben.

„Mein Gatte!“ sagte sie, und ihre Lider zitterten und ihre Augen verschleierten sich, als sie mich anblickte und ihren Kopf mit einem glücklichen kleinen Seufzer an meine Brust schmiegte.

Ich sah nach dem Kutter. Er war ganz nahe. Ein Boot wurde gerade herabgelassen.

„Einen Kuß, Liebste“, flüsterte ich. „Noch einen Kuß, ehe sie kommen –“

„Und uns vor uns selber retten“, vollendete sie mit einem bezaubernden Lächeln, so rätselhaft, wie ich es noch nie gesehen, denn es enthielt alle Rätsel der Liebe.